小学館文庫

太平洋食堂

柳 広司

小学館

目次

事実に基づく物語

一　太平洋食堂本日開店

「なあ、いっちゃん。あの看板、何て書いてあるん?」

道端に並んだ子供の一人が、隣の子供をふりかえってたずねた。

子供らが数人、道端にしゃがんで、道向かいの新築家屋で大人たちが忙しそうに立ち働くのをじっと眺めている。多少の凸凹《でこぼこ》はあるが、三つから五つくらい。いずれも尋常小学校に上がる前の年頃だ。

子供たちの視線はさっきから、家のひさしの上に取り付け中の看板に釘づけだった。

大きな看板のまんなかに、まるで西洋の王様がかぶる王冠のような絵が描いてある。その下に漢字で大きく五文字。絵の上には外国の文字が並んでいる。

「何て書いてあるん?」

もう一度同じことをきかれた子供は首をかしげ、ふりかえって反対側の子供にたずねた。

「かずやん、わかるか?」

かずやんは居ならぶ子供たちのなかでは最年長。いくらか字を知っている。

「なんやろ？　最初が太《ふと》いで、次が平《たい》ら。あとは……よう読まん」

「みな、すまんな。遅なった！」

朗とした声が背後に聞こえて、子供らはいっせいにふりかえった。

いつの間にか、子供たちのすぐ後ろに男が一人立っていた。日本人にしては上背《うわぜい》のあるすらりとした体格に黒いタキシードと蝶ネクタイがよく似合っている。短く刈った髪と印象的な濃いあごひげ。腕にステッキをぶらさげ、山高帽をくるくると指でまわしている。

「ドクトル！」

最初に看板の読みをたずねた最年少の子供がぱっと顔を輝かせて、男の足に抱きついた。

他の子供たちも男の周囲にわらわらと群がり、服や帽子に珍しげに触れている。

「何なんドクトル、そのかっこう？」

「なんぞごとあったん？」

ドクトル
と呼ばれた男は目を細めるようにして、まとわりつく子供らのあいだに腰をかがめた。

男の名は大石誠之助《おおいしせいのすけ》。地元ではもっぱら「ドクトル」、もしくは「ドクトルさん」と呼ばれている。これは、かれが最初に故郷・紀州新宮《しんぐう》で医院を開業したさい「ドクトル大石」とのみ書かれた小さな看板を表に掲げたからだ。当時、医師の呼称として「ドクトル」は一般的ではなく、看板を見た地元の人たちは、

「ドクトルとは何ね?」

と首をかしげ、誠之助の側でもあえて説明しなかったことから、誰が言い出したか「毒取《ドクト》ル」の字が当てられるようになった。

(体の)毒を取ってくれる人。

医師への理解としては、当たらずとも外れてはいない。

「向かいの家《うち》、ドクトルの店やろ?」

子供の一人が誠之助にたずねた。

「あの看板、何て書いてあるん」

誠之助は腕をひろげて子供らを両脇に引き寄せた。子供たちと同じ目の高さで、看板の字を一《ひと》文字ずつ、右から順番にステッキの先で示しながら、

「太《たい》、平《へい》、洋《よう》、食《しょく》、堂《どう》」

それから、王冠の絵の上の外国の文字を左から、今度はステッキの先をぐるりと円を描くように動かして、

「パシフィック、リフレッシュメント、ルーム」

と声に出して読んで聞かせた。

「たいへいようって、何?」

子供の一人がたずねた。

「そこの川下《くだ》ってったら、その先にあるやろ」

「ハマのことか？」

「浜やない。もっとその先」

「その先？」

子供たちは顔を見合わせた。

「海しかあらへんで？」

「その海のことや」

誠之助は頷いて言った。

「あの海はアメリカまで続いとる、広い広い、世界で一番大きな海や。世界の人らはあの海のことを太平洋――英語でパシフィック・オーシャン言うとる」

「へえ」

「世界一やて」

「どえらいね」

子供らはすっかり感心した様子だ。

「あの、ドクトルさん。そろそろエエですやろか」

やや甲高い男の声に、誠之助は子供らと一緒に振り返った。

鳥打ち帽をかぶり、革の肘当てのついた茶色のジャケット姿の若い男は、先頃、新宮丹鶴《たんかく》通りに店を構えた「中嶋寫眞館《なかじましゃしんかん》」の主人だ。あばたの目立つ茄子《なす》のような顔だが、本場横浜で修業してきたというだけあって、写真の腕前は悪くない。

「陽《ひ》が陰《かげ》らんうちに撮ってしまいたいんですが……」

写真館の主人は空にちらりと目をやり、それから、さっき子供らが並んでしゃがんでいた道端近くへと視線を移した。

写真機の準備がすっかり整っている。

「おっと、うっかり忘れるとこやった」と誠之助は剽《ひょう》げた口調で言って肩をすくめ、

「今日は記念に写真を撮てもらおう思てエエかっこうしてきたんや。ちょっと行《い》て、写真撮てもろてくるわ」

子供たちにそう説明して、よいしょと腰をあげた。

店前では「太平洋食堂」の看板の取り付け作業も無事終了し、何人かの者たちが待ちくたびれた様子で誠之助を待っていた。

子供たちが見守るなか、誠之助はすたすたと道を横切り、店の前でくるりと振り返った。店のポーチの柱に手をついてポーズをとると、子供たちがいっせいに吹き出した。何人かは腹を抱えてゲラゲラと笑っている。

「こらこら、子供ら。何がおかしい。記念写真やぞ」

もっとも、そう言う誠之助自身がにやついている。せっかくの盛装も、これでは台なしだ。

店前に並んだ他の大人たちは、またか、といった顔つきだ。

誠之助には、ふだんからそういうところがある。

写真館の主人はそのあたりの事情にはあえて踏み込まず、写真機を覗き込んで声をかけた。

「エエですか。撮りますよ」

「待ってくれ、まだや。まだ揃《そろ》てない」

誠之助は写真屋を押しとどめ、左右をきょろきょろ見まわした。すぐに、目指すものを見つけて声をかけた。

「バク、おいで！」

声に応じて、店のなかから毛足の長い中型の犬が走り出てきた。茶色と白のぶち柄。洋犬の血が混じっているらしい。

バクはふさふさとした太い尻尾をふりながら、まっすぐに誠之助に走り寄り、足下に来て、ちょんと座った。

「お前もこの店の大事な一員やさかいな。記念に、一緒に撮らんと」

誠之助はポケットから特別誂《あつら》えの犬用のエプロンを取り出して、バクの首に巻いてやった。

バクはいやがる様子もない。

誠之助はバクの頭をひとつ撫で、写真屋に向き直って、

「エエですよ」

「はい、撮ります！」

この時の写真が現在《いま》に残っている。

タキシードに蝶ネクタイ、山高帽をかぶり、ステッキを手にポーズを取る大石誠之助は、どこか後年の喜劇王チャップリンを思わせるユーモラスな立ち姿だ。

誠之助の隣、柱を挟んで立っているのは、甥っ子の西村伊作《にしむらいさく》（後の文化学院創設者）で、こちらは見るからに日本人離れした彫《ほ》りの深い容貌と立派な体格の持ち主だ。伊作は三つ揃いのスーツをりゅうと着こなし、シルクハットにネクタイ姿がぴたりと様《さま》になっている。

写真にうつっている他の者たちも、それぞれ和服の着流しや洋風のエプロン姿、あるいはシャツにジャケットといった思い思いの装いながら、ごく自然に撮られている。そんな中、誠之助一人がタキシードに蝶ネクタイ、山高帽をかぶり、〝妙に不自然なポーズ〟を取っているように見える——。

不自然な印象はこの一枚にかぎらない。誠之助には、日本家屋の室内でトルコふうの帽子を頭にのせ、足にはアラビア靴という不思議な扮装で机にむかう写真がある。また別の写真では、ステッキ片手に腰に手を当て、妙にとり澄ました顔でポーズを取っている。

誠之助の写真には、いつもどこか照れたような雰囲気が漂っている。口元に、たいてい困ったような笑みが浮かんでいる。

どうやらかれは、写真を撮られること——言い換えれば「人前で恰好《かっこう》をつけること」に、ひどく照れる性分であったらしい。

大石誠之助は慶応三年（一八六七）十一月四日、三男二女の末息子として紀伊国《きいのくに》・新宮仲之町に生まれた。

誠之助が生まれる前の月に大政奉還がおこなわれ、翌年九月には「明治」が始まっているので、ほぼ明治とともに育った人物といえよう。同年生まれの人物としては夏目漱石や正岡子規、南方熊楠《みなかたくまぐす》らがいる。

誠之助は新しい教育制度のもと、出来たばかりの地元新宮小学校に六歳から通い、その後は大阪に出て医師の書生をしながら米国人について英語を学んだ。二十二歳で渡米。最初はワシントン州セントポーロ中学で、独語、仏語、ラテン語などを学んだのち、オレゴン州立大学二学年に編入。卒業後、さらにカナダ・モントリオール大学に移って医学を修めた。

明治二十八年十一月、五年半ぶりに日本に帰ってきた誠之助は故郷の新宮仲之町に医院を開く。

「毒取ルさん」

と呼ばれるようになったのはこの頃だ。

ところが三年後、誠之助は医院を閉め、ふたたび日本を後にする。今度はシンガポールを経て、インド・ボンベイ大学に留学。ボンベイ大学で伝染病の研究をするかたわら、医師としても働いていたようだ。

二度目の帰国は明治三十四年一月。

新宮に戻った誠之助は、兄嫁の実家である西村家の援助を受けて、速玉《はやたま》神社門前船町《ふなまち》で新たな医院を開業した。

「ドクトル大石」新医院が掲げた診療方針は、

貧しい人からお金は取らない。
そのぶん、金持ちから多めに取る。

という一風変わったものであった。

地元医師会はじめ、誠之助の診療方針に眉をひそめる向きもあったが、数としては「お金を取らない」方が圧倒的に多かったので、地元の人たちからは概《おおむ》ね「ドクトルさん」「ひげのドクトルさん」と好意的に呼ばれ、親しまれている。

風変わりなドクトル大石医院の診療方針に町の人々が慣れたころ、誠之助は医院正面の道向かいに妙な家を建てはじめた。あたかもアメリカ西部開拓時代を思わせる簡素な洋風家屋で、町の人たちが大勢珍しがって見に来たくらいだ。

この家を誠之助は自分で建てた。自分で、というのは文字どおりの意味で、誠之助は自ら家の図面を引き、土地を均《なら》すところから、大工・左官仕事まで自分で手がけた。といっても、自分一人ですべての作業をやったわけではない。ひととおり、どちらかといえば〝手伝った〟程度だ。

誠之助は一応、何でも自分でやってみないと気が済まない性分だった。後年ユニークな近代建築をいくつも手がけたことで知られる西村伊作も、このとき叔父の誠之助に駆り出されて建物の内装を手がけている。看板の「王冠の絵」は西村伊作の〝作品〟だ。

出来あがった洋風家屋に、誠之助は「太平洋食堂」の看板を掲げた。

太平洋食堂

パシフィック・リフレッシュメント・ルーム

は、正確には「食堂」ではない。

明治三十七年、『家庭雑誌』十月号に、誠之助はこんな文章を寄せている。

「私事《わたくしこと》、先月の初めから急に思い立ち、当地に太平洋食堂という一つのレストランを設けんとて、俄《にわか》に家屋を新築、器具装飾の買い入れなど非常にいそがしく、目下夜を日についで働いております。（中略）レストランと云《い》ふも、普通の西洋料理店とちがい、家屋の構造、家具の選択、内部の装飾など、一々西洋風簡易生活法の研究を目安とし……中に新聞・雑誌の縦覧所、簡易なる楽器、室内遊戯の器具などを置き、青年のため清潔なる娯楽と飲食の場所を設けるに努めつつあります」

　誠之助はつづけてこう書く。

「その他、日を定めて貧民を応援すること、また家庭料理の稽古をさせることなども仕事の一つとする筈《はず》です」


　大石誠之助、三十六歳。

　三年前、インドから戻り、船町に医院を開いたころに、人に勧められて妻を娶《めと》った。一か月ほど前には長女が生まれたばかりだ。

　紀州新宮で、大石誠之助はなにごとか新しいことを始めようとしている。

　まだ動き始めたばかり。

　誠之助自身、自分が何をやろうとしているのか、それがこの町に何をもたらすことになるのか、よくわかってはいない。


「みなさん、お疲れさんでした」

　記念撮影終了後、中嶋写真館の主人が脱いだ鳥打ち帽を手に挨拶に来た。

「出来た写真は医院の方にお持ちしますか？　それとも、こっちの店に？」

　そやなぁ、と誠之助は黒いあごひげをちょいとつまみ、首をひねった。

道一本隔てた場所だ。どっちでもかまわない。そんなことより――。

「写真屋さん。悪いけど、もう一枚頼めるかいな?」

「エエですよ、もちろん」

写真館の主人は愛想よくニコリと笑って答えた。こんなこともあろうかと、予備の乾板を持ってきている。

写真館の主人・中嶋昭次郎が新宮に来て驚いたのは、この町の意外なほどの賑わいぶりであった。

明治新政府が新都を江戸(東京)に定めて以来、政事《まつりごと》はむろん、商売や文化の中心までが東京に持って行かれた感があった。かつて殷賑《いんしん》を極めた京都、大阪の者たちでさえ、昨今は「これからは何をするにも東京が中心や」と、諦めたように思っているふしがある。

昭次郎が若くして故郷大阪を離れ、横浜で写真の修業をすることに決めたのも、周囲の大人たちのあいだに漂う微妙な空気を察したからだった。横浜で十年ばかり苦労して写真を学び、そろそろ一本立ちしようと考えていたころ、ひょっこり訪ねてきた昔の友人から「新宮」の話を聞いた。

写真館を新しく開くには、これ以上ないうってつけの場所だという。

東京や横浜では、写真屋はいまや供給過剰気味だ。商売敵《ライバル》が多すぎる。かといって大阪や京都に戻っても、景気が悪く、みんな写真に金を払わない(「最近、みなシワい」と友人は顔をしかめて言った)。そこにいくと材木景気にわく「新宮」なら、町の連中は金回りがよく、いまならまだ競合相手もたいしていないという。

「おれも、写真勉強しとくんやったなぁ」

と、まんざら冗談でもないように友人の話を昭次郎はそのまま信じたわけではない。出たばかりの最新の地図で確認すると、「新宮」は紀伊半島の先端近く、ろくに道も通じていない辺鄙《へんぴ》な場所であった。横浜からだと名古屋まで汽車で行って、そこからは船になる。

最初はさすがに腰が引けた。が、ものは考えようだ。そんな田舎なら、まだ写真を珍しがって金を払ってくれるのではないか。田舎で金を溜め、大阪に戻るのも悪くない――そう思って新宮に乗り込んできた昭次郎の想像は、しかし、いろいろな意味で見事に裏切られることになった。

そもそも「新宮」は、かれが思い描いていたような「辺鄙な田舎町」ではなかった。なるほど東京からは遠い。が、まるきりいなかというわけではなく、たとえば電柱や電線が町中にはりめぐらされていて、暗くなるとあちらこちらの家に電灯《あかり》がともる様は、横浜や大阪と比べても遜色がない。

新宮は、友人が言ったように材木景気にわき、さまざまな産業が栄える驚くほど賑やかな町であった。

山(千穂《ちほ》が峰)と川(熊野川)と海(太平洋)に三方を囲まれた町の中心は、速玉神社門前から旧新宮城（丹鶴城）につづく船町、本町通り。そこに何本かの道筋が直角に交差し、それぞれの通りに呉服屋、旅館、料理屋、酒屋、味噌醤油店、乾物屋、薬屋、菓子屋、文具店、時計屋、本屋、銀行といった様々な店舗が軒を連ねている。さして広くはない場所に町の機能が効率よく詰めこまれている感じだ。

町には鉄道こそ通《かよ》っていないものの、隣の三輪崎《みわさき》から大阪・名古屋に向かう汽船が毎日出ていて、慣れてしまえば不便というほどではなかった。

何より昭次郎が不思議に思ったのは、新宮の町にあふれる、奇妙なほどの開放感だった。材木景気で金回りが良い。あるいは、昭次郎が写真の修業をしていた横浜もそうだが、目の前に海が広がっていることも影響しているのだろう。だが、そういった諸条件を差し引いてもなお、新宮の町で感じられる開放感にはどこか特別な雰囲気があった。

たとえば、出稼ぎ前の記念写真を撮りに写真館にきた者たちの口からは、東京や大阪名古屋ではなく、ハワイやアメリカ、シンガポール、マレイ、豪州といった単語がぽんぽんと平気で飛び出してくる。町に来た当初、昭次郎は、横浜とも大阪ともちがう地元の言葉に慣れるまでは、行き先を何度も聞き直したくらいだ。新宮の者たちは、あたかも隣町に行くような気楽さで海を渡って外国に出掛けていく。「ハイカラ」「新しいもの好き」。かれらに写真を珍しいと思うセンスは当然なく、逆に横浜仕込みの腕前を評価してくれるのが、若い昭次郎にとっては有り難いといえば有り難い話であった。

金払いはよかった。仕事を頼まれたあとで値切られることはめったになく、たいていは言い値でぽんと払ってくれる。熊野川河口に位置し、紀伊山地の豊かな材木の集散地ではあるが、かといって最近急に金回りがよくなった、いわゆる「成金町《なりきん》」の雰囲気でもない。否。それをいえば、昭次郎の知るかぎり、新宮と似た町はどこにもなかった。紀伊半島先端近く、太平洋に面した場所に忽然《こつぜん》と現れる新宮の町には、あたかも御伽噺《おとぎばなし》に出てくる竜宮城のごとく、どこか異界めいた不思議な雰囲気がただよっている。

昭次郎は気になって仕事の合間にこっそり（でなくともよかったのだが）新宮の町の歴史を調べて、驚いた。

新宮は熊野三山の一つとして、古く平安時代には天皇上皇女官たちが競うようにこの地を訪れていたという。紀伊半島西岸は、船を寄せ付けぬ危険な海岸線がつづいている。京都から熊野への旅はもっぱら徒歩であった。快適とはいえぬ険峻な山越え道だが、京都のお公家さんのなかには、何度も徒歩で山越えをして熊野詣《もう》でに来ている者がある。

一方、庶民のあいだでは室町末から江戸初期に熊野詣での流行がピークを迎え、当時は全国各地から参詣客が列をなしてこのあたりを歩きまわっていたそうだ。その様子は、

アリノクマノマイリ（蟻の熊野参り）

という言葉で「日葡《にっぽ》辞書」（日本＝ポルトガル語辞典）に掲載されているくらいだ。当時日本を訪れた外国人の目に驚きの社会現象と映ったのはまちがいない。古代には京都王朝と

は別の独立性の高い政治文化圏を形成していたという説もある――。

昭次郎は、やれやれとため息をついた。

成金町、どころの話ではない。とんだ歴史の町だ。

なぜ自分がこれまで知らなかったのか、あるいは明治の世に広く知られていないのか、その方が不思議なくらいであった。

概して金払いの良い新宮の檀那衆《だんなし》の中でも、ドクトルさんはとりわけお得意様だった。写真好きらしく、よく仕事を頼まれる。もっとも、大きな声では言えないが、ドクトル自身は写真うつりがあまり良くない。というか、悪い。気の毒になるくらいだ。これは写真屋の腕の問題というよりは当人の照れ性の結果なので仕方がない。この仕事をしていてつくづく思うが、写真には、撮る方もそうだが撮られる方にも才能が必要だ。昭次郎の見るところ、写真好きのドクトルには、残念ながら写真に撮られる才能が決定的に欠けていた。

（実物は、けっこう男前なんやけどな）

昭次郎は道を渡って写真機の前に戻りながら、鳥打ち帽の下でひそかに首をひねった。

「どないします？　今度は、お一人で撮らはりますか？」

新しい乾板をセットしながらたずねると、誠之助はかぶりを振った。道向かいで指をくわえて眺めている子供らを手招きして、

「みな、来《き》やんし。一緒に写真撮ろらい！」

と、よく響く、朗とした声で言った。

子供らは一瞬、ぽかんとした顔になった。顔を見合わせ、

「おれらも?」

「写真に?」

「ホンマにええンかい?」

誠之助はとぼけた顔で、

「ええも悪いもあるもんか。今日はせっかくの記念日やのに」

近所の貧乏人の子供たちに対して、他所者《よそ》の昭次郎には驚くしかない優しい物言《ものい》いだ。

わっ、と声をあげて子供らが集まってきた。

「もうちょっと真ん中に固まってもろわんと……。そうそう、そんな感じで」

指示を出し、写真機を覗いた昭次郎は、思わず、へえ、と小さく呟《つぶや》いた。

ゆさゆさとしっぽを振る飼い犬と近所の子供らに囲まれたドクトルさんは、すっかりリラックスした様子で、満足げな笑みを浮かべている。

(珍しく、良い写真が撮れそうや)

写真機を覗きながら、昭次郎は口元に笑みを浮かべた。

「みな、じっとして。ちょっとの間やさかい……。ほな、撮りますよ」

先の文章に続けて、大石誠之助はこう書いている。

「ウエイター、コックなどの練習中にて（中略）雇人に一通りの事を教えるまでは自分がカウンターに立ち、テーブルに侍し、またレンジの前に働かねばならぬわけで、茲《ここ》三四ヶ月は八人芸をやらねばならぬ事と思います」


明治三十七年（一九〇四）十月一日。

太平洋食堂開店。

時まさに日露戦争の真っ只中《ただなか》である。日本が国を挙げて戦争しているさなかに、「平和の海《パシフィック・オーシャン》（太平洋）」の名前を冠した看板を高く掲げること自体、ひとつの決意表明であった。

誠之助はひょいと視線をあげた。

良く晴れた秋空だ。

薄青い空のきわめて高いところを一羽のトンビが悠々と輪をかいて飛んでいる——。

（忙しくなる）

前途を思い、誠之助はまぶしげに目を細めた。

二　来訪者

「吾輩《わがはい》は新年来多少有名になったので、猫ながら一寸《ちょっと》鼻が高く感ぜらるるのは有難《ありがた》い。元朝早々主人の許へ一枚の絵端書《えはがき》が来た。是《これ》は彼の交友某画家からの年始状である……」

五、六人の子供が椅子にすわった誠之助を取り囲んでいる。ある者は誠之助の腕のあいだにもぐりこみ、ある者はテーブルの上に身をのりだして、読めもしない誌面を一心に見つめている。

「なあ、ドクトル。猫に鼻あるん？」

腕のあいだにもぐりこんだ最年少の子供が、誠之助をふりかえってたずねた。

「猫に、鼻は、あるやろ」

誠之助は朗読を中断し、子供の顔に目をやって質問にこたえた。

「ぺちゃ、やけどな」

子供は一瞬思案する顔になり、

「あっ、ほんまや」

そう言って、「きゃっ」と笑った。

「しーっ！　しーっ！」

周囲の子供らが唇に指を当て、「猫に鼻」の子供に注意した。

「よしふみ。お前、ちょっと黙っとれ。まだ始まったとこやないか」

叱られた子供はぷっと頬をふくらませ、ぶんむくれの顔で誠之助の胸によりかかった……。

誠之助が読んでいるのは『ホトトギス』。東京で出ている文芸雑誌だ。先月の新年号に掲載された「吾輩は猫である」という変わった題名の小説を読んで聞かせたところ、子供たちに大受けで、途中笑いすぎて椅子から転げ落ちる者が続出した。あとで子供らは口をそろえて「猫の話をもっと聞きたい」という。誠之助はその旨《むね》、『ホトトギス』宛てに葉書をしたためた。その効果があったのかどうか——。

届いたばかりの『ホトトギス』二月号を開くと、「続篇」が掲載されていた。

誠之助は早速「太平洋食堂」に子供らを集め、「吾輩は猫である（続篇）」を読んで聞かせることにした。

集まった子供らはみな目を輝かせ、息を呑《の》んで熱心に誠之助の朗読を聞いている。

「（主人は）フンと言いながら吾輩の顔を見た。その眼つきが今までとは違って多少の尊敬の意を含んでいるように思われた。今まで世間から存在を認められなかった主人が急に一個の新面目を施したのも、全く吾輩の御蔭だと思えばこの位の眼つきは至当だろうと考える。

た。

折柄門《おりから》の格子がチリン、チリン、チリリリリンと鳴る」

と、ちょうどそこまで読んだところで、食堂のドアベルが、チリン、チリリリリンと鳴っ

誠之助は朗読を中断して、顔をあげた。

子供たちもいっせいにドアをふりかえる。

ドアを開けて入ってきたのは、藍染めの絣《かすり》の着物に鬱金《うこん》の帯、髪のひさしを大きく張り出した流行の髷《まげ》に結った若い女性だった。年の頃は二十二、三といったところか。

「医院にお訪ねしましたら、ドクトルならこちらだとお伺いしましたので」

来訪者の女性はそう言うと、誠之助に視線を止め、ゆっくりと頭をさげた。

「ちぇっ、せっかく面白なってきたとこやったのに」

年長の子供が唇を尖らせて呟いた。

「見たことない人やな」

別の子供が隣の子供に囁いている。

誠之助は、いたずらの現場を見つかった子供のように首をすくめた。

本来ならば医院に詰めていなければならない時間だ。心待ちにしていた『ホトトギス』が届いたこともあって、ついこっちに来てしまった。もっとも——。

（つい、でもないか）

誠之助はひそかに苦笑した。

このところ「ドクトル大石」の表札を掲げた自宅兼医院と、道向かいに建てた太平洋食堂の間を行ったり来たりしている。というか、最近はもっぱら太平洋食堂の方に入りびたっているので、ドクトルに用事がある地元・新宮の者たちは、先に食堂を覗いて、姿が見えなければ医院を訪ねてくるといった塩梅《あんばい》だ。

誠之助自ら図面を引いた太平洋食堂は、ドアを開けると広い板の間の上に直接テーブルと椅子が並ぶ、アメリカの西部開拓時代を思わせるシンプルな造りだ。目指したのは、若き日にアメリカ、カナダに留学したさい、かの地で目にした町の人たちが自由に出入りできる場所、「パブリック・ハウス」である。

調理場には当時の日本では他に例を見ない対面式のカウンター・キッチンを採用し、食堂中央にはアメリカから取り寄せた最新型の薪ストーブを設置した。南側の壁は陽光を存分に取り入れるべく大きく窓をとり、透明度の高い窓ガラス。窓の内側にはこれも珍しいレースのカーテンをかけた。反対側の壁には腰丈の本棚を置き、最新の雑誌や新聞を並べて、食堂に出入りする者が自由に選ぶことができるようになっている。

内装は、甥っ子の西村伊作に任せた。表看板の「王冠の絵」もそうだが、伊作にはどこか日本人離れした不思議なデザイン・センスがある。伊作は自分で描いた絵を何枚か食堂の壁にかけた。何を描いたのかちょっと見では判然としない奇妙で独特の絵だが、それが結果として、店内に不思議な、無国籍風の魅力を添えていた。

誠之助は好んで近所の子供らを太平洋食堂に集め、全国各地から取り寄せた最新の新聞や雑誌を読んで聞かせた。正直なもので、内容にかかわらず子供たちは面白い文章には目を輝かせて聞き入り、詰まらない文章を読むとたちまち椅子から滑り落ちてしまう。難しい内容のものもあるが、それはあまり関係ないらしい。

「あの……何か？　ご迷惑、だったでしょうか？」

来訪者の若い女性は、子供たちが向けるふくれっ面《つら》に気づいたらしく、視線を左右し、戸惑ったようにたずねた。

「申し遅れました。わたくしはこういうものです」

慌てた様子で腕からさげた信玄袋をさぐり、中から名刺を取り出した。

子供の一人が椅子から飛びおり、走っていって名刺を受け取って、すぐに誠之助のもとに引き返してきた。

「ん、おおきに」

誠之助は礼を言って子供から名刺を受け取り、一瞥して、覚えず「ふっ」と吹き出した。

「なに、なに？」

「何おかしいん？」

「どしたん？」

子供たちはすぐさま興味津々の顔で誠之助に群がり、テーブルに身を乗り出して、名刺に顔を寄せた。

「何もない。何も、おかしいことないぞ」

誠之助はそう言いながらも、頬がひくひくと動いている。名刺に視線を落とし、口の中でなにごとか小さく呟いた。

誠之助の呟きを聞いた子供らは、一瞬顔を見合わせ、それからいっせいに吹き出した。いったん火がつくと子供らの笑いは止まらなくなった。何人かは床に転がり落ち、足をバタバタさせて笑っている。

「すがのすがやて……変な名前……」

笑い声の合間に、そんな声が聞こえた。

来訪者は何が起きたのかわからず、呆気にとられて目をしばたたいている。

開けたままのドアが風に吹かれて、チリン、チリン、チリリリリン、とベルが鳴った。

「かんのすがいと申します」

来訪者の女性が氷のような冷ややかな声で改めて自己紹介をした。

目の前のテーブルに、来訪者の名刺が載っている。

大阪朝報《おおさかちょうほう》記者　菅野すが

「いや、これは……。まったくもって申し訳ない」

誠之助はテーブル板に頭をすりつけるようにして平謝りに謝った。

太平洋食堂のテーブルを挟んで来訪者と向かい合わせ、子供らには別のテーブルに菓子を出して、しばらく離れているよう言いつけてある。

最初に名刺を見た瞬間、とっさに「すがのすが」という読みが誠之助の頭に浮かび、離れなくなった。おかしさに取り憑かれた。

たぶん「吾輩は猫である」を朗読中だったせいだ。チリン、チリリリン、が重なったために作品と現実が一瞬入り混じった。「石に嗽《くちすす》ぎ流れに枕す」という屁理屈家の逸話から採《と》ったと思《おぼ》しきとぼけた筆名の新人作家だが、小説は抜群におもしろい。

（そうそう、こんな小説を待っとった。こんな話を読みたかったんや）

子供らに読んで聞かせる誠之助自身が、いつの間にか夢中になっていた。

「気の利《き》いた洒落《しゃれ》かと思いまして……」

誠之助は首筋に手をやり、上目づかいに来訪者を見てそう言い訳をした。

（変な人だ）

すがは眉を寄せ、内心呆れながら相手を観察した。
大石誠之助は、彫りが深く、濃いあごひげ。表情の作り方や挙措のはしばしに西洋人のような癖があり、そのせいで異人めいた印象を受ける。なにより不思議なのは、その目だ。黒目が好奇心あふれる腕白小僧のようにきらきらと輝いている。子供たちに交じって少しの違和感もない――。

この日、すがが誠之助を訪れたのは、いくつかの偶然が重なった結果であった。

そもそも紀州を訪れたのは職探しのためだ。誠之助に渡した名刺には「大阪朝報記者」とある。が、じつを言えば『大阪朝報』は現在休刊中で、このまま廃刊となる可能性が高かった。生活のために職探しをしていたところ、ある人が紀州・田辺《たなべ》に社を置く『牟婁新報』を紹介してくれた。

新しく家庭欄を設けるにあたって筆の立つ女性記者を探しているという。
すがにとっては、まさに渡りに船の話だった。

が、紀州は未知の土地だ。入社を決める前にどんなところなのか自分の目で確かめておこうと思い、田辺を訪れた。自分なりに田辺を見てまわり、土地の人たちから話を聞いて、「これならなんとか」という感触を得た。風光明媚。カツオの刺身がとびきり美味しい土地柄だ。大阪に帰ろうと思った矢先《やさき》に熊野・木本《きのもと》町で演説会が開かれるという話を聞いた。

演説者は「大石誠之助」だという。

すがはその名前に聞き覚えがあった。たしか『平民新聞』や『家庭雑誌』に時折文章を寄せている人物だ。論旨のすっきりした平明な文章を書く人、という印象がある。

調べてみると、木本は紀伊半島の東側に位置する町だった。行くとなれば日帰りは無理だ。

迷ったものの、

(これも何かの縁だ)

と、思い切って足を延ばすことにした。

新宮で熊野川を渡り、海岸沿いに二十キロほど行った木本に到着したころには、すでにすっかり暗くなっていた。

その足で木本「明治座」にむかう。ちょうど演説会がはじまるところであった。

演壇にあがったすらりと背の高いひげの弁士が、大石誠之助らしい。題目のめくりは「貧困の原因」とある。

大石誠之助は、エヘン、と一つ咳払いをしたあと、早速、演説を開始した。

――利益とは、資本家が労働者からかすめとったものにすぎない。貧者は自らの貧しきを恥じるのではなく、むしろこれを堂々と訴え、かすめとられた利益を資本家から取り返すべきである。

はじまってすぐ、すがは演説に魅了された。

大石誠之助は洋服姿の似合う長身の紳士で、声量豊か。時折ややしゃがれたようになるものの、それが逆に聞く者に安心感を与える声の持ち主だった。論旨は明快。ユーモアを交え、聴く者を逸らさぬ語り口である。

何より、問題に対して歯に衣を着せぬ直截《ちょくせつ》の物言いに、すがはわくわくした。こんな場所に、こんな人物がいたのかと、驚いたくらいだ。

短い中休みのあと、大石誠之助は今度は「社会主義とは何ぞ」というテーマで話し、最後に「生存競争論」と題して、さらに一時間ちかく一人で喋った。

終わったのは、すでに夜の十時近かったはずだ。

演説後、すがは直接会って感想を伝えたいと思い、寒い中、会場の出口付近で待っていた。が、いつまで待っても大石は姿を見せず、通りかかった人にたずねると「演説直後に巡査が来て、裏口から連れ出された。今頃はきっと警察署で演説内容の弁明をさせられている最中だろう」という。

「ドクトルさんはエエ人なんやけど、演説会になると、張り切り過ぎるところがあるさかい」

と、たずねた相手は気の毒そうに首をふった。

ドクトルさん、という不思議な呼び名の由来をたずねると、本業は新宮の医者だという。ますます興味を引かれ、その夜は木本に宿を取り、翌日新宮に大石誠之助を訪ねることにした。

ところが、である。

訪ねてきた者の名刺を一目見て、いきなり吹き出したかと思えば、子供たちと一緒になって笑い転げるとは、何と失礼な人だろう。

いや、大石ばかりではない。さっき道を歩いていると、いきなり見知らぬ男の人から「ネエやん、どこ行くんない？」と声をかけられた。すがが警戒しながら答えると、

「ああ、ドクトルとこか。その道行ってな、次の次の角を右に曲がったらすぐや。『ドクトル大石』いうて表札出とるわ。そやな、向かいの家に『太平洋食堂』って大きな看板が出とるさかい、そっちを先覗いた方がエエかもしれん」

と、丁寧に（？）教えてくれた。

見知らぬ男が立ち去ったあと、すがはしばし呆然とした。男は自分の名前さえ名乗らなかった。どうやら本当に親切心から声をかけ、道を教えてくれただけらしい。しかし、それにしても、だ。

ネエやん？

どこ行くんない？

そんな不躾《ぶしつけ》な言葉を、すがはこれまで見知らぬ人から一度もかけられたことがない。

熊野方言には敬語なし。

という話を聞いたことがある。

かつては紀州徳川家、五十五万石の大藩・和歌山藩の一部だ。大阪に近い紀北・和歌山方面では上下の言葉づかいはむしろうるさいほどだ。それが紀伊半島を南に下るにつれてゆるやかになり、田辺を過ぎると敬語が存在しなくなる――という話だったが、まさかここまでとは思っていなかった。

道々、子供たちが大《だい》のおとなに対して「何しとるん？」「～したらあかんのに」などと平気で言っているのを見て、すがは大いに驚いた。大人たちの方でも別段気にする様子もない。大阪生まれ。その後家庭の事情で幼いころから各地を転々としてきたので、たいていの方言には対応できるつもりだったが、この土地の言葉ばかりはどうにも調子が狂う感じだ……。

（変わった人や）

誠之助の側でも、そう思っている。

大阪朝報〝女性〟記者。

まずそれだけで珍しい。

全国で数十の新聞が発刊されているが、誠之助が知るかぎり女性記者（当時は〝婦人記者〟と呼ばれていた）はわずか数名。大阪朝報では、おそらく彼女一人だろう。すがは、昨夜木本で行われた演説を聞き、感想を言うためにわざわざ訪ねて来てくれたという。

誠之助にしてみれば、それもまた、

（だいぶ変わっている）

としか言いようがない。

あるいはそのあたりが、珍しい婦人記者たるゆえんなのかもしれない。

実を言えば、昨夜、演説後に木本警察署に呼びつけられたのは、誠之助にとっても想定外の不愉快な出来事だった。地元の新宮なら、第一に警察署長とは顔馴染みであり、普段からあれこれ付き合いもある。お互い融通が利く間柄だ。あの程度の演説で呼び出されることはなかったはずだ。

木本と新宮は、もとは同じ紀州和歌山藩。同族意識があった土地だが、明治四年の廃藩置県後、熊野川を境に和歌山県と三重県とにわかたれ、行政区分が別になったことで、最近は警察にも縄張り意識が生まれた。昨夜の呼び出しは「川向こう（新宮）からわざわざこっちの縄張りを荒らしに来るな」という意思表示だろう。

誠之助はもちろん、また木本に行って演説するつもりだった。

さすが婦人記者というべきか、昨夜の演説に対するすがの感想は実に的確、簡にして要を得たものだった。

すがの話が一通り終わるのを待って、誠之助はあらためて頭を下げ、礼を言った。

「おおきに――ありがとうございます。昨夜《ゆんべ》は警察に呼ばれてむしゃくしゃしておったんですが、お蔭さまですっかり気が晴れました。私の拙《つたな》い演説を笑てもろたんなら、何よりです」

「笑った？　いいえ、そんな失礼なことはしません」

すがは生真面目な顔で首を振った。

「わたしは演説を聴いて、考えさせられたのです。貧困の原因とは何か。この社会をどう変えるべきなのか」

「笑うてもろたらエエですのに」誠之助は、くすりと笑って言った。

「たいていの者は、犬の嚙み合いでも見にくるつもりで集まっとるんです。こっちとしても、犬になったつもりで少々吠えてみたんですが、川向こうの警察の人らにはそれが気にくわなんだみたいで……」

目をやると、すがは戸惑ったような顔をしている。

「面白うしよう、と思たんですがね」

誠之助は苦笑し、頭を掻いて呟いた。

「楽しくないと人はついてきません。なにごとも、まずは聴いてもらわんと話になりませんから」

「そうでしょうか？　わたしは……」

「まあまあ。昨日の今日ですさかい、難しい話はこのくらいにしときましょう」

誠之助は軽く手を振って相手の言葉を遮った。

「それより、わざわざ大阪から来てもろたんです。新宮でどこか行きたいところはないですか？　観たいものは？　せっかくなんで、案内しますよ」

誠之助の言葉に、すがは物足りない様子で目を伏せた。すぐに面《おもて》を上げ、

「それなら、新宮《このまち》を見下ろせる場所にご案内ください」

と挑むような口調で言った。

「神倉《かみくら》神社から町が一望できると、聞いてきました」

「町を見下ろしに、神倉に？　弱ったな」

「弱った？　どういう意味です？」

すがが誠之助の独り言を聞きとがめた。目を細め、語調を強めて尋ねた。

「さては神倉神社は、女性が立ち入れない、女人禁制の場所なのですか？」

「いやいや、そやないです。勘違いです。そやないのですが……」

あごひげを捻った誠之助は、にこりと笑い、

「あまり時間もないことやし、行きがてら話すとしましょう」

そう言って身軽に椅子から立ち上がった。

外に出ると、当然のように子供たちもついてきた。

子供たちだけではない。大石誠之助は太平洋食堂の表で丸くなっていた毛足の長い中型犬にも声をかけた。

「おいで、バク。これから神倉行くで」

バクと呼ばれた洋犬は「ワン」と一声こたえて、しっぽを振ってついてきた。

並んで歩くすがと誠之助を取り囲み、犬と子供たちがじゃれながら団子《だんご》になって後先《あとさき》する。

「やれよ。子供ら、どもならんね」

誠之助は土地の言葉でしきりにぼやいているが、目尻の下がった顔を見れば本気で困っていないのは明らかだ。

「それで、わたしの勘違いというのは？」

すがの質問に、誠之助は一瞬何のことかわからない様子で目をしばたたいた。それから、ポンとひとつ手を打って、次のように説明した。

たしかに、日本の神社仏閣には神域への女性の立ち入りを禁じているところが多い。高野山、比叡山がそうだ。女性は修行の妨げとなる、もしくは女性そのものを穢《けが》れと見做《みな》す考え方で、神社仏閣以外でも女人禁制の場は少なくない。しかし、「速玉・神倉」「那智《なち》」「本宮(大斎原《おおゆのはら》)」の熊野三山に限って言えば、

——浄不浄《じょうふじょう》を問わず、貴賤《きせん》にかかわらず、男女《なんにょ》を問わず、受け入れる。

を旨とし、古来、この教えが徹底されてきた……。

話を聞きながら、すがは首をかしげた。

婦人記者として働きながら、すがはこれまで何度も「女人禁制」を理由に取材現場への立ち入りを禁じられた。女だから仕事が出来ない、と何度も決めつけられた。誠之助が神倉行きをためらう理由も、てっきりそれだと思った。

だが、神倉神社は女人禁制ではない。逆に女性の「つきのもの」さえ不浄としない特別な場所だという。

それならなぜ、神倉神社への案内を渋ったのか？

掘割にかかる小さな太鼓橋をわたったところで、誠之助は足をとめた。

「さあ、着いた。ここから神倉です」

誠之助の言葉に、すがは思案から我に返った。

視線をあげ、思わず「えっ」と声が出た。

目の前に神倉神社の石段がある。

全部で五百三十八段――。

と言われるが、誠之助自身、数えたわけではない。

そもそもこれが石段といえるかどうか？

誠之助は石段をのぼる足をとめ、周囲を見まわして、あらためて苦笑した。

急峻な山肌に大小の自然石を乱れ組みに埋め置き、できた足掛かりを〝石段〟と称しているだけだ。

最大傾斜は四十度。

顔をあげ、仰ぎ見ても、急角度の石段はあたかも天へとつづく梯子《はしご》のごとく、どこまで延びているのか見当もつかない……。

予備知識なしにこの神倉の石段を目の当たりにし、かつ「五百三十八段」と告げられると、たいていの者は顔色を変え、尻込みをする。ことに女性はそうだ。

日本の女性の服装（前合わせの和服に草履）はこのような急階段をのぼることを想定して作られてはいない。

誠之助も着流しに無紋の羽織り姿だが、裾がまくれるのを気にせずとも良いだけでも、女性のすがとは大違いだ。しかも誠之助は革靴を履いている。和服に革靴は、見た目は妙だが慣れれば便利なので、アメリカから戻って以来、誠之助は和服のときはずっとこの組み合わせだ。

「どないされますか？　新宮の町を一望するだけやったら、お城跡からでもできますが？」

誠之助の質問に、すがはしかしきっぱりと首を横にふった。

「のぼります」

そう言って、岩壁と見まがう急な石段にまっすぐに歩みよった。

神倉の石段は、はじめてのぼる者は途中で一度は必ず、次に足をどこに置いてよいのか迷うほどの難物だ。が、すがは、

のぼる。

と決めてからは一言も弱音を吐くこともなく、手助けを求めることもなく、急な石段を黙々とのぼっていく——。

よほどの負けず嫌いでなければできないことだ。

もっとも、ふだんから神倉を遊び場とし、石段に慣れた子供らは素足に雪駄《せった》、尻からげといった恰好で、さっきからすがの横を何度ものぼったりおりたりしていた。中には「次に足置くの、ここやで」と頼まれもしない助言をしている者もいる。子供たちと一緒に石段を駆けあがる犬のバクもむろん平気なもので、ふさふさとした尻尾をふって喜んでいる。

「こらこら、子供ら。あんまり調子に乗っとったら、われ（自分）がまくれるぞ（転がり落ちるぞ）」

誠之助の苦言など、子供らには馬耳東風——子供らの耳に念仏だ。

二十分ほどかけて、最初の急な石段をのぼりきった。

すがはさすがに息が切れている。吐く息が白かった。

ここから先、石段はややゆるやかになる。

「ちょっと休憩しましょう」

誠之助が率先して石段の脇に腰をおろすと、すがもそれに倣《なら》った。

子供たちとバクは、休んだ二人を置いてけぼりに、どんどん先にのぼっていく。

石段の周囲は雑木林だ。この季節、多くの木々が葉を落とし、木漏れ日が樹間を明るく照らしている。ところどころ濃い緑が見えるのは椿や榊《さかき》、地表近くには笹やシダ類が繁茂している。

「神倉の御神体は〝ゴトビキ岩〟と呼ばれとります」

誠之助は途中で拾った木の枝で、石段がつづく先をさして言った。

「ゴトビキ？」

すがが誠之助をふりかえってたずねた。まだ、少し呼吸が荒い。

「ゴトビキの語源は諸説ありますが、一般にはヒキガエル、と云《い》われてます」

誠之助はのんびりした口調で説明した。

神倉山頂近くに不思議な形で聳《そび》える巨大な岩の塊は、言われてみればなるほどヒキガエルの姿に見えなくもない。

但し、途方もなく巨大なヒキガエルだ。

有史以前の巨石信仰の対象ともいわれ、そのことがごく自然に思える異形の岩塊である。

神倉の由来は古く、日本最古の歴史書とされる「記紀《きき》」（「古事記」「日本書紀」）双方に記載が見られる。例えば、「古事記中巻《なかつまき》」。

――神武《じんむ》が熊野（新宮）に着いた時、突然、巨大な熊のごとき髪の者らが山中より現れ、神武ら一行はたちまち戦意を失って倒れ伏した。（やや意訳）

といった記述からは、中央政権成立以前に熊野の地にすでに有力な豪族が存在していた事実を窺うことができる。彼ら熊野の先住者の信仰対象の一つが神倉ゴトビキ岩であった。古くは御神体のゴトビキ岩の上に高倉式の社《やしろ》が建っていた、と伝えられている。

神倉の祭日は毎年二月六日。奈良東大寺のお水取りと同じ時期で、もともとは「春の訪れを祝う」意味合いだろう。

祭りの日の夜には「御灯《おとう》祭り」と呼ばれる行事が行われ、白装束に身を固め、荒縄を腰に巻いた大勢の男たちが神倉山頂に集結、合図とともに火のついた松明《たいまつ》を持って急峻な石段をいっせいに駆けくだる。その様は「火の滝」にも、また「下り竜」にも譬《たと》えられる――。

と、調子よく説明してきた誠之助は、ふと気がついて口を閉じた。

横顔に、すが《ヽ》の刺すような視線が注がれていた。ふりかえらずとも、痛いほどだ。

「男たち、だけですか？」

すが《ヽ》が氷のような冷ややかな声でたずねた。呼吸はいつの間にかすっかり元に戻っている。

誠之助は首筋に手をやり、顔をしかめた。また、ついだ。が、言ってしまったものは仕方がない。誠之助はあらためてすがいをふりかえって説明した。

「御灯祭りの日の夜だけは、神倉は女人禁制になります」

「なぜです？」

すがいの質問に、誠之助は困惑して頭を掻いた。

言われてみれば、これまで理由を突き詰めて考えたことがない。

「たぶん、危ないから、やと思いますが……」

自信なげに答えた。

何しろ大勢の者たちが我先にと石段を駆けおりるのだ。昼間でさえ足を踏み外しかねない恐ろしく急な石段である。夜の闇の中、ゆらめく松明の炎は距離感を狂わせる。実際、足を滑らせ、あるいは誰かに突き飛ばされて、石段を転がり落ちて怪我をする者が毎年後を絶たない。ちょっとした怪我ですめばまだしも、場合によっては命を落としかねない荒行事だ。

だから——

すがいが説明を途中で遮った。

「危険かどうかは、各人、自分で判断すればよいのです。ちがいますか？」

誠之助は口を閉じ、ウーン、と唸った。

「ちがいません。そのとおりやと思います」

誠之助はすがの意見にひとまず同意した。その上で、

「なぜ祭りの日の、しかも夜だけ神倉が女人禁制になるのか。じつを言えば、本当のところは私も知らんのです。知らんのですが——思うに、女の人が一緒におると、男はアホになれんからやないでしょうか」

「アホに、なれん？」

すがは、ぽかんとした。

この人はいったい何を言い出したのか、という顔つきだ。

「考えてもみてください。真っ暗な中、燃える松明をもって、いまし方、あなたがのぼってきたこの急な石段を全速力で駆けおりるんです。アホでなければとてもできない。しかし、女の人が一緒におると、男はつい恰好をつけてしまう。ほんまもんのアホにはなれん。だから——まあ、一年の内一晩だけは勘弁しておいてください」

大石誠之助は大真面目な顔でそう言ってペコリと頭をさげた。

すがは、ふん、と鼻を鳴らした。

論理も何もあったものではない。煙《けむ》に巻こうとしているだけだ。さらに厳しく追及しようと口を開きかけ、思いついて別のことをたずねた。

「ドクトル大石は貧乏人からは診察料や薬代をお取りにならない、という話を新宮の町で聞きました。本当ですか？」

「それは……少し、ちがいます」

誠之助は照れたように答えた。

誠之助が実行しているのは「無請求主義」だ。

大石医院の待合室には薬代や診察料を明記した紙が掲示され、「可成《なるべく》実行の事」と書き添えられている。ただし誠之助の側からは患者に請求も督促もしない。かつまた、不納者でも快く治療してやり、過去の不足とか滞納とかいうことはなるべく言わないように勉めた。

「すると世の中の人はみな正直なもので、月末か、年末には、払える人はたいがい払いに来てくれます。払いに来ない者は、払えないほど貧乏なのか、あるいはそれ以上の事情があるのでしょう。私が実行しているのは、ただ、それだけですよ」

誠之助はそう言って頭を掻いている。

じつを言えば、正確にはこれも少しちがう。

誠之助は金持ち相手の場合は遠慮なく請求し、督促した。

先日も、大石医院と同じ町内、わずか数軒隣にある新宮屈指の材木問屋「角新《かどしん》」こと植松某の屋敷から使いの者が来た。

「当家の主《あるじ》が急な病で苦しんでいるので、大石先生に是非往診をお願いしたい」

という。最初、誠之助は断った。角新には掛かりつけの「御用医者」がいるはずだ。わざわざ自分が出向くまでもあるまい。そう言って追い返そうとした。が、使いの者は、

「こたびの病は、掛かりつけの医者が、自分には手に負えぬと言っておるのです。なにとぞ、アメリカとシンガポールで御修業なされた大石先生の診察をお願いいたします」

と、ぺこぺこと頭をさげつづけた。

誠之助は渋々出掛け、その後、何度か往診して治療にあたった（植松某の病はおそらく脚気《かっけ》だったのだろう。脚気は当時〝ぜいたく病〟とも呼ばれ、治療法が確立されていなかった）。誠之助の治療のかいあって角新の主は全快したものの、その後届けられた請求書を見て苦《にが》い顔になった。

薬代は通常の倍以上、往診料は一回一円という法外な請求額だ。

そのうえドクトル大石は歩いて一分の角新までわざわざ人力車で往復しており、車夫への心付けも含め、その分もきっちり請求書に加えられていた。

誠之助はのちに、治療代・診療代の「無請求主義」の結果について、

――意外に収入の歩合を多くし、之によって何等の損失も蒙《こうむ》らぬ事を発見した。

と素知らぬ顔で嘯《うそぶ》いている。

裏を返せば「取るところからは（通常以上に）取っていた」ということだ。

すがは、そんな事情は知らない。知らないが、病身の妹を抱え、薬代の払いに毎月苦労しているすがにとっては、誠之助の言葉はほとんど奇跡に近い、信じがたい言葉だった。

子供の一人がバクを連れて駆け戻ってきた。

「いつまで休んどるん？　早よせな、陽ィ暮れてしまうで」

子供はそう言って、じれったそうに誠之助の手を引いた。

「ほにほに」

誠之助はおどけた様子で会話を打ち切って腰をあげた。ふりかえり、

「行きましょう。あと、もうひと頑張りです」

そう言って、すがを促した。

ゴトビキ岩の真下、御神体をまつる小さな祠《ほこら》が見える場所まで来ると、ふいに周囲の雑木林が切れ、目隠しをとったように眺望がひらけた。

すがは目を細め、思わず「ほう」と小さく声をあげた。

眼下にひろがるのは新宮の町なみだ。

その向こうに海が見える。

「あれが太平洋、平和の海《パシフィック・オーシャン》です」

隣に立った誠之助が海を指さして、妙に得意げな口調で言った。

薄曇りの空を映した灰色の海だ。

幸い風はない。

誠之助は海にむけた指先をそのまま横に動かして、

「あれが新宮藩のお城跡――丹鶴城といいます。源為義《みなもとのためよし》と熊野別当《くまのべっとう》の娘の子の丹鶴姫が住んでいたというのが名前の由来で、まあ、平安時代以降の話ですね。その先の、川口近くに見えるのが蓬莱山《ほうらいさん》。こっちの由来はもっとずっと古い。何しろ徐福《じょふく》の上陸場所だと伝えられています」

徐福は秦《しん》の始皇帝の時代に存在した方士《ほうし》（仙人）で、始皇帝の命によって（一説では〝始皇帝を騙して〟）伝説の不老不死の薬を探しに東海に船を出した。徐福と「童男童女三千人」を乗せた船は長い航海のすえ、ついに蓬莱山を発見する。かれらの上陸場所こそが紀州・新宮だった――という伝説だ。

紀元前二二〇年頃の話で、驚くべきことに中国では当時すでに文字による歴史記録が存在した。当時の日本には文字（文化）はおろか文明自体がなく、先の古事記・日本書紀成立が紀元後七一〇～二〇年頃で、このあたりから日本の〝歴史〟がはじまる。徐福上陸伝説からかぞえて、およそ千年ばかり後の話だ。

「徐福が連れてきた童男童女三千人がのちの日本の文化の基礎を築いた、という人もありますが、当時はまだ日本には字がなかったんで、何にしてもホンマかウソかは誰にもわかりません」

誠之助は冗談めかして説明した。

「川口から右手は王子ヶ浜。大阪行きの船が出る三輪崎港の先、ここからは見えませんが……」

と、誠之助は指先をぐるりと反対方向に転じて、

「あの向こうが、那智の大滝──熊野三山の一つです」

と、山の彼方《かなた》をさし示した。

那智四十八滝のひとつ、特に「一の滝」と称される那智大滝は、落差百三十三メートル。本邦随一といわれる大瀑布だ。那智大滝は古来より神聖視され、修験《しゅげん》の場として崇《あが》められてきた。

大滝で有名な那智はまた、補陀落渡海《ふだらくとかい》伝説の地でもある。

那智の浜からまっすぐに船を出すと、伝説の理想郷・補陀落（ホダラクとも。仏教発祥の地インド南海岸に存在すると信じられていた山）に到着する。その伝説を信じてかどうか、過去に何人もの仏僧が実際に渡海船に乗って補陀落を目指した。

かれらは生きたまま外から釘付けされた小さな木造の渡海船に乗り、念仏を唱えながら補陀落を目指した。目指す、といっても導くものは仏の教えのみ。渡海船にはわずかな水と食料しか積まれていない。生きて到着することを、かれらは最初から諦めているのだ。

僧が死ぬと、渡海船は〝あたかも川に浮かべた笹舟のごとく〟海の上を滑り出す。たちまちにして理想郷・補陀落に到着する。死んだ僧は甦《よみがえ》り、永遠の生命を得る。

もっとも、渡海船に乗り込んだ僧たちがどこまで本気でその伝説を信じていたのかは、当人たちに聞いてみないとわからない——。

そこまで話して、誠之助はふと、横に目をむけた。すががすがりつくように誠之助の袂《たもと》をつかんでいた。顔から血の気がひき、青白く見える。

「……こわい」

とすがが小さく呟いた。

（こわい？）

誠之助は首を捻った。神倉の急な石段に顔色ひとつ変えなかった負けず嫌いのすがが、こわい？

「誰も知らない真っ暗なところに閉じ込められて……たった一人、誰にも知られることなく、少しずつ死んでいく。そんなことは……わたしにはとても耐えられない。想像しただけで、恐ろしい」

すがは血の気の失せた青白い顔のまま囁くような声でそう言うと、誠之助の袂をつかんだまま、振り仰ぐようにして、

「あなたは？」

とたずねた。

誠之助は苦笑して、首を横にふった。

補陀落渡海は、こう言っては何だが、狂信者の所業だ。自分とはおよそ縁遠い世界の話で、これまで一度も自分自身のこととして考えたことはない。馬鹿げているとは思っても、こわいと思ったことは一度もない。

そう説明すると、すがは訝《いぶか》しげに眉を寄せた。

「では、あなたがこわいと思うのは、いったいどんなことなのです？」

と、誠之助の顔をまっすぐに見てたずねた。

（弱ったな）

誠之助は空いた方の手で頭を掻き、薄雲がかかる冬の空に目をむけた。

すがは真剣にたずねている。適当な作り話でごまかすことは出来ない感じだ。

「うちの親父が変な人で、子供のころから『お前は、ちっさい時に烏天狗《からすてんぐ》にさらわれたことがある』と言われつづけたのです」

誠之助は仕方なく、苦笑まじりにそう切り出した。

誠之助の父・大石正孚《まさかね》（通称増平）は、幼い末息子をつかまえ、ことあるごとに「お前は烏天狗にさらわれたことがある」と言った。

——あの烏天狗らはまた来る。きっとまた来る。

と、冗談めかすこともなく生真面目な顔で誠之助に言いつづけた。かれがなぜそんな話を思いついたのか、周囲の者には誰にもわからなかった。最初は、幼い息子の怖がる様子が面白かったから――だったのかもしれない。誠之助の父にはふだんから、一風変わった人物と目される、妙なところがあった。

幼い誠之助には、父が本気で言っているように見えた。言われつづけているうちに、本当にあったことのような気がしてきた。

おかげで子供のころ、誠之助はよく夢を見た。

烏天狗にさらわれて、空高く連れ去られる悪夢だ。

空の極めて高いところから、誠之助は紀州の山々を一望する。決まって月のない真っ暗な夜だ。

星明かりもない暗闇の中、峨々《がが》たる紀州の山々が、ぼうっと青白く光を放っている。

誠之助はこわくてこわくて仕方がない。烏天狗がいまにも手を離し、真っ逆さまに地面に墜落して、体が粉みじんに砕ける様が頭に浮かんで離れない。そのうちカラスのしゃがれた鳴き声が耳元に聞こえる。

気がつくと、無数の烏天狗が周囲に集まっている。烏天狗らはカラスの鳴き声で『こいつはおれの獲物だ！』と口々に叫んでいる。無数の手が闇から伸びてくる。誠之助は頭といわず足といわず腹といわず、むちゃくちゃに引っ張られる。

八つ裂きにされる。

と思い、悲鳴をあげて跳び起きる——。

「それが、わたしのこわいことです」

誠之助は頭を掻いて言った。

「……いまでも、その夢を？」

すがは血の気の引いた白い顔のまま、小声でたずねた。

「いや、それが」

と誠之助は首をふり、いつの間にか足下にきてすわっていたバクの頭を撫でて言った。

「こいつが来てからというもの、すっかり悪夢を見なくなりました」

「ああ。それで、バク……」

すがの顔にようやく笑みがもどった。

貘《ばく》は悪夢を食べる中国の伝説上の動物だ。

悪夢を食べてくれる〝バク〟。

すがは無意識にきつくつかんでいた誠之助の袂から手をはなし、バクのそばに腰をおろした。

背中を撫でてもらって、バクは太い尻尾をゆさゆさとふっている。

すがはバクに目をむけたまま、誠之助にたずねた。

「それ以来、こわいものはなくなったのですか？」

「こわいもんは」

と誠之助は言いかけて、ふいに真面目な顔になり、眼下にひろがる新宮の町に目をむけた。町のあちらこちらに電信柱が立っている。電信柱は文明開化の象徴なのだそうだ。ここからだとはっきりとは見えないが、その電信柱のほとんどに「旅順陥落」だの「陸軍万歳」などと書かれた貼り紙がしてある……。

誠之助はくしゃりと顔をしかめ、

「最近は、まあ、もっぱら戦争ですね」

と、ひどく不機嫌な声で答えた。

三　日露戦争

菅野すがが新宮を訪れた明治三十八年（一九〇五）二月——。

日本とロシアとの戦争は二年目に突入していた。

開戦後一年で日本軍の死傷者は十万人を超え、その後も増えつづける一方だ。職業軍人だけでは追いつかず、日本全国から徴兵された若い兵隊たちが次々に戦地に送られていた。

また、日本国内では戦費調達のために「消費税」をはじめとする様々な名目で増税につぐ増税が行われ、諸式が高くなった。それでも賄いきれず、各地方に国債が〝割り当てられ〟、国民はこれを買うために銀行や高利貸から借金しなければならないという、おかしな事態が生じている。

多くの若者が戦地で殺され、大多数の国民が貧窮にあえいでいた。

だが、それにもかかわらず、日本国内は意気軒昂であった。戦況が新しく報じられるたびに「旅順陥落」だの「陸軍万歳」などと書かれた号外が全国各地で盛大にばら撒かれ、戦勝祈念の提灯行列が行われた。その様は、ロシアのある外交官をして、

——我が国の国民が、せめて日本国民の十分の一でも戦争に協力的であったなら！

と嘆息させたほどだ。

日露戦争はもともと、日本国民の多くが望んで始めた戦争であった。日本政府は懸命に国民をなだめようとしたが、結局押し切られて戦争に突入した——少なくとも当時日本に滞在していた外国人たちはそう見ていたようだ。例えば、東京医学校に招かれ来日中だったドイツの医学者、エルウィン・フォン・ベルツの日記には、

「新聞や民間の政論家の主張に任せていたら、日本はとっくにロシアに対して宣戦布告せざるをえなかっただろう。だが、日本政府は、たとえロシアとの戦争に勝った場合でも、得るところより失うものの方が多いことを見抜いているようだ。」（明治三十六年九月十五日）

「昨今の日本の新聞雑誌の態度たるやひどいものだ。彼らはロシアとの戦争をもはや避けられぬもののように書き立てている。日本人の多くは、たとえ勝ち戦であってさえ戦争がいかに悲惨な結果を伴うかについて少しもわかっていない。」（明治三十六年九月二十五日）

といった記述が見受けられ、戦争を熱望する周囲の雰囲気に苦々しい思いをしていた様子がよくわかる。

ベルツに限らず、当時日本に滞在していた外国人の多くが、個人としては穏やかでやさしい日本人の内に、かくも野蛮で好戦的な民族性が潜んでいるとは、と驚き呆れ、首をかしげ

ている感じだ。

開戦以前、日本の新聞雑誌は（ごく一部の例外を除いて）一様に政府の対露弱腰外交を糾弾する記事を掲載し、読者の不満を煽りたてた。「なぜロシアと戦わないのか？」「ロシアなど恐るるに足らず」「ロシアをやっつけろ！」と大見出しを掲げた号が飛ぶように売れた。逆に「非戦」「外交努力を続けよ」などの記事はまったく売れず、新聞社の中には〝経営上の理由から〟やむなく勇ましい主戦論に転じるところが出たほどだ。

庶民ばかりではない。明治三十六年六月には、東京帝国大学教授を中心とする七博士が日露開戦を求める意見書を政府に提出し、全文が新聞に掲載された。

当時の日本国民の大多数がロシアとの戦争を熱狂的に望んでいたのである。

なぜか？

時間は少し溯《さかのぼ》る。

日露戦争開戦から十年前、明治二十七年に日本は隣国・清《しん》と戦争を始めた。

明治開国から二十年余、憲法発布からわずか五年後である。「アジアの眠れる獅子」と呼ばれ、欧米列強も手を出しかねていた大国・清に、開国西欧化したばかりの小国・日本が戦争で勝てるはずがない――。

世界中の誰もがそう思い、実際、日本人の多くもそう考えていたはずだ。

意外なことに、勝てるはずのないこの戦争に日本は勝利した。結果、二億両《テール》（当時の日本円で約三億一千万円）という膨大な賠償金、さらには台湾や遼東半島を手に入れた。

　戦時特需と賠償金によって、日本はかつて経験したことのない未曾有《みぞう》の好景気にわきかえる。

　明治開国以前、この国の民衆にとって戦争は兇事《きょうじ》以外の何物でもなかった。かれらは日清戦争が自分たちにもたらしたものに驚愕し、ついにこう思うに至る。

（戦争とは儲かる商売のことなのだ）

　開国間もない日本人の多くが勘違いしたのも無理はない。

　だが、戦時特需と賠償金の効果は当然ながら長続きしない。日本経済はまたたくうちに冷え込んだ。そこで日本国民が求めたのが次の戦争――日露戦争だったというわけだ。

　明治政府にいわせれば、これはしかし、どだい無理な話だった。

　戦争はそもそも商売ではない。否、たとえ戦争が商売だとしても、大きな商売は大きな元手を必要とする。開国わずか三十数年、自国にこれといった産業をもたない新興国・日本に、二度目の大きな対外戦争を遂行する金などあるはずもなかった。

　日本政府が対露戦争に躊躇《ちゅうちょ》し、一方で多くの日本国民が政府の弱腰外交を非難したのは、およそこのような事情を背景とする。

　結局、日本政府は国民の声をおさえきれず、政府の意向を無視した軍の行動を追認する形で開戦を決める（このパターンはその後も続けられる）。

明治三十七年二月八日夜、日本の水雷艇が旅順港に停泊中のロシア船を襲撃。

翌々日十日の宣戦布告をもって、日本・ロシア間に戦争が開始された。

開戦から一年三か月余。この間、誠之助は医者の立場から徴兵者に対する非人道的な扱いを告発し、また経済の側面から戦費調達のための増税を批判、あるいは社会主義者として国家や資本家のために両国の労働者が殺し合う愚を説くなど、一貫して日露戦争を批判する文章を全国の新聞や雑誌に寄稿している。

誠之助は、日露戦争にかぎらず、戦争そのものに一貫して反対であった。戦争を嫌悪していた。おそれていたといってもいい。かれが残した文章から、そのことははっきりと伝わってくる。

一般に医学を志す者にとって、いたずらに人命を奪う戦争は害悪以外の何物でもない。医者として誠之助が戦争に反対したのは蓋《けだ》し当然だった。

誠之助はまた、若いころにアメリカで培《つちか》った合理的、個人主義的な立場から、国家の命令一下、増税と国債で私有財産を奪い、非合理な作戦のもと若者たちに無謀な突撃を強いる戦争に、理屈以前の、生理的ともいえる嫌悪を感じていたようだ。

一方、社会主義者としての誠之助の主張は明快だ。

——国家や資本家（金持ち連中）のために、日露両国の労働者（貧乏人）が殺し合う必要はない。

というもので、近代国家を「資本家の利益を守るための装置」と規定する社会主義の立場からすれば必然的に導き出される結論だ。

誠之助が社会主義にはっきりとシンパシーを表明するのは、この時期からだ。

日露戦争時、日本国内で戦争反対を唱えつづけたのは社会主義者と内村鑑三《うちむらかんぞう》ら一部のキリスト教徒だけだ。おそらく現実主義者の誠之助には、キリスト教より社会主義の方が肌に合ったのだろう。

戦争嫌い。

誠之助は社会主義者であったから戦争に反対したのではなく、戦争が嫌いであったから社会主義者を名乗るようになった——案外、その辺りが真相だったのかもしれない。

翌明治三十八年五月二十七日。対馬《つしま》沖で行われた日本海海戦は日本側の一方的な勝利に終わり、これを機に日露間の戦闘に終止符が打たれる。

日露戦争に日本は勝ったといわれる。

だが、本当に勝ったといえるかどうか？　少なくとも、時のロシア皇帝ニコライ二世は「日本との戦争に負けた」と思ってはいなかったようだ。首都ペテルスブルグは疵《きず》ひとつ負っておらず、日本軍がペテルスブルグに攻め込むのは物理的に不可能——というか、そんなことはおよそ荒唐無稽な御伽噺《おとぎばなし》である。かれはむしろ「国内事情により、当面やむなく戦争を継続できなくなった（だけ）」と考えていたふしがある。

その証拠が、講和のさいに示された条件だ。

ロシア側から提示されたのは「韓国への保護・監督権の承認」「沿海州とカムチャツカの漁業権を認める」「北緯五十度以南の樺太の割譲」といったもので、敗戦国が支払うべき肝心の賠償金条項は一切含まれていなかった。

日本政府は、この条件を受け入れる。

戦費はすでに十七億円を超えていた。先の戦争で得た賠償金の五倍以上、日本国の国家予算数年分に相当する莫大な金額だ。開戦前に「戦費は三億円程度（日清戦争の三割増）」と予想した軍・政府のとんだ見積もりちがいの結果、日本は破産寸前だった。国内では増税につぐ増税が行われ、諸外国にも金利を上乗せした歩合の良い外債を買ってもらうなど手を尽くしてはいたが、各方面ともさすがに限界に達していた。

有り態《あ　てい》にいえば、日本はどんな条件でも呑むしかない状況だったのだ。

講和条件が報じられると、莫大な賠償金を期待していた日本国民の多くは政府の弱腰を批判し、各地で暴動を起こした。有名な日比谷焼き打ち事件は、ほんの一例だ。その頃、

〝ニッポン勝った、ロシャ負けた〟

〝ニッポン勝った、ロシャ負けた〟

と自棄糞《やけくそ》のように同じフレーズをくりかえす歌（?）が日本各地で聞こえた。

日露戦争における日本人の死傷者は二十万人を超える。日清戦争時の十倍以上の戦争犠牲者だ。華々しい戦死ばかりが後世に伝えられるが、実際には病死や凍死、戦場でろくな手当を受けられなかった故の破傷風や合併症で死んだ者の数の方がはるかに多い。

ニッポン勝った、ロシャ負けた……

戦争はたしかに儲かる。ただし、勝った時だけだ。負けた時は莫大な賠償金をとられ、引きわけでも戦費の持ち出し。忘れてはならないのは、どれほど大きな犠牲を払おうとも、必ず勝てる戦争などというものは歴史上存在しないということだ。

——戦争は割に合わない。

日本国民は熱狂からようやく我に返ったかといえばそうでもなく、実情を知らされなかった者たちは「もっと儲かるはずだったのに」と文句を言っただけであった。

四　洋食のレシピ

「おーい、ちょと来てくれんか。あれ、どこ置いたんやったかいな」

誠之助は書類の山をひっかきまわしながら、家の奥にむかって声をかけた。

誠之助は昔から整理のよいほうではない。もともと蒐集《しゅうしゅう》癖があり、かつ趣味が多方面にわたるために、自然と種々雑多な書類や品物が身のまわりに集まってくる。

若いころは転居をくりかえしていたため、引っ越しのたびに整理、処分していたのだが、インドから帰国して妻を娶《めと》ったあとは、さすがにひとつ場所に腰を落ち着けた。そのせいで、医院と自宅を兼ねた家のなかは、本や書類、その他わけのわからぬ物が増える一方だ。

書斎の本棚は、職業がら、医学関係の本や論文が掲載された雑誌が多いのは仕方がないにせよ、大部《たいぶ》の百科事典、哲学書、料理の本などがずらりとならび、そのうえ昨今全国各地で雨後のタケノコのように創刊されている新聞や雑誌を手当たり次第取り寄せているので、いくら棚を増やしてもすぐにいっぱいになる。誠之助にはまた、新聞広告で興味をひかれた品を片っ端から取り寄せるという困った癖があって、それらが脈絡もなく床の上に積み重ねられて、放っておくと家のなかはすぐに足の踏み場がなくなってしまう。

大石家の書斎が客人を迎えられるだけの秩序をつねに保てているのは、ほとんど奇跡といってよかった。

その奇跡を現実のものとしているのが、誠之助の妻・エイである。

エイは、明治十六年一月、新宮生まれ。誠之助より十五歳ばかり年下だ。エイの父・伊熊橘造はかつての武士階級に属し、御一新後は仲之町で新宮最初の活版印刷所を開くなど、この地方を代表する知識人の一人であった。

エイが六歳のとき橘造が逝去。その後エイは、横須賀の親戚に預けられていたこともある。

「おーい……」

と、誠之助は家の奥にもう一度声をかけた。ふりかえった拍子に棚に手がぶつかり、書類がばさばさと落ちてきた。

(まいったな)

誠之助は床に散らかった書類を見まわして頭を掻いた。

――エイにまた怒られる。

と、一枚の葉書が誠之助の目にとまった。

昨年二月、木本で演説会を行った翌日に訪ねてきた「菅野すが」なる女性から、後日届いた礼状だ。すがは葉書で突然の訪問を詫び、併せて神倉に案内してくれたことに丁寧に礼を述べていた。

手を伸ばし、葉書を目の高さに掲げた。

美しい手跡だ。

簡潔な文章からも頭の良さが伝わってくる——。

文末に目をやり、誠之助はふっと笑った。

「菅野すが」ではなく「菅野須賀子」と、わざわざそこだけきちんとした楷書で署名してある。あのとき名刺を「すがのすが」と誤読され、誠之助と子供たちに大笑いされたのがよほど悔しかったのだろう。

(どんだけ負けず嫌いなんや)

神倉の急な石段を弱音ひとつ吐くことなくのぼりきったすがの横顔が、誠之助の脳裏に浮かんだ。

負けず嫌いのすがは、そのくせ那智の浜に伝わる補陀落渡海船の話を聞くと急に顔色を変えた。「こわい」と呟き、子供のように誠之助の袂《たもと》をつかんだ。

色白の、いわゆる〝ひらおもて〟顔だが、思いの外まつげが長く、そのまつげが微《かす》かに震えていた。集中すると心もち顔を伏せ、まつげの下から上目づかいにじっと相手の顔を窺い見る癖がある。当人は無意識なのだろうが、見られた側は思わずどきりとする……。

(何を考えとる)

誠之助は頭に浮かんだ邪念を追い払うようにぶるりと首をふり、葉書を元の棚に戻した。

（さて、こっちはどないしたもんか）

ふりかえり、誠之助は困惑した表情を浮かべた。

床を埋め尽くしているのは『牟婁新報』。隣町紀州田辺で月に十回ほど発行されている新聞だ。

牟婁《むろ》とは山と海に三方を囲まれた土地「室《むろ》」を語源とし、紀伊半島の海沿い一帯をいう。古くは殊に熊野中辺路《なかへち》の起点・田辺の地を指す言葉であった。

牟婁新報創刊は明治三十三年。誠之助が二度目の留学を終えてインドから帰国する前年だ。社主・毛利清雅は柴庵《さいあん》の筆名をもち、自ら主筆として、新聞紙上でさまざまな社会問題に取り組んでいた。牟婁新報は世で白眼視されがちな社会主義者を積極的に雇用したため、年端のいかぬ植字工の少年までが「自分は社会主義者である」と大真面目な顔で主張して周囲の微笑をさそう、といった社風であった。

誠之助は明治三十八年三月初めから牟婁新報に「新宮より」と題した文章を定期的に寄稿している。かねてより噂を聞き、興味を持っていたところへ「今度牟婁新報に入社する」というすがいの訪問があり、寄稿のきっかけとなったのだろう。

牟婁新報入社時の管野須賀子（後に幽月《ゆうげつ》の筆名）の肩書は「家庭欄記者」。が、毛利柴庵は彼女の文章を高く評価し、すぐに「家庭欄主任記者」に格上げされた。

さらに、明治三十九年二月、須賀子の肩書は、

「留守編集主任」

となる。

編集主任は、いまでいう編集長。紙面方針を決定する最高責任者だ。「留守」の但し書きは、柴庵が書いた記事が「官吏侮辱罪」に問われ、四十五日間の下獄を命じられたためであった。

――留守を頼む。

柴庵から編集主任を任されたとき、管野須賀子は弱冠二十四歳。

小なりとはいえ定期購読者をもつ新聞社だ。柴庵はよほど彼女が書く文章にほれ込んでいたのだろう（柴庵がほれていたのは須賀子の才能ではなく、須賀子当人だったという説もある）。

いずれにせよ初の「編集主任」だ。負けず嫌いの須賀子が張り切らなかったはずはない。

須賀子がまっ先にとりくんだのが、当時和歌山県を賑わせていた「遊郭問題」だった。

須賀子が牟婁新報「留守編集主任」となる二か月ほど前、和歌山県議会が建議案を可決。和歌山県初にして最大の遊郭施設が新宮速玉神社の奥、相筋《あいすじ》の地に設置されることが決まったばかりであった。

この問題に、須賀子が嚙み付いた。

――女性を商品として売り買いする遊郭施設を国や県が公に認め、これに税金を投じることは、同じ女性として断じて許せない。

牟婁新報紙面に遊郭設置に反対する管野須賀子の主張が連日のように掲載された。

前年秋に牟婁新報に入社していた青年・荒畑寒村《あらはたかんそん》（勝三《かつぞう》）が歩調を合わせ、「売らるる乙女（新体詩）」「同胞を売る者は誰ぞ」「置娼は罪悪なり」「置娼問題と婦人」など、人道主義のまっすぐな立場から遊郭設置に反対する文章を矢継ぎ早に発表。いずれも遊郭施設の問題点を鋭く指摘する名文として一部知識人の間で話題となった。

誠之助が遊郭問題について寄稿しはじめたのも、ちょうどこのころだ。誠之助もまた人道的見地から、あるいは地域医療の立場から、遊郭設置に反対する文章を牟婁新報に発表している。もっとも誠之助は〝まっすぐすぎる批判〟は須賀子や寒村らに任せ、彼らとはやや角度を変え、例えば問題の趣旨を理解しない者（主に男性）に対しては、

「県が遊郭を公認するのは、国がテラ銭をとって賭場を開くようなものや」

といった一風変わった説明をしたり、あるいは、

「（地主らの中には）今度新宮へ来合わした警部長を抱き込んで、物にしようと骨を折る者もあるげなが、あんなオツカない人が生捕れるものか、どうだか」

と、独特の方言を交え、ユーモアと皮肉たっぷりに遊郭問題の愚を読者に訴えている。

一方、遊郭設置を進める新宮の実業家たちは、地元新聞二紙を抱き込んで誘致運動を展開。甘言を餌に住民を説き伏せ、あるいは買収し、あるいは恫喝して、着実に勢力をひろげていった。

新宮医師会も〝賛成派〟につき、この件で誠之助は地元医師会と対立。のちに医師会を脱退する遠因となる。

翌年六月、県内初の遊郭が新宮に開業する。新宮警察署長が退職して楼主におさまり、巡査部長が遊郭の御用係に任命されるという、笑い話にもならない呆れるばかりの官民癒着ぶりであった。

遊郭開業直前、須賀子は牟婁新報を退職して田辺を去っている。

表向きの退職理由は「主筆・柴庵が戻ってきたので、留守編集主任の役目を終えたから」だが、家庭欄主任に戻ることもなく社を離れたのは、おそらく留守中〝少々やり過ぎ〟て柴庵の不興を買ったためだろう。荒畑寒村も彼女より先に離職している。

己が主宰する新聞に「官吏侮辱罪」の記事を平然と書く毛利柴庵は、同時に一筋縄ではいかないアクの強い人物であり、ある種の〝政治家〟でもあった。そうでなければ、地方で新聞社など経営できるはずもない。

牟婁新報紙上に何度も並んで文章を掲載しながら、誠之助は須賀子が田辺にいるあいだ、結局一度も顔を合わせる機会はなかった。

もっとも、田辺の珍しい〝女性記者〟、さらに珍しい〝女性編集主任〟の噂は、新宮でもよく耳にした。

嘘か真か、様々な噂が聞こえてきた。中でもおかしかったのは、田辺滞在中、須賀子は常に紫の袴をつけ、足に革靴を履いていたというものだ。顔には出さなかったが、「すがのすが」同様、神倉の石段に苦労させられたのが、よほど悔しかったのだろう。

「管野須賀子」は季節外れの春の嵐のように田辺に来て、そして去っていった……。

つらつらとそんなことを考えていた誠之助は、ふと、人の気配を感じてふりかえった。

書斎の入り口に、妻のエイが一歳半になる娘を抱いて立っていた。

エイは切れ長の目をいっそう細めるようにして、

「ふうん」

と言った。

「なんや？」

誠之助は慌てたように妻にたずねた。

「あんたが呼んだんやろ。何もないんやったら、何もないよ」

「俺が？　呼んだ？」

誠之助は一瞬首をかしげ、眉を寄せた。

「そやった、そやった」

と誠之助はすぐに手を打ち、

「あれ、どこ置いたんやったか知らんか？」

「あれやわからん」

「あれや、あれ。ほら、こないだお前にも見せたやろ」

「これか」

エイは幼い娘を抱いたまま書斎に歩み入り、散らかった書類の山のなかから目指すものを手品のように取りあげた。

誠之助の手書きのメモで、洋食のレシピが記してある。

「おお、これこれ。これを探しとったんや。おおきに、助かったわ」

誠之助はそう言うと、エイが抱いた娘のほっぺたをちょっとつまんで書斎を飛び出していった。

書斎に残ったエイは、床に散らばったままの書類を眺め、腕のなかの娘をあやしながら、

「お父はんは、外ではエエかっこしいやからな」

と独り言のように呟いている。

誠之助は長女にフカと名付けた。

「エイ」という妻の名前にちなんで長女に「フカ」と名付けるセンスは、普通の者にはちょっとついていけない。

ちなみに、誠之助が選んだ結婚式の日取りは仏滅である。

エイは誠之助の提案を笑って受け入れた。

エイは子供のころから「頭の良い人のところにお嫁に行きたい」「頭の良い人が相手でなければ結婚しない」と言っていたという。古いしきたりにとらわれない誠之助の自在な感覚と、ユーモアのセンスを評価したのであろう。誠之助の甥にあたる西村伊作がのちに、

——色の白い、きれいな、頭のよい女性でした。

と叔母・エイの印象を書きのこしている。

たいていのことは受け入れる、度量《どりょう》の大きな女性だったことは間違いない。

医院を飛び出した誠之助は、そのまま道をわたって「太平洋食堂」にむかった。

食堂に顔を出すと、たちまち子供たちの賑やかな声が誠之助をむかえた。

「なんない、ドクトル。何しとるん！」

「腹へったわ。早《は》よして」

「もうあかん。死にそうや」

椅子の背にもたれかかり、大袈裟に白目をむいてみせる子供もいる。

「おお。すまん、すまん。もうじきやさかい、死なんと待っとれよ」

誠之助は子供らに軽く手をふり、食堂を横切ってキッチンに入った。

「そやった、そやった。トウガラシは……もう入っとる。あとは〝レモンの汁を絞りこみ、ザラメを入れ、少量の干しブドウ。塩少々とコップ一杯の酢を加える〟と……」

自筆のメモを眺め、ぶつぶつ言いながら味を調《ととの》えていく。

食堂から子供らの声が聞こえる。

キッチンにはカレーの匂いが漂っている――。

「腹へった！」

誠之助が料理を覚えたのは、アメリカに留学していた二十代初めのころだ。当時のアメリカには、一般家庭に住み込んで家事手伝いをしながら学校に通う「スクール・ボーイ」なる制度が存在した。現在のホームステイとアルバイト学生を併せたような感じだ。

誠之助が留学した一八九〇年代、アメリカは〝世界の田舎町〟であった。ここでいう田舎町とは、大量生産、大量消費の資本主義の波がいまだ押し寄せてはおらず、一般家庭では自分たちの食事は無論、家を建て、家具を作り、衣服を縫い、修理修繕、繕い物も、すべて自分たちの手で行うのが当然とされる社会のことだ。

誠之助は当時のこのアメリカの社会システムを大いに気に入った。

よほど性《しょう》に合ったらしい。日本に帰ってからも、誠之助は「男子厨房に入らず」などという俚言《りげん》を尻目に台所に入りびたって料理を作り、家を建て、家具の修理修繕から繕い物まで、すべて自分でこなした。

結婚後もしきりに台所に入ってあれこれ料理を作ろうとするので、妻のエイにずいぶん嫌がられた。「西洋料理は味に慣れている自分が作った方が美味い」というのが当人の言い分だが、実際には「料理を作るのが好きだった」だけだ。

繕い物にはさすがにエイが手出しを許さず、その代わり誠之助は「無紋の羽織」や「自ら考案した新趣向の柄」「仏国《フランス》の労働者が着ているブラウズ（の様なもの）」といった妙な代物を呉服屋に注文しては、あとでエイに呆れられた。

大石誠之助は「手の人」といわれる。

要するに「何でも自分でやりたがる」ということなのだが、この傾向はアメリカとその後のカナダ留学時代に培《つちか》われたものだろう。

明治三十七年から三十九年にかけての三年間が、誠之助の料理熱がもっとも高まった時期だ。

このころ、誠之助は料理に関する文章をせっせと新聞や雑誌に寄稿している。

「和洋折衷料理」「サラド（サラダ）の話」「牛乳の話」「サンドキチ数品」といったものから、「臓器（物）料理」や「モック・ソーセーヂ」「シチウの調理法」、はては「新案料理数品」といったものまで。あたかも後の名著『檀流クッキング』を思わせる平明でユーモアあふれるそれらの文章からは、料理を作ること、食べることの楽しさがよく伝わってくる。

誠之助が太平洋食堂を開店した理由も、ひとつには「自分で思う存分料理を作りたい（食べたい）」という欲求をみたすためであったようだ。

――楽しくなければ人はついてこない。

かつてすがに語った誠之助の言葉には主語が抜けている。

自分が楽しむこと。

それが誠之助には重要であった。逆に「自分が楽しくないのに人がついてくるはずはない」とも思っている。


大きなお盆を両手に掲げたエプロン姿の誠之助がキッチンから姿を見せると、食堂の子供らがいっせいに歓声をあげた。

誠之助は、お盆の上から手ぎわよくテーブルに料理を並べていく。

まずはカレーが入った壺《ポット》。付け合わせのピクルス。チャツネ。それから――。

誠之助がテーブルに置いた大皿を、子供たちが珍しそうにのぞき込んだ。顔をあげ、首をかしげて誠之助にたずねた。

「ドクトル、これなんなん？」

「ナンや」

「だから、なんなん？」

「だから、ナンやて」

禅問答のようなやりとりに、子供らは訝《いぶか》しげに顔を見合わせた。

誠之助は笑って種明かしをした。

「これは〝ナン〟いう名前のインドの食べ物や」

「ナン？」

「これ、ナンいうんか！」

子供たちのあいだに水紋のように理解がひろがっていく様《さま》が目に見えるようだ。

「ナンやて」

「変な名前の食べ物やなぁ」

顔を見合わせ、まだ首をかしげている子供らを横目に、誠之助は料理の皿をテーブルの上に並べ終えた。

「もう食べてエエ？」

「まだや。順番がある」

誠之助は逸《はや》る子供らを片手で制して言った。

「まずは、手洗いからや。みな、ちゃんと手洗《あろ》たか？」

誠之助は先にテーブルに出しておいたフィンガー・ボウルを示し、自ら使い方を実践してみせた。

「もう洗た！」

「洗たで！」

「ドクトルの言うたとおり、みんなちゃんと洗たよ！」

誠之助は子供たちの返事にうなずき、

「ええか、右手だけ使《つこ》て食べるんやぞ。左手は使たらあかん」

「箸《はし》は？」

「箸もあかん。インドではカレーは手で食べる」

誠之助は右手でナンをちぎり、カレーをつけて口にほおばってみせた。

子供たちはあんぐりと口を開けて誠之助のやり方を見ている。子供らののどがごくりと鳴った。

「食《く》てよし！」

合図とともに、子供たちがいっせいにナンに手を伸ばす。

誠之助は満足げに子供たちの顔を見渡した。

日露戦争のさなか、誠之助が一大決意をもって始めた太平洋食堂は、しかしその後、新宮の大人たちにはあまり評判がよろしくなかった。

——作法にうるさい。

という。

ナイフやフォークの正式な使い方。食事の順番。音を立てるな。

「横からいちいちドクトルに食べ方を指示されたんでは、食うた気がせん。料理がまずいわけやないが、金払《はろ》てまで行く気にはならん。西洋料理食うだけやったら、ほかにも店ある」

というのが大人たちの言い分で、なるほど誠之助は自分がアメリカやカナダで身につけた西洋料理の食事作法を新宮にひろめるべく、太平洋食堂に客が来るたびに顔を出し、となればつい口も出した。ちゃんとしたマナーを覚えた方が楽しい、その方が美味しく食べられる、と思ったからだが、心意気余って何とやら。

張り切り過ぎたということだ。

おかげで客足はすっかり遠のき、最近は子供たちを集めて新作西洋料理のお披露目会をするのが太平洋食堂のもっぱらの役目となっている。

「ドクトル、これはなに？」

子供が発した質問に、誠之助は思案から我にかえった。

子供は小皿に盛った品を気味悪げに指さしている。

「これはチャツネいうてな。まあ、甘ないジャムみたいなもんや」

「甘ないジャム？　ジャムちゃうやん」

「ま、騙されたと思て、カレーと一緒に食《く》てみ」

子供はチャツネをナンにのせ、恐る恐る口に入れた。

苦労して再現してみたものの、子供らの顔つきを見るかぎり、たいして美味しいとも思わなかったようだ。

「カレーに雲丹《うに》と海苔《のり》をかけても、美味《うま》いんやけどなぁ」

誠之助の独り言に、周囲の子供たちは顔を見合わせている。

「納豆もいけるで」

そう言うと、何人かの子供がげんなりした顔になった。

新宮は古くから木材取引を通じて江戸と関係があり、関西圏には珍しく納豆やくさやなどの食べ物が流通していた。が、流通しているのと子供らの口に入るのは、わけが違う。明治になっても、新宮の子供らにとって納豆は依然として不気味な食べ物のひとつだった。

「そや、ドクトル。あれ知っとる？」

近くの席にすわった子供が顔をあげ、口を動かしながら誠之助にたずねた。

「教会のこと、もう聞いたかい？」

「いや、聞いてないよ。教会が、どないしたんや」

誠之助は口のまわりをカレーで黄色く染めた子供にたずねた。そういえば、この子の家は新宮教会のすぐ近所だ。

「今度新しい人が来ることになったって、ひとら言うとったわ」

そのあたりから周囲の子供らが会話に参加してきた。

「ほんまか？」

「誰ぞ来るの？」

「今度はどんな人が来るんやろな」

いっちょまえの子供らの話に、誠之助は濃いひげの奥で苦笑した。

新宮基督《キリスト》教教会は、誠之助の長兄・余平《よへい》が建てたものだ。誠之助より十三歳年上の余平は、北山一帯の山林を所有する資産家・西村家の一人娘ふゆと結婚しながら、己の信仰のために財産をなげうち、伝道中に濃尾大地震の奇禍にあって命を落とした。誠之助がアメリカ留学中の出来事である。

誠之助は死んだ長兄を敬愛していた。変人であった実父より、誠之助にとってはある意味よほど父親らしかった存在ともいえる。

誠之助が日露戦争に反対する非戦演説会をはじめて開いたのも、余平が遺《のこ》した新宮教会だ。新宮教会には常任牧師がいない期間が長く、その間は伝道牧師が短期間滞在するだけであった。前任の間宮牧師が、

ざんねんや蜜柑《みかん》の青き紀伊を出る

という句を残して転出して以来、新宮教会は無主の建物となっている。

誠之助は手を伸ばし、噂話を教えてくれた子供の頭を撫でた。口のまわりをナプキンで拭ってやり、

「エエ人が来るとエエな」

と、にこりと笑って言った。

五　まつろわぬ者たち

夕刻。

誠之助はぶらりと家を出た。

本州のほぼ最南端に位置する新宮の夏の日は長い。

陽が落ちたあとも空にはぎらつくような輝きがのこっている。海のうえに巨大な入道雲が白く浮かんで見えた。

そのぶん、暑さもひとしおだ。

「ドクトル大石」の看板を掲げた船町の診療所兼自宅を出ると、そこからすぐになだらかな坂道が川原へとくだっている。

珍しく浴衣《ゆかた》姿。ふところ手に、のんびりした足取りで川のほとりまで歩み出た誠之助は、足下に砂利を踏み締めて、ほっと息をついた。

目の前を満々と水をたたえた熊野川が流れている。

さすがにこの時刻ともなれば、川面をわたる風が頬に心地よい。

川面には、エビ搔きや夕涼みの小舟が何艘《そう》も出ていた。社《やしろ》の森からヒグラシの鳴く声が聞こえる。

頭のうえをシオカラトンボの一群が軽やかに飛びすぎ、岸の岩から小魚を狙うシラサギはまるで拵《こしら》え物のようにじっと動かない――。

昼間の暑さを忘れさせてくれる景色に誠之助は目を細め、微笑を浮かべた。

背後をふりかえると、川原はたくさんの人たちで賑わっていた。

新宮の町と熊野川をつなぐのは「御幸町」「新道」「横町」と呼ばれる三本の通りで、この道の両側に多くの店舗が軒を連ねている。全部で百軒余りもあろうか。一番多く目につくのは「宿屋」の看板だ。熊野川を上下する筏師《いかだし》や船頭、行商人などにとって、川原の簡易宿は新宮の町中にある宿屋より便利で、また値段も安かった。

次は鍛冶屋。意外な気もするが、筏を組むための鐶《かん》をはじめ、川を上下する筏や川船に必要な金属製品はすべて川原の鍛冶屋で誂《あつら》えられる。

その他、飲食店、土産物屋、魚屋、駄菓子屋、履物屋、タバコ屋（紀州には刻み煙草を椿《つばき》の葉で巻く風習があった）、さらには荷物の上げ下ろしを専門とする仲仕《なかし》小屋など雑多な店が建ち並び、そのあいだを棒手振《ぼてふ》りの行商人が行き来していた。

「トンビ」といわれる者たちの姿も見える。荷車を曳き、川原で売り買いされる木炭や杉皮、おがくず、その他縄の切れっ端に至るまで、安く手に入るものならなんでも買い漁《あさ》り、町方の得意先に売って利鞘を稼ぐ商売だ。「トンビ」の名は、川原に流れ着くものに目を光らせているところから来たものだろう。買い物を命じられた大店《おおだな》の丁稚たちの姿も見える。

夕方のこの時刻ともなれば、川からあがった筏師や船頭らの威勢のよい声がとびかい、宿や飯屋ではすでに酒盛りが始まっている様子だ。

新宮の町の人たちも川原に涼みに出ていた。白い浴衣を着て床几《しょうぎ》に腰をおろし、談笑する旦那衆たち。川岸で花火をする者もある。子供らが駆けまわり、係留中の筏に飛び乗っては、おとなたちからど叱られている。

新宮と熊野川のあいだに位置するこの場所は、未明から夜更けまで賑わいが絶えることがない。

誠之助が川原を歩くとあちこちから、ドクトル、ドクトルさん、と声がかかる。「こっち来て一緒にいっぱいどうです？」という者たちに軽く手をあげ、ぶらぶら歩いていると、背後からぐいと袂《たもと》を引っ張る者があった。

ふりかえると、近所に住む子供の顔があった。右手の指に包帯を巻いている。昨夜、船町の医院で誠之助が巻いてやった包帯だ。

誠之助は膝を折り、子供と同じ目の高さになって、

「どうや。もう痛《いと》ないか？」と訊《たず》ねた。

無言でうなずく子供の頭に誠之助は手をのせ、

「そうか。それは良かった。なによりや」

そう言うと、子供は歯抜けの口でニッと笑った。

昨夜遅く、「ねずみに噛《か》まれた」と泣きながら親に連れられてきたその子を誠之助はすぐに診《み》てやった。傷口を洗い、消毒したあと、子供には「エラい目におうたな。もう大丈夫や。あとはハブ草の汁をつけといたらええ」といって安心させ、親にハブ草の実物を見せて、「これと同じもんが中学校の庭に生えとるんで、朝になったら採ってきなあれ」と教えた。診察料は取らなかった。恐縮する両親《ふたおや》に手をふり、「草がどこに生えとるか、言うただけやさかい」と無造作に言って帰した。

誠之助は新宮《このまち》のどこに、どんな薬草が生えているのか、いつも熱心に調べてまわっていた。太平洋食堂に集まってくる近所の子供たちにも薬草を教え、生えているのを見つけたら報告するよう言ってある。

無用な投薬は有害無益。

それが医者としての誠之助のモットーだ。医院にくる患者に対しても、薬は極力処方しなかった。先日もひどい下痢を訴えてきた大人の患者に「今後三日間、食事はお粥だけ」と命じ、薬は出さず、あとは「温《ぬく》めたこんにゃくで腹を温めるよう」言いつけて帰した。

「アカンかったら、もういっぺん来なあれ」

と言っておいたが、それきり来ないので、薬なしで治ったのだろう。投薬の必要がある場合でも必ず一剤主義。何種類もの薬を同時に処方することは決してなかった。そのせいで誠之助は地元の医師会からしばしばいやみをいわれ、もめごとの原因ともなっている。

「ドクトルさん！」

顔をあげると、子供の両親がすぐわきに立っていた。

「昨晩は、遅いところ無理言うてえらい世話になりまして……」

と両親はしきりに礼をいう。ぺこぺこと頭をさげる。

誠之助は膝をのばして立ちあがり、その場で首をすくめた。必要以上に礼を言われるのは苦手だ。

とはいえ、黙って立ち去るわけにもいかず、困惑していると、袂をまた引っ張られた。

子供が包帯を巻いた指で通りがかった人物を指さしている。

体をかたむけ、子供の歯抜けの口に耳を近づけた。

「あれ、こんど教会に来た人やで。明治なんたらの学生さんやて」

誠之助はしめたと思い、相変わらず頭をさげつづける子供の両親に、

「新任の牧師さんに、ちょっと挨拶して来ますンで」

それだけ言って、そそくさとその場を逃げ出した。

「沖野岩三郎《おきのいわさぶろう》と申します」

新宮基督教《キリスト》教会の新任牧師はそう自己紹介して、ぺこりと頭をさげた。

〝明治なんたらの学生さん〟という新任牧師は、いささか量が多すぎる頭髪をきちんと七三に分けつけ、度《ど》の強い眼鏡をかけた若者だった。牧師さんというよりは、生真面目な勤め人のように見える。誠実そうな、いかにも好人物、といった印象だ。

今年三十歳。学生さんにしては年齢がいっている。聞けば、田舎で小学校の教員をしていたのだが、一念発起して二年前に明治学院神学部に入学。卒業は来年の予定だという。

「ははあ。ほな、今回新宮に来たんは、学校が夏休みのあいだの伝道活動の一環というわけですか」

常任牧師が来ることを期待していた誠之助は、少し残念な思いで独りごちた。

そこへまた、脇から声をかける者があった。

「おや、ドクトルやないですか」

きびきびとした足取りで歩み寄ったのは、小柄ながら苦み走った浅黒い顔、一見大店の若旦那といった風情の人物だ。

徳美松太郎《とくみまつたろう》。地元の新聞『熊野実業新聞』の記者兼編集委員の一人である。

「毎日暑おますなあ。ホンマ、京都の夏も暑いけど、此処《ここ》の蒸し暑さは格別や」

半分ほど開いた扇子を小粋に使いながらそうぼやいた徳美は、そのくせ汗ひとつかいていない。

六年前。新宮の実業家らが自分たちの立場を表明し、かつ住民を啓蒙する媒体として熊野実業新聞を創刊した。そのさい、東京や京都で健筆を奮っていた〝筆の立つ記者〟を何人か高給をもって引き抜いた。のちに雑誌『太陽』の主幹となる浅田江村《あさだこうそん》や、京都人・徳美松太郎といった者たちだ。

「ちょうど良かった。いま、和尚《おしょう》さんとドクトルの話をしてたところや」

徳美はそう言ってぱちりと扇子を閉じ、背後をふりかえった。

徳美の背後から現れたのは、文字どおりの坊主頭、色黒の丸い顔に海苔を貼りつけたごとき太い眉の、実直そうな人物だ。

高木顕明《たかぎけんみょう》。新宮浄泉寺《じょうせんじ》の住職である。

高木和尚は徳美の横に並んで足をとめ、誠之助に無言で目礼した。青々とした髭の剃り跡と、ぽってりとした分厚い瞼《まぶた》のせいか、やや悲しげな顔に見える。

「それで、ドクトル、例の件なんやけど……」

と、せっかちに言いさした徳美は、ふと、誠之助の隣で所在なげに立っている見慣れぬ人物に気づいて口を閉じた。首をかしげ、閉じた扇子で己の肩を叩きながら、誠之助に目顔でたずねた。

「なんない、みな初対面かいな。こっちは、この夏のあいだ、新宮教会に伝道に来てくれた沖野牧師さん。明治学院神学部の学生さんやそうや」

誠之助は先に沖野を徳美と高木和尚に紹介し、そのあとで沖野にむきなおって、

「浄泉寺住職の高木和尚と、熊野実業新聞の徳美記者……」

と紹介しかけて、誠之助は口もとにいたずらっぽい笑みを浮かべた。

「というか、遠松《えんしょう》さんと夜月《やげつ》さん、いうた方がエエかもしれんな」

「エンショウ？　ヤゲツ？」

沖野は意味がわからず、首をかしげている。

「おやおや。それやったら、ドクトルは自分のことは祿亭《ろくてい》いうて自己紹介せなあかんのに」

徳美がとぼけたように、わざと新宮方言で言う。

「あるいは、無門庵《むもんあん》」

隣で高木和尚がぼそりと呟いた。

「ロクテイ？　ムモンアン？」

沖野はますます困惑顔だ。

誠之助は一歩足を前に進め、徳美と高木和尚の横にならんでくるりとふりかえった。三人並んで、

「句会の仲間ですわ」

誠之助が種明かしをしても、沖野はまだきょとんとした様子である。

大石誠之助。徳美松太郎。高木顕明。

彼らは当時、新宮の町で、

新宮社会主義三人衆

と呼ばれ、一部の者たちから喝采と、同時に同じ言葉で別の者たちから非難を浴びるという、奇妙な一派を形成していた。

奇妙

といえば、これほどおかしな組み合わせもあるまい。

徳美松太郎はもともと、新宮の実業家らの代弁者として熊野実業新聞に高給で招かれた人物だ。その徳美はしかし、最近はすっかり誠之助と意気投合し、誠之助が書く〝社会主義的傾向の文章〟を熊野実業新聞に積極的に掲載している。妙な文章が載るたびに経営者の津田某は苦い顔をしているようだが、徳美ほど筆が立つ記者がそうそういるわけではなく、問題記事が出るたびに都度「注意」でお茶を濁している。

高木和尚についても同じことが言える。

真宗浄泉寺住職。仏教徒の高木顕明はのちに、

――自分は仏教徒であり、かつ社会主義者である。

と宣言するに至る。かれが社会主義思想に近づくきっかけとなったのが、日露戦争のさい、新宮基督教教会で誠之助が行った「非戦論演説会」であった。

尤《もっと》も、高木はそれ以前にも本山が主催する日露戦争戦勝祈禱会を「真宗には、そんな式も、教義もない」といって拒否し、また新宮で遊郭問題が起きたときは浄泉寺で「釈尊、親鸞は、ともに人買いをお許しにならなかった」と連日説教を行い、さらには忠魂碑建立計画に反対して「国賊」よばわりされたこともある。

高木和尚にとって「仏教とは即ち人を救うもの」の謂《いい》であり、かれの教義理解に最も近かったのが当時の「社会主義」だったということだ。

医師。実業新聞記者。お寺の住職。

まったく異なる職種の三人が初めて顔を合わせたのが、新宮で行われた句会であった。

明治三十年代、新派（写生）俳句の波が日本全国を席巻していた。火をつけたのは正岡子規が主宰する雑誌『ホトトギス』だ。明治三十年一月、伊予松山で創刊された同雑誌は、翌年十月発行所を東京に移したあたりから爆発的な売れゆきをみせ、全国で熱狂的な読者を獲得する。

このころ紀州・新宮でも、新派俳句の句会がたびたび開かれていた。

大石誠之助、徳美松太郎、高木顕明の三人も新宮で開催された句会に参加し、最初は俳句仲間として知り合いになった。

句会では俳号が用いられ、職業、身分、貴賤を問わないのが不文律だ。作者の名前を秘して互いの句を詠みあい、批評する。あとで誰が作った俳句なのかを明かすことで、肩書や社会的立場を越えてお互いを理解することが可能となる。句会で知り合ったのでなければ、地域社会のなかでのお互いの肩書や立場が邪魔をして、三人はあるいは意気投合するまでには至らなかったかもしれない。
面白いもので、俳句には見かけ以上にその人の性格が出る。

張り替えた障子あかるき小春かな　遠松《えんしょう》

一見取っ付きづらい容貌・性格の高木和尚（顕明）のやさしさが滲《にじ》み出た句である。

夕立や灯《ひ》ともし頃の旅籠《はたご》町　夜月《やげつ》

〝目から鼻に抜ける〟といわれた徳美の句は、いささか理が勝ちすぎる傾向がある。
誠之助の句は――。

恋の坂のぼりつめ運下り坂　祿亭《ろくてい》

これでは俳句でなく雑俳狂句だ。

誠之助は句会に顔を出してはいても、かれが作った「新派俳句」は残っていない。誠之助は若い時分、一時期都々逸《どどいつ》（七・七・七・五音からなり、明治の頃には「情歌」と呼ばれた）作りに熱中し、「宗匠」の位まで得ている。その他、雑俳狂歌なんでもござれの作風だが、写真を撮られるときと同様、作品にはいずれもどこか照れが入る。

正岡子規が提唱した新派俳句は「月並みを排し、見たままを写生する」ことを旨《むね》とする。人一倍照れ性の誠之助には、どうにもストレートすぎる創作態度であり、〝熱中する〟までには至らなかったようだ。

誠之助はそれまで熱心に取り組んでいた都々逸作りを、明治三十七年、ちょうど「太平洋食堂」開店の頃を境に、ふっつりとやめてしまう。

若き日の誠之助は、漢文和歌が知識人の教養とされる世の中で、「一番弱い立場の者が声をあげる手段」として都々逸や雑俳狂歌を考えていた。我こそは、という自負もあったのだろう。

明治三十年代初め、正岡子規が始めた俳句和歌の改革運動に、誠之助は衝撃を受けた。自分と同年生まれ、同い年の正岡子規が提唱する俳句や和歌の革新は文字どおり命懸けの運動であった（子規は明治三十五年九月に死去）。仮にも都々逸で「宗匠」の位まで得た誠之助に、子規の凄みがわからなかったはずはない。子規の俳句論、和歌論、さらに実作を目の当たりにして、誠之助は「かなわない」と思った。「俳句和歌革命はかれ（正岡子規）に任せて、自分は別の道を行こう」、そう思ったのかもしれない。

もうひとつ、別の可能性もある。

明治三十九年六月、誠之助はこんなことを書いている。

「僕は世の青年に歌を詠むな句を作るなと禁ずるのではない。ただ彼等が自然の美のみを見る限界をいま少しく押拡《おしひろ》げ、人事の醜悪なる点をも洞察して之に同情の涙を濯《そそ》ぎ、一生を小さき風雅人として終わらず、大なる詩人として世に呼号せんことを望むのである。」

誠之助は、天才・正岡子規が切り開いた俳句和歌の新たな地平を望見して舌を巻いた。その一方で、新たな俳句和歌や都々逸が明治の社会に果たす役割の限界も見てとったのではないか？

都々逸に打ち込んでいた当時、誠之助が「一番弱い立場」と考えていたのは、もっぱら「苦界《くがい》の女たち」であった。虐《しいた》げられた彼女らの心情を都々逸に掬《すく》いあげ、三味線の糸にかけて世の中に広く訴える。誠之助にとっては、そのための都々逸や雑俳狂歌だった。

その後、誠之助はシンガポールやインドに留学し、大英帝国が現地の植民地の人々を搾取、弾圧する様を目の当たりにする機会を得た。ふりかえって日本の現状を眺めたとき、「社会的な弱者」は必ずしも苦界の女たちに限定されるものではない、彼女らを含む数多くの国民が社会のなかで故《ゆえ》なき貧困にあえいでいるという現実に気づかされた。

正岡子規が提唱する俳句和歌革命はたしかに素晴らしい。新俳句・新和歌は、人々の世界の見方を一新するだろう。だが、それでもなお、この社会には俳句や和歌、都々逸では言い表すことのできない矛盾が、掬いあげることのできない弱い者の言葉が存在する。都々逸では、どうしても戦争を阻止し得ない。日露戦争において日本の文学者は、ほぼ無力であった。改めてその事実を鼻先につきつけられた――。

都々逸雑俳狂歌を離れた誠之助が、試行錯誤の末にたどり着いたのが「社会主義《ソシアリズム》」の可能性だ。世界の新潮流「社会主義」の言葉（理論）をもってすれば、世の中で虐げられている者たちの言葉を掬いあげられるのではないか。誠之助は社会主義に新たな希望の光を見出した気がした。

実業新聞に高給で雇われて新宮に来た徳美などは、もし誠之助の社会主義演説を最初に聞いていたなら、社会主義という言葉のイメージだけで拒否反応を示した可能性が高い。先に俳句を通じて誠之助と知り合い、意気投合していたために、かれは誠之助が書く社会主義的文章を素直に面白がり、また誠之助の社会主義的な企てにも大いに乗り気であった。

――大石君は春風駘蕩《しゅんぷうたいとう》、雲の空を行くが如《ごと》し。

徳美はのちに誠之助をそんな風に言い表している。よほど人柄に惹《ひ》かれるものがあったのだろう。

徳美がさっき「例の件なんやけど……」と途中まで言いかけたのは、誰でも自由に出入りできる新聞雑誌縦覧所を新たに設ける計画についてだ。船町の太平洋食堂にも同じ目的で新聞雑誌を置いているのだが、ひとつには太平洋食堂は最近「作法がうるさい」と新宮の町の人たちに言われて敬遠されていること、また、最近はすっかり近所の子供らの遊び場になって賑やかな時間が多いことから、新聞雑誌を読むにふさわしい専用の場所を新たに設けたい、というのが誠之助の希望であった。

徳美は誠之助の企画に賛同し、仲之町の自宅一階の一室を新聞雑誌縦覧所に提供してくれることになった——その相談である。

誠之助と徳美、それに高木和尚の三人が新たな新聞雑誌縦覧所開設の件で話し込み、気がつくと、新任牧師の沖野が啞然とした顔で川原の一角をじっと見つめていた。

「どないされました？」

徳美が声をかけると、沖野ははっとした顔になった。見つめていた川原の一角を指さし、

「かれらはいったい何をしているのです？」

と不思議そうにたずねた。

沖野が指さす方向に目をやると、川に近い方から順に家が畳《たた》まれていくところであった。

「水が出るみたいやな」

徳美が首筋に手をやり、独り言のように呟いた。

「水？」

沖野は空を見あげた。

入道雲は見えるが、雨など一粒も落ちてきてはいない。

「下《しも》が晴れとっても、上《かみ》や支流で降ったら、水が出るんです」

高木和尚が丁寧な口調で沖野に説明した。

「そう急ぎやないみたいやさかい、ゆっくり引き上げたらエエですわ」

「急ぎやない？　ゆっくり、って……。いったい、なぜそんなことがわかるんです？」

沖野は左右を見回し、度の強い眼鏡の奥で目をしばたたいた。

徳美が苦笑しながら、新任牧師に事情を説明した。

川原町《かわらまち》
一応そう呼ばれてはいるが、正式な「町」ではない。
川原町に建ち並ぶおよそ百二、三十軒もの家々は、いずれも間口《まぐち》二間、奥行き三間、広さ六坪ほどの大きさだ。「家」といっても、建てるのに釘は一本も使っていない。屋根板を川原の石と横木で押さえ、クサビ、ヌキ、棕櫚《しゅろ》縄で壁板を固定した簡易な建築物である。
砂利の上に直接建てられたそれらの家は、イメージとしては夏のあいだだけ海水浴場に現れる「海の家」に近い。

紀伊半島は本州年間最多降雨量地、また秋の台風の通り道でもある。古来、近畿地方最大の大河・熊野川はしばしば増水・氾濫をくりかえし、そのたびに川原は水に浸《つか》ってきた（最近では大きな被害を出した二〇一一年秋の大水害が記憶に新しい）。このため川原町の住人には、ふだんから風や雲の様子、川の水の色の変化に細心の注意を払い、増水の気配をいち早く察して「家」を解体、移動するという不思議な習慣がある。

川原町の住人が家を畳みはじめたことに気づくと、川原にいた他の者たちも皆、ぼちぼちと引きあげはじめた。川に出ていたエビ掻きや夕涼みの小舟も早々に岸に船を着け、お客をあげている。

川原の飲食店や宿屋で酒盛りをしていた男たちも素直に宴会を切りあげ、荷物をまとめはじめた。

何しろ熊野川が相手だ。

これればかりは文句を言っても仕方がない。

誠之助も、徳美、高木和尚、沖野らとともにいくらか高い場所に移動し、川原町が畳まれていく様を眺めていた。増水が急な場合は手を貸すこともあるが、今回はそう慌てた様子もないので手伝いは不要だろう。

新宮には、

川原よいとこ、三年三月、出水なけりゃ蔵が建つ

という景気の良い都々逸が伝わっている。が、実際には三年三月はおろか一年に三度も四度も水が出ることの方が多く、川原町の住人はそのたびに川原の家を引き払い、建築資材を含む全財産を抱えて高台に避難する。慣れたもので、三十分もあれば家一軒の解体と移動が完了した。

川べりから順に家が畳まれてゆき、見る間にひとつの町が消え失せる様は、ある種壮観であった。

川原町の消失を初めて目にする沖野は、あんぐりと口を開けて眺めている。

他の三人にとっても、見慣れたとはいえ、毎回わくわくするような見世物だ。周囲でも新宮の町の人たちが「あの店は手際がよい」「あそこはとろくさい」などと評論しながら、気楽な様子で見物していた。

川原町は町とも自然とも異なる不思議な場所だ。粗末な町並みだが、底抜けに明るく、開放的で、常に祝祭的な雰囲気をたたえている――。

そういえば誠之助の性格や行動にも、ときに周囲を驚かせるほどの開放的な気楽さや底抜けの明るさが感じられる。子供のころから慣れ親しんだ川原町の影響もあったのだろう。

百軒余りの家がすべて引き払われるのを待っていたかのように、水位があがりはじめ、川

原はたちまち水で覆われた。

新宮の町の者たちはそこまで見終えて、満足したように解散し、三々五々家に帰っていく。あるいは、いま目にした光景を肴に町中の飲食店で飲み直そうという者たちもいる。

誠之助も徳美や高木和尚と目配せを交わし、最後にまだ呆然としている沖野に声をかけて、引き上げることにした。

踵《きびす》を返し、帰路についた誠之助はふと足を止め、川原をふりかえった。

辺りはさすがにすっかり暗くなっている。

濁った川水に浸った川原はもう見えない――。

水があがってくる前の川原町の様を思い出して、誠之助は眉を寄せた。

今夕、川原に集まった人たちはいつにもまして浮かれた雰囲気だった。

日露戦争後、世の中の景気が冷え込むなか、新宮は常ならぬ好景気にわきたっていた。

新宮の主要産物である紀州材は、国内のみならず遥《はる》か台湾にまで運ばれ、明治十五年に二十石（一石は約〇・二八立方メートル）程度だった扱い量は、このころは三倍の六十石を超え、最近はいくら出荷を増やしても需要に追いつかないありさまだ。

新宮には全国から木材の買い付け商人が集まり、連日多額の金銭がやり取りされていた。町なかを「札びらが飛び交っている」といっても過言ではない。県下最大の遊郭が作られることになったのも、新宮の金回りのよさが見込まれてこその話だ。

景気がよいのは結構だが、このところ川原町に集まる新宮の者たちのあいだには、どこか足が地につかない、浮ついた雰囲気が漂っている……。

「ドクトル、なにしてますの？」

はっとして顔をあげると、先を行く者たちが足をとめ、不思議そうに誠之助をふりかえっていた。

「はよ行こらい」

京都人の徳美が、おどけたようにわざと新宮方言でいった。

「すまん、すまん。いま行くよって」

誠之助は明るい声で応え、足を急がせながら、暗がりのなかで真顔にかえった。

妙な胸騒ぎがして、ならなかった。

六　ドクトル大石

闇だ。

鼻をつままれてもわからぬ暗闇の中、耳元でギャアギャアと烏《からす》のしゃがれた鳴き声が聞こえる。

ギャアギャア、ギャアギャア、ギャアギャア。

耳を聾《ろう》さんばかりの烏の鳴き声——。

と、闇の中に白い光がひとつ、ぼうっと浮かびあがった。

白装束に、白い頭巾《ずきん》をかぶった、熊野比丘尼《びくに》。

熊野三山の縁起を描いた曼陀羅《まんだら》絵を携えて全国をまわり、熊野の神々への帰依を説く尼僧が一人、こちらに背を向けて立っている。

比丘尼は曼陀羅絵をさし示しながら「絵解き」をしているようだが、烏の鳴き声に邪魔されて、ひとことも声が聞こえない。

気がつくと、比丘尼の周囲に人だかりができていた。

ひとびとは比丘尼が取り出した牛王宝印《ごおうほういん》に争うように手を伸ばす。三本足の烏を図案化した烏文字で書かれた誓紙《せいし》を、なけなしの金を払って買い求める。

比丘尼がふりかえり、こちらを見た。

誠之助は、思わずあっと息を呑んだ。

曼陀羅絵の絵解きをして誓紙を人々に売っていた熊野比丘尼は——。

菅野すが。

新宮に誠之助を訪ね、神倉神社の急な石段に顔色ひとつ変えることがなかった負けず嫌いの若い女性だ。

すがは誠之助を認め、微笑を浮かべた。色白の顔を心もち伏せ、長いまつげの下から誠之助を窺うように覗き見た。

ふいに、背筋にぞっと粟《あわ》が立った。理由のわからない恐怖を感じた。

この場を逃げ出そうと、辺りを見まわす。三本足の烏が誠之助をとりかこみ、見わたすかぎりの空間を埋め尽くしていた。烏たちの黒い目が、誠之助をじっと見つめている。

闇の中から無数の手が伸びてくる。誠之助は、頭といわず足といわず腹といわず、手当たり次第つかまれる。むちゃくちゃに引っ張られる。

——こいつはおれの獲物だ。

闇の中からいくつもの声が聞こえる。

——八つ裂きにしろ。

——殺せ、殺せ！

誠之助はあらんかぎりの力で抗《あらが》う。が、身動き一つできない。悲鳴をあげようとして——。

目が覚めた。

目を開けても何も見えない。

誠之助はすぐに気がつき、顔にかぶさった新聞を払いのけてソファの上に起きあがった。

昼食後、書斎のソファに横になって新聞を読んでいるうちに、いつの間にかうとうとしてしまったらしい。

誠之助は額に浮かんだ汗を手の甲でぬぐい、ふう、と息をついた。

九月も半ばを過ぎたというのに、猛烈な残暑がつづいていた。ことに午後、日が落ちるまでの時間は風がそよとも吹かず、茹《う》だるような暑さだ。

——午前はパンを得るために稼ぐ。その暇に新聞雑誌を読む。昼飯を食うと頭がボンヤリしてきて横になる。眠る、夢を見る、考える、この間に奇想天から落ちてくる。

と、ふだん周囲の者たちに嘯《うそぶ》いている誠之助も、この暑さでは思うように頭が使えない。足もとの床に落ちた新聞にちらりと目をやり、誠之助はやれやれとため息をついた。

夢に、菅野すがが出てきた理由はわかっている。

隣町田辺で刊行されている『牟婁新報』六月九日号に菅野すが——管野須賀子が「田邉《たなべ》！田邉！」と題した文章を寄せている。

先月、仲之町の徳美宅一階に新聞雑誌縦覧所が設けられた。町の誰もが自由に出入りし、全国から取り寄せた新聞や雑誌を自由に読むことができるという画期的な施設だ。もともとは誠之助が診療所の向かいに開いた「太平洋食堂」で同様の役割を兼ねるつもりだったのだが、色々と障害が起き（一つ場所で何もかもはできないということだ）、新聞雑誌縦覧所を独立させた。ついては、これまで誠之助が溜め込んでいた過去の新聞や雑誌を新たな縦覧所に運び込むべく整理していた。というか、整理するつもりが、ついつい新聞記事を読みふけってしまった。

——我等《われら》が冷たき骸《むくろ》と成《な》らん日、土と化《な》らん迄の安眠の床は、是非に田邉よ。

牟婁新報退社後、京都に移った管野須賀子のいくらか大仰な美文調の文章を読むうちに、眠気に襲われた……。

誠之助は顔をしかめ、天井を見上げた。

屋根の上で、ぎゃあぎゃあとカラスが騒ぐ声が聞こえる。四、五羽はいそうな気配だ。

たぶんこれも、久しぶりに見た悪夢の原因だ。

思いついて窓から顔を出し、左右を見まわした。

家の北側の軒下で、バクがうんざりした様子で伸びていた。洋犬の血が混じるバクは毛足が長いせいか暑さが苦手で、暑さの厳しいおりはたいてい日陰の地面にぺたりと腹をつけ、誠之助が声をかけても、しっぽの先をちょっと振って応えるだけだ。

悪夢を食らうバクの神通力も、こう暑くては働かないと見える。

誠之助は苦笑し、バクに水をもっていってやるよう、家の奥に声をかけた。

表通りで人が立ち騒ぐ気配があり、つづいて慌てふためく男どもの声が聞こえた。

「ドクトル、頼むわ！」

「えらいことになった」

誠之助は急いで廊下をわたり、医院の戸を開けた。

表に集まっていたのは、真っ黒に日焼けした人足たちだ。総勢七、八人。かれらが担架代わりの戸板に乗せて運んできたのは、粗末な着物をまとった痩せた若者だった。帯の代わりに荒縄をしめ、他の男たち同様たくましい腕肩をしているが、顔にはまだ幼さが残っている。二十《はたち》そこそこ。もしかすると、まだ十代かもしれない。

その若者の胸のあたりが真っ赤に染まっていた。唇の端に血の泡が浮かび、白目をむいて唸っている。

「怪我人や」

「見りゃわかる」

誠之助はふだんとは打って変わった厳しい声で人足頭《にんそくがしら》らしき男に応えた。怪我人なのは見ればわかる。だが――。

「ひとまず中へ。診察台に寝かせ」

そう指示して、道をあけた。

怪我人を乗せた戸板が目の前を通り過ぎる。

誠之助の目付きが一段と険《けわ》しくなった。

「どこで怪我した？　筏《いかだ》か？」

誠之助は最後尾にいた若い人足をつかまえて口早に訊《たず》ねた。

――今年は川が荒れている。

誠之助は先日、筏師らがそう話しているのを聞いたばかりだ。通常六月から九月の雨季には川の具合を見ながら筏の量を減らすのだが、今年は材木の注文に供給が追いつかないため、少々川が荒れていても無理に筏を流しているという。

山で切り出した天然木を筏に組み、熊野川を下る筏師は、稼ぎは良いが、非常な危険を伴う職業だ。「乙乗り《おとの》」の別名は、家を継ぐ長男は筏師にはせず、家を継ぐ義務のない次男《おとうと》以下の仕事という意味だ。

（事故が起きなければ良いが……）

と心配していたところだ。

だが、怪我人と同年代、もしくはもう少し若くも見える若者は、誠之助の問いに、

――ちがう。筏ではない。

と首を横にふり、

――自分たちは河口の製材所の人足だ。

と答えた。

「さっき、荷揚げの縄かけしとる最中に、急に材木がまくれてきて、ほんで……」

顔に流れる汗を拭い、どもりながら答える若者の二の腕を誠之助は軽く叩き、

「わかった。……皆、ちょっと下《さが》っといてくれ」

周囲にそう指示し置いて、手術用の白衣に手早く着替えた。

白い手袋をはめ、医療ガーゼ代わりのさらしで慎重に傷口の血を拭う。

(これは――)

誠之助は白いマスクの下で唇をかんだ。

顔を上げ、医院の奥に向かって、

「醒《さめる》」

と声をかけた。

医院の奥から、黒い髪をおかっぱに切り揃えた若者が顔をのぞかせた。白目が目立つ大き

な三白眼に、長いまつげ、男にしては朱《あか》すぎる唇の若者は玉置《たまき》醒。次兄・玉置酉久《とりひさ》の長男で、誠之助にとっては甥っ子にあたる。

醒はこのところ、誠之助の助手として大石医院の手伝いをしていた。沈着冷静、口数が少なく、いつも世の中を斜《はす》に眺めている感じの若者で、付き合う相手としては面白みに欠けるが、細かい仕事をさせれば間違うことがない。誠之助もかれを信用し、最近は劇薬が入った薬品棚の鍵の管理を任せている。

同じ甥っ子でも、長兄の長男・西村伊作と次兄の長男・玉置醒は、ほぼ同じ年齢ながら正反対の性格だ。好みや行動パターンもまったく違っている。誠之助にはそれぞれの特徴がよく見えていて、伊作には太平洋食堂の内装を一任する一方、医院の手伝いは断り、薬の調合など当人がいくら頼んでも一切触れさせようとしなかった。人にはそれぞれ得意不得意がある。

持ってくるべき薬品を指示すると、醒は珍しく驚いた顔になった。が、すぐに無言でうなずき、医院内にある薬局に姿を消した。

ほどなく、薬品が入ったアンプルと注射器をのせた銀色のトレーを持ってきた。誠之助は念のため薬品のラベルを確認し、薬品を注射器に移した。

怪我人に薬を注射する。

唇の端に浮かんだ血の泡を拭ってやると、怪我をした若者が目を開けた。

「……どこや、ここ?」

うわごとのように呟いた。

起きあがろうとする怪我人を、誠之助はやんわりと押しとどめた。若者の目玉がぐるりと動く。

「ああ。あんたか、ドクトル。……みんなも」

怪我人の顔に、わずかに安堵したような表情が浮かんだ。

次の瞬間、若者の顔がこわばった。口から、まっ赤な血があふれ出した。

若者は目を大きく見開き、誠之助にむかって手をあげた。

「おれは……死ぬんか?」

誠之助は若者の手を取り、無言でしっかりと握った。

「いやや。死にとうない」

若者はゆるゆると首をふった。

「死ぬのは、いやや!　助けてくれっ」

若者の口からまた血があふれ出た。前よりはるかに量が多い。若者はのどの奥からあふれる己の血にむせて咳《せ》きこみ、

「……おっかあ」

最期にそうひとこと呟いて、こと切れた。

誠之助は手をのばし、開いたままの若者の目を閉じてやった。

ふりかえり、背後で待っている男たちに目顔で告げる。

仲間の人足たちが診察台に歩み寄り、死んだ若者を取り囲んだ。表も裏もないほど真っ黒に日焼けした男たちは、死者の顔や頭を撫でてやりながら、

「ふだんは要領《ようりょう》のエエ、はしこい奴やのに……」

「今日にかぎって、手元がくるたんかいな」

「気のエエ奴やったなぁ」

と、囁くような声で語り合っている。

誠之助は少しさがり、血まみれの手術着のまま診察室の椅子にどさりと腰をおろした。

目を閉じ、命の不思議を思う。

危険な神倉の火祭りに自ら望んで参加し、暗闇の中、急な石段を命懸けで駆けくだる者たちがいる。

一方で、生活の糧を得るための望まぬ労働中に不慮の事故で命を落とす者もある。

不思議だ。

人の死に立ち会うたびに、誠之助はこの世界の謎の前にたった一人で取り残された気分になる。同時に、

――医者のできることなど、ごくわずかだ。

つくづく、そう思い知らされる。

来客があったのは、その三日後。

暑さもようやくやわらぎ、秋らしい気候となった日の夕刻のことであった。

書斎で東京の丸善から届いたばかりの英語の雑誌を読んでいた誠之助は、取り次ぎに出た下女から来訪者の名前を聞いて首をかしげた。

「高木和尚が？　珍しいこともあるもんやな」

誠之助は独りごち、和尚を書斎に案内するよう下女に言いつけた。

着たきりの粗末な墨染めの衣、いい加減すり減った数珠《じゅず》を手に現れた高木和尚は、勧められるまま誠之助の向かいの椅子に腰をおろした。

久しぶり——

ではない。

先日、夏休み伝道に来ていた明治学院の学生牧師沖野の送別会が、玉置酉久宅で行われた。高木和尚とはそのときに会っている。

椅子に浅く腰をおろしたきり、高木和尚は無言。色黒の丸い顔に、海苔《のり》を貼りつけたような垂れ気味の太い眉。やや悲しげな表情はいつものことだが、高木和尚はどうしたことかなかなか口を開こうとしなかった。懐手に腕を組んだ姿勢で、じっとテーブルを見つめている。

わざわざ訪ねてきておきながら、用件を切り出そうともしない。なにごとも無理には訊《き》かないのが、誠之助のモットーだ。下女に運んでこさせた香り高いセイロン紅茶を飲みながら、気長に待つことにした。和尚の前にも紅茶を出していて、

（熱いうちに飲んだ方が美味しいんやけどな）

と思うが、口には出さない。

しばらくして、高木和尚が腕組みをとき、

「檀家の葬式に行ってきた」

と、ぼそりと口を開いた。

「この前、あんたとこで死んだ製材所の若い衆の葬式や」

誠之助は飲みかけの紅茶のカップの縁《ふち》ごしに、高木和尚を窺い見た。

葬式の日取りは聞いていた。心ばかりの香典も届けさせてある。

「それが、いやな話でな」

そう言って、高木和尚は深々とため息をついた。

高木顕明が住職を務める新宮・浄泉寺は、ある意味、特殊な寺である。

ある意味というのは、檀家の三分の二が「新平民」と呼ばれる、かつての被差別部落民だということで、しかし、そのこと自体は本来、四民平等を謳《うた》う明治の世では特殊でもなんで

もないはずであった。

身分制度は、江戸時代、徳川独裁政権が統治のために入念に作りあげた虚構《フィクション》だ。

江戸時代以前、この国には職業はあっても、固定的な身分・階級は存在しなかった。草履《ぞうり》取りが関白摂政になって誰も怪《あや》しまない社会である。史書を繙《ひもと》けば、室町末から江戸初期にかけて、この国の人々はむしろきわめて自由に職業や居留地を選んで生活していたことがわかる。

江戸に幕府を開いた徳川政権は、しかしこの流動性をきらい、「封建的身分制度」という、それまでありもしなかった物語をでっちあげた。

――人の身分や職業は生まれ落ちた瞬間に決まり、そこから何人《なんぴと》と雖《いえど》も逃れられない。

という馬鹿げたフィクションだ。

なぜこんな物語が生まれたのか？

結論からいえば、米一粒自分で作ることのない武士が、農民から「五公五民」とも「六公四民」ともいわれる法外な年貢を取り立てるための方便としてだ。逆に、武士が農民から年貢を取るためにはこれしか方法がなかった、ともいえる。

武士階級などというものは、かつてこの国に存在しなかった。農耕社会として発展してきたこの国では、田畑を耕し、作物を得るためには安定した共同体（村）の形成が不可欠だ。だが、世が乱れると、共同体に属さず、労働の成果（食料）だけを奪い取ろうとする不心得者《ならずもの》があらわれる。かれらに対抗するために村では一部の農民が武装し、もしくは武装した他所者を雇うという事態が生じた——。

イメージとしては、黒澤明の映画『七人の侍』を思い浮かべればまちがいない。武士とは要するに、元々は村を守るために雇われた武装農民のことだ。

戦国の世が終わり、世が平らかになると、武士（用心棒）の存在意義は失われる。真に腕におぼえのある者、戦うことを生きがいとする者のなかには、太平の世を機に海外に出て傭兵となった者も少なくない。戦うことより支配することを好む者たちがこの国に留まった。

かれらが作りあげたのが「封建的身分制度」である。

支配者たる徳川氏が全国の武士に戦場での活躍に応じて土地を分配する（封建制度）。人には生まれながらに上下の身分があり、かつ固定されている（身分制度）。

むろん、大うそだ。土地は徳川氏のものではないし、「農民より武士の方が身分が上」などというのは、それまで誰も聞いたことがない話だった。が、武士階級にとってはこのうそを維持できるか否かに自分たちの存亡がかかっている。

身分、だけではない。徳川政権は住む場所も固定し、移動・移住を許さなかった。江戸時代、この国に住む者たちは歴史上はじめて「生まれた土地で死ぬこと」を義務づけられた。

その結果は——。

息が詰まるような、閉塞的な社会の到来だ。

民衆がその閉塞性を当たり前と思いこまされたとき、徳川幕府の統治体制が完成したともいえる。

徳川政権が築きあげた統治システムは「相互監視（密告の奨励）」と「（階級性を前提とした）差別意識」の二つの方針を基礎とする。いずれも人間存在への軽蔑を基礎とした唾棄すべき統治概念だ。その最下層におかれたのが穢多《えた》・非人とよばれる被差別部落民だった。

徳川幕府が倒れ、政権が交替した時点で、この愚劣な虚構を維持する意味はなくなった。新政府にとってはむしろ、「前政権の遺物」として一掃すべき統治概念だ。明治新政府は「四民平等」を謳い、いわれなき差別を受けてきた被差別部落の人々は「新平（民）」として平等な世の中に受け入れられた――そのはずであった。

だが、二百五十年の長きにわたって人々の意識下に刷り込まれた差別の感覚は一朝一夕で拭いさられるものではない。徳川独裁政権が倒れて四十年を経てなお、新平民（元被差別部落民）へのいわれなき差別はつづいていた。

もともと熊野は差別意識の薄い地域である。おそらく、

敬語が存在しない

といわれる独特の方言体系が、階級上位者への過度の忖度《そんたく》や無用なへりくだりを無効にしていたのだろう。その熊野（新宮）で、唯一存在する差別が被差別部落民に向けられたものだった。

江戸時代、新宮・丹鶴城に寓居する侍たちに対して「なにするものぞ」の気概で接した新宮の町の者たちは、一方で被差別部落民をいわれなく見くだし、踏みにじってきた。

明治維新後、四民平等の宣言がなされたあとも人々の差別意識は払拭されず、新平民は居住地や職業を制限され、ために極度の貧困を余儀なくされていた。

檀家に多くの新平民を抱える浄泉寺住職・高木顕明はかれらの貧困を見かね、「檀家から寄付を集めよ」との本山の指示を黙殺。かえって自ら按摩《あんま》を習い、稼いだ金で檀家の子供たちに文具を買い与えるなど、貧しい者たちに何とか手をさしのべようと試みた。

本山の意向を無視した高木のふるまいは、同業の仏僧らから不評をかい、「独善」と非難される。

高木和尚と行動をともにしたのはむしろ、異教徒・新宮基督《キリスト》教教会の者たちだった。

新宮の新平民を最初に雇ったのは、誠之助の六歳年上の次兄・玉置酉久だ。酉久は、長兄・余平らとともに新宮初の基督教教会を立ち上げた一人で、大石家から新宮にある大店《おおだな》の材木問屋・玉置家に養子に出た。かれは、自分が家督を継いだ材木問屋で新平民を雇い、他の者たちと同じ〝正当な〟賃金を支払った。

もっとも、酉久は新宮でも有名な変わり者だ。当時まだ珍しい洋服を着てロバの背に乗り、笛を吹きながら畑仕事に行くかれの姿は町の人々の注目の的だった。かれが仲之町に建てさせた六角形の洋館は新宮の名物であり、遠くから見に来る者が後を絶たないほどだ。何より酉久自身が大店の主《あるじ》ということもあって、新平民に対するかれの行為は、遠巻きにされながらも、あえて意見をする者はいなかった。

しかし、次に同じ新宮基督教教会に属するブリキ屋が新平民を雇ったときは、ただでは済まなかった。

新宮のブリキ職人たちは新平民に自分たちと同じ仕事をさせることを断固拒否、抗議のために(火事の際に使われる)半鐘《はんしょう》を終日打ち鳴らすという騒ぎがおきた。

この紛争の仲裁に入ったのが、高木和尚と誠之助だった(酉久も名乗りをあげたが、これは誠之助が「アニが入ると、よけい揉《も》める」と言って止めた)。

高木和尚と誠之助は新宮のブリキ職人と新平民の人たちをひとつ場所にあつめ、「人として互いに何ら違いのないこと」「人は生まれながらにして平等であること」を諄々《じゅんじゅん》と説いて聞かせた。

最初は拒否反応を示したブリキ職人らも、話を聞くうちに、しぶしぶではあったが、部落の者たちが同じ職場で働くことを認めた。逆に、部落の者たちも、高木和尚と誠之助の話を聞くことで、自分たちは本来差別されるいわれはないのだという自覚を持つようになった。

なかでも、誠之助が留学先のインドで目にしたカースト制の例をひき、階級や差別が天然自然のものではなく人工的な虚構物だという事実を、みなにわかるようやさしい譬《たと》え話をもちい、ユーモアを交えながら話したのが印象的だったようだ。

高木と誠之助は会合の成功にひとまず安堵した。と同時に、自分たちの言葉で参加者の意識が少しでも変わった事実に勇気づけられた。

二人の生涯にわたる連帯は、この一件によって生まれたといっても過言ではない。

誠之助と高木はその場で話し合い、これを機に今後も部落の人たちとそれ以外の住民双方が参加する談話会を持つことを決めた。

談話会は「虚心会《きょしんかい》」と名付けられた。

虚心坦懐《たんかい》。「お互い何でも話し合おう」という意味だ。

明治三十九年一月、浄泉寺で開催された「第二回虚心会」には、仏教、キリスト教、さらには社会主義の枠を超えて新宮の心ある者たちが集まり、新平民の人々を交えて、差別の問題のみならずさまざまな社会問題が話し合われた。

明治三十八年九月二十一日付の『牟婁新報』に次のような記事が掲載されている。

「新宮町の人々は新平諸君を招待して懇談会を開きたるとのこと。実に感嘆すべきことなり。小生どもは常にこれを思うて未《いま》だその機会を得ず。わが町の各宗寺院諸君は健在なりや。一考を乞う」

隣町田辺の者たちにとっても、この会合はまさに驚愕すべき光景だったようだ。

もっとも、実際には参加者の多くはキリスト教徒であり、高木はかれらの宗教的意見表明に顔をしかめることも少なくなかったようだ。

その高木和尚が、わざわざ誠之助を訪ね、

——いやな話でな。

と切り出したのは、本当に、じつに、いやな話であった。

先日死んだ若者の葬式に製材所の所長、つまり死んだ若者の雇い主が来ていたのだが、かれが置いていった香典袋には香典の代わりに借金の証文が入っていたという。

「それだけやない」

高木和尚はくしゃりと顔をしかめ、

「証文には〝今回の香典代わりに幾ら差し引くから、前借り金の残りはこれこれ〟という計算書がついとった。あれら、死んだ者からまだ借金を取り立てるつもりなんや」

と視線を脇に据えたまま、吐き出すように言った。

わずかな葬式代さえ借金しなければならなかった貧困家庭だ。葬式の帰りに高木和尚が河口の貯水場近くにある製材所に立ち寄って文句を言ったところ、当の所長は、

「借りた金は返さなあかん。世の中いうのは、そういうもんやろ。香典とチャラにした分だけでも有り難いと思わな」

と平気な顔で嘯《うそぶ》いたらしい。

だが、そもそも、その「前借り金」とやらが問題だった。

若者の前借り金は三本杉遊郭への借金だという。

家の者の話によれば、半年ほど前、若者は製材所の所長に三本杉に初めて飲みに連れていかれた。若者は最初気のりしなかったものの、「今日は会社のおごりじゃ」という所長の景気のよい言葉のあと、酒、肴がふるまわれ、すっかりいい気分になって帰ってきた。

数日後、若者は町で先日行った店の者にばったり出くわした。「払いはどうせ会社のツケだから」という口車に乗せられ、付いていった若者は、店で綺麗どころに下にも置かない扱いをされて調子にのった。それからちょくちょく一人で飲みにいくようになり、気がついたときには、前借り金で首が回らなくなっていたのだという。だが——。

「行ったばかりの店の者と町で偶然出くわした、なんておかしいやろ。待ち伏せしとったんや。製材所の所長もグルにきまっとる。若いのが何も知らんと思て……。前借り金言うたかて、全部が全部、ホンマにあれが使《つこ》た金かどうか怪しいもんや」

高木和尚はそう言って、釈然としない様子で首をふった。

事故が起きた前日から若者は「体がだるい、熱がある」と漏らしていた。周囲の者が「一日二日休め」「せめて医者行てこい」と助言したのだが、若者は「アカン言われた」と諦めたように苦笑したという。

——注文が殺到して、仕事が立て込んどる。この忙しいのに休まれては困る。熱ぐらい、我慢せえ。

所長が若者にそう言っているのを耳にした者もあった。

話を聞いて、誠之助は不味いものを無理やり食べさせられたような顔になった。

「やれやれ。世の中、狂《くる》とる。どないかならんもんかねぇ」

高木和尚が最後にそう呟いて立ち上がり、首をふりながら帰っていったあとも、誠之助はしばらく書斎から動く気になれなかった。

雇い主が認めなければ医者代は出ない、仕事を休むこともできない。

だから若者は熱を押して無理に働いていたのだ。「ふだんは要領のエエ、はしこい奴」の手元が狂った。

――死ぬのは、いやや！　助けてくれっ。

若者の声が耳もとによみがえった。

それから数日間。

いつもは温和で笑みを絶やさぬ、気さくな性分の誠之助が珍しく不機嫌だった。

医院に来た患者には最低限の処方をするが、それ以外は家族とさえ話そうともしない。

誠之助は書斎に籠《こ》もって一言もしゃべらない。むすっとした怖い顔で椅子にすわり、何事か思案している様子であった。

数日後。書斎からのそりと顔を出した誠之助は、妻のエイに、

「しばらく家空《あ》けるんで、留守のあいだ、太平洋食堂頼むわ」

と言った。

伸び放題伸びた不精髭のせいで山賊のように見える頬をなでながら、

「そやな。かきまぜの鮓《すし》でも出しといたってくれ」

と言う。

太平洋食堂では、日を決めて貧しい者たちに無料の食事提供をつづけていた。そのメニューのことらしい。「かきまぜの鮓」とはいわゆる五目《ごもく》鮓のことで、誠之助の好物だ。嫌いなのは大根。しかし。

「ええけど……」

と、エイは戸惑いながら答えた。かきまぜ鮓は洋食ではない。それは、まあ良い。

「どこ行きますの？」

「ちょっと、東京へ」

そう答えた誠之助は、手にした新聞に目をやり、

「会《お》うときたい人がおる」

と呟くように言った。

七　東京にて

誠之助は東京にむかった。

隣町・三輪崎から名古屋（熱田《あつた》）まで船。名古屋から東海道本線で丸一日の旅程である。東京に着いた夜はかつての都々逸《どどいつ》仲間の家に泊めてもらい、新宿駅近く、大久保百人町を訪ねたのは、気持ちのいい秋晴れの空がひろがる十月八日のことであった。

大久保の停車場《ステーション》でおり、左右を見まわした誠之助は思わず「へえ」と声をあげた。

誠之助が前回東京に出てきたのはかれこれ三年前、日露戦争開戦以前だ。三年のあいだに東京はずいぶん様変わりをしていた。来る途中も、窓から見える東京市内は、門と玄関のあいだが一間もない安普請の建物がいつのまにか所狭しと建ち並び、あるいは建築中であった。

この辺りも、同じようなあたじけない家がまばらに建ちはじめている。

（以前《まえ》来たときは、だだっぴろい野っ原があるばかりのごく寂しい場所やったのになぁ）

と半ば感心、半ば呆れつつ、教えられた番地を頼りにぶらぶら歩いていくと、目当ての家はすぐにそれとわかった。

安普請の家の小さな門を、若い人たちがしきりに出入りしている。かれらの多くは興奮に頬を染め、目をぎらぎらと輝かせていた。家の周囲に巡らせた垣根の外で声高に議論をしている若者の姿も見える。

誠之助は足をとめ、首をかしげた。が、すぐに歩をすすめ、忙しく出入りする若者たちの脇をすり抜けるようにして、家の門をくぐった。

玄関先で案内を請うと、髪を油でぺたりとなでつけた目付きの悪い青年が、誠之助をじろりと眺めて、

「約束はおありですか?」

と訊《たず》ねた。

「約束は、ないヨ」

誠之助は黒いあごひげをひねりながら、平気で答えた。玄関番らしき青年は小ばかにした様子で、

「先生は、約束がない方とはお会いになりません」

突《つ》っ慳貪《けんどん》にそう言って、けんもほろろに追い返そうとする。

「まあ、そう言わんと」

誠之助はニコリと笑って玄関番の青年をなだめ、

「新宮の大石が来た、と言うてみて下され。あるいは、そやな、祿亭《ろくてい》が来た言うてもろた方

が通じるかもしれん」

青年はなおうさん臭げに目を細めていたが、結局、物に動じぬ誠之助の態度に呑まれた様子で、

「しばし、お待ちを」

とロの中でぼそぼそ呟きながら家の奥に入っていった。

「お会いになるそうです。どうぞ」

目付きの悪い青年はすぐに戻ってきて、打って変わった態度で誠之助を案内した。

一番奥の部屋で、若い人たちに囲まれるようにして男が一人、床の間を背に、きちんと膝をそろえてすわっていた。

誠之助は部屋に入り、袴《はかま》の裾《すそ》を捌《さば》いて男の正面に腰をおろした。

玄関番の青年にはああ言ったものの、実は初対面。新聞や雑誌に発表した文章を読んではいるが、じかに顔を合わせるのはこれが初めてだ。

誠之助はそのままひょいと縁側から外に目をむけた。家の狭い庭はろくに手入れもしていないようで、ただ季節柄《がら》、大きな萩《はぎ》が人の背丈より高く伸びて可憐な紫の花をいっぱいにつけていた。

(見事なもんや)

萩は、誠之助の好きな花のひとつだ。

目を細めた誠之助は、庭に顔をむけたまま、視界の端に上座にすわる人物を捉えた。

小柄な男だ。全体的に線が細く、立っても五尺そこそこといったところだろう。色の白い、整った顔立ち。きれいな手をしている。唇が薄く、鼻の下に蓄えた髭《ひげ》がなければもっと若く見えるだろう。眼差しは怜悧《れいり》。眉間に険《けん》がある。やや斜《はす》に体が向く傾向があるので、もしかすると片方の目か耳が悪いのかもしれない。周囲の若者たちと比べると表情が乏しい——。

(ふうん。この男がなぁ)

誠之助は内心、やや意外な感じがした。

目の前の男は幸徳秋水《こうとくしゅうすい》。

明治日本の社会主義運動における輝かしきスターである。

幸徳秋水、名は傳次郎《でんじろう》。

明治四年(一八七一)高知県中村町生まれ。誠之助より四歳年下の当年三十五歳。ちなみにかれが生まれた明治四年は、廃藩置県が実施され、「土佐」が「高知」と呼ばれるようになった年だ。世界に目を転じればパリ・コミューンが成立した年でもある。

十七歳のとき、幸徳は大阪に出て、同郷の土佐人・中江兆民《なかえちょうみん》の書生となる。このことがかれの一生を決定づけた。

中江兆民は弘化四年(一八四七)生まれ。誠之助や幸徳秋水らより一世代上の、いわゆる

〝幕末の動乱〟を経験した人物だ。若いころは同郷の坂本龍馬と長崎で親しく付き合い、幕臣の勝海舟とも親交があったらしい。

幸徳が書生となったころ、中江兆民は大阪で刊行された『東雲《しののめ》新聞』紙上で筆をふるい、「当代随一の名文家」「神韻の文、天馬の空を行くが如し」と称《たた》えられていた。経史に通じ、漢詩漢文の才に長《た》けた兆民は、一方でフランス語を能《よ》くし、仏国の啓蒙思想家ジャン・ジャック・ルソーの著作を初めて東洋に紹介した人物としても知られている。

東洋に、というのは、兆民の『民約訳解』（ルソーの『社会契約論』抄訳）が漢文に訳されていたからだ。漢文ならば漢字文化圏の人々に読めるし、現に広く読まれた。兆民が「東洋のルソー」と呼ばれる所以《ゆえん》である。

兆民が東洋に紹介したルソーの社会契約論は、しかし、とあえて逆接の接続詞を用いたくなるほどに、きらびやかな革命理論である。

――社会の主権は人民にあり、政府は人民から法の執行権を委ねられた機関にすぎない。もし政府が人民の一般意志にもとるときは、人民は政府を転覆し、社会を改造する権利を有する。

明治維新によってようやく封建社会から抜け出し、近代国家のあり方を模索していた者たちにとってはまさに驚天動地、頭を殴りつけられたような衝撃であった。抵抗権から、さらには革命権まで視野に入れたルソーの社会契約論の前では、薩長が幕末に掲げた「尊王攘夷」なる錦の御旗（討幕理念）など〝子供だまし〟としか見えなくなる。『民約訳解』はたちまち、明治薩長藩閥政権に対抗する自由民権運動家たちの「バイブル」となった。

幸徳が兆民の書生となって間もなく、大日本帝国憲法が発布されるという「事件」が起きた。ここでいう「事件」とは、英語の「ｉｎｃｉｄｅｎｔ（突発的、偶発的な出来事）」といったほどの意味で、日本国中が祝賀記念に大騒ぎとなりながら、滑稽なことに誰ひとりその内容を知らないという奇妙なイベントのことだ。

中江兆民は発布された憲法全文に目を通した後、「ただ苦笑するのみ」であったという。社会契約論の紹介者・中江兆民の目には、国民を「天皇の臣民」と位置づけ、人権は天賦《てんぷ》ではなく君主（天皇）から下賜されたもので、君主の意向で自由に制限することができる、と定めた憲法など、〝失笑もの〟以外の何物でもなかったのだろう。

その後兆民は、単に西洋思想の紹介者の立場にとどまるをよしとせず、自らの手で社会改革を行うべく衆議院議員に立候補し、見事当選を果たした。かれは「日々、竹の皮に握り飯を包んで熱心に登院」する。

だが、憲法下で開かれた第一回予算審議会では、あろうことか〝仲間〟であるはずの土佐派（自由民権派）の議員が政府に買収され、裏切ったために、政府予算案がなんなく通過するという事態が起こる。兆民は激怒し、ただちに、

──小生事、近日アルコール中毒病相発《あいはつ》し、歩行艱難《かんなん》、何分採決の数に列《れっ》し難《がた》く、辞職仕《つかまつり》候《そうろう》。

と辞表を叩きつけ、二度と議会に顔を出すことはなかった。

理想を掲げて政治家となったはずの者たちが、いとも簡単にわずかな金に転ぶ。金のために節《せつ》を枉《ま》げ、魂を売って、志を異にする連中の言いなりになる。

兆民にはその事態が信じがたく、またよほどショックだったのだろう。「政治をするには、まず金だ」。そう考えた兆民は、その後さまざまな事業に手を出し、そしてことごとく失敗する。

晩年は〝衣服はすべて質に入れ、蔵書みな売り払い、赤貧洗うがごとき生活〟であった。

師・中江兆民から、幸徳は多くのことを学んだ。物の考え方や文章の書き方、社会や権力者の愚かしさから、はては質屋との交渉の仕方や借金取りのあしらい方まで。幸徳にとって兆民はまさに「先生」と呼ぶにふさわしい存在だった。

兆民の方でも、二十四歳年下の同郷の弟子の優れた知性、まっすぐな人柄、未知なるものへの偏見のなさ、正義感、とりわけ彼が書く文章（漢文）の才能を認め、己の後継者と見なしていた。幸徳が生涯用いた「秋水」の号は、もともとは兆民が若いころに使っていたもの

の一つだ。

もっとも、新聞記者になることを決めた幸徳に「号」を求められた兆民は、初め、

「尊公のごときは余りに義理明白すぎる。たとえば春藹《しゅんあい》と号して、少しぼんやりした方がよかろう」

と提案したらしい。だが、幸徳は、

「私は朦朧《もうろう》が大嫌いなたちです。何とか別の号をつけてください」

と申し出る。

「それなら（春藹とは正反対の）秋水はどうか」

と兆民は苦笑しながら、己が若いころに使っていた別の号を与えたという。

中江兆民は明治三十四年、五十四歳で逝去。その後、「当代随一の名文家」の名を受け継いだのが、かれの弟子・幸徳秋水だった。

亡くなる前年、兆民はすでに「自分に代わって文章を書いてほしい」と幸徳宛てに手紙を出している。

師・兆民の依頼で書かれた文章が、当時幸徳が勤める『萬朝報《よろずちょうほう》』に発表された「自由党を祭る文」である。

――歳は庚子にあり八月某夜、金風淅瀝《きんぷうせきれき》として露白く天高き時、一星忽焉《こうえん》として墜《お》ちて声あり。嗚呼《ああ》自由党は死す也。而《しか》してその光栄ある歴史は全く抹殺《まっさつ》されぬ……。

弔辞の形式を借り、

〃かつて自由のために戦った幾多の志士が流した熱涙と鮮血がいま、長年の仇敵である専制主義者・伊藤博文に捧げられ、彼の胸元を彩る装飾品と化してしまった〃

と、かつての自由党（当時は憲政党）解党を嘆くもので——漢文の素養を既に失って久しい我々の世代には伝わりづらいのだが——一読、読む者を酔わしめ、悲憤慷慨、血涙を絞らしめる希代の名文であったという。

やはり、漢文の素養を既に失って久しい我々の世代には伝わりづらい。

おそらく、文体・文章の問題だけではないのだろう。

のちに同志となる大杉栄《おおすぎさかえ》は、幸徳秋水の文章を初めて読んだときの感動をこう記している。

「彼（幸徳秋水）の前には、彼を妨げる、また彼の恐れる何物もないのだ。彼はただ彼の思うままに、その名のとおり秋水のような白刃の筆を、その腕の揮《ふる》うに任せてどこへでも斬り込んでいく。彼の何物に対しても容赦のないその攻撃は、僕にとってはまったくの驚異だった」

軍人の父を持ち、自らも軍人になろうとしていた大杉栄（当時十四歳）にとって、世間の権威を少しも恐れぬ幸徳の文章、その立ち位置は、目の前の世界が一変するほどの衝撃であった。幸徳の文章との出会いは、大杉のその後の生き方を大きく変えることになる。

幸徳秋水が「名文家」と呼ばれていたのは、結局のところ、

――こんなに何でも自由に書いていていいのか。

という、周囲の者たちの驚きであった。

明治三十六年十月、幸徳秋水は勤務先の萬朝報が日露戦争主戦論に転じたのを機に退社。志を同じくする者たちと週刊『平民新聞』を立ちあげ、非戦論を展開する。

その後日本でほとんど唯一非戦主張を掲げつづけた平民新聞は、しかし発刊一周年記念に「共産党宣言」を訳載したことで発売禁止処分を受ける。同時にその他の記事も問題とされ、第六十四号をもって廃刊となった。

幸徳秋水は新聞編集人として罪に問われ、禁錮五か月を言い渡される。

五か月後、巣鴨監獄を出獄した幸徳はアメリカに渡った。海外の社会主義者の動向を視察し、かつかれらとの交流を図るのがその目的であった。

半年のアメリカ滞在後、幸徳は明治三十九年六月に帰国する。

その五日後、神田錦輝館で行われた彼の帰朝演説は、一種の〝爆弾〟とでも称すべき衝撃的な代物であった。

「世界革命運動の潮流」

と題したこの日の演説で、幸徳は、

「欧米の社会主義運動の方針は、いまや一大転換期を迎えている」

と前置きしたあと、

「それは議会主義から直接行動への転換であり、我が国もまた今後は直接行動を運動方針としなければならない」

と、ぶちあげたのだ。

会場はたちまち大騒ぎとなった——。

というが、これだけでは何の話かわからない。

少し説明が必要である。

本邦初の社会主義政党「日本社会党」が正式に公認されたのは明治三十九年二月二十四日。幸徳秋水がアメリカ滞在中の出来事で、神田錦輝館で帰朝演説が行われたわずか四か月前の話だ。社会主義政党はそれ以前にも何度か届けを出したが、その都度「結社禁止、解散」を命じられてきた。公認当時の内閣総理大臣は西園寺公望《さいおんじきんもち》。若き日のフランス留学時代に中江兆民とも親交があった人物で、明治政府内では「比較的リベラル」と目されていた。

麹町署に提出された日本社会党の綱領は、

——吾人《われら》は国法の範囲内に於いて社会主義を主張す。（傍点著者）

というもので、

社会主義を奉じる議員を国会に送り、かれらを通じて社会主義を実現する。そのためにはまず納税額による選挙権制限を撤廃し、普通選挙を実現しなければならない。

まずまずその辺りが、当時の日本の社会主義運動家の平均的な考え方であった。

そこへ、アメリカから帰ったばかりの幸徳秋水が、いきなり「ドイツの現状を見ても、議会を通じては社会主義が実現され得ないのは明らかだ。これからは直接行動に訴えるしかない」とやったのだ。これでは——。

せっかく日本で苦労して社会党を立ちあげたばかりの者たちは、いい面《つら》の皮だ。

もっとも、誤解なきようつけ加えるなら、このとき幸徳が主張した「直接行動」とは「労働者による総同盟罷工《ゼネラルストライキ》」のことであって、何も暴力革命を示唆したわけではない。

労働者のストライキ。

なぜこれが問題になるかといえば、明治日本では治安警察法（明治三十三年制定）によって、ストライキを含む全ての労働運動が実質上禁じられていたからだ。

労働者に直接運動《ストライキ》を促す幸徳の演説は「国法の範囲内に於いて社会主義を主張」する日本社会党の綱領と真っ向から対立するものであった。

かくて幸徳の帰朝演説会は、日本で社会党を立ちあげた者たちの無視された怒りと、既存の運動方針に物足りない思いをしていた者たちの興奮と熱狂とが渾然《こんぜん》一体となって、大混乱に陥った。

大会参加者がのちに「まるで爆弾を投げ入れられたような感じだった」と述懐するのも頷けよう。

幸徳の「世界革命運動の潮流」は、その後、日本社会党の機関紙『光』に掲載され、社会主義運動家のあいだで議論の的《まと》となっていた。

誠之助が新宮の自宅で妻エィに「(東京で)会うときたい人がおる」と伝えたさい、手にしていた新聞がこれである。

アメリカから帰国後、幸徳秋水は一躍日本社会主義運動左派の中心的人物となった。かれ一流の〝名文〟は読む者を酔わしめ、多くの賛同者を彼の周囲に引き寄せた。幸徳の論文に感動し、そのまま家を飛び出して幸徳を訪ねてくる地方出身者があとを絶たない。

玄関番の青年が、幸徳を訪ねた誠之助をじろりと眺め、

「先生は、約束がない方とはお会いになりません」

と、けんもほろろに追い返そうとしたのは、そうした背景があってのことだ。

が、誠之助は今年三十九歳。不惑《ふわく》目前である。

幸徳論文がいかに名文と雖《いえど》も感動のあまり家を飛び出してくる年齢《とし》ではない。社会主義運動の俄《にわか》スターに祭り上げられた幸徳の側の忙しい事情は百も承知だ。そのうえで、東京を訪ねるからには面会できる胸算用があった。

誠之助は、日本社会党とその機関紙『光』に、この年だけで四十円を超える寄付をしている。同じ年、夏目漱石が発表した「坊っちゃん」作中で、東京に戻って街鉄技手となった主人公が「月給は二十五円で、家賃は六円だ」と述べている。四十円という金額は個人の寄付

としては少なくない。だからこそ、約束なしでも通されたという次第だが――。

ほどなく、幸徳を囲んだ若者たちが訝《いぶか》しげに目配せをかわして、ざわつき始めた。

訪問者が是非いずれの立場にせよ、幸徳の正面に座るや否や口角泡を飛ばして論じ、幸徳がこれに応じて火花散る議論となることがほとんどだ。

ところが紀伊・新宮から来たという髭面《ひげづら》の妙な客人は、日本社会主義運動のスター・幸徳秋水を前に腰をおろしたきり、庭の萩をぼんやりと眺めているだけだ。頭をさげるわけでも、自己紹介するわけでもない。幸徳から「社会主義運動に多額の寄付をしてくれている人で、職業は医師」と事前に情報を与えられていたから良いものの、知らなければ「変質者」としてつまみ出しているところだ。

うさん臭げに顔を見合わせていた若者の一人が、思いついたように席を立ち、お盆にお茶をのせてもってきた。気を利《き》かせた、というわけではない。誠之助の態度を田舎の小金持ちの不遜と受け取ったかれは、誠之助の前にお茶を出しながら、わざと聞こえるように、

「けっ、田舎医者風情が……」

と悪態をついた。

誠之助は頭を掻き、幸徳にむかって、

「Shall we talk in English, if you don't mind?（お嫌でなければ、英語で話しましょうか）」

と流暢な英語で問うと、周囲の若者たちの顔にぎょっとした表情が浮かんだ。

幸徳は苦笑して首をふり、

「I'm sorry. Please talk Japanese. You are good speaker, but I can speak English not so good.（申し訳ありませんが、日本語でお願いします。あなたほど英語が上手くはないので）」

「OK。では、日本語で」

誠之助は頷くと、お盆を手にしたままアッケにとられたようにつっ立っている若者に片目をつむってみせた。

「お初にお目にかかります」

幸徳があらためて口を開いた。男にしてはやや甲高い、特徴のある声だ。

「祿亭どのの論文、いつもたいへん面白く拝読いたしております」

軽く頭をさげたのは、社会主義運動への多額寄付者に対する一種の礼儀だろう。幸徳はすぐに顔をあげ、

「最初にご一緒させて頂いたのは、たしか我ら平民新聞にご寄稿頂いた『国債応募の虚勢』でしたか。『茲《ここ》に至っては帝国万歳も高利貸《こうりがし》万歳となり、其《その》虚勢を以《もっ》て世界に購《あがな》い得る我国光とは何物であるか』。独特の論点で、じつに感心いたしました」

たいていの訪問者は、これで荒肝をひしがれ、議論云々以前に圧倒される。

何しろ、自分自身うろ覚えの、何年も前に書いた文章を一言一句違わずくりかえされるのだ。幸徳の文章に対する記憶力は抜群で、一度読んだ文章は頭のなかに順に整理され、自在

に引用することができた。

が、誠之助は平気な顔でニッと笑い、

「いやいや、ご一緒させてもろたんは、もっとずっと以前《まえ》ですわ」

と言う。

「もっと以前？　というと？」

幸徳は戸惑ったようにたずねた。

「以前、『団々珍聞《まるまるちんぶん》』に〝いろは庵〟の名前で書いてましたやろ？」

誠之助は袂《たもと》からとりだした扇子を、ぱちりと開いて言った。

「あのときに何度かご一緒させてもろてます。もっとも、当時は無門庵《むもんあん》いうてましたけどな」

幸徳は眉を寄せた。右手の二本の指を頬に当てて思案する様子であったが、急に「あっ」と小さく声をあげた。

『団々珍聞』はイギリスの漫画風刺雑誌『パンチ』をモデルに、明治日本で刊行された週刊誌だ。乗り出し当初は政治漫画と戯文をもって明治藩閥政府を痛烈に風刺し、しばしば発行停止処分を受けた。その後、日露戦争をさかいに風刺の毒を失い、最近はすっかり権力寄りの編集方針となっている。幸徳は萬朝報在籍中、小遣い稼ぎを兼ねて何度か団々珍聞の「茶説」（「社説」のもじり）に記事を書いていた。そのとき使った筆名が「いろは庵」だ。

「では、あのときの無門庵が、禄亭どの……？」

「どの、言うようなもんやないですが」

誠之助は照れたように首をすくめた。

幸徳は、ふう、とひとつ息を吐き、気を取りなおした様子で目を細めた。

魚の名を 聞くさへかたき国に来て オーバーコートの 質入もせず

今度は誠之助が「あっ」と声をあげる番だった。

誠之助がシンガポールから無門庵の名前で団々珍聞に投稿し、掲載された狂歌だ。七年以上も前の話である。まさか、そんなものまで覚えているとは思わなかった。

誠之助は目を丸くし、

「いや。これは一本、参りました」

そう呟いて、手にした扇子で己の首筋をほとほとと叩いた。

二人はその後すっかり打ちとけた様子となり、ざっくばらんな会話となった。

といって、他の訪問者たちのように眦《まなじり》を決し、口角泡を飛ばして議論するわけではない。

周囲で聞いている若者たちが呆れるほどの普通の話だ。

たとえば誠之助が、

「自分は昔からシラウオが大好物だったのだが、近ごろこれがニシンの子であると知って急にいやになった。これまで数十年さんざん食っておいて、いまさら好き嫌いが変わるとは我ながら吹き出したくなる」

と言った話を面白おかしく語ると、今度は幸徳がアメリカで仕入れてきたデンマーク人の童話を披露するといった具合で、肝心の社会主義や、直接行動といった言葉はまったく出てこない。

ふだんとあまりに調子がちがうので、周囲で聞いている若者たちはすっかり戸惑い、顔を見合わせ、首をかしげるばかりである。

二人はしばらくにこやかに会話をつづけ、頃合いを見て誠之助が、

「いや、今日は来てよかった。エエ話を聞かせてもらいました」

と言って頭をさげた。

型どおり暇乞《いとまご》いを告げ、誠之助が腰をうかせたところで、幸徳が思いついたように声をかけた。

「そうだ、大石さん。ひとつ聞き忘れていました」

はて、と小首をかしげ、目顔でたずねた誠之助に、幸徳は何げない口調で、

「先ほどの外国の童話ですが、誰かがもっと早く王様は裸だと言ってやるべきだった、話をそう書き換えるべきだった。そんなふうに思いませんか？」

誠之助は中腰のまま目を細め、少し考えたあとで、

「どやろ？　どっちにせよ、権力の過度の集中は弊害を生みやすい。中心が東京ひとつというのがそもそもの間違いで、変えるとしたらまずはその辺りからやないですかね」

と謎のような返事をしてにこりと笑い、袴の裾をはらって席を立った。

幸徳は珍しく、玄関先まで客人を見送りに出た。

「なんです、ありゃ？」

幸徳の傍らに立った青年が首を捻り、憮然とした様子で呟いた。

「中心が東京ひとつなのが間違い？　先生の質問に、全然答えてないじゃねえか。変えるとしたら、まずはその辺りから？」

小ばかにしたように、フン、と鼻を鳴らした。

「この東京を変えるだなんて……。とんでもない夢想家だ」

「いや、ちがうね。そうじゃない」

幸徳が前をむいたまま口を開いた。くすりと笑い、

「かれは根っからのリアリストなんだよ」

そう言うと、もの問いたげな青年の視線は無視して、何事もなかったかのように次の訪問客を招き入れるよう短く言いつけた。

八 東京にて 二

玄関番の青年の訝《いぶか》しげな視線に見送られ、門を出たところで背後から声をかけられた。

「大石さん、そこまで一緒に出ましょう」

ふりかえる間もなく、髪を短く刈った筋骨たくましい男が誠之助のすぐ横に並んで歩きだした。見るからに意志の強そうな引き締まった口もと。まるで「叡山《えいざん》の悪僧」とでもいった面構《つらがま》えだ。

男は隣をあるく誠之助にひょいと顔をふりむけ、まっすぐに目を据えて、

「申し遅れました。堺利彦《さかいとしひこ》です」

と腹の底から出るしっかりした声で自己紹介した。

誠之助は差し出された分厚い手を握りながら、幸徳に対してとは別の意味で、内心少々意外な感じであった。

堺利彦。号は枯川。

『萬朝報』が主戦論に転じたさい、幸徳秋水と堺利彦はすぐさま「退社の辞」を掲げ、社を

飛び出した。二人はそれ以来の〝盟友〟である。

堺は幸徳らとともに週刊『平民新聞』を立ちあげるかたわら、別に自ら主宰する『家庭雑誌』で編集人を務め、平民新聞とはジャンルが異なるさまざまな記事を取りあげてきた。誠之助も、たとえば「和洋折衷料理」や「フライの話」、あるいは「シチウの調理法」といった西洋料理の蘊蓄《うんちく》はもっぱら『家庭雑誌』に寄稿し、これまでにずいぶん掲載されている。誠之助にとっては、『平民新聞』の幸徳よりも『家庭雑誌』の堺の方が——どちらも初対面に変わりないのだが——よりなじみのある存在であった。

口許に笑みを浮かべると、堺はとたんに柔らかい印象になった。

編集人として『家庭雑誌』に書いている文章の印象だ。その堺は、一方で日本の社会主義者としてはじめて下獄した人物でもある。柔らかな物腰の裏に、激しい情熱を秘めていることも間違いない。

誠之助は横を歩く堺にちらりと目をやり、頭に浮かんだ疑問をそのまま口に出してたずねた。

「もしかして、ご出身は会津《あいづ》では？」

「生まれは九州・豊前《ぶぜん》。豊津《とよつ》の育ちです」

「〝以前教師をしていた〟と何かに書かれていましたが、教えていたのは数学ですか？」

「いいえ。英語です」

「ふむ？　そうですか？　いや、私はまたてっきり……」

「会津出身？　数学の教師？」

小首をかしげ、不思議そうに呟いた堺が、誠之助をふりかえってたずねた。

「妙だな？　最近よく同じことをきかれるのですが、何なんです？　夏からこっち、これで、ひい、ふう、みい……っと、都合、四度目です」

「ははあ。やはりそうですか」

誠之助はあごひげを指先でつまんで、にやにやと笑っている。

堺利彦は夏目漱石が『ホトトギス』に発表した小説「坊っちゃん」の登場人物〝山嵐〟に似ている――。

そう思うのは自分だけではないらしい。幸徳秋水はさしずめ主人公の〝坊っちゃん〟といったところか。まさか夏目漱石が二人をモデルに書いたわけではあるまいが。

「それで、幸徳をどう見ました？」

訝しげな顔をした堺は、気を取り直したように誠之助にたずねた。

「二人のやりとりを隣の部屋で面白く聴かせてもらっていました。出端《でばな》であなたが一本。そのあとすぐに幸徳が打ち込んだものの難なくいなされ、鍔競《つばぜ》り合いからの引きぎわ、幸徳が何とか一本返して、その後は互角の切り結び――と、まあ、だいたいそんな感じですかね？」

二人の会話を剣道の試合になぞらえ、何げないふうを装いながら、堺は妙に心配そうな口調だ。

　誠之助は思わず、くすりと笑った。

　堺利彦は明治四年一月生まれ。というと幸徳と同い年になるが、旧暦（太陰暦）から新暦（太陽暦）への切り替えは明治五年なので、旧暦では堺は明治三年十一月生まれ、幸徳は明治四年九月生まれということになる。このあたり、当事者にしかわからない感覚だが、堺には一つ年下の幸徳に対して自ら〝兄貴分〟を任じているところがあった。

　心酔者である取り巻きの若い連中は論外だが、日本の社会主義者のなかにも半年間の渡米で豹変した幸徳とまともに議論できる者がなく、兄貴分の堺としては幸徳の言動を心もとなく思っていた。そこへ誠之助が現れ、言葉をもって互角に切り結んだ。堺は幸徳の印象を確認すべく、慌てて誠之助の後を追って出てきた――。そんなところらしい。

「どう見たも何も、何しろ初対面ですからね。大した話をしたわけじゃありませんよ」

　誠之助はそう言って肩をすくめてみせた。

　堺がいう〝出端の一本〟は、誠之助が英語でのやり取りを申し出て会話の主導権を握ったこと。その後すぐに幸徳が誠之助の文章を引用して〝打ち込んだ〟ものの、誠之助が『団々珍聞』をもちだして〝難なくいなし〟、〝鍔競り合いからの引きぎわに〟幸徳が誠之助の昔の狂歌を引っぱりだして〝何とか一本返した〟という意味だ。しかし〝その後は互角の切り結び〟というのは――。

「ふむ？　というと……ああ、そうか。やはり〝互角〟というわけにはいきませんよね」

堺は、ぽんっ、と一つ己の後頭部をうった。

「〝誰かが王様は裸だと言ってやるべきだ〟。最後のあの一言は、明らかに幸徳の勇《いさ》み足、踏み込み過ぎでした。不意をついたつもりだったのでしょうが、あなたにあっさり凌《しの》がれ、逆に撃ち返されてしまった。……いや、そうじゃないか。その前にシラウオの一件があったから……うーん、なるほど。あれが伏線になっていたのですね」

堺はそんなことを呟いて、自分で自分の言葉に頷いている。

誠之助はおかしくて仕方がない。

（まるで落語の蒟蒻問答《こんにゃくもんどう》だ）

そう考えて、とうとうプッと吹き出した。


幸徳秋水と誠之助の間で交わされた会話は、この時代の渡米者がかの地で受けた衝撃を抜きにしては理解も、また謎解きもできない。

誠之助がアメリカに滞在したのは明治二十三年から二十八年の約五年半。そのころ誠之助が携えていた手帳には、

――米国《このくに》には日本の旦那衆の如《ごと》く横柄な者はなく、また日本の奉公人の如く不自由な者はいない。

――米国の人々が人種の異同によって信義を異にせぬのは驚くべきほどである。

といった覚え書きが残されている。

同じ手帳には、普通の家の主婦が使用人である支那人のために複数の白人男性と自ら談判にあたり、最後は主婦自らピストルを取り出して男どもを追い払った場面など、現在のアメリカを思えば俄《にわか》には信じがたいほどの自由で平等な社会と、それを目にした若き誠之助の驚きや感動がつぶさに記されている。

――王（支配者）なしでもこの社会はやっていける。それも、結構楽しくやっていける。

誠之助がアメリカで目にしたその単純な事実は、当時の日本人にとってはしかし、文字どおり目から鱗《うろこ》が落ちるほどの衝撃だった。

江戸時代、日本は二百数十の自治領に分割され、それぞれの〝くに〟を大名（殿様）が支配していた。明治維新で天皇を中心とする近代国家となったあとも、庶民にとっては「殿様」が「陛下」に変わっただけで、「お上《かみ》が存在しない社会」などそもそも想像することさえ不可能であった。

ところが明治初期にアメリカに渡った者たちは、そこで〝王が存在しない社会〟を目の当たりにした。彼らはアメリカでの日々の生活や経験を通じて、絶対だと思っていた現実から虚構のメッキがはがれ落ちる瞬間を体験したわけだ。

五年半のアメリカでの生活は、誠之助にとっては、

「天は人の上に人をつくらず。人の下に人をつくらず」

という文言を百万遍唱えるより、「平等」の何たるかを知るためには、よほど効果的であった。

一方、幸徳秋水が渡米したのは、誠之助が帰国して十年後の明治三十八年。アメリカは米西戦争を経て帝国主義的傾向を急速に強め、誠之助が目にした「自由で平等な社会」の栄光はすでに陰りはじめていた。

幸徳が渡米時に受けた衝撃は、誠之助のそれとはまた別種のものである。

アメリカに滞在中、幸徳は世界中の社会主義運動家たちと知り合い、親しく交わった。

ロシア、ドイツ、オランダ、スペイン、スウェーデン、イタリア、ハンガリー。

当時欧州では、一九〇五年一月の「血の日曜日」をきっかけに起きたロシア革命（先に触れた「ロシア皇帝ニコライ二世に日露戦争継続を断念させた国内事情」）の影響を受けて社会主義運動が一気にひろまり、それとともに各国政府による取り締まりも強化されていた。

自国内で弾圧を受けた社会主義運動の指導者たちはアメリカもしくはスイスに逃れ、安全な「革命基地」を作って本国に指示を出す――というのが一種の流行となっていた。

アメリカに渡った幸徳秋水は熱烈な歓迎を受けた。幸徳は日本政府から弾圧を受け、渡米直前まで牢に入っていたのだ。〝同志〟としての資格は申し分ない。幸徳の側でもまた、各国の運動指導者たちから熱心に話を聞き、欧米での社会主義運動の潮流を学んで、これを日本に伝えた——。

と書けばおわかりのとおり、幸徳が半年間のアメリカ滞在中に得た情報は、かなり片寄ったものであった可能性が高い。

そもそも、外国に来ている連中は物事を大きく言いがちだ。自分を大きく見せるため（「今は落魄《らくはく》しているが、本国では違うのだ」）、あるいは悪気はなくとも「こうだと良いな」と思っていることを「我が国ではこうだ」と言い切る傾向がある。しかも、お互い外国語（英語）での会話である。ニュアンスが伝わりづらい分、話におひれがつくのは避けられない。自国内でおおっぴらに話せない内容なら、なおさらだろう。

例えば、幸徳秋水が日本の王制（天皇制）についてアメリカで説明したさい、かれらの多くは「万世一系《ばんせいいっけい》」の原理を聞いて言下に、

——馬鹿げている《シリィ》。

と断言した。なかには幸徳に対して、

——日本の王（天皇）は新興勢力であるサッチョウにかつがれて、その気になっているだけだ。かれに「王は裸だ」と言ってやる者が必要だ。

と熱心に説き、元ネタとなるアンデルセン童話「裸の王様」を紹介してくれた者もあったほどだ。では、その者たちが実際に自国の王に対して「王は裸だ」と指摘してきたかといえば、そんなことはなく、王に対して「あなたは裸だ」と指摘すればどんな国でもただでは済

まない。王政とは、もともとそのような制度だ。安全な場所から正しいことを叫ぶことほど無責任な話はない。

明治二十年代初め、単身渡米した誠之助は、最初は働きながら現地の中学校にかよい、五年半の滞在中に大学にまで進んで、医師免許を取得した。いわば庶民・労働者目線でアメリカを見てきたわけだ。

対して、幸徳のアメリカ滞在はわずか半年。しかも、主にアメリカに生活基盤を持たない亡命革命家たちと接触し、かれらを通じてアメリカ社会と接触した。

幸徳はアメリカの社会の在り様そのものから直接衝撃を受けたわけではない。米国滞在中、幸徳が受けた最大の衝撃は、むしろサンフランシスコ大地震の経験だった。

一九〇六年四月十八日、サンフランシスコを巨大地震が襲った。マグニチュード七・八の激震である。下町数箇所から火災が発生し、サンフランシスコは大混乱に陥った。

物資情報ともに途絶した、ある種の〝無政府状態〟のなか、サンフランシスコの町の人々は互いに助け合った。直接の被害を免れた者たちは見ず知らずの被災者救助のために尽力・奔走し、各商店は被災した者たちに食料その他を無料で配布した。

幸徳秋水はアメリカ滞在中、たまたまこの事態に遭遇する。サンフランシスコの町の人々の相互扶助を目にした彼は、これを「無政府共産制の実現」と見た。

――去る十八日以来、桑港《サンフランシスコ》全市は全く無政府的共産制の状態にある。（略）金銭は全く

無用の物となった。財産私有は全く消滅した。面白いではないか。（傍点著者）

当時幸徳がアメリカから書き送った文章からも、かれが受けた衝撃と興奮が伝わってくる。サンフランシスコ地震のさいに目の当たりにした現実が、その後の幸徳の世界を見る目を変えた、といってもいい。だが、人々の行動は時間とともに変化する。地震後ほどなく被災地を離れ、日本に帰国した幸徳は知る由もなかったが、震災後のサンフランシスコでは、アメリカの光と影とでも称すべき様々な出来事が記録されている。

詳細はここでは述べない。少なくとも、幸徳が感動したような話ばかりでなかったことだけは確かである。

（幸徳秋水の帰朝演説は、いくつかの誤解の上に成り立っているのではないか？）

誠之助は、幸徳がアメリカから帰国後に発表した「世界革命運動の潮流」を読んで、すぐにその可能性を疑った。

誠之助は、欧州からアメリカに来ている連中の多くが物事を大きく言う傾向があることも、かれらの話にはおひれがつきがちなことも、五年半のアメリカ滞在でいやというほど知っている。そのうえ誠之助は、遠く紀州・新宮にいながら、地震後のサンフランシスコの状況を現地にいた幸徳秋水よりも詳しく知っていた。

当時、誠之助の甥っ子である大石真子《まこ》（伊作の弟、聖書のマルコから命名）がロサンゼルスに留学しており、「アメリカで大地震」との知らせを聞いた伊作ら兄弟の祖母もんが誠之助に真子の安否確認を求めて大騒ぎをする一幕があった。五年以上アメリカに滞在していた誠之助は、かの国の広大さを身をもって知っている。苦笑混じりに、

「サンフランシスコと（真子がいる）ロサンゼルスは三百八拾哩《マイル》（約六百十キロ）も隔たりたる処《ところ》にあり、少しも損害ある筈《はず》なく候。御安心被下度《くだされた》し」

と早速葉書を書いて送った。

だが、可愛い孫を気遣うもん婆さんの動揺はそんなことで収まるものではなく（おそらく実の娘夫婦を濃尾大地震で失ったことも影響していたのだろう）、その後も「米国の地震はどないなった」「真子は大丈夫なのか」と連日矢のような催促がつづいた。

是非《ぜひ》も無い。

誠之助は英字新聞を取り寄せ、サンフランシスコ地震の続報を可能なかぎり収集した。地震直後の町で何があったか。その後状況はどう変化していったのか。英語に堪能な誠之助は、英字新聞の報道を通じて逐一確認している。その後、サンフランシスコで何が起きたのかも。

〝幸徳秋水の帰朝演説に東京の若者たちが熱狂し、さらに論文を読んだ地方の崇拝者らが幸徳の周囲に陸続《りくぞく》と集まってきている〟

という噂を耳にして、誠之助は何だかきな臭い気がした。

──正確ではない知識にもとづいて発信された情報が、多くの者たちの次の行動の規範となっているのではないか？

そんなふうに思えた。

間違った角度で発射された弾丸は、先に行くほど的《まと》（現実）との乖離《かいり》が大きくなる。

もっとも、熱狂が続いているあいだは、その者たちに何を言っても聞く耳を持つまい。ほとぼりが冷めるまで、ひとまず新宮から様子を見ていよう。

そう思っていた矢先に、高木和尚の訪問を受けた。

河口の製材所で働いていた若者の死には理不尽な背景が隠されていた。しかも、雇用者の側ではそれを当然と思っているという。

「世の中、狂とる。どないかならんもんかねぇ」

高木和尚の言葉が胸にこたえた。

居ても立ってもいられなくなり、誠之助は東京に出てきた。

この〝狂とる世の中〟を変えるべく、社会主義運動の先頭に立った人物・幸徳秋水に会ってみたいと思ったからだ。

初見《しょけん》は──。

誠之助の危惧したとおりだった。幸徳秋水は若い崇拝者らに取り囲まれて、まるで神主《かんぬし》のように納まり返っている。

（おやおや、これはあかんか）

と思ったが、話をしてみると、なるほど頭のよさはずば抜けている。それに、案外さばけたところもあって、議論するに足る人物であることがわかった。

とはいえ、まともに議論をすれば、頭が熱くなっている取り巻きの連中から途中で横槍が入るのは火を見るより明らかだ。そこで誠之助は、遠回しにたとえ話を使ってボールを投げてみた。

――自分は昔からシラウオが大好物だったのだが、近ごろこれがニシンの子であると知って急にいやになった。これまで数十年さんざん食っておいて、いまさら好き嫌いが変わるとは我ながら吹き出したくなる。

という誠之助のたとえ話から、頭のよい幸徳は、

――人の行動は、言葉が喚起するイメージで容易に左右される。議会主義、直接行動の言葉で、日本の社会主義運動を分断するのは如何《いかん》？

という問いかけを、正確に聞き取ったはずだ。

幸徳の側でも心得たもので、逆にアメリカで仕入れたデンマーク人の童話「裸の王様」の話で切り返してきた。

――真実を露《あらわ》にする言葉こそが、この理不尽な現実に立ち向かう唯一の武器ではないのか？

と主張したわけだ。

(さすがは幸徳秋水、日本の社会主義運動を牽引するだけのことはある)

誠之助は内心感心しながらやりとりを交わし、頃合いを見計らって腰をあげた。今回の訪問目的は結論を出すためではない。幸徳秋水という男がどんな人物なのか、自分の目で確かめに来ただけだ。

取り巻きの若者たちは結局、最初から最後までポカンとした顔をしていた。が、幸徳の長年の盟友・堺利彦はさすがによく見ていたようだ。

横を見ると、堺はさっきから腕を組み、首をかしげたまま隣を歩いている。そうして時折、何やらぶつぶつと独り言を呟いている。その様《さま》がいかにもおかしく、誠之助はくすくすと笑いながら、

「さては堺さん、あなたも最近、幸徳氏の取り巻きから外された口ですね?」

と指摘した。

堺は足をとめ、一瞬、啞然としたように目をしばたたいた。すぐに破顔し、

「ああ。やっぱり、僕が見込んだとおりの人だ!」

と感心したように声をあげた。

「じつは先日、幸徳の奴から〝ここは君が来るところじゃない、出ていってくれたまえ〟と、やられたばかりです。しかし、よく分かりましたね?」

誠之助は苦笑した。

そうでなければ、堺が目の前で交わされた〝蒟蒻問答〟の意味をたずねる相手は幸徳だったはずだ。ところが堺は誠之助を追って出てきた。それが何を意味するのか、推測するのは難しいことではない。

「しばらくは様子を見ることですね。いまは、当人より周囲が熱くなっている感じだ」

と誠之助は、憂《うれ》い顔の堺に助言し、

「まずは、渡米者の言葉をよってたかってありがたがるあの風潮を何とかせんといかんでしょうな」

笑いながらそう言って、肩をすくめてみせた。

東京に来ると、アメリカが遠く感じられる。

紀州・新宮に住む者たちには、目の前に広がる海――太平洋《パシフィック・オーシャン》――の向こうはハワイ、そしてアメリカ、といった皮膚感覚がある。近所ではないが、あいだに隔てるものが存在しないせいか、誰かが「アメリカに行く」、あるいは「行ってきた」と言っても、とりたてて特別な感じがない。「ちょっとそこまで行ってくる」、「行ってきた」。ぶらりと出掛け、帰ってくる感じだ。ところが東京に来ると、不思議なことにアメリカだけでなく諸外国が妙に遠くなる。新宮なら「なに言うとんない」とケラケラと笑われるだけのアメリカ帰りの者の言葉が、官民問わず必要以上にもてはやされている感じだ。

（東京《ここ》は閉じた土地だ）

誠之助は上京するたびに妙な息苦しさを覚える。東京という町に、日本のすべての権力が集中し、政事《まつりごと》が行われていることが不安になる。

さっきもそうだ。

議論を終えて立ち上がりかけた誠之助に、幸徳は最後に一言「もっと早く王様は裸だと言ってやるべきではなかったか」と、ついでのように訊ねた。

——薩長にかつがれている現実を、明治天皇に突きつけるべきではないか？

堺が「勇み足」「踏み込み過ぎ」と評した質問である。性急に答えを求めて、それでどうにかなる問題でもあるまい。

幸徳の問いに対して、

「中心が東京ひとつというのがそもそもの間違いで、変えるとしたらまずはその辺りから」

と誠之助はやんわりと答えた。

かつがれている者に、いくら現実を突きつけても仕方がない。たとえ裸であっても王は王だ。むしろ、裸の王様をありがたがって押し戴く側の意識を変えないかぎり、現実は変わらない。渡米者の言葉を無闇とありがたがる者たちの意識ひとつ変えられないようでは、社会変革などできるはずがない。

意図は伝わったはずだ。

誠之助の言葉を聞いて、幸徳はかすかに笑った。まるで〝自分とは関係がない〟といった顔をした。

（幸徳は何を焦っている？）

堺と並んで歩きながら、誠之助は目を細め、別れぎわの幸徳の様子を脳裏に描いた。

痩せた、小柄な男だ。骨組みは華奢。女のようなきれいな手をしている。体重は十三貫目（約四十八キロ）もあるまい。議論が進むにつれて色白の頬が紅潮して、時折軽く咳をしていた。まるで――。

誠之助は「あっ」と小さく呟き、足をとめた。

顔をあげると、堺がやはり足をとめ、ふりかえって誠之助を見ていた。堺の静かな表情を見て、誠之助は確信した。

――幸徳をどう見ました？

先の堺の質問には、もう一つ意味があった。

医者《ドクトル》としての見立てだ。

幸徳は身体を病んでいる。きちんと診察してみないとわからないが、結核の可能性も否めない。

幸徳はもともと病弱で、虚弱体質を理由に徴兵検査を不合格になったくらいだ。子供のころから胃腸が弱く、十五歳のときには肋膜炎で死にかけたという話も聞いている。

だが、結核となれば話は別だ。

この時代、結核は未だ治療法が確立されておらず、死病と見なされていた。先年（明治三十五年）、正岡子規の命を奪った脊椎カリエスも結核の一種だ。

幸徳は己の病を疑い、焦っている。かれが帰朝演説で直接行動を訴えたのも、その影響があったのかもしれない——。

誠之助は眉を寄せた。

幸徳秋水は、誠之助が危惧する誤解の可能性など本当は全部わかっているのではないか？わかったうえで、かれはあえて急進的な立場に身を投じた。己に残された時間のなかで何事かを成し遂げるためにだ。

長年の盟友・堺もまた、幸徳の切羽つまった気持ちの本当の理由を見抜いている。幸徳が堺を遠ざけたのも、あるいはそのためかもしれない……。

誠之助は、やれやれ、と首をふり、ふたたび歩きだした。歩きながら、肩を並べた堺に、低い声で〝医者としての見立て〟を伝えた。

「いずれにしても、ひどくはない。摂生すれば大丈夫——少なくとも現状は維持できるはずです」

そう言うと、堺は詰めていた息をほっと吐いた。

「新宮に戻ったら、薬を送ります」

誠之助の言葉に、堺はあごをひいて軽く頭をさげた。そして、

「……ありがとうございます」

と、胸の奥から絞り出すような声で礼を言った。


片側に板塀がつづく幅三尺足らずの細い道をしばらく歩き、角を曲がったところで、堺がひょいと背後にあごをしゃくった。

「お気づきですか?」

誠之助は無言でうなずいた。

鳥打ち帽を目深《まぶか》にかぶり、暗い色の洋服を着た二人組の男が、ずっと後をつけてきている。

「ご心配なく、怪しい連中じゃありません。……いや、充分怪しいか」

堺は顎をひねり、自分で自分の言葉を面白がるように言った。

「二人とも官憲ですよ。幸徳の帰朝演説後、監視が急にきびしくなりましてね。最近は幸徳を訪ねた者にはかならず尾行がつく始末です。以前はこれほどではなかったのですが……。まあ、それだけ幸徳の演説に社会的な影響力があったという証拠でしょう。もっとも、不況つづきのこの御時世、もう少し税金の使い道を考えてほしいものですがね」

堺はフンと鼻を鳴らし、それから、何か思いついたようにぱちんと指を鳴らした。誠之助にむきなおり、

「お帰りのご予定は？　東京に、しばらくご滞在ですか」

と目を輝かせてたずねた。

明日帰る予定だが、汽車の切符はまだ買っていない。

誠之助がそう答えると、堺は「もう一日滞在を延ばせないか」という。

「今回の旅行は急な出立やったんで、あんまりゆっくりはしてられませんが、一日二日やったら、まあ、なんとかなります」

誠之助の返事に、堺は大きくうなずいた。

「明日、演説会に参加されませんか？」

「演説会？」

誠之助はおうむ返しに聞きかえした。

今日の明日とは、また急な話だ。

「明日、浅草で演説会を予定しているのですが、じつは一人、急に欠員が出ましてね。もちろん、私も出ます」

堺は口早につづけた。

「せっかく東京にいらっしゃったのです。うしろの連中は、どのみち宿までついてきます。どうせなら〝紀州の大石誠之助ここにあり〟と、連中に見せつけてやってはいかがでしょう」

堺はそう言って背後の官憲二人を肩ごしに親指で示し、片目をつむってみせた。

誠之助は一瞬呆気にとられたものの、すぐににこりと笑ってうなずいた。

「ありがたい！　これで演説会も盛りあがります」

堺は足をとめ、両手で誠之助の手をとった。

「それで、お題はどうしますか？」

と、堺は気が早い。

「お題も何も、用意をしてきたわけやないですから……」

誠之助は苦笑し、少し考えて、答えた。

「まあ、『社会主義とは何か』とでも、しといてください」

九　社会主義とは何か？

社会主義とは何か？

誠之助にならって、我々もこの辺りで一度この問題を整理しておいた方がよいかもしれない。

辞書をひくと「戦前の日本では、社会主義、共産主義、無政府主義などの主義主張をなす人たちを、まとめて主義者《しゅぎしゃ》と呼んだ」とある。「など」「まとめて」というのがミソだ。政府・官憲は一般的に、取り締まりを容易にするために、わざと言葉を曖昧につかう傾向がある（戦後は「主義者」にかわって「過激派」が反体制派を指す言葉として採用された）。

では逆に、当時〝社会主義者〟を自任する者たちの側では自らをどう定義していたのか？

明治四十年の日刊『平民新聞』には、

「予は如何《いか》にして社会主義者となりし乎《か》」

というお題で、全国の社会主義者たちから寄せられた回答が順次掲載されている。これを読むと当時の人々の社会主義への理解がかいま見られて興味ぶかい。

数の多い順にいくと、第一はキリスト教や仏教信仰を経て、いわゆる「宗教的人道主義」から社会主義を奉じるようになった者たちだ。かれらの社会主義は「社会的弱者への同情」と言い換えることもできる。

次に多いのは、自由民権運動左派から〝発展〟した者たちで、この当時、かれらが日本の社会主義運動の一翼を担っていたのは間違いない。

その他、「社会主義こそは老荘思想の実現である」と断じる者あり、論語孟子などの儒教経由で社会主義者を任じるようになった者、トルストイに代表される泰西《ヨーロッパ》の詩人思想家の書を読んで、真善美なる人間生活に対する理想を吹き込まれた者、先祖代々の土地を明治政府に取りあげられたのをきっかけに社会主義を目指すことにした者、なかには「自分は貴族(華族)がきらいなので社会主義者となった」と答える者もあって、なかなか面白い。

のちに『大菩薩峠』で有名になった小説家・中里介山《なかざとかいざん》もこの企画に回答を寄せているが、「自分は幼少より一種の天才であることを自覚せる者なるに、貧困のために思うように勉強ができぬのみか、好まざる仕事を無理にやらされてきた。為《ため》に現社会を激しく呪詛し、社会主義を信じるに至った」

と、さすが〝一種の天才〟らしい飛躍した論理を披瀝《ひれき》している。

『滑稽新聞』の刊行人、〝反骨の奇人〟として知られる宮武外骨《みやたけがいこつ》に至っては、

「自分は別に社会主義者というわけではないが、極端なる社会主義は政府を恫喝する用に適す」

という理由で「社会主義者を自任」する有り様だ。

かれらの文章を読み、話を聞くかぎりでは、何をもって社会主義とするのか、いよいよもってわからなくなる感じである。

尤《もっと》も、注意しなければならないのは、この時代「民主主義」という言葉がタブー視されていたことだ。国民主権を意味する「民主主義」あるいは「共和制」は、君主主権（天皇制）を否定する危険思想として取り締まりの対象であった。大正時代を代表する政治学者吉野作造《よしのさくぞう》は「デモクラシー」の訳語として「民本主義」なる用語を提唱するが、これさえ言葉狩りの対象となった。

何を言いたいかといえば、当時は「社会主義」の方がまだしも（程度の問題ではあるが）、「民主主義」より許容されていたということだ。現在なら民主主義に含まれるべき概念も社会主義の名の下に表明されていて、混乱を招いたのは否めない。

明治三十六年、東京で一冊の書物が刊行された。

題名は『社会主義神髄』。

著者はあの幸徳秋水である。

——社会主義とは何か？　これは、わが国民がきそって知ろうと思っている問題のようです。そしてまた、ほんとうに知らなければならない問題です。

序文にそう記された『社会主義神髄』は、発売されるや否やわずか四か月で六刷を重ねる明治の大ベストセラーとなった。現在《いま》でいう『何分で分かる社会主義』や『社会主義、早分かり』といった新書のイメージと思えばまちがいない。当時の人々がいかに手っ取り早く「（新思想の）社会主義とは何か？」を知ろうとしていたかを示すエピソードだ。

『社会主義神髄』において、幸徳秋水は「社会主義の鳥瞰図《ちょうかんず》の提示」を試みる。

西欧社会主義の基礎文献を紹介したのち、マルクスによる唯物史観を「上部構造と下部構造」のモデルを使って説明。資本主義経済下における貧富の発生と格差の原因を、

「彼ら資本家がその資本を増加することを得るは、ただこの剰余価値を労働者より掠奪して、その手中に堆積するがためのみ」

と説き明かす。その上で幸徳は、

「資本主義の行き着く先は弱肉強食であり、独占であり、社会の多数はその犠牲に供せらるるに至る」

と将来を展望し、最後に、

「現在の社会矛盾を解消するためには、生産機関の私有を廃して、社会人民の公共に移す有るのみ」

「即ち、社会主義こそが唯一の救済案である」

と結論付ける。

名文すぎてかえって分かりづらい箇所もあるが、平たく言えば、

「いま金持ちが金持ちであるのは、本来労働者の手に渡るべきお金を搾取し、溜め込んでいるだけの話だ。ひとまずこれを返してくれ。個々人に返すのは大変なので、とりあえず皆のものにしよう」

というわけだ。

さすがは明治のベストセラー新書、よくまとまっている——。と言いたいところだが、その後百年の世界の歴史を知る身としては、このまとめ方はいただけない。

紙数の関係上仕方がないとはいえ、本書はあまりに図式的過ぎる。歴史観もいわゆる俗流唯物史観から一歩も外に出ない。こと社会主義・共産主義に関するかぎり、「図式的」であること、単一の歴史観であることによってもたらされた悲劇を、我々はその後の歴史のなかでいやというほど目にしてきた。

おそらく〝手っ取り早く知ろう〟とするからいけないのだ。

どういうことか？

社会主義・共産主義において最も重要な基礎文献とされるマルクスの『資本論』は、大部かつ難解な書物として知られる。が、読み物としては、じつは存外面白い。余談につぐ余談、

脱線につぐ脱線、批判のための批判がつづき、正直〝ふざけているのではないか?〟と首をかしげたくなる記述も少なくない。

『資本論』は一八六七年、ちょうど誠之助が生まれた年に刊行された。但し、第一巻だけだ。二巻目以降は、マルクスの死後、友人エンゲルスによって編集・刊行されている。

以下は想像だが——。

マルクス当人は『資本論』を完結させる気はなかったのではないか? 未完の書、即ち未来にむかって常に開かれた状態こそが、かれの望んだ書籍形態だったように思われる。

マルクスは人間の社会と歴史を〝動的なもの〟として読者に提示する。過去の時間(歴史)は批判によって変容し、過去が変われば現在の解釈も、また未来のビジョンも大きく変化する。それが『資本論』で示される社会観・歴史観だ。

マルクスは本書を、あたかも己のしっぽを食らい続ける「ウロボロスの蛇」のごとき循環するもの、決して終わりのないもの、として構想していたふしがある。

しかし、だとすれば、これほど迷惑な話もない。『資本論』はある意味、都合の良いところだけひっぱってくればどうとでも解釈できる書物ということになる。

おそらくこれが、百人いれば百人それぞれが異なる社会主義観・共産主義観となる理由だろう。ちなみに共産主義と社会主義は外からは同じくくりに見えるが、おそろしく相性が悪く、つねに犬猿の仲だ。悪名高きナチスの正式名称は「国家社会主義ドイツ労働者党」。国家社会主義を党の綱領に掲げるかれらは、一方で共産主義を蛇蝎《だかつ》のごとく忌み嫌い、ドイツ国内の共産主義者は、ユダヤ人同様、見つかり次第強制収容所送りとなった。

社会主義者を自称する者たちの主義主張の異同を細かく見ていけばきりがない。

我々は、あくまで誠之助の理解に即して考えていくとしよう。

初対面で幸徳秋水がいみじくも指摘したように、誠之助は現実主義者《リアリスト》だ。リアリストとは、目の前の現実をすべて肯定する者のことではない。目の前の矛盾を、過去でも未来でもなく、徹頭徹尾現在の自分の問題として捉える者のことをいう。

何を当たり前のことを、と呆れる向きもあろうが、多くの者は目に見えるものを過去の因果、もしくは誰かが解決すべき課題と捉えがちであり、徹底したリアリストはかなり珍しい。それだけ困難な立ち位置というわけだ。おそらく医者という誠之助の職業も関係していたのだろう。

誠之助は言う。

——骨と皮とにまで痩《や》せ衰《おとろ》えた病児を抱ける母の、我門に来たりて薬を求めず、まず一椀の飯を給《たま》われというを聞くとき、余は最も熱心なる社会主義者となれる心地がする。

誠之助にとって社会主義とはまず、目の前の飢えたる母子の問題であった。

誠之助はまた、己の社会主義について次のように発言している。

「僕の社会主義は、決して僧侶や教師や芸術家を失業の難に陥れるものではない」

「僕は社会主義をもって宗教の代用品となすを好まず。直接に人間の品性を高むる道具なりとも思わず。ただ財的制度の欠陥により生じる民衆の苦痛と罪悪とを除去せんとするにとどまる也」

「財産に関する苦痛と罪悪を取り去りたる後にも、多くの欠陥はなお社会に残留すべし」

たとえ経済的矛盾（貧富の格差）が是正されたあとでも、人間社会には苦悩や悪行が存在しつづける。その苦悩や悪行に対して、宗教や、教育や、あるいは芸術が、やはり必要なのだ。社会主義や共産主義は、この世に薔薇《ばら》色の楽園をもたらすわけではない——。

誠之助はその点を冷静かつ正確に見据えている。

唯物史観論者イコール唯物論者ではない。

この認識こそが、歴史を単一のものと見做《みな》し、目の前の問題を未来に解決されるべき課題と捉える他の社会運動家や革命家たちとの決定的な相違点であろう。

当時の日本、のみならず西欧社会においても、誠之助ほど正確にマルクスの思想の本質を把握していた者がどれほどあったか怪しいものだ。ことに西欧社会では、それまで支配的であったキリスト教的世界観と対抗するために、社会主義・共産主義があたかも天上の楽園を地上に引きずり降ろす手段のように喧伝《けんでん》され、広く誤解を招いた感がある。

本来の唯物史観とは「（キリスト教的神の概念を用いることなく）生産手段の発達と交換概念によって人間の歴史と社会の成り立ちを説明する」ものであり、「その方がより説得力をもった仮説となる」という、社会科学に於ける一学説だ。マルクスによるこの仮説モデルを用いれば、キリスト教的な「あの世」を用いずとも人間の歴史と社会が説明可能となる。あの世がなければ、人間にとって在《あ》るのは「この世界」だけであり、人間の時間もまた「生きて死ぬまで」に限定される。

目の前の社会矛盾、例えば骨と皮までに病み衰えた母子に対して、

「仕方がない。この世の定めだ。あの世ではきっと、神様がこの者たちを救ってくださるだろう」

そう思って諦める方が楽なのは間違いない。これが西欧社会における（俗流）キリスト教的世界観、歴史観だ。

唯物史観は「目をつぶるな。諦めるな。人間に在るのはこの世界だけだ。地上の時間だけだ」と主張する。だからこそ「目の前の飢えた母子を、いま、ここで救うしかない」と訴えかける。

人間に在るのはこの世界だけ
生きて死ぬまでの地上の時間

リアリストの誠之助にとって、この考え方が極めて親和性の高いものであったことは想像に難くない。

誠之助は、幸徳秋水らと同様、開国後の日本で発生した極端な貧富と格差の問題を、少数の資本家（金持ち）と多数の労働者（貧乏人）の利益対立の構図で捉える。その上で誠之助は階級闘争を支持する。

目の前の飢えたる母子を救う、それが唯一の方法だからだ。

誠之助のよく見える目には、否《いや》が応《おう》でも日本全国の無数の飢えたる母子が見えてしまう。

その結果、誠之助は、

「我々が社会改革のために階級闘争の手段を採るのは、やむを得ぬ次第である。我々はこの目的を達するまでは、博愛とか公共の利益とかいうようなことを、しばらく言葉の上に預けておき、貧乏人の利益のために金持ちの利益を犠牲にする民主政治というものを要求するものである」

と宣言するに至る。

一方でかれは、自分と意見を異にする者の立場で世の中を見ることも忘れない。

「闘争などと言えばたちまちにして眉を寄せ、社会改良の方策としてそんな乱暴な、忌まわしき方策を用いる必要が本当にあるのか？　温和な手段を用いて富者の義務心に呼びかけ、彼らを説得する方がよいのではないか、と言い出す人が必ず出てくる」

現状をそう冷静に分析する。その上でなお、

――けれども、それは駄目である。

と誠之助は言う。

――到底不可能である。

と、断言する。

「もし金持ちの心に爪の垢《あか》ほどの義務心でも起こり得るものとせば、彼らがまず自分から金持ちであることを辞めるのが第一の義務であろう。それができるならひとしおのお慰みであるが、我々の方ではそんなことを望むのは、あたかも盗まれた人が泥棒に対してお情けを願うようなものである。宗教的説教としてはやってみるのもよいが、政治的運動としては全然無意味な話で、まず当てにせずに待っているより外《ほか》はない」

誠之助の主張は明快である。

では、唯物史観を共有し、同じく階級闘争による社会矛盾の解決を目指すのであれば、社会主義者と共産主義者や無政府主義者の違いはいったいどこにあるのか?

この時期、誠之助が書いた文章によれば、

共産主義者とは「社会改革によってこの世を天国にしようという者たち」のことであり、

無政府主義者は「目的を達するために暴力的手段を嫌《いと》わない者たち」ということになる。

わかったような、いま一つよくわからないような説明だ。誠之助自身、首をかしげているような感じである。

誠之助はこんなことも言っている。

――我々社会主義者が（無政府主義者の如き）暴力的手段を採《と》らぬは、畢竟《ひっきょう》現社会の状況に照らし見て、それが得策と思うがゆえのみ。

場合によっては実力行使も辞さない。

少なくとも、その覚悟を示さなければ金持ち連中が既得権益を手放すはずがない。社会改革などできるわけがない。

誠之助はそう考えてもいる。

当時の社会を鑑みたリアリストとしての認識であろう。

十　浅草演説会

結論から言えば、堺に誘われて誠之助が参加した演説会はさんざんな結果に終わった。浅草蔵前の「植木座」で行われた社会主義演説会は、予定されていた三人の弁士のうち、二人までが「弁士中止」を命じられたのだ。

最初は堺利彦。

かれが演壇にあがった途端、

「弁士中止！」

という巡査の声が飛んできた。

堺がまだ演壇上で口も開いていない段階である。どうやら「階級戦争論」という演題が引っ掛かったものらしい。

この日、会場には監視役として三人の巡査が詰めていた。かれらの手元には「注意・中止文言一覧」なるリストがあって、これに引っ掛かると問答無用で「弁士注意」「弁士中止」の指示が飛んでくる。しかも対象文言はしばしば変更となり、前回大丈夫だったからといって安心はできない。

演題は事前に会場前に貼り出してあるので、その時点で教えてくれればよさそうなものだが、官憲官僚の秘密主義・権威主義的体質は、いつの時代、どこの国でも変わりがない。

堺利彦は憮然とした表情で巡査たちを睨みつけ、会場がざわつく中、演壇をおりて誠之助に順番を譲った。

三人目。この日の演説会の〝トリ〟をつとめるのが誠之助だった（堺は三歳年上の誠之助に敬意を表したつもりらしい。堺にはこうした妙に律義なところがある）。

演壇にあがった誠之助は前日の和装から一転、こげ茶色の背広姿だ。上背のある誠之助は洋服がよく似合う。ところが誠之助が、

「社会主義とは何か」

と題した演説をはじめてものの五分と経たないうちに、突然、

「弁士中止！　中止！」

と巡査の甲高い怒鳴り声が会場中に響きわたった。

これには、さすがに聴衆たちが騒ぎ出した。

かれらは木戸銭を払って演説を聴きに来ている。一人の「弁士中止」はご愛嬌。この手の演説会ではよくある話だ。だが、三人中二人も中止になったのでは、払った入場料の元が取れない、せっかく来た甲斐がない。

しかも、三人目の弁士・大石誠之助が「弁士中止」となった経緯が不可解だった。弁士は、話のマクラとして、かれの地元・紀州熊野の風物について話していただけだ。そこへ突如、巡査の一人が「弁士中止！」と声をあげ、残る二人が慌てたようにつづけた具合だ。

（何か妙だ）

聴衆の多くが、そう感じた。どう考えても、演説禁止となるような文言が含まれていたとは思えない。

「今のは、なぜ弁士中止にしたんだ？」

「いったい何が問題だったのか、説明してくれ」

聴衆たちはそれぞれ近くにいた巡査に詰め寄り、疑問を問いただした。

妙と言えば、巡査たちの反応も妙だった。

かれらは顔を見合わせ、目配せを交わしながら、どうしていいのかわからない様子だ。普段の傲慢で威丈高《いたけだか》な態度はどこへやら、聴衆たちへの対応に苦慮している感じだった。最初に「弁士中止」を怒鳴った巡査などは完全に目が泳いでいる。

聴衆たちが口々に文句を言いながら巡査に詰め寄る騒然とした雰囲気の中、誠之助たちは会場を抜け出した。どんな理由にせよ、一度官憲が発した「弁士中止」命令がひっくりかえることはない。これ以上は会場にいても無駄であった。

一行は「打ち上げ」と「反省会」を兼ねて近くの洋食屋に席をうつした。

誠之助はそこで、堺からあらためて一人の若者を紹介された。

森近運平《もりちかうんぺい》。

この日の演説会で「中止」をくらわなかった唯一の弁士である。

「森近です。よろしゅう。ドクトル大石はんのお噂は、かねがね聞いておりました」

森近運平は、関西訛り、人なつっこい笑顔で手を差し出した。誠之助よりひとまわり以上年下の二十五歳。造作の大きな、明治以前には見られなかったいわゆるバタ臭い顔の、人好きのする青年だ。

じつは誠之助が降りる駅をひとつ間違え、開始時間まぎわに到着したこともあって、開場前は話をする機会もなかったが、この日最初の弁士であった森近運平は見事に〝口開け〟の任を果たしていた。関西弁を交えた彼の軽妙な語り口は集まった聴衆を魅了し、監視役として会場に詰めていた三名の巡査たちでさえ、顔を伏せてはいたものの、途中、たしかに何度か吹き出していたほどである。

三人は、ひとまず麦酒《ビール》で乾杯したあと、メニューを開いて首をかしげた。

「これは、また……」

「不思議な品書きですな」

「トチメンボー？　何やろ？」

「へえ。鶏のクジャク風やて」

メニューを閉じ、顔を見合わせていたが、三人同時にぷっと吹き出した。

「ま、どないなもんが出て来るか、頼んでみましょ」

誠之助が代表して手をあげ、澄ました顔の店員をテーブルに呼んだ。

「ピックルを人数分と、このトチメンボーいうやつを一皿。それから、鶏のクジャク風と……ハムの味噌漬けも、もろとこか」

注文する方も、注文を受ける方も、いたって真面目な顔である。

明治開国とともに日本に入ってきた西洋料理は、珍しいもの好き、新しいもの好きの日本人を魅了し、たちまち大人気を博した。明治期に書かれた風俗小説には牛鍋屋やカフェーの場面がしばしば登場する。また、西洋料理に熱狂する当時の日本人の姿は、幕末に来日し、風刺漫画雑誌『ジャパン・パンチ』を刊行したワーグマンによって面白おかしく描き出されている。

この頃、西洋料理店は東京市内だけで一千五百店舗以上。牛鍋やトンカツ、コロッケ、オムライスなどは成功例だが、上野の精養軒や銀座の煉瓦《れんが》亭など一部の有名店を除けば、店の多くは西洋料理というよりは日本で独自の進化（？）を遂げた、「和風西洋料理」とでも称すしかない摩訶《まか》不思議なメニューを提供していた。作る側も、注文してそれを食べる側もはじめてなので、双方「こんなものか」と思っていたようだ。現在の外国旅行者がときおり旅先で珍妙な日本料理なるものを食べさせられるが、まずあんなようなものだと思えば間違いない。

誠之助は堺や森近と麦酒を飲み、一風変わった西洋風料理を食しながらさまざまなことを話しあった。

今日の演説会は中止となったが、それよりむしろ聴衆たちが巡査の行為を自ら「おかしい」と感じ、彼らに詰め寄ったことの方が大きかったのではないか。

演説会に集まった者たちは図《はか》らずも社会主義の精神を実現した。

演説会は中止になったが、その意味では大成功と言えなくもない。

だいたいそういったようなことだ。

飲んで、食べて、話すうちに、三人はすっかり意気投合した。

ことに初対面、岡山出身で大阪にいたこともある若い森近が、誠之助に非常な興味を示した。聞けば、以前は岡山県庁に勤めていたのだが、日露戦争の戦時国債を買うなという演説を職場でしたために辞職させられ、やむなく東京に出てきた。今は神田で「平民舎」なるミルクホールの店主をしているという。

ミルクホール、というのは明治三十年代に東京で流行した店舗形態で、これも一種の西洋料理店といえなくもない。但し、店内ではただ飲み物を提供するだけではなく、

――牛乳、御呑みなさる御方に限り、新聞縦覧無代の事

と貼り紙がかかり、各紙を綴《と》じた新聞掛けと、図書館にあるような長机が置かれている。

たいていエプロン姿の桃割れ髪の小娘が給仕をしていて、店に入ると大きな牛乳かんからコップに牛乳をついでくれる。そういう店が東京中に何十軒もあった。

店に来る客の目当ては、牛乳より、エプロン姿の桃割れ髪の小娘よりも、各種新聞である。それほど、この時代は新聞がよく読まれていた。

当時、日本の識字率は高いといわれたが、難しい漢字を読めない者も少なくない。平民社が経営するミルクホールともなれば、社会主義や労働運動に興味をもつ者たちが集まるわけで、かれらに新聞を読み聞かせ、時事を解説することも店主の重要な役目の一つであった。広範な知識と、臨機応変な行動力、人を見る目がなければつとまらない仕事だ。

「へえ。ほんなら、ドクトル大石の〝どくとる〟いうのは〝毒を取る〟いう意味もかけとるんですか?」

森近は目をきらきらと輝かせながら、身を乗り出すようにして誠之助にたずねた。

「医者は〝体の毒を取る人〟。邪《じゃ》を払う、というわけですな。なるほど、面白い！　これからは、人の体からだけでなく、社会からも毒を取ってもらわんと。いや、今日は大石はんに会えてよかった。ほんま、来てよかったですわ」

などと、ぽんぽんと調子よく喋っていたが、途中「当店オリジナル」なる葡萄酒を飲みはじめたあたりから調子がおかしくなった。呂律《ろれつ》があやしくなり、堺と誠之助が目配せを交わしていたところ、

「よっ。社会のドクトル、大石内蔵助《くらのすけ》！　これからも、どうぞよろしゅうお頼み申します」

森近がテーブルにごつんと音を立てる勢いで頭をさげたのをしおに、会はお開きになった。

「また来ます。二人とも、今度は新宮にも是非！」

誠之助は見送りに来てくれた堺と森近に手を挙げ、発車まぎわの夜行列車に慌てて駆け込んだ。

誠之助の乗車を待っていたように、かん高い汽笛が一声。

ゴトリ、と列車が動き出した。

列車はたちまち速度をあげ、窓から顔を出すと、明かりのついた駅のホームに立って手をふる堺と森近の姿が見る間に小さくなってゆく。

誠之助は空いている席を見つけて腰をおろし、ほっと息をついた。座席に背をもたせかけ、目を閉じると、慌ただしかった東京滞在が走馬灯のように脳裏によみがえる。

――忙しかった。

つくづくとそう思った。

堺や森近と飲んだ妙な葡萄酒の酔いが今ごろになってまわってきたのか、頭の芯《しん》が、じんっ、としびれた感じがする。

朝には名古屋に着く予定だ。

熱田《あつた》で船に乗り換え、新宮に着くのは明後日の昼過ぎといったところか。

東京は遠い。

新宮の町の者が最近よくそんな話をしているのを聞くが、今回東京に来てあらためて実感した気がする。

「……おかしな話や」

誠之助は覚えず独り言を呟いて、首をひねった。

明治になって汽車（東海道線）が走る以前、東京に出る交通手段は船しかなかった。そのころ、新宮の者たちはむしろ「江戸（東京）は近い」と言っていたのだ。古老の筏《いかだ》師たちの話によれば、熊野の沖に流れる黒潮に筏を乗せてしまえば、三日後にはもう江戸・深川《ふかがわ》で芸者をあげて飲んでいたという。かれらの話にはいくぶん誇張《ほら》が交じっているかもしれない。が、それにしても感覚の話だ。

江戸は近い。

その認識が、かつては新宮の町の者たちのあいだで共有されていた。

もっとも、筏師らも帰りは黒潮に乗るわけにもいかず、半月以上かけて歩いてきたというから、汽車が走るようになったおかげで東京往復の時間が短縮されたのは間違いない。往復の時間が短くなったにもかかわらず、「遠くなった」と感じるのはおかしな話だ。近くなったのか、遠くなったのか良く分からない。しかも、

（東京往復に汽車をつこて、あまった時間でのんびりするわけでもなく、皆、かえって忙しそうにしとる）

そう考えて、誠之助は顔をしかめた。

前回東京に出たのは日露戦争前。およそ三年ぶりだ。三年前と比べても、東京の繁華と喧噪の度合いはますますひどくなっていた。諸事ことごとく軽薄に流れ、間口ばかりで奥行きがなくなっている感じだ。以前は野っ原だったところに家が建ち、かと思えば、そのすぐ横で作ったばかりの家をもう壊している。

目まぐるしく、落ち着きがない。

変わったのは町並《まちなみ》ばかりではない。道を歩いていると、さまざまな大きさ、色、字体で書かれた文字がやたらと目についた。こちらに見るつもりがなくとも、文字の方から目に飛び込んでくる。それらはすべて会社や商品の宣伝広告であって、家や建物の壁や電信柱には無論、電車の中といわず便所のわきといわず、一尺でも、一寸でも、広告のできる余地あらばこれを利用しようと試みている。目がちかちかする。

保険会社や銀行が、こぞって雲にそびえるような立派な建築をしているのにも驚かされた。なぜこんな立派な建物が必要なのか。これほどの利益があるのなら、保険の掛け金を安くし、貯蓄に対する金利を少しでも上げればよいではないか。いたずらに荘厳な建物のために財を費やして信用の篤《あつ》きを誇張し、愚民《ぐみん》を欺《あざむ》こうとしているのではないか——。

誠之助にはそうとしか思えない。

町を行く者たちの歩みも三年前と比べて明らかに速くなっていた。立ち止まってうかうか秋空を眺めていようものなら、後ろから突き飛ばされ、しかも突き飛ばされた方が文句を言われそうな勢いだ。但し、彼らがいったい何のためにそんなに急いでいるのか、誠之助にはさっぱり見当がつかなかった。

あれこれ思い出しているうちに、脳裏にふと、痩せた、色の白い、目鼻の整った男の顔が浮かんできた。

幸徳秋水。

堺に誘われて演説会に参加したせいでなにやら目まぐるしい一日になったが、今回誠之助が東京に出た目的は、もともと彼に会うためだ。

幸徳の取り巻きの青年たちの心酔ぶり、熱狂の様は、新宮で想像していた以上であった。幸徳がこれからの日本の社会主義運動で中心的役割を果たすことになるのは間違いない。事実、それに値する人物だろう。だが――。

(兆民先生も、罪なことをなさる)

誠之助は目を閉じ、座席に背をあずけたまま大きく息をついた。

いまは亡き幸徳の師・中江兆民が同郷の弟子に与えた号「秋水」には「研ぎ澄ました刀。冴えた光を放つ名刀」の意味がある。

名は体を表す。

とはよく言ったもので、実際に会った幸徳秋水当人から、誠之助はあたかも良く切れる抜き身のような印象を受けた。人物、人柄の話だけではない。幸徳が書く文章には「冴えた光を放つ名刀」がそうであるように、人を酔わせる雰囲気が漂っている。それを名文と呼ぶ者もあるが、幸徳の場合はある意味名文すぎる、、、。

「名文」はもろ刃の剣だ。

名文は読む者を酔わせる。

幸徳の取り巻きの青年たちは、彼の文章を読んで〝酔って〟故郷を飛び出し、幸徳当人に会って、彼の人柄にまた〝酔って〟いる。百歩譲ってそこまではやむを得ない。が、かれらの中心にいる幸徳自身までが酔っているのでは話にならない……。

幸徳の主張はあくまで正しく、かれの文章はあくまで美しい。秋水という号が、幸徳自身に影響を及ぼした結果といえなくもない。

――ごく少数の金持ちと大多数の貧乏人から成る現在の日本の社会を変えるべきである。

幸徳の主張に、誠之助は全面的に同意する。だが、その一方で、

(言葉が正しければ正しいほど、美しければ美しいほど、そこにはわずかな狂気が含まれる)

とも考える。

人を酔わせる名文は、ときに悪魔を呼び出す呪文になりかねない……。

「これっ、だめよ。おとなしくして！」

耳元で聞こえた女の声に、誠之助ははっとして目を覚ました。

汽車の席に座り、頭を窓にもたせかけて考えごとをしているうちに眠気に襲われ、いつの間にかうとうとしていたようだ。

あたりを見まわすと、乗客らは暗い洋灯の下でみな寝ぼけた顔をしている。話している者は誰もいなかった。

(妙だな？　いま確かに声がしたはずだが)

と思ってさらに周囲を窺うと、誠之助の座席のすぐ背後に、三つか四つくらいの男の子が小さくなってしゃがみこんでいた。かたわらに母親らしき着物姿の女が腰をかがめ、自分の席に戻るよう説得している。

聞こえたのは、母親の声らしい。

「さっ、早く立って。席に戻りなさい」

周囲の乗客に気兼ねして、母親は押し殺した声で子供を叱る。が、何かの具合で機嫌を損ね、あるいは恐い夢でも見たのか、ぐずっている子供はなかなか言うことを聞かない。

おやおや、困ったものだ。どうするのか、と思って見ていると、母親はぐずる子供の耳元

に口を寄せ、

「言うこときかんと、ジュンサが来るよ」

と脅《おど》しつけるように言った。

子供は途端に怯《おび》えた顔になって、ぐずるのをやめた。

母親に手を引かれて席に戻っていく子供の後ろ姿を眺めながら、誠之助は苦く笑った。

日本に全国的な警察組織ができたのは明治六年。誠之助が、これも出来たばかりの小学校に通いはじめたころだ。御一新前、目明かし同心《どうしん》岡っ引きなどと呼ばれていた捕り方は、明治四年に邏卒《らそつ》となり、さらに巡査と呼び名を改めた。昨今はジュンサの名称がすっかり定着し、言うことをきかない子供を脅す文句として世の母親たちに使われている——。

どこか別の場所から、また声が聞こえた。

「はい、自分は……もう寝るであります！」

若い男の声で、はっきりとそう聞こえた。耳を澄ませてもそれきりなので、近くの席に座った者の寝言だったのだろう。

誠之助はくすりと笑い、ふたたび窓に頭をもたせかけた。

（昔は誰も、あんな言い方はしなかった……）

そう考えて、唐突にいやな記憶がよみがえった。

——田舎者め、いい気味だ。

嘲笑とともに罵声を投げつけられたのは、もう二十年も昔の話だ。

そのときの勝ち誇ったような相手の目つきを、誠之助は昨日のことのようにはっきりと思い出すことができた。

気がつくと、我知らず顔をしかめていた。

封印していた記憶だ。

久しぶりに思い出した直接のきっかけは「自分は、もう寝るであります」という若者の寝言だろう。慌ただしく目まぐるしかった東京での一日、幸徳秋水を取り巻く若者たち、「弁士中止」を命じた巡査の目つき、さらには「ジュンサが来るよ」と子供を脅しつけた母親の言葉の調子などがあれこれ重なって、遠い記憶の扉が開いた——。

誠之助は、珍しく険《けわ》しい顔になった。

思い出しても仕方のない話だ。

社会の転換期に起きた不幸な出来事——。そう思うようにしている。

そう考えることで、その後の人生を生きてこられた。

思い出す必要などない。

誠之助は窓の外に目をやった。

窓の外は真っ暗だ。汽車は相変わらず暗闇の中を驀進《ばくしん》している。

窓ガラスに自分の顔が映っている。

三十八歳の大石誠之助の顔。

そこに、若者の顔が二重写しになる。

自分でも忘れていた、十九歳の大石誠之助の顔だ。

誠之助はこれまでに二度罪に問われたことがある。

＊　＊　＊

誠之助がはじめて東京に出たのは明治十九年九月、神田の共立学校に入学するためであった。

当時、神田共立学校は「大学予備門」（後の第一高等学校）への予備校的存在であり、大学予備門にすすんだ者は、その後ほぼ自動的に「帝国大学」への進学が保証されていた。十九歳の誠之助は、当時在学中だった京都・同志社を中退して、なぜ東京に出てきたのか？

少し、時代背景の説明が必要だ。

このころ——というのは明治十年代のことだが、日本の学制は未だ確立されておらず、「東京大学」は明治十年に一応できてはいたものの、とりたてて特別な学校というわけではなかった。明治政府は当初、各省庁それぞれに専門の教育機関（専門学校）を設け、そこで必要な人材（官僚）を育成する方針であった。司法省には法学校、工部省には工部大学校、内務省には駒場農学校、といった具合である。

明治初期はむしろ、経済学では福沢諭吉の慶應義塾、フランス語では中江兆民の仏学塾といった民間の教育機関の方が各専門分野の最高権威と目されていた。

誠之助は、明治十七年、京都・同志社に入学した。新島襄《にいじまじょう》が設立した同志社は当時、英語ならびにキリスト教思想における日本最高峰の教育機関であった。同志社に入学するために、誠之助はわざわざ前の年に大阪に赴き、米国人ドリンナンなる人物に付いて英語を学んでいるほどだ。

ところが明治十九年に事情が一変する。

明治政府が各省庁下の専門学校を統合して「帝国大学」の設立を宣言したのだ。

発案者は伊藤博文。一説によれば、明治十四年の政変で下野した大隈重信《おおくましげのぶ》が創設した東京専門学校（後の早稲田大学）で反政府的な政治教育が行われていることを憂慮した伊藤が、政府に協力的な人材を育成すべく急遽作らせたともいわれる。

明治政府が「学位授与権」を設定したことで、帝国大学は一気に権威化した。実質上、東京の帝国大学がこの国で唯一の「大学」となったわけだ（二番目の帝国大学が京都にできるのは十一年後の明治三十年）。それまで「末は参議か大将か」とうたわれていた書生歌が「末は博士か大臣か」に変わったのもこの時期からである。

東京が学問で身を立てる唯一の場となったことで、当時の学力優秀な若者たちはみな、目の色を変えて（東京）帝国大学を目指した。

維新後二十年足らず。西郷隆盛が鹿児島で兵を挙げた西南の役からまだ十年と経っていない時代だ。混乱がつづく社会のなかで、自分が何者かさえわからない若者たちが「学位」という権威（肩書）を欲したのはある意味当然といえよう。のちの運命からは考えづらいが、十九歳の青年・大石誠之助が帝国大学に惹《ひ》かれた気持ちも、わからなくはない。

中央集権国家を目指す明治政府は、政治・経済・外交その他の国家機能を東京に一極集中化すべく着々と手続きをすすめてきた。かつて殷賑《いんしん》を極めた京都や大阪の者たちが「東京に、みな持っていかれてしもた」と嘆いていた時代である。子供の遊びの双六《すごろく》でさえ、それまで「京」への道が上《のぼ》りだったのが、逆に東京（江戸）が「上《あ》がり」になったほどの劇的な変化だ。

誠之助と同年生まれの者たち——例えば伊予《いよ》松山の正岡升《のぼる》（子規）や、同じ和歌山でも紀北の南方熊楠らは、言い方はわるいが、いかにも当時の田舎者の若者らしく世の中の風潮に素直にしたがい、一極集中化がすすむ東京に出て、出来たての共立学校から大学予備門、帝国大学という基本コースをスムーズに歩んでいる（東京生まれ東京育ちの夏目金之助は、駿河台の成立学舎から大学予備門というやや異なる足どり）。

人生を踏み出す第一歩として、まずは大阪、そして京都を選んだ誠之助の決定にこそ、

「東京なにするものぞ」との気概と反骨精神の顕れを見るべきかもしれない。

帝国大学設立の報に接した誠之助はただちにその意味を察し、せっかく入学を果たした同志社を辞めて、知る者もない東京に一人むかう。

これはこれで誠之助らしい行動といえよう。

誠之助は、その後の人生でしばしば周囲の者たちを驚かせる柔軟な思考と、物事の本質を素早くつかむ洞察力、さらに〝腰の軽さ〟とでも称すしかない機動性を発揮している。この傾向は若いころから変わらなかったようだ。

単身、東京に赴いた十九歳の誠之助は共立学校に入学。共立学校は、のちに蔵相となった高橋是清《たかはしこれきよ》が英語を教えていたことで有名だが、大学予備門の授業で用いられる英語の習得が主な目的であった。

英語なら、同時入学の者たちと比べて誠之助に一日の長がある。何しろ大阪で米国人に生きた英語を学び、その後、当時英語教育の最高峰といわれた同志社に通っていたのだ。さらに言えば、語学の出来不出来は畢竟《ひっきょう》〝耳の良さ〟しだいだ。絶対音感にも通じる資質で、のちに三味線、都々逸《どどいつ》の名手と謳《うた》われ、宗匠の位まで昇った誠之助はもともと耳がいい。共立学校での一律の英語の授業など物足らないくらいであった。

大学予備門の試験まで一年足らず。

それまで東京で気楽に過ごせばよい。

そう思っていた誠之助の身に、思いもかけない事件が降りかかる。

東京に不案内な誠之助は知らなかったが、かれが選んだのはたまたま長州出身者が多く集まる下宿であった。

明治維新から二十年足らず。世の中には藩閥意識が根強く残っている。ほんの二十数年前まで、この国には「日本」などという概念は存在せず、「国」といえば各大名が治める領地のことを指した（「〜藩」という言葉が公式文書に初めて現れるのは明治の廃藩置県処分直前で、それ以前は「お家」もしくは「国」と呼ばれていた）。

明治政府は「薩長藩閥政権」といわれる。それほど、江戸幕府を倒すにあたって中心的役割を果たした薩摩（鹿児島）と長州（山口）が政府の要職を独占した。かれらのあいだに土佐（高知）と肥前（佐賀）出身者がわずかに加わった程度だ。ことに大蔵省、陸軍省は「長州人の巣窟」とまでいわれた。さらに九年前、西南戦争で薩摩の雄・西郷隆盛が討伐されると、長州閥がいっそう幅を利《き》かせるようになる。

一般的に、長州人は「後輩の面倒見がよい」といわれる。

裏を返せば、同郷の者たちで連《つる》む傾向があるということだ。かれらは上下の関係にうるさく、目上《めうえ》の者と話す場合はかならず語尾が「〜であります」となる。

長州方言なのだが、耳のいい誠之助にはその響きがおかしくてならず、ついかれらの口まねをしつつ「〜でありまする」とやってしまった。

目上の者に対して「〜でありまする」などという言い草は、長州人には揶揄《やゆ》としか聞こえなかった。そもそも、誰に対しても敬語を用いず、「あんた」「あんたら」と呼びかける誠之助の言動は、上下関係にうるさい長州人からすれば傲慢以外の何物でもなかった。

これがもし京都・大阪なら、この時点で「どこの者や？」と詰問され、誠之助が「紀州熊野ぞ」と答えれば、たいてい「ああ、なるほど」と納得されたはずだ。京阪神間で熊野方言といえば、「汚い」といって嫌う者も多いが、良くも悪くも有名であった。「熊野の者ならしゃあない」と肩をすくめて終わりになる。

が、東京でこれは通用しなかった。

紀州熊野方言に敬語なし。

いまでこそ方言の専門家のあいだで常識となっているが、敬語をもたない日本語方言は希有な例外であり、熊野地方以外では一部離島くらいなものだ。

階級社会は言葉（敬語）によって人々の意識下に刷りこまれ、維持される。

熊野と長州には、実はもうひとつ、因縁めいたものがある。

幕末、二度にわたって行われた長州征伐に際し、「熊野水野軍」は幕府側について長州領域に攻め入った。わずか二十年ばかり前の話だ。当時、長州の人たちのあいだで「熊野」は、かつて瀬戸内で恐れられた熊野水軍のイメージもあって、「悪鬼羅刹」「ならず者」等と同じく、怖気《おぞけ》をふるう響きをもった言葉であった。

今を時めく長州出身の若者たちの目に、熊野から来た誠之助の自由なふるまいや敬語のない話し方がどんなふうに見えたか？

しかも誠之助は、かれらが習得に四苦八苦している英語をいとも容易《たやす》く使いこなし、学校にいるお雇い外国人とけらけらと談笑しているのだ。

鼻につかなかったはずはない。

誠之助も若かった。彼は周囲の者たちの視線に気づかず、あるいは気づいても気にしなかった。「どや、こんなもんじゃい」と、つい口にしたかもしれない。

翌年夏。誠之助は突然逮捕された。

同宿の者の書物を勝手に売り払い、代金四円を盗んだあげく、罪を逃れるために宿を変えた——というのがその理由であった。

身に覚えのない罪に、若い誠之助はうろたえた。

同宿の者たちは、ある者は素知らぬ顔をし、別の者は貝のように口を閉ざした。他に知る者もない東京で、誠之助を弁護してくれる者は誰もいなかった。

理由も、状況もわからぬまま、誠之助は「重禁錮五十日、監視六カ月」を言い渡される。

何が起きたのかわからず、混乱した精神状態のまま獄舎での時間は過ぎていった。獄吏に言われて初めて、逮捕後五十日が過ぎたことに気づいたくらいである。

当時の法律によって、誠之助は住所（本籍）地である新宮に護送され、そこで保釈される手筈となった。

獄舎から出された誠之助が護送用の箱車に乗り込む途中、ふと目をあげると道端に見覚えのある顔があった。同じ下宿だが、友人と呼ぶほどには親しくしていなかった若者だ。

（……見送りに来てくれたのか？）

誠之助は憔悴した頭でぼんやりとそんなことを考えた。理由もなく「恥ずかしい」と思い、顔を伏せた。

手縄《てじょう》をうたれた誠之助が乗った箱車が通り過ぎる瞬間、道端に立った若者が低く声を発した。その声が誠之助の耳に届いた。

――田舎者め、いい気味だ。

誠之助は目の前が真っ暗になった。ある意味、身に覚えのない罪に問われたこと以上に、同宿の、それまで仲間だと思っていた者から罵声を投げつけられたことの方がショックであった。

新宮に護送される旅のあいだ、誠之助はなぜこんなことになったのか考えつづけた。同宿の者の冷ややかな声が耳について離れなかった。彼の目付きが目の前に浮かんで、ずっと消えなかった。

田舎者？　だが、どちらが？

権力を握った者は常に、異なる文化背景を持つ者を田舎者と見下す傾向がある……。

やや冷静になったあとで、誠之助の頭にひとつの可能性が浮かんできた。

一連の騒動の結果、誠之助は共立学校を自動的に中退となった。受けたはずの大学予備門試験の結果は結局知らされずじまいだ。

誠之助を〝見送り〟に来ていた同宿の長州人某は、さして優秀な者ではなかった。彼は大学予備門の試験に落ちたのではないか？　そのことを事前に知った彼は、同郷の先輩に泣きついた。そのさい、同郷の先輩は彼にこう示唆したのかもしれない。「一人、入学者を外せば何とかしてやる」。彼の頭に真っ先に浮かんだのが、〝熊野のならず者〟誠之助の顔だった。彼は自ら、もしくは同郷の仲間に依頼して自分の書物を売り払い、誠之助の荷物をよそに移したあと、警察に盗難の被害届を出し、かつ誠之助が犯人だと名指しした――。

単なる想像だ。確証はない。だが。

今回の浅草での演説会でも、誠之助は監視役の巡査から突然「弁士中止」を命じられた。あまりにも唐突、理不尽な命令で、聴衆が思わず騒ぎ出したほどだ。もしかすると誠之助の場合は、演説内容というよりは、立ち居ふるまいや話し方のせいだったのかもしれない。誠之助はこれまでも、時折、見知らぬ者から理不尽な反感をかうことがあった。ある種の者たちにとっては、誠之助の話し方や立ち居ふるまいがひどく不快なものに感じられるらしい。

なぜそんなことになるのか？

誠之助自身、理由はわからない。わからないが、事実としてそういうことが時折ある。十九歳の誠之助が、同じ下宿の仲間だと思っていた若者によって罪に堕《お》とされたようにだ。

誠之助は、列車の暗い窓に映った男の顔を見つめた。

ガラス窓に映っているのは、三十八歳になった誠之助の顔だ。十九歳の若者の顔はもう見えない——。

東京で罪を得て新宮に護送された誠之助を出迎えてくれたのは、長兄・余平だった。

事件の経緯を誠之助からきいた余平は、ひとこと「お前を信じとる」とだけ言った。

誠之助はそれで救われた気がした。逆に、あのとき、長兄の一言《ひとこと》がなければ自分はいまごろどうなっていたかとも思う。

その後、誠之助は余平の勧めで海を渡り、働きながらアメリカとカナダで医学を学んだ。長兄の不慮の死を聞いた時は、よほど帰ってこようと思った。そのたびに「一人前になって、帰っておいで」と言って新宮を送り出してくれた長兄の言葉を思い出し、歯を食いしばって我慢した。

日本に帰ってきたのは、母の死がきっかけだ。が、実をいえばもう一つ、長兄が遺した三人の子供たち(伊作、真子《まこ》、七分《しちぶ》)の面倒を自分が見なければという思いもあった。

日本に帰り、新宮で医院を開業した誠之助は、ところが、それからわずか半年後に思いもかけずふたたび罪に問われることになった。

今度は医者として。

伝染病予防規則違反であった。

本件では和歌山地方裁判所で無罪の判決が出たものの、誠之助の側にまったく落ち度がなかったわけではない。誠之助はアメリカ北西部とカナダで医学を修めた。ことにカナダでは当時最先端の外科医術を学び、また誠之助自身手先が器用であったので、外科医としての腕前は申し分ない。が、その分、南方の伝染病知識にやや欠けるところがあった。本州最南端にほど近い新宮には、交流が盛んなハワイやマレイ、台湾、シンガポールといった場所から南方由来の伝染病が持ち込まれやすい。

結果として事なきを得たものの、伝染病の初期対応を誤った。

そのことは誠之助本人が一番よくわかっている。

誠之助は開業したばかりの医院を閉め、シンガポールから、さらにインドへと渡り、現地の大学で伝染病に関する知識を修得して、新宮に戻ってきた。

君子豹変す。

過ちを改めざる、これを過ちと言う。

誠之助の驚くべき柔軟性、物事の本質を素早く見抜く洞察力、腰の軽さといったものが、ここでも発揮された感じだ。

薄暗い車内に、今度は中年の男の声が聞こえた。

「ああ、腹減った……」

続きがないので、やはり寝言らしい。

誠之助は苦笑して小さく首をふり、背もたれに体をあずけて目を閉じた。

来月には東京から新宮に客人を迎える予定だ。そろそろ歓迎の段取りを考えておかなければならない。

閉じた瞼《まぶた》の裏に、新宮の子供らの顔が浮かんだ。何人かは唇をとがらせ、

――俺らのこと、忘れてないか？

と言いたげな顔つきだ。

誠之助は温かな気分になった。にこやかな笑みを浮かべ、

(待っとれよ。帰ったら、美味《うま》いもの作ったるさかいな)

胸のうちでそう呟いて、上着を首までひきあげた。

その後誠之助が見た夢には、子供らにくわえて犬のバクまでが出演し、思いもかけず賑やかなものとなった。

十一　「明星」

誠之助が新宮に戻っておよそひと月後。

秋も深まった十一月初旬に、東京から新詩社の一行が当地を訪れた。

朝、誠之助が数名の新宮の者たちとともに宿を訪れると、なかから待ちかねていたように、

「おはようございます。今日はよろしくお願いします」

と、はきはきとした声とともに、黒い背広姿の立派な体格の男が表に出てきた。

よく晴れた青空をふりあおぎ、まぶしそうに目を細めたのは、目鼻立ちのととのった押し出しの良い美丈夫だ。

与謝野鉄幹《よさのてっかん》。

雑誌『明星』を主宰し、当時の日本歌壇を牽引していた時代の寵児である。

鉄幹は最初、文壇（という言葉を鉄幹は歌壇に対してあえて使った）の批判者として世に現れた。

新聞紙上でかれは、大御所たちが発表する作品を、

「あわれ、誰かこの歌を現代歌人の第一位に居る人の作と肯《うべ》なわむ」
「品格の野卑、構想の卑俗」
「此の如き曖昧不達意の歌」

と、手当たり次第、撫で斬りにする。

当時、鉄幹は弱冠二十一歳。文壇の大御所たちにとってすれば、歌のなんたるかもわきまえぬ無礼で無知な若造が発する愚かな罵詈雑言だ。謝罪は求めるが反論には値しない、と悠然と構えていたところが予想外の展開となった。

世間の者たちが、あたかも鉄幹の批評と歩みを揃えるかのように、かれらの作品に嘲笑を浴びせかけるようになったのだ。

品格の野卑、構想の卑俗。

あわれ、誰かこの歌を現代歌人の第一位に居る人の作と肯なわむ。

鉄幹の批判をあらためて読みかえして、文壇の大御所たちは混乱したはずだ。何しろかれらは、これまでと何ひとつ変わらぬ態度で歌をつくっていたのだから。

何一つ変わらない態度――。

まさに、それこそが問題だった。

シェイクスピアやツルゲーネフらの作品が日本に紹介され、鷗外による『即興詩人』の革新的な日本語翻訳が順次発表されていた時代だ。見たこともない新しい事物、新しい言葉、新しい考え方が日本社会に流れ込み、自分たちを取り巻く世界が刻々と変化を遂げている。そんな時代に、何の疑問も、内面の葛藤もなく、現実世界と没交渉の歌をつくり、発表する。旧態依然。文壇の大御所たちの停滞した精神の有り様が、鉄幹の批判によって白日のもとに引きずり出されたというわけだ。

明治三十一年、正岡子規が『歌よみに与ふる書』を発表して、

「歌社会に老人崇拝の田舎者多きも怪しむには足らねども（略）この弊《へい》を改めねば歌は進歩致すべからず候《そうろう》。歌は平等差別なし。歌の上に老少も貴賤も之《これ》無き候」

と、旧派をばっさり切って捨てたのは有名な話だ。が、子規に先立つこと数年、鉄幹はすでに同じことを指摘している。但し、子規の文章には飄々《ひょうひょう》としたユーモアが漂うのに比べ、鉄幹の文章からは、現状にいらだち、歯軋《ぎし》りする二十一歳の若者の姿が浮かんでくる。与謝野鉄幹にはどこか、莫大なエネルギーの塊が自《おの》ずから発光し、かつ発熱して、周囲を焼き尽くさずにはおかない過激な傾向がある。

明治三十三年、二十七歳の鉄幹は雑誌『明星』を創刊。その雑誌につどう者たちが〝明星派〟と呼ばれる一派をなした。

翌年、のちに鉄幹の妻となる『明星』同人・鳳《ほう》晶子の処女歌集『みだれ髪』が出版されるや否や、たちまち大評判となり、明星派の歌や詩が一躍全国を風靡《ふうび》した。

その子二十《はたち》櫛《くし》に流るる黒髪の おごりの春の美しきかな
やは肌の あつき血潮に触れも見で さびしからずや道を説く君

不羈奔放《ふきほんぽう》。柔軟艶冶《にゅうなんえんや》。

古い世代の者たちが「幼稚、下品、恥知らず」と評して忌み嫌う一方、

——ここに自分たちの歌がある。これこそが自分たちの言葉だ。

と、直感した多くの若者たちがいた。

『みだれ髪』に収められた歌は、それまで誰も見たことがない、新しい世界を切り開くための言葉であった。

明治の若者の多くが晶子の歌に熱狂し、これを諳《そら》じ、自らもまた〝明星派〟風の歌を模して作った。

かつて菅野すがが新宮を訪れ、誠之助や子供たちと一緒に神倉にのぼったさい、眼下に広がる冬の海を眺めながら、

海恋し 潮の遠鳴りかぞへては をとめとなりし父母の家

と、諸々《もろもろ》場違いな感じがする歌を独りごち、誠之助はそのときは気がつかなかったが、し

ばらくあとで顔を出した新宮の句会で同じ歌を口ずさむ若者があった。

聞けば、与謝野晶子の歌だという。

「へえ。ドクトルは物知りかと思てたら、案外物知らずやな」

と新宮の若者に笑われたが、そのくらい与謝野晶子の歌は若い人たちのあいだで流行していた。

明星派の詩歌の特徴は華麗なロマン主義、あるいは恋愛至上主義だ。〝照れ屋〟の誠之助とは最も遠い作風である。が、それとは別に、与謝野晶子の名前を聞いて、誠之助は、ああ、と思い当たることがあった。

明治三十七年、ちょうど誠之助が「太平洋食堂」を開いたころ、与謝野晶子の名前を歌壇のみならず、一般社会においても広く知らしめることになった或る〝事件〟が起きた。

きっかけは、日露戦争のさなか、晶子が『明星』に発表した一篇の長詩だ。

ああをとうとよ、君を泣く、
君死にたまふことなかれ、
末に生れし君なれば
親のなさけはまさりしも、
親は刃《やいば》をにぎらせて

人を殺せとをしへしや、
人を殺して死ねよとて
二十四までをそだてしや。

「君死にたまふことなかれ」と題された五連の詩は、冒頭に置かれた「旅順口包囲軍の中に在る弟を歎《なげ》きて」との一文からもわかるとおり、半年前に召集され、このころ旅順攻略戦に投入されていた実弟・籌三郎《ちゅうざぶろう》の身を案じて晶子が作ったものである。

旅順攻略戦の総指揮官は乃木希典《のぎまれすけ》。高い人格者であったが、軍の総指揮官としての能力は疑問視されている人物だ。その乃木大将の下、日本全国から召集された大勢の若者たちが、ロシア軍が守る「二〇三高地」（高さ二〇三メートルの高台）に対して、連日、凄まじい突撃をくりかえしていた。戦場の凄惨さは「折り重なる日本兵の屍体で足の踏み場もない」「血潮は流れて川を成す」と報じられたほどだ。数多くの日本の若者たちが、現在では無謀としか評しようがない作戦に投入され、次々に敵弾の犠牲となっていた。

旅順戦における日本側の死傷者は六万人を超える。一つの戦場としては、当時の日本人が有史以来経験したことのない、未曾有《みぞう》の犠牲者数だ。

そんななか、弟の身の上を案じて発表された真情あふれる晶子の詩《うた》に、まっこうから噛みついたのが評論家・大町桂月《おおまちけいげつ》であった。

大町桂月は明治二年生まれ。誠之助や夏目漱石とほぼ同世代。帝国大学出の、いわゆる〝大物評論家〟で、文壇から学会に至る広い範囲に多大な影響力を持っていた。その桂月が晶子の「君死にたまふことなかれ」に対して痛烈な批判を加えた。かれは詩の文句をいちいち取りあげ、例えば、

旅順の城はほろぶとも、
ほろびずとても、何事ぞ、

とは、あまりに利己的、あまりに無責任と厳しく非難。また、

すめらみことは、戦ひに
おほみづからは出でまさね、
かたみに人の血を流し、
獣《けもの》の道に死ねよとは、
死ぬるを人のほまれとは、
大みこころの深ければ
もとよりいかで思《おぼ》されむ。

などとはよくも「草莽《そうもう》の一女子にして（略）教育勅語、さては宣戦の詔勅まで非議する。大胆なわざ也《なり》」と、大仰な身ぶりで呆れてみせた。

桂月はまた、晶子の詩作態度そのものを批判し、

「戦争を非とするもの、夙《つと》に社会主義者を唱《とな》ふるものの連中ありしが、今またこれを韻文に言いあらわしたるものあり、晶子の『君死にたまふこと勿れ』の一篇、是也《これなり》。（略）世を害するは、実にかかる思想也《なり》」

と断じた。

桂月への反論として『明星』に発表されたのが、「ひらきぶみ」と題された晶子の一文だ。〝実家の堺から東京の夫・鉄幹に宛てた手紙を公開する〟という形式で書かれたもので、このなかで晶子はまず、大町桂月の批評を「私風情《ふぜい》のなまなまに作り候物《そうろう》にまでお眼をお通し下され候こと、忝《かたじ》けなきよりは先《ま》ず恥しさに顔紅《あか》くなり候。勿体《もったい》なきことに存じ候」と軽くいなした後、

「私が弟への手紙のはしに書きつけやり候歌、なになれば悪《わ》ろく候にや」

「女と申す者は誰もが戦争《いくさ》ぎらいであり、お国のためにやむを得ぬ戦でも、一時《いっとき》も早く勝って止《や》めてほしいと願うのは当然ではないか。逆に、この国びととしての務《つとめ》は、わざわざ口に出して言うことではなし」

と正面から反論。さらに、

「桂月様はあの詩を危険思想だとおっしゃるけれど、当節のように死ねよ死ねよと申し候ことと、またなにごとにも忠君愛国などの文字や教育勅語などを引いて論ずることの流行の方が却《かえ》って危険と申すものに候わずや」

と、相手が出てきたところに合わせて狙いすましたカウンターパンチを叩き込んでいる。大町桂月は総合雑誌『太陽』でさらなる反論を試みているが、晶子の攻撃によるダメージがよほど大きかったのだろう、

「日本国民として許すべからざる悪口也。裏店の山神《やまのかみ》的の毒舌也、不敬也、危険也。だだっ子の悪口也」

と怒り狂うのみで、もはや他人を説得する論理の言葉とはなっていない。最後には、

「乱臣なり、賊子なり、国家の刑罰を加うべき罪人なりと絶叫せざるを得ざるもの也」

と、ヒステリー状態に陥り、口（筆）もよく回っていない有り様だ。

誰の目にも、晶子の側の完全勝利であった（余談だが、大町桂月は漱石の『吾輩は猫である』にもいちゃもんをつけ、その後の連載作品中でからかわれて後世の人々の失笑をかっている。当時は「当代一流の評論家」と呼ばれていた桂月だが、与謝野晶子といい夏目漱石といい、相手の力量も作品の本質も、根本的なところで見誤る癖があったとしか思えない）。

この一件、しかし、あらためて振り返ると妙にそぐわない感じがある。ちぐはぐな印象と

いうべきか。

当時晶子は二十五歳。後年、婦人運動家らを相手に一歩も引かぬ丁々発止の論戦をくりひろげた印象があるので錯覚しがちだが、鉄幹と出会うまで、晶子は堺の大店の商家の箱入り娘である。己の立場を巡って誰かと言い争うことなど、そのころは思いもしなかったはずだ。実際、これが晶子にとってははじめての論戦であった。

それにしては「けんか慣れ」しすぎている。

苟《いやしく》も「当代一流の評論家」大町桂月相手に少しも動揺する様子もなく、立ち位置を定め(鉄幹宛ての手紙を公開という形式)、その後も終始有利なポジションに身を置いてゲームを進めている感じだ。「ひらきぶみ」のなかで、晶子は十歳ほどしか違わぬ桂月に対し「曾孫《ひまご》のようなる私」「おじい様」と挑発し、相手がかっとなって出てきたところを冷静に仕留めている。闇雲にふりまわしたパンチが出合い頭に当たって勝ったわけではない。晶子はしかも、ふらふらになった相手にとどめを刺すでもなく、むしろ世間に己の勝ちをアピールする余裕をみせている。

初喧嘩にしては、いくらなんでも出来過ぎだろう。

「ひらきぶみ」はおそらく、鉄幹が晶子に書かせたものだ。

鉄幹は自ら主宰する雑誌に掲載した詩を「国家や天皇に対する危険思想」、己の妻を「危険思想の持ち主」と言われて引きさがっているような漢《おとこ》ではない。かれは妻・晶子にただちに反論を書いて発表するよう発破をかけた。喧嘩の仕方を教えた。

若いころから「けんか慣れ」していた鉄幹にならそれが出来たはずだ。

結果、晶子は「当代一流の評論家」との論戦に勝った女性として名を高からしめる。それまで晶子の名前も知らなかった歌壇以外の者たちも、この一件を境に晶子に一目置くようになった——。

鉄幹と晶子の関係についてはすでに多くの研究者による論文があり、いまさら付け加えることは何もない。

たとえば、晶子と鉄幹の歌で用いられる言葉やモチーフの驚くほどの類似性が夙に指摘されている。一般には「ますらおぶり」として知られる鉄幹の歌には、一方で「乱れ髪」や「黒髪」「やわはだ」といった「たおやめ」的文言が晶子の歌に先行して用いられており、また先の晶子の長詩「君死にたまふことなかれ」には、これより数年前に鉄幹が発表した「血写歌」で用いたモチーフや言葉の重複が数多く見られる。

鉄幹が切り開いた言葉の野に晶子が草花を植え、艶《あで》やかな花を咲かせた——。

おそらくは、そういうことだ。極言すれば、

〝晶子なくとも鉄幹はあった。が、鉄幹なくしては晶子はなかった〟

とも言える。

世間一般の多くの人々は、しかしそのようには認識していない。

この日も、誠之助とともに宿に出迎えに来た一人が、鉄幹の背後をじろじろと覗き込んだあげく、ひょいと首をかしげ、

「あの、奥様はどちらに？」

と、鉄幹に向かって無躾《ぶしつけ》にたずねた。

――東京新詩社『明星』御一行様、新宮に来《きた》る。

それだけ聞いて、『明星』イコール『みだれ髪』の与謝野晶子だと思い込み、世間で話題の天才女流歌人を一目見ようと思って来た。その態度を隠そうともしない。

ところが、与謝野鉄幹のあとにつづいて宿から出てきたのは、金ボタンを光らせた学生服姿の若者が三人きりだ。朝から元気な鉄幹とは異なり、二十歳前後のかれらはひどく眠たげな様子で、大きなあくびをして目をしばたたいている。三人とも起きたばかりらしく、中にはまだ明らかに顔も洗っていない者さえあった。

三人の名は、北原白秋《きたはらはくしゅう》、吉井勇《よしいいさむ》、茅野蕭々《ちのしょうしょう》。当時は早稲田や東大の学生だ。

その後の文学史を知る我々の目にはきら星のごとく映るかれらの姿も、この時点では〝与謝野鉄幹のお供の学生さんたち〟に過ぎない。ましてや天才女流歌人・与謝野晶子の姿を期待する者たちの目にはいないも同然であった。

旅に出て以来、どこに行っても聞かれたはずのこの問いに、鉄幹はいやな顔ひとつせず、「妻は現在懐妊しておりまして、残念ながら今回は留守居番です」と答えた。

「ははあ。ご懐妊。お腹《なか》が、大きいんですか？」

と、さらに間の抜けた質問にも、

「はい。それはもう。医者は、きっと双子《ふたご》だろうと言っています」

鉄幹は軽口で、丁寧に答えている。

（たいしたもんや）

誠之助はすっかり感心して、横で聞いていた。

文壇で一派をなす。

というのは、誠之助が想像する以上に大変なことのようだ。

雑誌『明星』で一世を風靡しながらも、新詩社の経営状態は決して良好とはいえなかった。『明星』の販売価格は一冊十四銭。当時の煙草一箱分、現代の感覚で言えばコーヒー一杯分程度の値段だ。『ホトトギス』の五十二銭に比べればずいぶん安い。創刊五号までは一冊六銭で売っていた。紙代印刷代製本代等、実費が十銭以上かかっているので、『明星』が売れれば売れるほど社としては赤字が膨らむという奇妙な状態であった。

――まずは明星派の数を増やすこと。

それが鉄幹が掲げた目標だった。

――新詩社同人が文壇をおさえた暁《あかつき》には、金など放っておいても向こうから入ってくる。

鉄幹はそう考えている。

　今回、かれが目をかけている新詩社の若者たち三人を連れて旅に出たのも、一つには全国の風物を観てまわることでかれらの歌の幅を広げてやるためであり、もう一つは明星派の〝布教〟と資金集めが目的だった。

　鉄幹ら四人は十一月二日に東京を発《た》ち、途中、桑名、松阪、伊勢神宮、皇学館、鳥羽志摩などを観てまわったあと、船で紀伊・木本《きのもと》港に。そこから「山中七里の険《けん》道《どう》を越えて」熊野川上流の瀞《どろ》八丁《はっちょう》を見物後、船で熊野川をくだって、新宮到着は前日十一月七日であった。

　前日は誠之助は医師会で用があり、新詩社同人で『明星』に投稿歌が掲載されたこともある地元新宮の文人数名が一行を出迎えていた。

「昨日は、どちらか行かれましたか？」

　そうたずねた誠之助に、鉄幹は体ごとむきなおった。目を細め、一瞬考える様子であったが、すぐに、

「ご当地、速玉神社に詣《もう》でましたあと、神倉山にのぼり、高倉下命《たかくらじのみこと》を祀る天《あめ》の磐楯《いわだて》——かのゴトビキの奇岩を仰ぎ見ました。あの石段には、正直、いくらか面食らいましたがね」

　と、冗談めかした様子で片方の眉をあげ、

「そのあと、徐福の墓を過ぎ、丹鶴城跡にのぼって新宮の町と海を遠望いたしました。別名、沖見《おきみ》城。聞きしに勝る、見事な眺望ですね。ことに河口近くの、紅葉に染まった、まるでお椀を伏せたような蓬萊山の可憐さ、美しさには、われら一同、ほれぼれする思いでした」

鉄幹は、読みづらい〝ご当地地名〟も一文字たがわず、すらすらと淀《よど》みなく正確に答えた。

「そらまた……エラかったですな」

誠之助は小声で呟き、呆れたように首をふった。

一行の到着は昨日の正午過ぎ。

新宮の見所《みどころ》を半日で見てまわったということだ。秋の日の短い午後を使って、速玉神社から神倉にのぼって、おりて、徐福の墓経由、城の上から蓬萊山を遠望となれば、かなりの強行軍だ。しかも一行は、その前々日に「山中七里の険道越え」を敢行している――。

あらためて目をむければ、腰に手を当てて十一月の澄んだ秋空をふり仰ぐ鉄幹は朝から非常に元気な様子だ。少しの疲れの色も見えない。一種超人的なエネルギーの持ち主らしい。

ふむ、と誠之助はひとつ鼻を鳴らし、己のあごに手をやった。指先でひげをつまみながら、鉄幹にこう提案した。

「今日は、ちょっとゆっくりしてもろおうと思うんですが、どないですやろ？」

鉄幹の顔に不思議そうな表情が浮かんだ。地元の名所を引きまわされることが多い旅先で、珍しい提案だ。鉄幹はすぐににこりと笑い、

「万事、お任せいたします」

そう言って頭をさげた。

誠之助の視線の先、鉄幹の背後で、三人の若者たちがほっとしたように目配せを交わして

いる。

（妙な男だ）

それが、誠之助に対する鉄幹の最初の印象だった。

ひとまずは、髪短く、濃いあごひげ。背筋のすっと伸びた、飄々とした人物だ。

鉄幹は若いころから世間の荒波に揉まれ、朝鮮に渡って政治に関わった経験もある。たいていの相手は一目見て、あるいはひとことふたこと言葉を交わせば、どんな人物なのかおおよその見当がつく。人を見る眼はあるつもりだ。

だが、大石誠之助というこの男には、一筋縄ではいかない、よくわからないところがあった。どう言えばよいのか？　何しろ、とらえどころのない感じだ。

地元・新宮で文化面における指導者的役割を果たしているのは、周囲の者たちの反応を見ればわかる。ドクトル、と呼ばれているので、職業は医者だろう。

地方都市では、医者や学校教師、役人、新聞記者などが、その土地の文化を担っている。そのこと自体はよくある話で、鉄幹はそうした者たちの文化的背景、スケール、才能等をほぼ一目で見抜く自信があった。その眼力なければ、晶子という希有な才能を見いだすことはできなかった。そもそも、旧態依然とした文壇に喧嘩を売ることなど不可能だ。

が、鉄幹自慢の眼力をもってしても、誠之助はどうにもよくわからない人物であった。

先ほどもかれは、一行の朝の様子を見て、とっさに今日の予定を組み換えたものらしい。あまりに自然な流れだったので周囲の者たちは大したことではないように思っているが、かれの思考の柔軟さには、緻密さと大ざっぱな感じが同居した、不思議な印象がある。

誠之助の案内で一行は新宮の町をぬけ、川原に通じるゆるい坂道にでた。

坂をくだった先には大小の丸石が一面に転がる広い川原があり、そのあいだを俄《にわか》作りの道が渡し舟をつないだ場所までつづいている。

川原の道を歩いていくと、近くで遊んでいた子供たちが一行を目ざとく見つけて駆け寄ってきた。子供らは誠之助の腕をとり、あるいは周囲にまとわりつくようにしながら、見慣れぬ一行を珍しげに眺めて、

「ドクトル、今日は何ごとない？」

「お客さんかい？」

と口々にたずねている。

「おおよ。東京から来てくれた大事なお客さんやぞ。向こう行て遊んどれ。てんご（悪さ）したら、承知せんど」

誠之助は、文字面《もじづら》からは想像できない優しい口調で子供たちにそう言いつけた。

「わかった」

子供たちも意外なほどの素直さで、誠之助の腕をはなして、ぞろぞろと離れていく。一人

が途中ひょいとふりかえり、誠之助に、

「バクと遊んでエエか？」とたずねた。

「おお、ええぞ。なんぼでも遊んだってくれ。咬《か》まれんように気ぃつけや」

「バクは咬まへんわ！」

子供らはそう言いかえして、わっと声をあげて走り去った。バクとは誠之助の飼い犬のことらしい。

鉄幹が背後をふりかえると、東京から連れて来た三人の学生たちは呆気にとられた様子で眼を丸くしている。

熊野地方に敬語なし。

とは聞いてはいたが、実際に目の当たりにするのは鉄幹もはじめてであった。

船着き場では、細長い木の葉のような形の和舟が一行を待っていた。細い板が舟べりに沿って両側に取りつけてある。

その板に腰掛け、向かい合ってすわるよう指示された。

皆が腰をおろすと、なめし革のような顔をした船頭が長い櫓《ろ》をあやつり、流れに逆らって川上にむかって斜《はす》に舟を押し出した。熊野川最下流のこの辺りでは川幅は二百メートル以上になる。

川の中ほどで船頭は手をとめ、あとは舟を川下に流されるままにする。おやおや、大丈夫なのかしらん？　と思ったが、よくしたもので、目指す向こう岸・成川《なるかわ》の船着き場にぴたりと着いた。

そこから、急な坂道をのぼり、山腹にある大きな古い屋敷に案内された。

出迎えたのは、ツイードの三つ揃いを品良く着こなした、すらりと背の高い青年であった。日本人には珍しいほどの彫りの深い整った顔立ちは、どこか異人めいた感じがする。

青年は、東京から訪れた一行に無言のまま軽く頭をさげた。

「今日は、まア、夕方まで、この家でのんびりしてください」

一行を案内してきた誠之助はそう言うと、自分一人、先にどんどんと家にあがっていった。出迎えの青年が何者なのか紹介もない。

鉄幹らが取り残された感じで戸惑っていると、一緒に来た新宮の者が目の前の青年を紹介してくれた。

かれは、この家の主《あるじ》の西村伊作。

広大な山林を継承する財産家の跡取りで、誠之助とは叔父・甥の関係だという。そう言われてみれば、二人の風貌にはどこか似た印象があった。

案内の地元の人たちにつづいて恐る恐る家に入り、廊下を曲がると、川に面した奥の窓から息を呑むような眺望が目に飛び込んできた。

蛇行する熊野川の雄大な流れが眼下にひろがり、白い砂利の川原と、この季節、美しく紅葉した山々が、えもいわれぬ見事な対比をなしている。

地元の人の話では、熊野川の真ん中が和歌山県と三重県の県境だという。一行は、さっきの渡し舟で和歌山県から三重県に移動してきたというわけだ。

その三重県側、成川の山肌に建てられた家の主・西村伊作は、叔父の誠之助同様、何とも正体のとらえづらい、不思議な若者であった。

第一に、東京からの客人を迎える家主《ホスト》にしては、かれはおそろしく無口であった。内気《シャイ》というのとは違う、むしろ傍若無人な印象だ。

古い民家の内部は不思議な和洋折衷造りに仕立て直されていた。台の上に瀬戸物の花柄の水差しが置いてあったので、用途をたずねると、これは顔を洗うのに使うのだという。珍しい形と絵柄に興味をひかれ、どこで売っているのか聞くと、

「アメリカのモントゴメリー・ワードという……シカゴにある店からカタログが送られてくるので、いつもそこから選んで取り寄せるんです」

伊作はそう言いながら、四センチほどの厚さの英語で書かれたカタログを一行に示して見せた。

家の本棚にはたくさんの洋書が並んでいて、こちらは「毎月、東京の丸善から取り寄せている」という。

供されたのは、薫りの高い紅茶と、薄く焼いた甘いお菓子だ。一応購入先をたずねると、伊作は少し考え、

「ふだん飲む紅茶やコーヒーは神戸の明治屋から取り寄せているのですが、これはたぶん英国の……」

と、別段面白くも、珍しいことでもないように、無表情のまま、ぼそぼそとした口調で答えた。

ビスケットやチョコレートは外国製の缶入り。あとで台所を覗かせてもらうと、肉や野菜、果物の外国製の珍しい缶詰と並んで、朱色の布で包んだ大きな塊が置いてあった。中身は「骨付きのハム（豚の後脚一本分）」だという。

かれが着ているのが、英国製の生地を採寸して作らせたオーダーメイドであるのは自明すぎて、もはやたずねる気にもならなかった。

ただ、伊作青年はもうすぐ結婚するということで、その話題をふられたときだけは、わずかに頬を染めたのが、鉄幹には好ましい印象として記憶された。

結局、鉄幹ら一行は夕方まで西村伊作の屋敷でのんびりと過ごし、疲労気味だった三人の若者たちが喜んだのはむろん、鉄幹自身も自分がこの旅に出て以来——否、旅に出る以前から、東京で己がいかに慌ただしい生活を送ってきたか、反省とともに思い知るよい機会となった。一服の清涼剤。心洗われる時間であった。

夕刻、一行はふたたび渡し舟で川向かいの新宮に移動し、船町「林泉閣」（ドクトル大石の医院もこの近くにあるという）に集まった地元の文人や有力者たちによる一大歓迎会が催された。

翌九日早天（朝）、鉄幹一行は新宮を出発する。

那智山、補陀洛山寺《ふだらくさんじ》を見てまわり、薄暮、勝浦港から汽船に乗って次の訪問地である和歌山市にむかった。

帰京後、鉄幹は早速、今回の旅で世話になった各地の新詩社同人《スポンサー》に礼状を出している。このまめさ、几帳面さなくしては、文壇で一派を築くことなど、夢のまた夢だ。

鉄幹が新宮在住の同人に宛てた礼状がいまも残っており、このなかで鉄幹は、定型の閑文字を連ねたあと、手紙の末尾に、

――大石君の風貌、就中《なかんずく》忘れがたき候。甚《はなは》だ快心の人と存候《ぞんじそうろう》。

と書き添えている。

鉄幹一行の帰京は同月十八日。

二週間余りに及ぶ長旅だ。

鉄幹は訪問地ごとに新詩社同人を訪ね、かれらが紹介する地元の文人や有力者らと数多く

面識を得た。新宮で行われた歓迎会だけでも、出席者は総勢三十余名。他の訪問地ではさらに大規模な宴会が何度も行われている。

そんな中、昼間の西村伊作の屋敷でも、その夜の宴会が始まったあとはなおさら、人の後ろにさがり、にこにこと笑うばかりでろくに話をする機会もなかった初対面の誠之助についてわざわざ書いているのは、鉄幹にすればかなり珍しいことである。
大石誠之助という人物が、よほど強く印象に残ったのだろう。

十二　謀反人の血

伊作（イサク）

というおれの名を、父は聖書からとったそうである。

聖書には、アブラハムが一人息子のイサクを神に捧げる逸話がある。熱心なキリスト教信者だった父・大石余平は、おれにイサクと名付けることで自分の子供をキリスト教の神に捧げようとしたらしい——。

捧げる方はともかく、捧げられる方としてはいい迷惑だ。

しかしこの時、父はアブラハムに比べて、少しずるい考えを持っていたのだと思う。聖書では、アブラハムが神に捧げるために息子イサクを山に連れて行き、薪《まき》の上に寝かせて下から火をつけたまさにその瞬間、「アブラハムよ、お前の気持ちはわかった。その子は焼かなくてもいい」という神の声が聞こえたのでイサクを家に連れて帰ったという結末になっていて、父はこの展開をあらかじめ知っていたからだ。

おれが生まれる前、父と母の間には二人の子供があった。が、二人とも生まれてすぐに亡くなっていたので、父はイサクと名付けることでおれを神に助けてもらおうとしたのだろう。

父の目論みはまんまと成功し、おれは生き残った。

尤《もっと》も、父に神の声が聞こえていたのかどうかは、怪しいものだと思う。なぜなら、おれが七歳の時、父と母は地震で崩れてきた教会の煉瓦《れんが》にうたれて同時に亡くなっているからだ。

おれは、弟二人（真子《まこ》、七分《しちぶ》）と一緒に、母方の祖母・もんばあさんに引き取られた。

母の実家・西村の家は、下北山村に広大な山林を所有する大地主だ。もんばあさん自身の子供はみんな早く死んでしまったので、ばあさんは孫のおれを西村の籍に入れて家督を相続させた。

おれは「大石伊作」から「西村伊作」となり、莫大な山林資産を継承した。八歳のときだ。

財産の管理は、おれが大きくなるまで、もんばあさんが引き続き行うことになった。

十一歳の時、父の弟の誠之助《せいのすけ》叔父がアメリカから帰ってきた。誠之助叔父はアメリカから帰ってきたその足で西村の家を訪れ、おれたち三兄弟を引き取った。誠之助叔父は、おれの父・余平を大変尊敬していた。亡くなった父は金持ちが嫌いであった。金持ちの家で育った子供はろくな大人にならない、と常々言っていた。そのことを知っていた誠之助叔父は、おれたち三兄弟が大地主のもんばあさんに育てられるのは良くないと考えたようだ。

おれは誠之助叔父の新宮の家に引き取られ、弟たちはそれぞれ父の弟妹《きょうだい》に預けられた。

父方の大石の家は、新宮で代々、医者や学者、教育者などを輩出している知識階級の一族だが、同時に変わり者が多いことでも知られていた。

第一に、大石の一族は道で知り合いに会っても挨拶しない。「あのよう」と、いきなり用件を切り出す。相手が誰であろうと正面からまともに顔を見据えて口をきく——といったことは地元・新宮で知らぬ者はなく、そのほかにも大石の一族は人に物をもらっても礼を言うことを知らず、人に物を与える場合も丁寧に礼を言われると、却《かえ》ってまごついてしまうことで有名だった。

どうぞ、ありがとう、すみません、ご面倒、恐れ入る、などは言いたくない。「あげる」とは言わず、「やる」という。「おいしい」とは言わず、「うまい」と言う。「休む」とは言わず、「寝る」と言う。お芋だのお布団だのお座敷だのいうものは、すべて「お」を省いてしまう。家のなかで朝晩「おはよう」だの「お休み」などとは、家族や奉公人に対しても、決して言わない。他人の家に用があれば黙って入っていき、用が済めば無断で出てくる。「御《ご》免《めん》」とか「左様《さよう》なら」といった挨拶は、大石一族の得意とするところではない。

おれの祖父・大石正孞《まさかね》は、変人ぞろいの大石一族の中でも、とりわけ変人だった。祖父は、世間のすること、学者の考えることはみんな間違っている、謡《うたい》も義太夫も三味線も狂歌も社会風刺の文章も、自分のやり方が一番正しいと考え、かつ常日頃から口に出してそう言っていた。自宅の床に砂利を敷き詰め、窓を開けて海を眺めながら「浜じゃ、浜じゃ」といって喜んでいた。かと思えば、桃の節《せっ》句《く》に山から引き抜いてきた木を床《とこ》の間《ま》に植え、ひな人形をその枝に並べて「これが本当の桃の節句の祝い方やが」と近所に触れてまわった。端午《たんご》の節句には、雨が降っても家の中に入れなくていいようにと竹のすだれで鯉のぼりをつくり、当日はなんとか雨が降らないものかと終日空を睨み暮らしていた。おれの父・余平がキリスト教徒になった時、祖父はまったく賛成しなかった。彼は聖書は読まなかったが、その代わり日本語に訳された聖書の字の数を勘定した。マタイ伝にはいくつの文字があるか、創世記は何文字あるのか、祖父は全部知っていた。

この祖父の血を引く者たちも、当然といえば当然だが、相当な変わり者ばかりである。

彼の長男（おれの父・大石余平）は、御一新以後、いち早くキリスト教を受け入れ、新宮初の教会堂を建てた人物として知られていた。父は熊野川上流に広大な山林を所有する西村家の一人娘ふゆ（おれの母だ）と結婚したが、これは当時珍しい恋愛結婚だった。父は己が信じるキリスト教の精神にもとづき、教会堂のほか英語学校や女学校の設立にも尽力し、その一方で西村家の仏壇や位牌を取り払った。もんばあさんによれば、父の言動には「いささか神懸《かみが》かったところがあった」という話だ。もんばあさんは、父が「アーメンに財産をみなやってしまう」ことを恐れ、裁判所をつかって父を相続人から外してしまった。尤も、父の方では西村の財産などはじめから少しも欲していたわけではなく、相続人から外された時も「そうかい」と言っただけだったそうだ。

次男・酉久《とりひさ》叔父も、だいぶん変わった人物だ。おれが子供の頃、彼は新宮でまだ珍しい洋服を着て畑仕事をしていた。ロバを飼い、ロバの背中に乗って、笛を吹きながら畑に通う西久叔父の姿は、新宮中の注目の的だった。西久叔父は大きな材木問屋の養子となり、玉置姓を名乗ることになった。彼は自分の屋敷に鐘つき堂を建て、気に入らないことがあるとその鐘をつきつづけた。西久叔父が新宮に建てた洋風建築「六角堂」は地元の名物となり、遠くからわざわざ見物しに来る者があったほどだ。おれの考えでは、西久叔父が祖父に一番似ていると思う。

祖父の二人の娘たち（おれの叔母さん）にも、それぞれ大石一族特有の奇矯な性格が伝わっていて、かれらに比べれば三男、末っ子の誠之助叔父はまだしも常識人に見える。見えるというか、自分でそう言っている。先日も、

「アニやアネには困ったもんや。あれらに比べれば、俺なぞ、長年あちこちを漂流して各地の風俗に染まり、おまけに医者という商売を覚えたために、最近ではずいぶんひとに頭を下げたり、お世辞も言うようになった。他人との交際上、また生活の必要上とはいえ、知らず知らず心にもないことを言い覚えたり、仕《し》習うたりして、大石一族本来の流儀をすっかりなくしてしまった」

と、誠之助叔父が訪ねてきた客人相手にしゃべっているのを耳にしたが、どうしてどうして、おれの目には一族の気質が抜けているとは到底思えない。

誠之助叔父は、若い頃、五年半ほど日本を離れ、アメリカとカナダに行っていた。本人は

「医学を勉強してきた」と自慢しているが、本当のところはわからない。誠之助叔父がアメリカから帰ってきたころ、かれが外国製の長いオーバーコートを着て新宮の町を歩いている様子は、歩き方といい、風貌といい、とても日本人には見えなかった。最近はおれも「日本の人に見えない」と言われることがある。もしかすると、知らぬ間に誠之助叔父のくせがうつったのかもしれない。

叔父はその後、シンガポールとインドにも行っている。これは本当に医学の勉強のためらしい。

誠之助叔父と話をするのは面白い。

何げない普通の話をしていても、物の観方にハッと驚かされることがある。スケールが大きい、というのか、太平洋の向こう側にまで考えが行き届いている感じだ。誠之助叔父と話をしていると、日本、日本といって大騒ぎしている昨今の世の中の連中が馬鹿に見えてくる。広い世界を自分の目で見て来ただけのことはあると思う。

誠之助叔父は、おれの芸術を理解する新宮で唯一の人物である。

叔父の家に泊めてもらうと、朝飯はたいていベーコンエッグスにオートミール、パンと果物と紅茶といった感じだ。誠之助叔父は自分が食いしん坊なので、こと食べ物に関してはかなりうるさい。食事の時のマナーにもうるさい。おかげで、せっかく開いた「太平洋食堂」（おれはこの店の看板の絵を描いたり、家具を作ったり、だいぶん手伝った）には客が寄りつかなくなり、最近はもっぱら知り合いや近所の子供たちを集めて無料の「うまいもの食いの会」を開くばかりだ。

「うまいもの食いの会」の日は、誠之助叔父は船町の家の蔵に旗を立てる。川向かいに住んでいるおれは、それを見て舟で川を渡って食べに行く。シチューやフライといった、洋食の時もある。アジやサンマの姿鮓《すがたずし》のこともある。ここだけの話だが、誠之助叔父が作るなかでは五目鮓が一番美味《うま》い。色々と手の込んだ洋食よりずっと美味い。そう言うと誠之助叔父がむくれるので、あまり言わないようにしている。

人を集めて無料《ただ》で美味いものを食わしたり、その外《ほか》のことでも気前がいいので、みんなは誠之助叔父を金持ちだと誤解しているようだが、実はそれほどでもない。「ドクトル大石」の看板を掲げた船町の医院の広い地所は、西村のもんばあさんの持ち物だ。もんばあさんが孫の真子のために買っておいた地所を、真子が大きくなるまで誠之助叔父に貸しているだけである。真子が大きくなって「返してくれ」と言ったら、誠之助叔父は当然、別の場所に移らなければならない。もっとも誠之助叔父はそんなことは少しも気にしていない様子だ。その時になれば、水が出るたびにさっさと引き払われる川原町の簡易な家のように、気楽に他所《よそ》に移って、平気な顔をしているに違いない。

誠之助叔父の船町の家では、茶色の毛足の長い、雑種の、バクという名の犬を飼っている。誠之助叔父がバクを飼うことになったのは、ある事件がきっかけだった。

先にちょっと説明しておく必要があるが、新宮から見て川向かいの三重県では人力車の〝先引き〟に犬を使う習慣がある。東京でも急ぎのときなどは人力車を二人がかりで押したり曳《ひ》いたりしているのを見かけるが、当地では人の代わりに犬を使う。何でも犬は案外力の強い動物で、体のわりに人と同じくらいの馬力（犬力？）が出るそうだ。

ある日、誠之助叔父は急ぎの用があって、犬の先引き付きの人力車に乗ることになった。最初はなるほど快調に飛ばしていたが、途中から犬が舌を出し、やがて喘《あえ》ぎ喘ぎ走るようになった。犬は道端の水たまりから水を飲もうと首を伸ばし、あるいは腹をつけて何とか体を冷やそうとする。そのたびに車夫は縄を強く引っ張って、犬を休ませない。揚げ句、小便をしようと立ち止まった犬の縄を引っ張り、垂れ流しのまま犬を走らせるのを目にして、誠之助叔父は車夫に止まるよう命じた。

人力車が止まると、誠之助叔父は車から降りてすたすたと歩き出した。

「自分の足で歩けるのに犬と車夫を苦しめ、また（車の振動で）腰に痛みを感じながら、なぜ自分は無理に車に乗っているのか馬鹿馬鹿しくなった」という。

誠之助叔父は、その後は自分の足で歩きとおし、車には荷物だけ運んでもらった。車夫も犬も、ずいぶんと楽な仕事をしたものだ。

あともう少しで目的地という時になって、後ろから砂塵をあげて人力車が一台、これも犬に先引きをさせて追い越していった。人力車に乗った客は〝中折帽子に焦げ茶色の外套を着た中年の当世風の紳商《ブルジョア》だった〟とは叔父の談だが、客はしきりに「急げ、急げ」と命じ、車夫はそのたびに犬に鞭を当てる。まるで馬に当てるような太い鞭だ。叔父が眉を寄せているど、少し先の山頂付近で犬が突然足をもつれさせ、道端に倒れ込んでしまった。車夫がいくら叱りつけても、それきり仰向けにひっくり返り、足でむなしく空《くう》を掻いている。車の上の客が何やら呟くと、車夫はいきなり犬を蹴飛ばした。犬の首縄をとって無理やり引き起こそうとしたが、犬はキャンキャンと力のない悲鳴をあげるばかりだ。そこへ誠之助叔父が追いつき、車に乗った客に声をかけた。

「急ぎなら、自分の車に乗り換えたらどうだ」

叔父の提案に、客は一瞬不審げな顔をした。が、叔父が「自分の代金はすでに払ってある。そちらの車代はこっちで持とう」

と言うと、すぐに荷物を載せ換えさせ、叔父が使っていた人力車に乗って、礼も言わずに立ち去った。

誠之助叔父はその場に居残り、「中年の当世風の紳商」が乗っていた人力車の車夫に対して「動物虐待の非」を説いてきかせた。自身まだ息も荒く、汗まみれの顔で誠之助叔父の話を聞いた車夫は、仏頂面で、

「そがいなこと言うても、旦那。私らは立派に畜犬税というものを納めて、お上《かみ》の許しを受けておるのです。巡査に見られたって叱られるようなことは何一つありません。ましてや、

あなた様に文句を言われるのは、筋違いもいいとこです」

と言い返した。叔父は辛抱強く、

「畜犬税は県庁や役場に納めるものだ。その金はただの一厘《いちりん》も犬の手に入らぬではないか。我々は他人から許されても悪いことはしてはならない。たとえお上から許されていようとも、巡査が見て文句を言わなくても、やはり悪いことは悪いのだ。第一、車夫が犬を虐待するのは知事や警察が許したばかりで、肝心の犬から許されたわけではなかろう」

と、倒れたままの犬の手当をしつつ、車夫相手に諄々《じゅんじゅん》と説きつづけた。その結果、

――車夫はようやく己の間違いに気づき、目を覚ました具合だった。

と、誠之助叔父は言う。

誠之助叔父は車夫に相当の金を渡し、倒れたまま動かない犬を買い取った。動かない、死にかけの犬を車に乗せ、誠之助叔父は川向こうの自分の家まで戻るよう車夫に言いつけた。さっきまで先引きだった犬を乗せて車を曳く車夫は、ずいぶん変な気がしたことだろう(叔父の元々の用事が何で、どうなったのか、おれは知らない。だいたい急ぎの用という奴ほど、あとで何とでもなるものだ)。

誠之助叔父は犬を連れて帰り、バクと名付けた。人間の医者の叔父が看病したおかげかどうか、バクはすっかり元気になった。今では近所の子供らの人気者だ。それにしても、お上に税金を払って犬の虐待を許してもらう?

なんという奇《き》っ怪《かい》な理論だろう！

誠之助叔父が許せなかったのは、車夫のその考え方だったのだと思う。だからこそ誠之助叔父は何としても車夫を説得し、彼の考え方、世の中の見方を変えさせようとしたのだ。車夫が態度を改めたことに、叔父はだいぶ得意な様子だった。

おれが見るところ、車夫のような考え方は、昨今汎《あまね》く一般社会にも広がり、かつ是認されつつあるようだ。そんな中、車夫一人の考え方を変えても仕方がないような気がするが、誠之助叔父はそうは考えない。叔父は世の中の風潮に断固として抗《あらが》い、目の前のおかしなことを一つずつ変えていこうとする。まるで浜の石を数えあげるような、気の遠くなりそうな途方もない試みだが、誠之助叔父は決して諦めない。

じつを言えばおれには、誠之助叔父のいう社会主義というやつが、もうひとつよく分からない。なぜ叔父ほどの人物が、見ず知らずの無教養な者たち――バクの元の飼い主の車夫らのために懸命に尽力するのか、理解できないのだ。

その点を叔父に尋ねたところ、こんな譬《たと》え話が返ってきた。

「火事の時、他人を突き倒してワガの荷物のみ持ち出そうとする者がある。自己の家財道具を運び去ったあと、隣人の手伝いをする者もある。一方で、ワガの家のことは顧みず、直ちに火元に駆けつけて、火事を消し止めようとする者もある。

これを社会改革のことに当てはめたらどうか。最初の者は我利私欲一辺倒の人として論ずるまでもない。次の者が「慈善家」で、最後が社会主義者と呼ばれる者たちだ。

火事場からワガの物を持ち出そうとするのは自然の欲望であり、これを咎《とが》めるべきではない。ワガの物を持ち出したあと、自己の余力をもって隣人を救おうとするのは〝麗しき人情の発露〟として褒《ほ》められるべきことだろう。だが、その一方で、まさに焼け落ちんとする家に入り、これを破壊する消防士が一人もいなければ、火事の延焼を食い止めるすべはない。

こんにち、世の社会主義者、革命家らを嘲り、彼らを迂遠なるもの、馬鹿らしきものと軽侮する者があるが、日本の社会はすでにあちらこちらで火の手があがっているようなものだ。それなのに、皆が皆、ただ指をくわえて眺めていたのではしようがないではないか。火勢が強くなり、火事が広がれば広がるほど、犠牲者が増える。犠牲となるのは、まず貧しい者たちであり、女や子供といった弱い者たちだ。

誰かが火事場に飛び込んで、社会の欠陥を除去しなければならない。あとは各人、燃え盛る炎の中に飛び込む勇気があるかどうかだ」

分かりやすいような、案外そうでもないような、妙な譬えだ。

誠之助叔父が勇気のある人かどうか、おれは知らない。少なくともヘゲタレ（弱虫、卑怯者）ではないことだけは、バクの一件からも明らかである。

誠之助叔父は、インドから帰ってきた年に人に勧められて結婚した。

おれにとっては叔母が一人増えた勘定になる。叔母の名はエイ。叔母といっても、年はおれとあまり変わらない。小柄な、色の白い、賢い人だ。

誠之助叔父が船町の医院の道向かいに「太平洋食堂」を作った年、叔母ははじめての赤ちゃんを産んだ。女の子だ。

誠之助叔父は長女にフカと名付けた。

叔母がエイで、長女がフカ。

鱝《エイ》と鱶《フカ》。

おれは良い名だと思う。が、周囲では反対する者も多かった。

叔母は、そんな連中の意見には耳も貸さなかった。それを見ておれは「この人はエライ人だ」と思った。

フカと、おれは仲がよい。

他の者に会いたくない時でも、フカにだけは会いたいと思う。今年、数えで三つ。回らぬ口で「アニ、アニ」と慕ってくるのは、たいへん可愛い。

多分それが、おれが結婚しようと決めた理由の一つだと思う。

先日、東京から来た客人らの前でその話を持ち出された時はちょっと弱ったが、おれは来年結婚することになっている。

相手は、東京・深川で暮らしている津越《つごし》の娘だ。歳は二十二で、おれより一つ年下である。

津越の家は、昔は新宮で「吉野屋」という大きな材木問屋をやっていたのだが、火事で店が焼けたり、番頭に金を持ち逃げされたり、不幸が続いて家が没落し、深川の親戚の家で暮らしているところを、おくわ叔母さん（父の妹で誠之助叔父の姉さん）が相手として見つけてきた。

この結婚を決めるにあたっては、誠之助叔父に大変世話になった。

津越の娘と会い、新宮に帰ったおれに、叔父は「東京で見た娘はどうだったか」と尋ねた。

「あの娘は、教育は受けてはいないけれど、心のよい娘だ」

と、おれが答えると、誠之助叔父は満足したらしい。

祖母もんばあさんは、それまでも沢山の結婚話をおれに持ってきたが、どれも金持ちの娘ばかりで、誠之助叔父はいい顔をしていなかった。津越の家は、昔は金持ちだったが今は貧乏をしており、たぶんその点からも叔父はおれに肩入れをしてくれたのだろう。

もんばあさんは、おれが貧乏人の津越の娘と結婚するのを嫌がった。もんばあさんはおれに、もう一人の叔父・玉置酉久の娘と結婚したらどうかと勧めた。

おれは困って、誠之助叔父に相談した。すると、誠之助叔父は、

「もんばあさんの説得はこっちでするんで、アニ（玉置酉久）の説得は自分でやれ」

と言った。

おれは玉置の家に行き、酉久叔父に「もう決めてしもたんで、仕方がない」と言った。

酉久叔父は無言のまま、いきなりおれの頬を殴りつけた。そうして「自分の娘をもらってもらえないから怒っているのではない。東京で見つけてきた孤児の娘と結婚することに反対しているのだ」と弁解した。

酉久叔父は結局、おれに一言も謝らなかった。その代わり、おれと津越の娘との結婚を認めると言った。

帰って、誠之助叔父に報告すると「たいてい、そうなるやろと思とった」と言って笑っている。

叔父は、おれが殴られれば、それでことが収まると知っていたわけだ。人の悪い話である。

誠之助叔父がもんばあさんをどうやって説得したのか、おれは知らない。おおかた「この結婚を認めんかったら、孫ら（おれ、真子、七分）は皆、ばあさんを嫌いになるぞ。それでもエエんか」と言って、ばあさんを脅したのだろう。

もんばあさんは渋々おれの結婚を認め、来年の春に新宮で結婚式を行うことになった。

この前、明治の三十九年もおしつまった年末に、エィ叔母さんが二人目の赤ちゃんを産んだ。今度は男の子だ。

誠之助叔父は長男に舒《のぶ》太《た》郎《ろう》と名付けた。

曾祖父の貞舒《さだのぶ》の名前から一文字をとったというが、誠之助叔父にしては存外つまらぬ名前をつけたものだ。フカの方がずっといい。

もっとも、大石の家の長男ということで周囲の者らの方が大騒ぎをして、

「年末生まれの子は何かにつけて損が多い。来年一月一日生まれとして届けなされ」

「そうすれば後々《あとあと》、丙午《ひのえうま》の年と言われないからよい」

などと、散々ぱら、口を酸っぱくして叔父に色々助言していたが、誠之助叔父は、

「丙午が悪いと言われても、馬は馬として何ともしようがない」

「（進化論では）猿が人に変わるには十数万年を費やしたそうな。届けを半月ばかり遅らせたからといって、馬が羊に変わるわけもあるまい」

と笑うばかりで恬《てん》として取り合わず、届けの日をそのままにして変えなかった。それを見ておれは、やっぱり叔父だけのことはあると思った。

十三　堺君、来《きた》る

その日、明治四十年一月十三日昼過ぎのことだが、誠之助が書斎で本を読んでいると、家の前で話す声が聞こえた。

「やあ、ここか。なるほど、〝ドクトル大石〟と書いてある。毒を取る人というわけだ」

家の中まではっきり聞こえる大きな声だ。

声に聞き覚えがあると思い、読みさしの本を机の上に置いて玄関先に出ていくと、応対に出た下女の背中のむこうに客人の姿が見えた。筋骨たくましい、髪を短く丸刈りにした男だ。表が明るいので、顔は陰になって見えない——。

客人の方でも家の奥から出てきた誠之助の姿に気づいたのだろう、下女の肩越しにひょいと顔を覗かせ、

「やあ、しばらく」

と、腹の底から出る野太い声で誠之助に直接声をかけた。

客人は堺利彦。

前年十月、誠之助が東京を訪れた際に初めて顔を合わせ、浅草で行われた演説会でともに「弁士中止」をくらった仲だ。新橋に見送りに来てくれた堺に「今度は新宮にも是非！」と言って別れたものの、今日来るとは聞いていなかった。

突然の訪問に誠之助はちょっと驚いたが、すぐにニコリと笑い、

「ようこそ新宮へ。まあ、上がってくれたまえ」

そう言って、堺を書斎に案内した。


「ありがとう！」

書斎でも、堺の声は相変わらず大きい。

お茶を出しにきた下女が、思わずその場に飛びあがったくらいだ。

「本州最南端と聞いていたので、もっと暖かいかと思っていたら、寒い、寒い」

堺は独り言にしてはやはり大きすぎる声で呟き、湯気のたつ大ぶりの湯飲みに手をのばした。

聞けば、一昨日の夕方に東京を出発。名古屋から船に乗り、木本で上陸して、そこから音無川（熊野川）の渡しまで人力車で来たのだという。

堺と差し向かいに座った誠之助は、話を聞いて多少苦笑する思いであった。

本州南端、目の前を黒潮が流れ、蜜柑《みかん》が実る紀南の地——などと言うといかにも暖かそう

だが、台湾やシンガポールとはやはりわけがちがう。ことに今日は風が強いので、吹きさらしの人力車での移動はさぞ寒かったことだろう。

「来る途中、車夫からずいぶんと貴方《あなた》の話を聞かされましたよ」

と堺は、熱いお茶を一口二口飲んだあと、ようやく人心地がついたような顔になって言った。

堺が乗った人力車の車夫は、見知らぬ客を最初警戒している様子だったが、「新宮の大石医院」と行き先を告げると、

「ドクトルさんところへ行きなさる？　お知り合いか何かですか」

とたずね、堺が「東京の同志だ」と答えると、たちまち人が変わったように打ちとけた様子で話しはじめたという。

「あの人は、わしらのような者にも兄弟か何かのように話をしなさるんですよ。こないだも、ドクトルさんが木本で演説会をなさったときに……ハア、何です？　ええ、ドクトルさんは新宮にお住まいやけど、ときどき木本でも演説会をなさいましてな。なんですの？　木本の演説会ではどんな話？　さあ、演説会の中身はよう知らんよって、向こう行《い》て聞いてください。ほんでな……。ありゃ、何の話やったかいな？　そやそや、こないだの、その木本での演説会の帰りにな、あの人がわしの車に乗りなさったんです。そのときに聞いた話なんやけど……」

堺が「しゃべりながら車を引くのはたいへんだろう。しゃべらなくていいから」と言っても、車夫は、

「なんのなんの。しゃべりもて車引くくらい、どうということないんやよ。それより、ハア、何の話やったかいな？　そやそや。あんた、聞いたらビックリしますで。今度、木本に来た警察署長さん。あの人、あない恐ろしそうな顔しとるけど、ホンマは家では……」

と、途中からずっとしゃべり通しだったという。

「そら、エライ目にあいましたな」

話を聞いて、誠之助は思わずふきだした。訪問時の堺の大声は、どうやら車の上から風に逆らってしゃべっていた調子がそのまま出たものらしい。

ところが堺は、

「いいえ。着いて早々、よい勉強になった。そう思っています」

と言って、手にした湯飲みをテーブルに置き、誠之助に真面目な顔でむきなおった。

「この紀州の地で、大石誠之助という人物がいかに大きな影響力を持っているのか、よくわかりました。貴方は車夫たちの労働環境改善のために、雇い主に掛け合ってやったそうですね？『ドクトルさんのおかげで、仕事がしやすなった』。車夫はそう言って喜んでいました。社会主義演説会に無料診察、労働交渉。まさに縦横無尽、八面六臂《ろっぴ》の活躍だ」

と言われて、誠之助は首をかしげた。

たしかに川向こうの木本の人力車の車夫たちとは、バクの一件をきっかけに逆に親しくなり、色々と話をするようになった。彼らの労働環境について相談にのり、雇い主に掛け合ったこともある。そのせいか、以前に比べて車夫たちは犬の虐待をしなくなった。「犬いじめとったら、ドクトルさん来るで」。車夫たちは冗談交じりにそう言い交わしているらしい。まるで鬼か巡査扱いだ。が、それで犬たちの待遇がましになったのであれば善しとするしかない。

何かを変えるためには、誰かが声をあげ、かつ言いつづける必要がある。

それだけの話だ。ことごとしく持ちあげられるほどのことではない。

誠之助が首をかしげていると、堺はあらためて居ずまいをただし、

「昨年の浅草での演説会。せっかく無理を言ってご参加いただきながら、あんなことになってしまい、申し訳ありませんでした」

そう言って丸刈りの頭をさげた。

誠之助は、今度こそ啞然とする思いであった。

浅草での演説会は、なるほど堺に半ば強引に勧誘される形で参加し、あげく、ろくに話もしないうちに「弁士中止」を命じられるという、さんざんな結果に終わった。が、演説会後、会場近くの怪しげな西洋料理屋に場所を移して行われた「打ち上げ」の席で、誠之助と堺、それに岡山出身の若き同志・森近運平の三人で酒を飲み、珍妙な西洋料理を食べ、げらげら

笑って、それですんだ話だ。いまさら堺に頭をさげられる筋合いではない――。

そう考えて、誠之助はあることに思い当たった。

「……というのが、幸徳秋水氏からの伝言ですね？」

誠之助の言葉に堺は顔をあげ、

「やあ、やっぱりバレましたか。さすがは大石誠之助。すっかりお見とおしだ」

とぼけた顔でそう言ってニヤリと笑い、己の丸刈りの坊主頭をぐるりとなでた。


「先日、貴方と参加した浅草での演説会の話をしたら、幸徳にえらく叱られましてね」

と堺は、その時のことを思い出したように、軽く首をすくめた。

「『せっかく演説会に誘っておきながら弁士中止にさせてしまったのは、枯川ッ、まったく君の責任だ。それなのに、正式な謝罪もしないままお帰り頂いたとあっては、我ら東京組の面目《めんもく》が立たない。君が足を運んで、きちんと謝ってきたまえ』というわけです。かれの言うことは――まあ、いつもそうなのですが――正しい。すぐにでもお詫びに来ようと思ったのですが、ご存じのとおり、東京《むこう》で新しく平民新聞を発刊することになって、その準備に忙殺されていたのです。創刊第一号の編集をなんとか、あらかた片付けて東京を飛び出してきた、とまあ、そんな次第です」

堺はやや照れたような口調で、突然の訪問理由を説明した。

昨年、誠之助が東京を訪れた時点では、堺は幸徳から遠ざけられていた。幸徳に「ここは君が来るところじゃない、出ていってくれたまえ」と言われた、とぼやいていたが、どうやら関係修復がなったらしい。

もっとも周囲の者たちからは幸徳と堺は一貫して盟友と目されており、先の仲たがいの一件も恋人同士の痴話喧嘩くらいに思われていた。〝照れたような口調〟はそのあたりの事情を反映したものだろう。あとは――。

「幸徳が、あなたに礼を言っていました」

堺はふたたび口調を変じ、ごく真面目な調子になって言った。

「貴方に送ってもらった薬がよく効いた、と」

なるほど、誠之助は無言でうなずいた。

東京で幸徳秋水と対面した誠之助は、医者としてかれの体の不調を見てとった。同時に、取り巻き連中は、堺を除いて誰ひとり幸徳の病に気づいていないこともだ。

新宮に戻ったあと、誠之助は幸徳の症状に合わせた薬を処方し、堺宛てに送っておいた。幸徳は堺から渡された薬を飲んで、少しは効いたのだろう。いくぶんでも体の調子を取り戻したことで、内心の焦りも軽減された。堺との関係修繕もそのお陰かもしれない。

が、所詮は間に合わせの処方だ。本気で治す気があるなら、まずきちんと診察する必要がある。

主治医は一人にすべきだ。それが誠之助のポリシーである。誠之助が幸徳の主治医となるには、東京と新宮はあまりに遠い――。

などと、あれこれ思案する誠之助をよそに、堺はこれで役目も済んだとばかり、すっかり気楽な様子で座りなおしてお茶をすすっている。そうして、

「やれやれ。正直、息抜きになって助かりました。東京《むこう》はいま灰神楽《はいかぐら》がたつようなありさまでしてね。熱気は大変なものだが、はてさて、どこまでつづくものやら」

と他人事《ひとごと》のように呟《つぶや》いている。

日刊『平民新聞』は一月十五日創刊、と予告されている。

二日後だ。

社会主義の新聞雑誌で「日刊」は日本で初めての快挙ともいえるが――。

平民社社員二十四人。その人数で日刊新聞の取材、編集から営業、広告取りまで、すべてやれるのか？　つづけられるのか？　そもそも、創刊二日前に主力メンバーの一人である堺利彦がこんなところに居て大丈夫なのか？

誠之助の問いに、堺はのんびりした口調で答えた。

「幸徳とは、先のことは考えても仕方がない。とりあえず行けるところまで行こう、と言っています」

誠之助は、ふん、とひとつ鼻を鳴らした。

二年前の明治三十八年一月二十九日、週刊『平民新聞』は第六十四号をもって廃刊となった。

直接の原因は、一周年記念号に掲載した「共産党宣言」（幸徳秋水と堺利彦による本邦初訳）が新聞紙条例違反に問われ、裁判で禁錮及び罰金、発行禁止、くわえて印刷会社所有の印刷機没収という判決を受けたからだ。新聞紙条例には「本条ヲ犯ス者ハ其印刷機ヲ没収ス」という条文が含まれており、ことにこれが厳しかった。

印刷機を没収されては印刷会社は商売にならない。一度この判決を受けた新聞雑誌は、以後はどの印刷会社も印刷引き受けに尻込みすることになる。

権力側の、いつもながらのズルい作戦だ。

誠之助の見るところ、平民新聞は明らかに官憲の標的となっており、他の新聞雑誌ならどうということもない記事にまでいちいちちゃもんを付けられていた。

それもあって、平民新聞廃刊後に幸徳や堺に近い立場の者たちが係わっていた新聞雑誌の名称は、たとえば『直言』『光』『新紀元』、あるいは堺が編集人を務める『家庭雑誌』など、一見社会主義（平民主義）とは何の関係もないようなものが多い。

昨年、浅草での演説会に参加した誠之助は、東京では以前に比べて社会主義者への締めつけが厳しくなっている空気を肌身に感じた。堺の演説はお題だけで「弁士中止」を命じられた。誠之助の演説が弁士中止になった理由は、結局よくわからないままだ。

週刊『平民新聞』を廃刊に追い込んだ新聞紙条例は「政体ヲ変壊《へんかい》シ朝憲《ちょうけん》ヲ紊乱《ぶんらん》セントスルノ論説ヲ記載シタル者ハ一年以上三年以下ノ軽禁固ニ処シ、百円以上三百円以下ノ罰金ヲ付加ス」と定めている。

この定義はきわめて曖昧であり、その後の治安維持法、また昨今の「共謀罪」もそうだが、現場の運用次第でどうとでもなる法律である。

官憲による監視や締めつけが厳しくなっている状況下で、『平民新聞』の新聞紙名をそのまま用い、かつ編集人に幸徳や堺といった同じ名前をならべて日刊紙として乗り出すのは無謀、とはいわないまでも、官憲側に挑発的・挑戦的と思われる可能性は否めない。

週刊や隔週刊ではなく、あえて「日刊」としたのも長期の発行をはじめから諦めている、あえて捨て身の方針ということか？　それはそれで幸徳秋水らしい選択とは言えるかもしれないが――。

顔をあげると、頭の後ろで手を組み、椅子の背にもたれた堺の視線とぶつかった。

堺は暢気《のんき》な顔で、にこにこと笑っている。なんとかなるだろう。そんな顔つきだ。

誠之助は、つられるように笑みを浮かべた。

すぐに白か黒かを決めたがる者たちのあいだで、堺のこの明るさ、適当な大ざっぱさは貴重だ。

思想や行動がいくら正しくとも、それを行う者たちが暗ければ仲間を得ることはできない。人はついてこない。

暗さに引き寄せられて集まる者たちも、いるにはいる。が、かれらはかならず暗さを競うようになる。さらに深い闇の方へと、自ら望んで堕ちてゆく。

堺の明るさは、幸徳にはないものだ。逆に、堺にはないものを幸徳はもっている。物事の本質を一目で見抜く力。そこに真っすぐに切り込んでいく文才といったものを。

だからこそ二人はお互いを認め合い、盟友としていられるのだろう。

もっとも誠之助自身は、盟友と呼ばれるほどの濃密な人間関係はあまり得意ではなかった。たとえばこの新宮において、誠之助と高木和尚、それに徳美松太郎は「社会主義三人衆」などと一緒くたに呼ばれているが、実際には微妙に立場を異にしながらお互いを尊重しあう間柄だ。人と人の関係にはさまざまな形がある——。

今回の堺の新宮訪問は、表向きは浅草の演説会での非礼を詫び、かつ幸徳に送った薬の礼を伝えるためだ。幸徳秋水との関係修繕の事実を誠之助に知らせる目的もあったのかもしれない。と同時に堺は、本邦初の社会主義日刊紙創刊に熱くなっている東京の連中と、少し距離をおきたかったようにも見える。

誠之助は少し考えて、堺に提案した。

「暗なる前に、ちょっと出ましょか」

「おっ、いいですね。出ましょう」

堺は理由も、行き先もきかず、気軽に椅子から立ちあがった。

誠之助が堺を連れてむかったのは、例によって川向こうの西村伊作の住居《すまい》であった。

妻のエイが、年末に産まれた長男を連れて大阪に住む母親のところに遊びに行っている。

それもあって、自宅ではろくなもてなしができない。

「いま家《うち》におる下女《おなごし》が、あんまり気ィきかんもんで……」

と誠之助は、自分のことのように恐縮して言った。伊作の家ならば、よく気のつく年配の夫婦者の使用人がいる。それに、成川の伊作の家からの方がずっと見晴らしがよい。

川原に出る道を歩きながらそんな話をすると、堺は驚いたように目を丸くした。

「やっ、そうでしたか。ちっとも知らなかった。それは、おめでとうございます。男の子ですか？　大石家の跡取り、僕も是非見てみたかったですね」

「なんの、赤ん坊なぞ、ぐにゃぐにゃしとって、乳吸うて泣くばかりで、見るほどのものは何《なん》もありません」

と誠之助は顔の脇で軽く手をふり、顔をしかめた。

「先日読んだ論文に、跡取りというのは親の死にぎわのババ（糞《クソ》）を取る者のことだ、という説が載っていました。わが家の跡取りも、おおかたババ取りくらいなものですよ」

今度は、堺が苦笑する番だった。

大石誠之助という人物には、自分のこととなるといつも極端に照れる癖がある。写真に撮られるとき然《しか》り、俳句や和歌でも己の感情を素のまま詠むことを善しとする昨今流行の新派の作風は、さっぱり向かない様子だ。

大石家の跡取り。

などといわれて、誠之助が照れないはずがなかった。

堺は思いついて話題を変えた。

さっき書斎を出しな、部屋の隅に新聞をまとめた束が目に入った。見れば『牟婁新報』であった。そう言えば牟婁新報を発行している田辺の地はこの近くだ。元旦の牟婁新報に幸徳が一文を寄せていたが、同じ紙面に「としのはじめ」という投稿記事が掲載されていた。あの記事を書いた「幽月」なる人物を知っておいでか？

堺の問いに、誠之助はふところ手のまま深くうなずき、

「知っているもなにも、以前、家に訪ねてきたことがある」

と答えると、堺は少々驚いた様子であった。

幽月。

即ち管野須賀子（菅野すが）は、かつて牟婁新報の編集主任をつとめ、新宮への遊郭招致問題では反対派の急先鋒となった女性記者だ。

誠之助は渡し舟に堺を案内しながら、半信半疑といった顔でふりかえり、

「新年の記事では、彼女が荒畑寒村氏と結婚したとありましたが、本当ですか？」

と逆に訊《たず》ねた。

荒畑寒村。名は勝三。

かれは幸徳秋水や堺利彦の非戦主張に感銘を受け、日露戦争さなかの明治三十七年、十七歳で平民社の門を敲《たた》き、以後、社会主義者としての生涯を貫いた人物である。

明治三十八年、週刊『平民新聞』が廃刊に追い込まれた後、職を失った荒畑を牟婁新報に紹介したのが堺利彦だった。

さらに言えば、管野須賀子を牟婁新報に紹介したのも堺利彦である。その二人が結婚したとなれば、〝縁結びの神〟は堺ということになるが――。

誠之助は、元旦の牟婁新報に掲載された管野須賀子の結婚報告を読んで、何だか狐にでもつままれたような気がした。

たしかに二人は同じ時期に牟婁新報に在籍し、新宮の遊郭問題では歩みを揃えて反対記事を書き立てた。管野須賀子は専ら女性問題の立場から、一方の荒畑寒村は、己が生まれ育った遊郭町の実際を踏まえて主に人道主義の立場から、連日のように新宮への遊郭招致に反対する鋭い記事を掲載した。誠之助の目に、二人の書く記事はいずれもいささかまっすぐ過ぎるように思われたが、それも管野須賀子二十五歳、荒畑寒村十九歳という年齢を考えれば、

ある意味当然と言えなくもない。

遊郭問題は結局、新宮の警察署長が遊郭の一楼主におさまるという「大人の都合」で押し切られ、管野須賀子と荒畑寒村は牟婁新報を去った。

管野須賀子が紀州・田辺を離れて半年余り。時折牟婁新報に投書記事を寄せることはあったものの、ここしばらくは音沙汰もなく、どうしているのかと思っていたところへ、いきなり荒畑寒村との結婚報告である。

――ホンマかいな？

と首をかしげたのは、誠之助一人ではなかったはずだ。

管野須賀子の方が六歳年上、という事実もさることながら、牟婁新報在籍中、かれらが「姉ちゃん」「勝坊《かつぼう》」と呼び合っていたことを知る紀州の者たちにとって、二人の結婚はいまひとつ理解できない展開であった。

堺によれば、荒畑の失恋を管野が慰めたのがきっかけだというが、

「じつは僕も、いまだに二人にかつがれているような気が、しないでもない」

熊野川を渡る舟の上で、堺はそう言って首をひねっている。

昨年末、管野須賀子は妹を連れて上京し、東京の知り合いに荒畑寒村との結婚を挨拶してまわった。そのまま『毎日電報』に入社を決め、牛込市ケ谷に家を借りて、そこから会社に通っている。

「ところが、不思議なことに、荒畑はどうもその家に一緒に住んでいないようなのです」

と堺が妙な顔でつづけた。

「管野の妹さんの病気の具合が思わしくないので、そのせいかもしれないのですが……。二人とも『結婚に国家の許可を得る必要はない』と言って、婚姻届も出していないようですし、何しろわれわれのあいだでは〝荒畑寒村七不思議の一つ〟として話題の的《まと》ですよ」

堺はそう言って、あはは、と豪快に笑った。

誠之助は熊野川のひろびろとした川面に目をやり、神倉に案内した時のすがの顔を思い出した。凹凸《おうとつ》の少ない、いわゆるひらおもての、色白の顔。思いの外《ほか》まつげが長く、そのまつげが微《かす》かに震えている……。

ふむ、と誠之助は鼻を鳴らし、指であごひげをちょいとつまんだ。

（やっぱり女の人のことは、いくつになってもようわからん）

内心そう呟き、苦笑して視線を転じた。

渡し舟がちょうど、対岸・成川の船着き場に着くところであった。

船着き場からすぐの急な坂道をのぼって、山の斜面の小高い場所に建つ古い大きな家にむかう。

坂の上では、家の主《あるじ》・西村伊作が自ら玄関先まで出て二人を待っていた。

伊作は先日、高価な外国製の双眼鏡を手に入れた。最近はひまがあれば対岸の新宮の町を覗いているようなので、誠之助と堺が船町の家を出て川原にむかったあたりから、ずっと見ていたのだろう。

「やあ、しばらく」

伊作の姿に気づいた堺が手をあげ、野太い声で挨拶した。

じつを言えば、堺と伊作の二人は、誠之助より早くからの知り合いである。伊作の末の弟、七分が東京大森に家を借りて住んでおり、その家に伊作も頻繁に出入りしている。伊作は東京で、気のむくまま、ひまに飽かせてあちこち訪問し、さまざまな人たちに会った。平民社も訪れ、社会主義運動家の者たちとも顔を合わせたが、堺以外はあまり気に入らなかったようだ。ちなみに大森の家で伊作ら兄弟の面倒を見ているのは、誠之助の姉のおくわで、かれら三人は家の表札に自分たちの名前をカタカナで書いて出し、かつ新宮言葉で話していたため、近所からは「異人さんの家（の人）」と呼ばれ、遠巻きにされていた。言葉もさることながら、大石一族特有の日本人離れした彫りのふかい風貌と、傍若無人な態度が影響していたのだろう。

堺の挨拶に対して、伊作は無言のままぶっきらぼうに頷いてみせた。

ひとまわり以上も年上の堺に対して無礼とも見える態度だが、伊作の側ではそんなつもりはない。いつもの調子だ。むしろ玄関先まで迎えに出たのは珍しく、伊作にとっては最大限の歓迎の意思表示――ということを、誠之助も堺も承知していた。

それが証拠に、伊作は熊野川に面した眺めのよい部屋を暖め、もてなしの準備をととのえていた。白いテーブルクロスの上に、神戸の明治屋から取り寄せた舶来のワインと洋風のつまみがずらりと並んでいる。

伊作は慣れた手つきでコルクの栓を抜き、濃い葡萄色をしたワインを自分のグラスにだけなみなみと注いだ。あとはご自由に、というのが伊作の流儀である。

そのあたりは誠之助も堺も心得たもので、二人とも早速、勝手に飲み食いをはじめた。

「やあ、気持ちのいい眺めだ」

自分で注いだワインを片手に、堺は窓の外に目をむけて称賛の声をあげた。眼下に雄大な熊野川の流れと美しい白い砂利の川原が広がっている。目を転じれば、三千六百峰を数える熊野の山々が天空の彼方にまで連なる様を見はるかすことができた。

川面が乱れ、不思議に思って目を凝らすと、細かな水滴が薄いベールのように揺らめきながら川の流れに添って漂っていた。空は雲ひとつなく晴れわたり、明るい日が照っている。いわゆる天気雨というやつだ。木々の葉がざわめき、水滴の薄いベールとともに風が山をわたっていく様が目に見えるようだ……。

「ははあ。なるほど、これだから〝キツネの嫁入り〟の別名があるのですね」

と堺は意外な発見によろこび、明るい声をあげた。

伊作は呆れたように眉をひそめている。いまさら何をいっているのか。そんな顔つきだ。それより、と、伊作は背後のふすまを見るよう、言葉少なに客人たちを促した。

ふりかえると、奥の間のふすまに松と鶴の絵が描いてある。先日誠之助が訪れたときはなかったので、ごく最近描かれたものらしい。

一目見て、誠之助は、ほうっ、と小さく声をあげた。

墨の濃淡だけで描かれたふすま絵は見事な出来栄えだ。松も鶴も、写実的な要素を残しながら、極めてデザイン性の高い配置で描かれている。本職の日本画家でも、なかなかこうは描けるものではない――。

と考えて、誠之助は小さく首をひねった。

いや、そうではない。本職の画家には逆にこの絵は無理だ。この絵には、商品の枠を踏みこえていく新しさと、勢いがある。

そう思ってあらためて眺めれば、描かれているのは夫婦《めおと》の鶴であった。

伊作は、文章は下手だが、絵心がある。これまでも「太平洋食堂」の看板や地元雑誌の挿絵などを手がけているが、本気で描いたのはこの絵がはじめてだろう。

伊作は二か月後に結婚し、この家で暮らすことになっている。夫婦の鶴は、伊作なりの新妻への配慮というわけだ。

「エエ絵や。きっと、気にいってくれると思うで」

誠之助がそう言うと、伊作は軽く眉をあげ、頬を緩めた。客人二人に見られていることに気づくと、伊作は照れ隠しのようにグラスをあげてワインを飲み干した。

その日、伊作はいつになく口数が多かった。

伊作が家のふすまに描いた鶴の絵をきっかけに、水鳥一般の話になり（かれが最近双眼鏡を手に入れたのも水鳥の生態を子細に観察するためだという）、ミサゴ、シラサギ、ゴイサギ、カワウ、ウミウ、トンビ、に続いて、カラスの話になった。

熊野には烏《カラス》が多い。

熊野三山では烏は神の使いと見なされ、関東地方のように畑を荒らすという理由で烏を殺したり、ましてや烏の死骸を見せしめに畑の脇に吊るすといった蛮行は禁忌《タブー》とされている。

熊野三山で発行される牛王宝印《ごおうほういん》（魔除けの護符）は、江戸時代、遊女たちによって誓紙《せいし》として多く用いられてきた。

男女の愛の誓いを記した起請文《きしょうもん》。遊女が客に与える心中だての誓書《ちかいが》きのことだ。

江戸の遊女たちは、熊野三山が発行した牛王宝印が刷られた紙（護符）の裏に客の名前と己の名前を連署して二心《ふたごころ》なきことを誓う。万が一誓いを破って他の男に心を移すようなことがあれば、誓いを破った遊女は、〝血反吐《ちへど》ヲ吐キ、死シテハ無間《むげん》地獄〟に堕ちる。同時に、熊野では烏が三羽、血を吐いて死ぬ——。

あくまで建前《たてまえ》の話だ。

江戸の遊郭では〝熊野三山お墨付きの誓紙〟が高値で売買されており、客が誓紙に払う代金は遊女の売上に加算されていた。

起請書く客のうしろで舌を出し

熊野では今日も（烏が）落ちたと埋めてやり

といった川柳があるが、こちらが本音《ほんね》である。この前提を知らなければ、落語で有名な、

三千世界の烏を殺し主《ぬし》と朝寝がしてみたい

という、例の都々逸《どどいつ》の意味もわからない。

野暮を承知で解説すれば――。

人気の遊女ともなれば、客ごとに何枚もの起請文を書いている。けれど、本当に好きなのは主《あなた》だけ。起請文の誓いを一枚破るたびに熊野では烏が三羽死ぬというが、たとえこの世（三千世界）の烏をみんな殺してでも、主と朝寝がしてみたい。

という意味で、要は目の前の客を嬉しがらせて、さらにもう一枚、高価な起請文を買わせ

るための殺し文句だ。

都々逸の作者は幕末に生きた天才革命家・高杉晋作《たかすぎしんさく》――という（いささか眉唾ものの）洒落たオチがついている。

話がやや逸《そ》れた。

伊作は鳥をじっくりと観察し、かつ、ふすまに鶴の絵を描くためのデザイン上の工夫を凝らす過程で、ある発見をしたという。

牛王宝印の起源は古く、熊野三山では少なくとも中世以前にすでに発行されていたことが確認されている。熊野三山の牛王宝印には、本宮（大斎原）八十八羽、新宮（速玉）四十八羽、那智七十二羽、それぞれ異なった数のデザイン化された奇妙な鳥の絵が描き込まれている。烏文字《からすもじ》、という言い方も伝わっているが――。

「もとは、ホンマに文字やったんやと思う」

伊作は客人たちを前に、しごく大真面目な顔で自分の発見を発表した。

伊作がいうには、鳥をいくら観察し、絵を描こうと思っても、あんなふうにはならない。ところが、古い漢字をじっと見ていると、文字から意味が失われて、墨で書かれた黒い線の一画一画がまるで鳥のように羽を広げて紙のうえを飛びまわりはじめる。熊野三山の牛王宝印の起源はきっと、日本にまだ文字がなかった頃、中国から渡ってきた何者かが、それぞれの神社の場所に納めた文字（漢字）だ。それを、文字の概念をもたない当時の日本の人らが一生懸命真似して写し取っているあいだに、いつのまにか墨で書かれた黒い線が烏に見えてきて、いまのような形になった。そうにちがいない。

伊作が熱心に奇説を唱えるあいだ、誠之助と堺は何度か目配せを交わした。

いつもは覚《さ》めた顔で、何を考えているのかわからない伊作の饒舌は珍しい。結婚を前に、かれも思うところがあるのだろう。考えてみれば、新宮ではこんな話をちゃんと聞いてくれる相手は他にいない。誠之助と堺の訪問は、伊作にとってはいわば〝ちょうど良いガス抜きのタイミング〟だったというわけだ。

一人でさんざんぱら話をしたあと、伊作は突然ふいっと席を立ち、なかなか戻ってこなかった。それとなく耳をそばだてると、奥でなにやら使用人の年配の夫婦に指示を出している声が聞こえた。

急に我にかえって、照れ臭くなったらしい。

伊作にはそんなところがある。

伊作が席を外しているあいだ、誠之助と堺は熊野に伝わる三本足の烏についてあれこれ話し合った。

三本足の烏は、その後サッカー日本代表チームのエンブレムに用いられたことですっかり有名になったが、残念ながら日本の古い書物をいくら繙《ひもと》いても三本の足をもつ異形の烏は出て来ない。例えば「古事記」や「日本書紀」には、神武ら一行が初めて訪れた熊野の山中で道に迷い――あの山深さだ、当然迷うだろう――そのさい、道案内をしてかれらを助けたのが八咫烏《やたがらす》であった、と記されている。

言語学的には「八咫《やた》」は「大きな」の意味だ。

文字どおりなら大烏《おおがらす》。

烏は他の鳥たちに比べて知能が高く、道具を使って固い木の実や貝殻を割ったり、罠を解除する事例が確認されている。また、野生の鳥類としては唯一〝遊ぶ〟ことでも知られており、古代の日本人は烏にある種の霊能力を認めていたようだ。

大きな烏が道案内をした可能性も、なくはない。が、現実には、神武ら一行を助けたのは烏を一族の守り神とする熊野の山の民であったのだろう。

三本足の烏が姿を現すのは、平安中期以降に記された書物の中からだ。中国では古来、太陽には三本足の烏が住んでいるという伝承があり、この烏が八咫烏の異称で呼ばれる。平安時代の知識人の誰かが（意図的か否かはさておき）神武一行を助けた烏と、中国の伝説の烏をごっちゃにしたのが「熊野に伝わる三本足の烏」の起源だ。神話の成立過程としては興味深いが、科学的な歴史研究が二十世紀のこんにちに至るまでなされていないのは何とも嘆かわしいかぎりである――。

と、誠之助と堺は二人でさんざんそんな話をしながら待っていたが、伊作はいっこうに戻ってくる気配がない。

鳥について話すこともなくなり、話が一段落したのをしおに二人はふたたび聞き耳を立てた。

家の奥からは何の物音も聞こえない。

誠之助は思いついて、伊作の双眼鏡を取りあげた。窓からあたりを見まわしたところ、伊作が年配の使用人夫婦を連れて道を歩いている姿が見えた。

伊作は、何ごとも思いつくとすぐに実行に移さないと気が済まない性分だ。客人をほうり出して出掛けることなど、何とも思っていない。

「やれやれ。あれにも困ったもんや」

誠之助は双眼鏡を顔から外し、堺に事情を説明した。

堺はむしろ面白がり、

「さすがは大石一族だ。やることがふるっている」

そう言って手を打って喜んでいる。ふと何か思いついた顔になり、

「幸徳の奴も、あなたたちくらい思い切れるといいのですがね」

と、口元に笑みを残したまま呟いた。

誠之助は首をかしげた。

こんにち幸徳秋水といえば、誰よりも過激で、思い切った文章で知られる人物だ。かれはいまや、社会主義を直接行動によって実現しようとする運動の先頭に立っている。その幸徳

をつかまえて「あなたたちくらい思い切れるといい」と言われても、何の話かわからない。

目顔で問いかけると、堺は苦笑しながら答えてくれた。

「幸徳は、あれで案外気の小さいところがありましてね。大石一族のような天衣無縫というわけにはは、とてもいきませんよ」

堺はそう言って首をふり、あらためて誠之助に目をむけた。

「兆民先生のことはご存じですね？」

むろん、知っている。

堺の質問に、誠之助は深くうなずいた。

中江兆民は「東洋のルソー」と讃《たた》えられ、フランス流の自由民権思想を初めて日本にもたらした人物だ。名文家として知られ、かれが書いた文章に鼓舞され、血沸き肉躍る思いで自由民権運動に参加した者は数知れない。幸徳は十七歳で中江兆民の書生となり、かれの薫陶を強く受けた。また、兆民の側でも同郷・土佐の若者、幸徳の文才を認め、自身が若いころに使っていた「秋水」の号を与えたほどだ。

中江兆民は明治三十四年十二月に死去した。喉頭癌で余命一年半を宣告されながら、少しもうろたえることなく筆を奮いつづけたかれの姿は明治の多くの若者たちに感銘を与えた。中江兆民こそは、知識人のあるべき姿を身をもって世に示した人物の一人といえよう。

幸徳秋水は中江兆民を「先生」と呼び、かれの死後も敬慕しつづけている。それは知っているが――。

中江兆民が逝去して五年以上になる。いまさら幸徳と何の関係があるというのか？

誠之助が首をかしげていると、堺はテーブルごしに身を乗り出し、

「僕が見るところ、幸徳にはもう一人先生がいます」

そう言ったあと、堺は珍しくやや声を低くして、意外な人物の名前をあげた。

田中正造《たなかしょうぞう》翁。

中江兆民が没したまさに明治三十四年、足尾銅山鉱毒害の件で天皇に直訴を企てたとして話題になった人物だ。「直訴事件」当時、田中正造は六十歳。いまでは六十五歳になっている計算だ。この時代としては相当な老人の印象である。「翁」がついて不思議はない。

あまり知られてはいないのですが、と堺は誠之助の目を見て言った。

「田中翁が天皇に手渡そうとした直訴文は、かれに頼まれて幸徳秋水が書いたものなのです」

当時幸徳秋水は三十歳。田中正造は『萬朝報』に幸徳が書いた記事を読み、文章家としての腕を見込んで直訴文の代筆を依頼してきたという。

「当初、幸徳は断ったそうです。『天皇への直訴文など誰が書きたいものか』。ずいぶん後でもこぼしていましたからね。よほどいやだったのでしょう」

堺はそう言って苦笑した。

「だが、結局、幸徳秋水は直訴文を書いた？」

誠之助の問いに、堺はうなずき、

「『天皇への直訴状など誰だっていやだ。けれど君、多年の苦闘に疲れ果てたあの老体を見ては、いやだといって振り切ることなどできるものか』。幸徳はそんなふうに言っていました」

堺は視線を窓の外にふりむけ、あとの言葉を独り言のようにつづけた。

「……あれ以来、幸徳は、田中翁があのような行動に出なければならなかった理由を、一人でずっと考えているのです」

十四　足尾銅山事件

堺利彦は誠之助の家に二泊して、東京に戻っていった。

このときの様子を、堺は創刊したての日刊『平民新聞』一月二十日、二十一日両日にわたって「新宮行」と題して掲載している。

誠之助は近所の子供らを「太平洋食堂」に集め、堺の記事を読んで聞かせた。

「新宮は戸数三千五百、二個の新聞あり、中学校あり、区裁判所あり、電燈あり、紀南の天地に於《お》ける中央都会を成《な》して居る」

子供たちは目をかがやかせて聞いている。

新宮・仲之町の新聞雑誌縦覧所（徳美松太郎方）にも平民新聞を何部か置いたところ、「新宮のことが書いてある」というので、ふだんは新聞など読まない地元の者たちが奪い合うように読んでいる。

「ここに載《の》せたる写真は即ち西村君がミレーを気取ったものである」

子供たちは新聞を覗きこみ、伊作が鍬《くわ》を手に、気取った姿で山の斜面に立っている写真を指さして、げらげらと笑い声をあげた。

堺が書く記事は、なかなか面白い。

誠之助は子供たちにも理解できるよう、難しい言葉には説明をいれながら記事を読みすすめた。

「十七日、昼過ぎに鳥羽に上陸。二見が浦と伊勢の外宮《げぐう》の前とで立ち小便などしてチョット散歩を為《な》し、山田・亀山・名古屋を経て、十八日午前九時新橋着。汽車中の景色は、雪の富士、国府津《こふづ》の梅林など。堺生。……おしまい」

誠之助が記事を読み終えると、子供たちはいっせいに「えーっ」と声をあげた。

「ほかには、なに書いてあるん？」

「もっと読んで」

まだ自分で字を読めない子供らは口々にそう言って、新聞と誠之助の顔を交互に眺めている。

「ほかか。そやなぁ……」

誠之助は新聞紙面にあらためて視線をはしらせた。

日刊『平民新聞』は全四ページ。全国紙にも引けをとらぬ堂々たる体裁だ。一面冒頭に「論説（社説）」を掲げ、時事解説のほか、風刺漫画、政局論評、その他ロシアやドイツ、フランス、オランダなど外国の新聞記事を紹介する欄あり、翻訳小説（登場人物が日本人の名前に置き換えられている）の連載、川柳や狂歌の読者投稿欄を設ける一方、「目白の花柳界（女子大学の真相）」といったゴシップ風の記事あり、さらには外国人読者用の英文欄まで設けられていて、盛りだくさんだ。紙面広告には出版社、銀行、医院、書店、楽器屋、写真屋、弁護士らが名を連ね、広告商品も社会主義関連書籍から、いささか怪しげな精力剤まで幅ひろい。

いわゆるプロパガンダ新聞のイメージとは、ほど遠い。趣味嗜好《しこう》を同じくする特定の読者ばかりでなく、一般の人たちにも何とかひろく読んでもらおうという作り手の意気込みが伝わってくる紙面構成だ。定価一部一銭、一か月二十五銭、地方直送郵税共一か月三十二銭。初号は八千部以上の予約を取りつけた。この時代、新聞は縦覧所やミルクホールといった場所で回し読みされることが多かったので、実際には数万の読者があったと思われる。

先日堺は「とりあえず行けるところまで行くつもりです」と嘯《うそぶ》いていたが、案外、これなら何とかなるかもしれない――。

そんなことを考え、気がつくと、子供たちが一心に誠之助を見つめていた。みな、つづきを待っている顔つきだ。

誠之助は己のあごひげを指先でつまんだ。一般読者にむけた紙面づくりとはいえ、子供たちにはどうだろう？　ページをめくり、「見世物めぐり　花やしき」という記事を見つけて、読みはじめた。

「吹く風に未だ屠蘇《とそ》の香《か》ある初春の一月八日、浅草公園の花やしきを見物しぬ。火喰《ひく》い鳥というがあり……」

最初は眼をかがやかせて聞いていた子供たちは、しかしすぐに飽きて机につっぷし、あるいは退屈して椅子からすべり落ちてしまった。ちらと目をやると、足下のバクまでが、さっきまで尻尾をふって聞いていたのが、床に手足を伸ばしてすわりこみ、大あくびをしている。

誠之助は新聞をたたんで苦笑した。子供たちを楽しませる文章を書くのは、日刊新聞創刊に意気込む東京の社会主義者たちにとっても、なかなかの難事のようである。

子供たちが食堂の床に寝ころがり、あるいは走りまわるなか、誠之助はあらためて手にした平民新聞に目をむけた。

（ホンマに、何とかなるかもしれんな）

声には出さず、そう呟いた。

だが、日刊『平民新聞』創刊から半月後、すべてを引っくり返す〝事件〟が起きる。

足尾銅山での坑夫暴動であった。

「足尾銅山の大騒擾《そうじょう》。坑夫の大活躍！」

二月五日の紙面で短く速報を伝えた平民新聞は、早速現地・足尾に記者を派遣。七日からは現地の情報を連日、詳しく伝えている。

途中、派遣記者が逮捕されるというアクシデントもありながら(取材ではなく暴動を煽りに来たと思われたらしい)、平民社はただちに代わりの記者を送り(荒畑寒村が『二六新報』記者を偽って足尾に潜《もぐ》りこんだ)、本事件に関する記事としては同時期の他の新聞社の追随を許さぬ報道内容だ。

足尾銅山暴動事件報道をさかいに平民新聞の紙面のトーンが急速に変わっていく。あたかも、一般読者にひろく読んでもらおうとする発刊当初の編集方針が、より先鋭的な社会主義的傾向をもつ一部読者を対象とした新聞へと舵《かじ》を切った感じだ。

日刊『平民新聞』、ひいては日本の社会主義運動そのものの運命を変えることになった足尾銅山暴動事件とは、いったい如何《いか》なるものだったのか?

そもそも「足尾銅山」とは何か?

事件を理解するために、すこし時間を溯《さかのぼ》る。

栃木県と群馬県の県境、渡良瀬川《わたらせ》に面した足尾に銅鉱脈が発見されたのは江戸初期、慶長年間のことである。江戸時代を通じて幕府直営だった足尾銅山は、明治になって政商・古河《ふるかわ》市兵衛《いちべえ》の手にわたる。電線、電気機械の基礎材料として銅の需要が増えること、また海外への巨額の輸出が見込めることを知った古河市兵衛が、政府から安値で権利を買い取ったのだ。

古河市兵衛は足尾銅山に莫大な設備投資を行い、結果、巨額の利益を得た。一方、急激な生産増加は地元に深刻な被害をもたらすことになった。

被害はまず、近隣の山と水にあらわれた。

足尾銅山では、精錬に必要な火力を得る燃料として手近な場所から順に木々を乱伐。くわえて精錬所から排出される亜硫酸ガスによって草木が枯れはて、古河組による銅山操業開始から数年を経ずして付近の山々はすべて赤土剝きだしの禿げ山と化した。渡良瀬川水源地の保水能力は極端に低下し、下流地域はたびたび洪水被害に悩まされた。

精錬所は、選鉱・精錬の過程で生じた大量の鉱滓《こうし》・廃石・廃水を渡良瀬川に投棄したため、大量の銅・硫酸・硫酸銅などの有害物質が川の水を汚染。かつて小鳥が遊び、花咲き乱れた美しい足尾の村は荒涼たる不毛の土地となり、豊かな漁量を誇った渡良瀬川は魚一匹棲《す》まぬ「死の川」となった。

足尾の鉱毒は農業と漁業に壊滅的な打撃を与えたばかりでなく、渡良瀬川流域の人々にもさまざまな健康被害をもたらした。乳幼児の死亡率が上昇し、流産や病気が多発、「足尾の娘は身体が弱く、容貌が衰えている。子供も産めない」という噂がひろがり、嫁入り先がない状況が生じた。

足尾の村人たちは臨時村会をひらいて銅山の操業停止を栃木県に上申する。県議会も害毒除去のための適切な方法を取るよう、知事ならびに国に申し入れた。

日本の（原発事故を含む）公害問題の原点ともいえるこの問題に対して、明治政府の対応は極めて冷淡であった。

「富国強兵《ふこくきょうへい》」「殖産興業《しょくさんこうぎょう》」を国策の基本方針とする明治政府は、

――被害の程度は公共の安寧を危うくするものではない。

――住民の健康被害に関する直接の因果関係は証明されない。

などと答弁。住民に提示されたのは微々たる金額での示談であり、示談契約書には「今後新たな被害が判明しても一切苦情を言わない」という〝口止め条項〟が含まれていた。あまりに誠意を欠く政府の対応に、地元では怒りが噴出。鉱山の操業停止を求める住民運動が起きた。

この運動の先頭に立ったのが、地元栃木選出の国会議員・田中正造である。

田中正造は帝国議会で何度も質問にたち、政府に迅速な対応をもとめた。

が、足尾銅山を経営する古河市兵衛は政府高官との結び付きがつよく（当時の農商務大臣・陸奥宗光《むつむねみつ》の次男が古河家の養子となり、陸奥の秘書官でのちの内務大臣・原敬《はらたかし》が古河鉱業副社長を務めていた）、そもそも政府・足尾銅山側に、

――銅の産出は国策なので、多少の被害が出るのはやむを得ない。

という認識があって、鉱毒対策は遅々として進まなかった。

明治二十九年、おりからの豪雨で渡良瀬川が氾濫。汚染水が利根川から江戸川へと流れ込んだ。

東京で鉱毒が確認されると、政府は急遽「帝都防衛のため」に川の流れを遮断する。その結果、行き場を失った汚染水が上流地域で氾濫し、足尾の田畑のみならず、栃木、群馬、埼玉、千葉の利根川沿岸でも耕地数万町歩の作物が黄色く立ち枯れ、「田畑の農作物はことごとく泥と鉱毒によって腐れ、その悪臭は反吐《へど》を催すほど」の事態となった。

これを機にようやく新聞や雑誌で鉱毒問題が取りあげられるようになり、政治家や知識人、思想家、宗教家らのあいだに支援運動がひろがりはじめた。また、このころから、地元住民のあいだでも「自分たちは足尾銅山経営のために踏みにじられた存在なのだ」という意識が芽生え（それまで住民の多くは鉱毒被害を逃れられぬ天災のように思っていた）、被害住民による反対運動が盛んになった。

だが、この時点でもなお、明治政府・足尾銅山側には「どうせ金目当てだろう」「はした金でなんとかなる」といった住民の反対運動を侮《あなど》る認識があり、かれらは言を左右し、徒《いたずら》に時を稼ぐばかりであった。

そんななか、明治三十三年二月、「川俣《かわまた》事件」が起きる。

政府・足尾銅山側の対応にしびれを切らせた地元住民はついに、

――鉱毒で殺された一千六十四人の仇討ち請願。

を旗印に請願隊（デモ隊）を組織。帝都・東京への請願行進に踏み切った。

二月十二日、地元住民二千人余りが「鉱毒殺人の悲歌」を歌いながら渡良瀬川をわたり、利根川河畔・川俣まで進んだところで、抜刀した警官百八十名（一説には三百人とも）、憲兵十数名が突然かれらに襲いかかった。

警官・憲兵は、病人老人の見さかいなく警棒を打ちおろし、倒れた者を足蹴にした。容赦ない暴力の前に一行は四散を余儀なくされた。負傷者多数。請願隊を襲ったさい、警官たちは口々に「この土民《どみん》らが！」「身のほどをわきまえろ！」と叫んでいたという。

さらに驚くべきことが起きる。

明治政府は、兇徒《きょうと》聚《しゅう》衆《しゅう》罪《ざい》を多くの怪我人を出した住民側に適用。百名を超す逮捕者が出る事態となった。

事件とその後の政府対応に衝撃を受けた田中正造は、明治三十三年、国会にたてつづけに質問書を提出する。

「院議を無視し被害民を毒殺し、その請願者を撲殺する儀につき質問書」

「警吏大勢凶器を以《もっ》て無罪の被害民を打撲したる儀につき質問書」

「政府自ら多年憲法を破毀し、さきには毒を以てし、今は官吏を以てし、以て人民を殺傷せし儀につき質問書」

「亡国に至るを知らざれば、之れ即ち亡国の儀につき質問書」

それぞれの質問書について、田中正造は自ら演壇に立って質問演説を行った。ことに二月十七日の帝国議会での彼の演説は「亡国演説」として後の世に名を留めることになる。

その演説にいう。


民を殺すは、即ち国家を殺すことである。

法を蔑《ないがし》ろにするのは、即ち国家を蔑ろにすることである。

これらは皆、国を毀《こぼ》つ所業である。

然《しか》るにいま、政府は財用を濫《むさぼ》り、民を殺し、法を乱して事件に当たる。

而《しこう》して国の亡《ほろ》びざるなし。

真の文明は山を荒らさず、川を荒らさず、村を破らず、人を殺さざるべし。

政府、これを如何《いかん》とするかお答え頂き度《た》く。右質問に及び候《そうろう》。


血涙絞る田中正造議員の演説に対して、政府の回答は、

「質問の趣旨、その要領を得ず。以《もっ》て答弁せず。　内閣総理大臣　山県有朋《やまがたありとも》」

と、文字どおり〝木で鼻をくった〟ものであった。

命懸けの質問に対して答弁すら拒否された田中正造は、議員を辞職。

かれは、最後の手段として天皇への直訴を試みる。

「草莽《そうもう》ノ微臣《びしん》、田中正造、誠恐誠惶《せいきょうせいこう》頓首頓首　謹《つつしみ》テ奏《そう》ス……」

に始まる有名な直訴状は、足尾銅山の鉱毒問題を取りあげ、国土の退廃と人民の窮乏を訴

えたものだ。

直訴文は、先にも触れたとおり幸徳秋水が代筆したものだった。田中翁は「直訴状に文言の間違いがあってはならない」と考え、当時『萬朝報』紙上に師・中江兆民ゆずりの深い教養に裏づけされた歯切れのよい文章を発表していた幸徳を訪ね、直訴状の代筆を依頼した。

漢語を多用して書かれた直訴状は、意訳すれば、

――いま足尾において、陛下の股肱《ここう》たる国民が塗炭《とたん》の苦しみを嘗《な》めている。にもかかわらず、政府は現実に向き合おうとせず、被害民は放置されたままだ。どうか陛下の威光をもって、現政府に働きかけていただきたい。

というもので、さすがは〃当代きっての名文家〃幸徳秋水の面目躍如というべき見事な筆さばきだ（天皇への直訴状を幸徳秋水が書いたというのは、後の運命を考えれば皮肉な感じだが、このころ幸徳が『萬朝報』に書いた記事文面から伝わってくるのはむしろ〃天皇好き〃ともいえる彼の横顔だ）。

田中正造、このとき六十歳。

「老病日に迫る。念《おも》うに余命いくばくも無し」

直訴にさいして、田中翁が死を覚悟していたのはまちがいない。かれは実行直前、長年連れ添った妻女を離縁している。己の死後、災いが妻女に及ぶのを避けようとしたのだろう。

田中翁はその場で己が斬られて死ぬことで、全国の世論を喚起しようと考えていたらしい。

願いむなしく、かれは天皇の馬車に近づいたところで取り押さえられた。直訴状は手渡せぬままだ。

本件がおおごとになるのを恐れた政府・官僚は鳩首会談し、一計を案じる。

翌日、田中翁は放免された。

政府は田中翁を単なる「狂人」として取りあつかい、「本件はあくまで狂人の仕業」であり、「公には何事もなかった」ことにしたのだ。

先の政府答弁といい、本件といい、姑息《こそく》としか表しようがない対応である。

だが、衆目のただ中で起きた直訴事件自体をもみ消すことはできなかった。事件は新聞で大きく取り上げられ、多くの者が足尾を訪れた。足尾の現状を初めて目にした者たちは、誰もが被害の大きさ、その悲惨さに息を呑んだ。被害民救済が叫ばれ、日本全国から義捐金《ぎえんきん》があつまった。東京府下の多くの学生が鉱毒反対運動にたちあがった。

こうなれば、政府もさすがに放ってはおけず、事態の収拾に乗り出した。

川俣事件で逮捕された足尾の住民たちは、進行中の裁判で突如「無罪」を宣告される。さらに内閣の下、「鉱毒調査委員会」が設置されたのを見て、政府の対応を激しく糾弾してきた世論は沈静化した。

――何だかんだ言っても、お上（政府）はちゃんと民の面倒をみてくれるじゃないか。

大手新聞を中心に、そんな論評が多く掲載された。

三年後、鉱毒調査委員会が提出した報告書は、しかし、何とも奇妙奇天烈な代物だった。かれらはまず「現在作物に影響を与えている鉱毒は、明治三十年の鉱毒予防令以前に排出されたもので、現在の足尾銅山には責任がない」という。その上で、

「巨大な遊水池の設置」

という、鉱毒被害とは何の関わりもない不思議な勧告をしたのだ。

鉱毒調査委員会の報告によれば、

「遊水池を設置すれば、鉱毒は池の底に滞留し、上澄みの奇麗な水だけが渡良瀬川に流れる。下流域の鉱毒被害はなくなり、渡良瀬川氾濫問題もこれで解決する。一挙両得である」

肝心の足尾銅山の操業方針については、お座なりに短く触れただけで、ほとんど何も言わないに等しかった。

鉱毒調査委員会は鉱毒発生源対策を治水問題にすり替えたのだ。

栃木県議会は鉱毒調査委員会の勧告を受け、明治三十七年十二月、群馬・埼玉・茨城三県に隣接する谷中《やなか》村買収と水没を決議する。

めくらましとも言えるこの決議に、世論の反応は鈍かった。

ひとつには、衝撃的な直訴事件から時間が経っていたこと（わずか三年！）。

また、時まさに日露戦争真っ只中であり、世のひとびとの関心はもっぱらロシアとの戦争の行方に向けられていた（鉱毒調査委員会はむしろ、この時期をねらって方針を発表したと

もいえる)。

さらに言えば、エラい学者を集めた鉱毒調査委員会の公式見解を、当時の一般の人々が疑う根拠をもち得なかったからでもある。

——水没させられる谷中村の人たちは気の毒だが、それで世の中が良くなるなら我慢してもらおう。

というのは、まだましな方で、

——(戦争で)増税・不景気つづきのこの御時世、お金がもらえるならいいじゃないか。

と、逆に谷中村の人々をやっかむ者たちまでが現れ、足尾銅山操業停止を求める住民運動は完全に分断された。

すでに議員を辞め、無職となっていた田中正造はひとり谷中村に移り住む。国や県の方策がまやかしであることを熟知するかれは、一村民として谷中村の水没計画に反対する運動に身を投じることにしたのだ。

一方政府・銅山側は、谷中村村民を、ある者は金銭で釣り、あるいは女色甘言、あるいは恫喝や非合法な暴力など、ありとあらゆる手段を用いて切り崩しにかかった。一人、また一人と住民が去り、孤立無援、それでも節を枉《ま》げずに闘い続ける当時の田中翁の姿を、社会主義伝道行商の途中、谷中村を訪れた荒畑勝三が「忘れられたる谷中村」という文章に表している。かれが「寒村」の号を用いるようになるのはこの時からだ。当時十七歳の荒畑は田中翁の生き方によほど感銘を受けたらしく、かれはその後もたびたび谷中村を訪れている。社会主義者を自任し、かつ田中翁の直訴文を代筆した幸徳秋水にとっても、足尾銅山を巡る一連の社会運動は無視できないものであった。

直訴事件以降の田中翁の行動ひとつひとつに、幸徳はそのつど驚かされてきた。亡き師・中江兆民が知識人の生き方を身をもって示した一方の頂《いただき》なら、田中正造という人物の生き方もまた、幸徳にとっては無視することのできない一つの峰《みね》であった。

堺が誠之助に「幸徳にはもう一人先生がいます」と言ったのは、こうした意味である。

幸徳は、田中翁の我が身を顧《かえり》みぬ思い切った行動を目の当たりにし、言葉を耳にするたびに、

——こんな生き方があるのか。

と、呆然とする思いであった。

同時に、田中翁の不遇を耳にするたび、社会主義者を名乗りながら老人に何も手を差し伸べることができない自分に、ずっともどかしさを感じてきた。

そんな中で起きたのが、足尾銅山での坑夫らの暴動事件だ。

日刊『平民新聞』創刊半月後の明治四十年二月四日。

かねて劣悪危険な労働環境と低賃金の改善を求めてきた足尾の坑夫らが、銅山側の不誠実

な対応に業を煮やし、坑内見張り所を打ち壊した。これをきっかけに、数千人の坑夫が本部と事務所を襲撃する。

坑夫たちは鉱山の電線を切断し、ダイナマイトで本部建物を破壊。その後も暴動は収まるところを知らず、地元警察ではとても手におえず、軍隊が出動する騒ぎとなった。

足尾の町には戒厳令が布《し》かれ、宿という宿は軍隊の司令官、裁判官、警察官、新聞記者たちであふれた。ある新聞の記者は、

「足尾の町は、検挙拘引された坑夫と、護送の巡査と、まだダイナマイトを抱えて坑内に潜む坑夫の逮捕にむかう警官の決死隊と、新聞記者とが、雪解けの泥濘を踏みかえして右往左往し、さながら戦場のような騒ぎであった」

と、興奮した様子の文章を早速社に書き送っている。

暴動発生から三日後の二月七日。高崎第十五連隊から派遣された三個中隊と騎馬憲兵一小隊が到着。坑夫たちが疲弊したタイミングとも重なって、足尾銅山の暴動はついに鎮圧された。

古河一族が経営する足尾銅山は政府権力者と癒着し、馴れ合い、地元住民の鉱毒被害が明らかになったあとも、場当たり的、めくらまし的な処置で世論の非難をかわして企業利益を優先してきた。その企業体質は銅山で働く者たちにも当然のごとく向けられ、足尾の坑夫らは悲惨な労働環境と、驚くべき低賃金で働かされてきた。古河一族が〝財閥〟と呼ばれるよ

うになったのも、足尾銅山からあがる暴利によってだ。

暴動は起こるべくして起きた、といえる。

軍隊まで出動する騒ぎとなった足尾銅山暴動の顚末《てんまつ》は、全国の新聞雑誌で詳しく取りあげられた。その過程で「坑夫らの悲惨な労働環境と驚くべき低賃金」が明らかにされると、全国各地の政治運動家、知識人、宗教家、慈善家、学生らが、足尾銅山と古河財閥に対して一斉に抗議の声をあげはじめた。

——足尾銅山、古河財閥悪《にく》し。

との評判が世間を席巻する。

こうなれば足尾銅山としても無視を決め込むわけにはいかず、「坑夫賃金の二割の値上げ」と「坑内労働環境の改善」が発表された。


幸徳秋水にとって足尾銅山事件は一種の天啓であった。

幸徳はかねてより、社会主義者を任じながら田中翁の活動に対して何もできない己に忸怩《じくじ》たる思いを抱いていた。社会主義を実現するには、この方法でよいのかと、ずっと考え、悩んできた。

アメリカに渡った幸徳は、欧米で行われている直接運動（労働者によるストライキ）の話を聞き、その必要性を痛感した。

帰国直後、直接行動を唱えた幸徳は、しかしその後、堺ら周囲の者たちから、
「いましばらくは、日本の政治現状を踏まえた運動を展開すべきだ」
と説得され、やや踏み迷うところがあった。幸徳の心のゆれは、この時期にかれが書いたいくつかの文章からも窺うことができる。

幸徳は己を鼓舞するように、二月五日の平民新聞に「余が思想の変化」なる文章を発表。そのまさに同じ日の紙面に、足尾暴動発生の一報が飛び込んできたのだ。

足尾銅山暴動事件が報じられると、世論は一気に動いた。足尾銅山、古河財閥悪し。〝血も涙もない金の亡者〟と世間から罵倒された足尾銅山（古河財閥）は、やむをえず賃上げと労働環境の改善を発表した。あれよあれよという間の出来事だ。

幸徳秋水は、雷にうたれたような衝撃を受けた。

——ああ、やっぱりそうなのだ。

ため息とともに、そう思った。

客観的に見れば、幸徳の「余が思想の変化」と足尾銅山暴動一報が同じ日の平民新聞に掲載されたのは単なる偶然にすぎない。だが、方針を決めかね、答えを探しあぐねていた幸徳にとっては単なる偶然などではなく、天が己に示した運命だと感じられた。いじわるな見方をすれば、幸徳秋水自身が外からのきっかけを欲していたのだ。

足尾銅山暴動の衝撃は、幸徳秋水に不退転の決意をさせるのに充分なきっかけだった。

暴動の余韻いまださめやらぬ二月十七日。

神田錦町の錦輝館楼上で「日本社会党第二回大会」が開催される。

席上、「宣言及び決議」を巡って、

「議会派」

「直接行動派」

のあいだで激しい論争がわきおこった。

このとき、直接行動論を強く主張したのが幸徳秋水だ。

先にも述べたが、ここでいう「直接行動」とは労働者による団体交渉やストライキのことであって、幸徳はなにも「暴力革命」を主張したわけではない。だが、これより七年前、明治三十三年に山県有朋内閣が制定した悪名高き「治安警察法」によって労働者の権利は厳しく制限されている。いま労働者ストライキを党是に掲げることは、日本社会党そのものが違法結社と見なされ、政府の取り締まり対象となることを意味していた。

議会派の主張は「まずは普通選挙法を実施させ、議会で過半数を獲得。その後、治安警察法を改正して労働者の権利を拡張する」というものだ。

あくまで現行法内での合法的活動を主張する議会派に対して、幸徳は、

「たとえば、見よ。田中正造翁は最も尊敬すべき人格である。今後十数年ののちと雖《いえど》も彼のごとき人物を得るのは難しいと思う。しかるに、その田中翁が二十年間議会で叫んだ結果は

どうであったか？　あの古河の足尾銅山に指一本さすことができなかったではないか。対して、足尾の労働者らは、三日間にあれだけのことをやった。のみならず、一般の権力者階級をも戦慄せしめたではないか」

と指摘。その上で、

「なるほど暴動は悪い。しかしながら、議会二十年の訴えよりも三日の運動の効果があったことは、事実として認めなければならない」

と、己の説を強硬に主張した。

双方譲らず。

ついには、お互いが理屈ではなく感情的な言葉を投げつけあう事態にまで発展する。

最終的に堺利彦が両派のあいだをとった折衷案を提出してなんとか収拾を図ったものの、堺は双方から「裏切り者！」と罵倒される始末であった。

足尾銅山暴動を機に思想を激化させた幸徳秋水の筆に引っ張られる形で平民新聞の記事は過激さを増し、たびたび「発売頒布《はんぷ》禁止」「差し押さえ」などの処分を受ける。

四月十三日、東京裁判所は日刊『平民新聞』に発行禁止の命令を下した。

翌四月十四日、平民新聞は全面を赤刷りにして自ら廃刊を宣言する。

創刊からわずか三か月、全七十五号の歴史であった。

十五　熊野地ベースボール

熊野川に面した誠之助の医院兼自宅から南に二十分ほど歩くと、あたりは松林となり、松林のむこうに佐野の浜と太平洋が広がっている。

地元の人たちが、

熊野地（下熊野）

と呼ぶその一角に、小高い砂丘があった。松林のあいだに海が見える景色のよい場所で、春になると砂地に白い野ばらがいっせいに咲いて、美しい眺めとなる。

この季節には新宮の裕福な家庭の主婦たちが下女や子供たちを連れて、弁当持ちで〝花摘み〟に来る。いわゆるピクニックだ。摘んだ花は家にもって帰り、「蘭引《らんびき》」（瀬戸物の蒸し器。ポルトガル語の蒸留装置《アラムビク》から転じた言葉）に入れて火にかけ、集めた湯気を「花の露《つゆ》」といって顔や手足につける慣習があった。

年齢は問わず、裕福な家庭の、もっぱら女性の遊びだ。

新宮の男の子らにとって熊野地は、相撲をとる時以外はたいして利用価値のない、魅力に乏しい場所であった。新宮には遊び場所ならほかにいくらでもある。山や川、海の方が、色んな植物や生き物もいて——採《と》って食べることもできる——ずっと面白い。

ところがこの年（明治四十年）、かれらは手のひらを返したように、連日熱心に熊野地の砂丘に通い詰めていた。

ベースボールをするためだ。

「大フライいったぞ」

「ライト、バック、バック……。よっしゃ、よう捕《と》った。ナイス・キャッチ！」

「あかん、あかん。喜んどる場合やない。ランナー走っとるで。ボール、バック。はよ、投げ！」

砂丘に子供らの歓声が響きわたる。

このところ連日熱心にやっているだけあって、かれらのプレイはすっかり堂にいったものだ。外野には竹の棒を砂地に突き立て、間に魚取りの網を巡らせて、ボールが転がっていかないような工夫がなされている——。

日本にベースボールが伝えられたのはこれより三十五年前、明治五年頃といわれる。

例えば、一高に通っていた当時の正岡子規（誠之助や夏目漱石と同年生まれ）のベースボール好きは有名だ。脊椎カリエスを発症し、動けなくなったあとも、野球について楽しげに語る子規の姿が伝えられている。かれは短い生涯のうちで数多くの雅号を使いわけたが、その中に、己の幼名の升《のぼる》をもじった「野球《のぼーる》」というものがある。また、当時としては斬新なベースボールの俳句や和歌までつくっている。

草茂みベースボールの道白し

九つの人九つの場をしめてベースボールの始まらんとす

若き日の子規の高揚ぶりが窺えて、微笑ましい。

ベースボールはその後東京の学生や生徒を中心にひろまり、明治二十年代、学生たちのあいだでベースボール熱は一種、異様なほどであった。

明治二十年代後半、一高、早稲田、慶應などで学校間対抗戦が行われるようになると、選手たちはむろん、応援の学生たちまでが、学業そっちのけでベースボールにのめり込んだ。あまりにベースボールに夢中になり過ぎたために落第者が続出。学生たちの熱狂ぶりに学校側がベースボール禁止令を出すという馬鹿げた事態となった。新聞に「ベースボール害悪論」なる記事が掲載されて、世の中の人たちを呆れさせたのもこの頃だ。

いったいなぜ米国発祥の一球技が、これほど日本で受け入れられたのか？　理由はよくわからない。よほど日本人の気質に合っていたのだろう。

このベースボールの流行を新宮の子供らのあいだに持ち込んだのが、東京から来た平民社の若者たちであった。

この年の春、平民社の浪人《ローニン》たちが次々に新宮を訪れている。

ローニン
などと、あたかも幕末のごとき大時代な用語を用いたのにはわけがある。

足尾銅山暴動事件後、日刊『平民新聞』は政府や裁判所からたびたび発行禁止や高額の罰金を命じられ、四月十四日、ついに廃刊を宣言する。直接の原因は裁判所による発行禁止命令だが、実際には多額の罰金がかさみ、経営が成り立たなくなったからだ。

わが国初の日刊社会主義新聞刊行に意気込み、張り切っていた平民社社員、殊に若い者たちの落胆ぶりは並大抵ではなかった。かれらのあいだで「こんなことになったのは幸徳秋水のせいだ」という、やや筋違いな恨み節が交わされたほどだ。言うまでもなく、恨むべきは明治政府の恣意的な取り締まり方針である。

東京の様子を、堺から失笑交じりの手紙で知らされた誠之助は、

――平民社の若い者たちを新宮に寄越してはどうか。

と提案した。

「人間、やることがないとろくなことを思いつかん。ずっとは困るけど、しばらくなら家《うち》に来てもろて、広い海でも見とったら、気晴らしになるやろ」

廃刊後の借財処理その他で手いっぱいの堺や幸徳の側に異論のあろうはずもない。

早速、第一陣として新宮にやってきた平民社浪人数名の顔を見て、誠之助は内心、おやおや、と呆れて呟いた。

みながみな、尾羽《おは》打ち枯らし、すさんだ顔をしている。

日刊『平民新聞』の廃刊がよほどショックだったのだろう。せっかくの歓迎会も盛りあがらず、その後もかれらは鬱々として少しも楽しそうではなかった。熊野川河口近くにひろがる賑やかで開放的な川原町を散策しても、神倉にのぼっても、太平洋を見せても、心ここにあらずといった様子で、ため息ばかりついている。

（弱ったな）

誠之助は顔をしかめた。何ぞないかいな、とごしごしと頭をこすったが、それで良案が浮かぶわけではない。

ところが、意外なものが役にたった。

きっかけは東京から来た平民社浪人の一人が、家の廊下に落ちていた野球用のグラブを見つけたことだ。かれはグラブを拾いあげ、驚いたように目を丸くした。東京の大学の正選手たちでも持っていない本場アメリカ製の高級品だ。田舎医院の廊下に無造作にほうり出されているような品ではない。

そこへ誠之助が通りかかった。

グラブの由来をたずねられて、誠之助はあごひげをちょいと指でつまんだ。グラブは、甥の西村伊作が弟たちとベースボールをやると言って、わざわざアメリカから取り寄せたものだ。グラブだけではなく、道具一式、家の裏の蔵にしまってある。

あごひげをつまんだのは、相手の様子に閃《ひらめ》くものがあったからだった。

——このグラブとボールを使ってベースボールをする気はないか？

誠之助の提案に、面白いもので、平民社の若者は急に生き生きとした顔になり、

「ベースボール、いいですね！　他の連中にも、声をかけてみます！」

そう言って、仲間のもとに駆け出した。

話は、すぐにまとまった。

何人かはねっからのベースボール好きだという。考えてみれば、東京ではベースボールがずいぶん盛んだ。社会主義者だからといって周囲のベースボール熱から取り残されるわけでもない。

新宮の町中でベースボールをやるわけにはいかないが、熊野地にちょうど良い具合に開けた場所がある。

誠之助は、道具一式をひっ提《さ》げて平民社浪人一行を熊野地に案内した。

熊野地から眼下に広がるのは、ひろびろとした太平洋だ。

浪人たちに道具をもたせ、まずは山なりのキャッチボールから。

青い空に白いボールを高く投げあげて、落ちてくるのをキャッチする。ただそれだけのこ

とだが、浪人たちはみな楽しそうだ。新宮に来て初めて笑顔をみせた者もいる。

誠之助はそばに立って、かれらのキャッチボールの様子を眺めていた。少ししたところで、浪人の一人に、

「ドクトルさんも参加しましょう」と声をかけられた。

遊んでやる。そんな顔だ。

誠之助は渡されたグラブを左手にはめ、右肩をぐるぐると回した。

「ほな、いくで」

そう言って、向かい合った相手のグラブ目がけて軽く球を投げた。

ピシリ、と音を立てて相手の革のグラブにボールが収まった。

「今度は、もうちょっと強《つよ》いくで」

誠之助が次々と投げこむスピードボールに、平民社の浪人たちは全員動きをとめ、驚いたように目を丸くしている。

誠之助のベースボールは、本場アメリカ仕込みだ。二十代前半から五年余りをアメリカで過ごした誠之助は、その間、当然のようにベースボールに親しんだ。日本に帰ってからは一度もやっていなかったが、ボールの投げ方、バットの使い方は体が覚えている。

キャッチボール、シートノックに続いて、二手にわかれて試合形式を試みることになった。

誠之助は今年四十歳。不惑だ。一方、平民社の浪人たちは二十代。それでも、ベースボー

ルは、誠之助の方がはるかにうまかった。

熊野地でのベースボールは、結果として大成功だった。

東京から来た平民社の浪人たちはベースボールに夢中になり、ボールを追って砂地を走りまわった。一汗かいたあと、家に帰って熱い風呂に入り、冷やしたビールとカツオの刺し身のうまさに、皆、目を丸くした。さんざん飲み食いしたあとは、これまでの暗い顔などどこへやら、すっかりくつろいだ様子で冗談を言い合い、腹をかかえて笑っている。どこにでもいる、二十代の若者たちの姿だ。

四、五日もすると、かれらは見ちがえるように生気をとりもどした。

「おかげさまで、もう一度頑張る気になりました。また来ます！」

そう言って、東京に帰っていった。

入れ代わりに誠之助を訪ねてきたのが、新宮の子供たちだ。かれらは東京から来た浪人たち（子供らからすれば大《だい》のおとなだ）が、何やら楽しげにやっているベースボールの噂を聞きつけ、熊野地に来て、遠巻きに眺めていた。子供らは、かれらが新宮に来た当初のすさんだ顔を見ている。最初は警戒していたらしい。一行が帰ったのを見計らって、

「ドクトルさん、オレらにもベースボールやらして！」

と言ってきた。

集まった一同の顔触れを見まわし、誠之助は、ふむ、と思案した。

誠之助を見あげる子供らの年齢はさまざまだ。上は十一、二歳から、下は小学校に上がる前の小さな子供も交じっている……。

「よっしゃ。ちょっと、待っとれよ」

誠之助は子供たちにそう言い残していったん家の奥にひっこみ、ボールを幾つか籠《かご》に入れて戻ってきた。

誠之助は子供らにボールを渡して、先頭に立って歩きはじめる。

「ドクトル、ベースボールやで？　わかっとるんか」

「バットは？　グラブも持ってないやん」

「このボール、何？　いつものと、ちがうで」

誠之助の背後を、子供らが口々にわいわいと文句を言いながらついてくる。

子供たちに渡したのは、中に空気が入ったゴム製の柔らかいボールだ。

「このボールにグラブは要らん。グラブしたら、むしろ取りにくいわ。上手《うも》なったら、本式のボールに替えたるさかい。まずは練習や、練習」

誠之助はけろりとした顔で子供たちに言った。

東京から来た平民社の浪人たちはともかく、初心者の小さい子供に革製の硬いボールは危険だ。楽しむためのベースボールで、怪我をする必要はない。

熊野地に着くと、誠之助は子供らを二手にわけ、

「まずは、キャッチボール。エエか。相手が受けやすいように、投げるんやぞ」

誠之助は大袈裟なフォームでゆっくりと投げてみせた。子供たちが誠之助の動きを真似てボールを投げる。

最初はなかなか思ったところにボールがいかない。ベースボールの上手投げ《オーバーハンド》の動きは、慣れるまでは案外難しいものだ。

「かまん、かまん。どんどん投げたらエエ」

誠之助は子供らを励ましてボールを投げさせる。

ふだんから木によじ登り、川で泳いだり、石投げをして遊んでいる新宮の子供らは、すぐにコツをつかんで上手くなった。

初日はベースボールとまではいかず、キャッチボールで終了。が、帰るころには、みな満足げに目をきらきらと輝かせていた。

それから徐々に守備やバッティングを教え、最初のうちはゴムボールに物足りない顔をしていた年長の連中も、いつのまにかすっかり夢中になった。

夕方になると、子供たちの代表が一人か二人、誠之助を呼びに来る。

「ドクトルさーん、野球しよらーい！」

他の子供たちは熊野地に先に行って砂地を均《なら》したり、魚取りの網で外野フェンスをこしら

えたり、ゴミをひろったり、誠之助たちが来るのを準備万端ととのえて待っている。

夏のあいだ、誠之助はほとんど毎日欠かさず子供らの相手をさせられた。

子供たちのあまりの熱中ぶりに、ついには誠之助の方がねをあげ、

「ベースボールの道具は貸しといたるさかい、自分らでしなあれ」

と提案したが、子供たちは首を横にふり、律義に毎回道具を借りにくる。といっても、子供たちはいまでは各自、手製のバット（木や竹。自分の好みの長さと重さ。ゴムボールを打つにはこれで充分だ）を持ち、ベースはゴムシートを座布団大に切ったものを熊野地近くの空き地に積んで置いてある。借りるのはゴムボールくらいなものだ。

最初の平民社の浪人たちに対してこそ警戒していたものの、ベースボールを覚えたての子供らはむしろ、誠之助や誠之助を訪ねてくる様々な大人たちを相手にボールを投げたり打ったりするのが、すこぶる楽しいらしい。

この日も——。

子供らが呼びにきたとき、誠之助の家には三人の来客があった。子供らの声に、

「おっ、噂をすればなんとやら。呼ぶより誹《そし》れや」

と、まず客人の一人、森近運平が表の方をふりかえった。

昨年誠之助が上京したさい、浅草蔵前で行われた演説会で、誠之助や堺利彦が「弁士中止」をくらうなか、唯一最後まで社会主義演説を飄々《ひょうひょう》と弁じ切った人物だ。岡山出身。人好

きのする青年である。

森近はあのあとも東京に残って、ミルクホール経営のかたわら日刊『平民新聞』立ち上げに携わった。平民新聞廃刊後は大阪に居を移し、この六月、自ら『大阪平民新聞』を立ち上げている。東京の社会主義者らが行きづまるなか、「東京があかんのやったら大阪で」とフットワーク軽く動くあたりはいかにも森近らしい。大阪平民新聞への寄稿者には、幸徳秋水、堺利彦、大石誠之助ら、お馴染みのメンバーが名を連ねている。

森近は前日に新宮を訪れ、誠之助宅に滞在していた。上野の西洋料理店での演説会打ち上げ後、新橋まで見送りにきてくれた森近に「今度は新宮にも是非！」と言って別れたきりになっていたのが、今回「念願の新宮初訪問」につながったというわけだ。

「ドクトルさーん、野球しようらーい！」

ふたたび、表で子供たちが誠之助を呼ぶ声が聞こえた。

森近の隣にすわっていた若者が身軽に立ちあがり、窓から上半身を突き出すようにして、

「ちょっと待っとれよ。すぐ行くさかい！」

よく通る明るい声で子供たちに言いきかせた。

「ほな、行きましょうか」

ふりかえり、にこりと笑って一同を見わたした若者の名は成石平四郎《なるいしへいしろう》。熊野川上流の請川《うけがわ》村出身で、昨年の夏、『牟婁新報』社主・毛利柴庵の紹介状をもって顔を出したのをきっか

けに、最近よく誠之助の家に出入りしている。成石平四郎はこの七月に東京の大学を卒業し、故郷に戻ってきたばかりだ。森近より一歳年下の二十五歳。一座のなかでは一番若い。

「これからベースボール？　えー、私たちも、行くのですか？」

誠之助の隣で、もう一人の客人、沖野岩三郎がとまどったように呟いた。

沖野は昨年夏に明治学院神学部学生の〝夏休み伝道〟の一環として新宮を訪れ、誠之助と知りあった。初の伝道地・新宮での誠之助（社会主義）や高木和尚（社会主義的仏教）との交流は沖野の心を強く揺すぶり、一時は大学で教えられる「通り一遍のキリスト教教義に疑念を抱いた」ほどである。卒業後、沖野は自ら望んで新宮教会に常任牧師として赴任した。誠之助は、亡き兄・余平が創った新宮教会に常任牧師を迎えたことをいたく喜び（前任者が離れたあと、長く無主となっていた）、沖野の方でも知る者のない土地で誠之助を大いに頼りにして、たびたび自宅を訪れている。

「ベースボール？」

沖野は眉を寄せて呟いたが、じつを言えば、沖野が通っていた明治学院は学生野球の盛んな校風であり、沖野自身、ベースボールがきらいではない。

森近、平四郎、誠之助、沖野の順で表に出ると、待っていた子供らが飛びつくように駆け寄ってきた。そのまま、

「へーしろー」「へーしろー」

と言って、平四郎の両方の腕にぶらさがる。

「お前ら、無茶すんなや。腕、抜けてしまうやないか」

平四郎はそう言いながら、両腕に子供らをぶらさげて、ぐるぐると振りまわした。子供たちは大喜びだ。

残る三人は、苦笑して顔を見合わせた。

成石平四郎は子供たちに抜群に人気がある。

「はよ行かんと、日ィ暮れてしまうぞ」

誠之助がわざとのんびり声をかけると、子供らはハッとした顔になった。すぐに、平四郎の手を引っ張って、どんどんと道を急がせる。

子供たちのあとをついて歩きながら、誠之助は道々、この日初めて参加することになった森近運平と沖野新任牧師に「熊野地ベースボール」の特別ルールを説明した。

本式の硬い革製のボールではなく、柔らかいゴムボールを使う。手製のバットも〝あり〟。盗塁は〝なし〟。塁を離れたときにボールをぶつけられたらアウト。ただし、学校に上がる前の子供には〝ぶっつけ無し〟。学齢前の子供がバッターの場合は空振りはカウントしない。バットに当たるまで。人数が足りないときは二塁をなくした三角ベース。それから……。

沖野は、小首をかしげて聞いていたが、

「ずいぶん、しっかりしたルールが出来ているのですね」

と感心したように言った。

「それほど熱心なら、子供たちに本式のベースボール道具を買ってあげてはどうでしょう。教会で、募金を呼びかけてみますか？」

「手作りやから、エエんやよ」

誠之助は笑って首をふった。

家の手伝いの合間、日暮れまでの、ほんの一、二時間の子供たちの楽しみなのだ。

アメリカ滞在中にベースボールに親しんだ誠之助には、ベースボールはあくまで娯楽であり、楽しみであった。ところが昨今の日本の新聞を読むと、日本に移入され、野球と名前を変えた途端、ベースボールはあたかも別の何ものかに変わってしまった感じがする。日本の野球では〝血の滲《にじ》むような猛練習〟が尊敬され、〝あくまで真剣勝負〟、〝判定を巡って乱闘騒ぎに発展する〟……。

誠之助にしてみれば、

いい、いい

あほらしい

の一言に尽きる。

熊野地ベースボールの特別ルールは、すべて子供たちの提案だ。子供たちのなかには綿入れの布で作った手製のグラブをもっている者もあるが、捕球の確率は素手とたいして変わりない。そのあたりの平等不平等も含めて、かれらは楽しむために自分たちで試行錯誤しながら独自のルールを考案した。遊びにかぎらず、社会のルールも本来そうあるべきだ、と誠之助は思っている。

誠之助ら一行は、熊野地で待っていた子供たちに歓声をもって迎えられた。

「試合しようらい！」

目をかがやかせて言う子供たちは、すでに今日のチーム分けをすませている。

話し合いの結果、誠之助らは二人ずつ、二組にわかれることになった。誠之助と沖野、森近と平四郎の組分けだ。

早速、試合開始。

誠之助のチームが先攻である。

相手チームのピッチャーは、成石平四郎。平四郎は子供のころから地元相撲大会で活躍するなど運動神経が良く（地元方言で〝はしっこい〟）、ベースボールも器用にこなす。

「ほな、いくぞ！」

平四郎は大きく振りかぶってボールを投げる。実際にはバッターの年齢や技術に合わせて、打ちやすい球を、打ちやすいところに上手に投げてやっている。

「あかん、打たれたー」

大袈裟に頭をかかえる平四郎を見て、子供らは大喜びだ。

熊野地ベースボールに参加した大人のなかで、平四郎は一番の人気者だ——。

誠之助の顔の前を、すいっ、と一匹の蜻蛉《とんぼ》が飛び過ぎた。

周囲に目をやると、砂地のうえをムギワラトンボがすいすいと飛びまわっている。

本州最南端の紀南の暑く長かった夏も、ようやく終わりらしい。

誠之助は飛びまわる蜻蛉に目を細めながら、春以来、新宮を訪れた者たちの顔を思い浮かべた。

思いのほか、大勢の者が顔を出した賑やかな年であった。

まずは平民社の浪人たちが、入れかわり立ちかわり新宮にやってきた。

都々逸《どどいつ》の仲間で、誠之助が上京するさいは家に泊めてもらうこともある松亭翠升（本名、椎橋重吉）も、この夏初めて新宮に遊びにきた。

牟婁新報の社主・毛利柴庵が「熊野めぐり」の途中で新宮に立ち寄り、初めて誠之助と顔を合わせたのもこの夏の話だ。

沖野牧師に成石平四郎、それに森近も。最近は次々と新しい顔触れが新宮を訪れている。

逆に、新宮を去った者たちもあった。

ベースボール道具の本来の持ち主、誠之助にとって甥っ子にあたる西村伊作は、この三月に予定どおり結婚し、その後しばらく川向こうの成川の家に住んでいたが、西村の家を守るもんばあさんの意向で西村の本家がある北山村桑原に夫婦で引っ越していった。近くに住んで居たときはさほど行き来する仲でもなかったが、いなくなってみると、ずいぶん寂しくなった気がする。

七月には、徳美松太郎が『熊野実業新聞』を離れ、滋賀県彦根に移り住んだ。『近江実業新聞』と『明鏡新聞』両紙の編集者・記者として招かれた、というのが表向きの理由だが、実情はやや複雑であった。徳美はもともと熊野地方の実業家たちの代弁者として健筆を期待され、熊野実業新聞に高給で招かれた人物だ。ところがかれは、句会で知り合った誠之助の人柄にひかれ、誠之助が書く〝社会主義的〟な原稿を熊野実業新聞に掲載。また自宅を新聞縦覧所として提供するなどして、誠之助や高木和尚とともに「新宮社会主義三人衆」と（半ば冗談めかす形で）呼ばれていた。雇い主・津田長四郎や熊野実業新聞の株主らは徳美のふるまいをきらい、これに反発した徳美が他所に移ることになった――といったあたりが真相のようだ。

京都人特有の洒脱で複雑な皮肉の使い手である徳美松太郎は、誠之助にとって、この新宮で得難い友人の一人であった。誠之助は、徳美が新宮を離れたあとも、たびたび葉書や手紙で新宮の状況を知らせている。ある葉書では、徳美が去ったあとの熊野実業新聞について、――自分と記者との交際を株主がきらうというので、今後はなるべく原稿をやらぬことにしました。

と書いている。

「わぁー！」

という子供たちの歓声に、誠之助は我にかえった。

見まわすと、いつの間にかすべての塁上に小さな走者が立っていた。

平四郎が、上手に打たせてやったらしい。

次のバッターは、その日参加した子供たちのなかで最年長、熊野地ベースボール一番の強打者だ。打席でバットを構えた恰好《かっこう》からして、ぴたりと様《さま》になっている。

「よっしゃ、いくぞ！」

平四郎はにっと笑い、振りかぶってボールを投げた。これまでとは見ちがえるようなスピードボールだ。

が、バッターも負けてはいない。大きなファールが二つつづき、「今度こそ」と構えたバッターに対して平四郎が次に投じた球は、一転してゆるいボールだった。

その球が、空中でぐにゃりと曲がった。

勢いよく振ったバットがあえなく空を切る。

「何なん、いまの？」

空振りした子供が目を丸くしている。

（へえ、曲がる球《カーブ》かいな）

誠之助は声には出さず、口笛を吹くときのように唇をすぼめた。

曲がる球は、柔らかいゴムボールで投げるぶんにはさして技術はいらない。が、当時の日本ではまだ珍しい。平四郎は東京で見覚えてきたのか？　あるいは、器用な平四郎は自分で工夫したのかもしれない。

次は誠之助が打つ番だ。

誠之助は、子供の一人から手製の竹のバットを借りて、打席にはいった。

「最初から、魔法の球行きまっせ」

平四郎はバットを構えた誠之助に対して得意満面、鼻をこすって宣言した。新披露の魔球を打たれる気は、毛頭ない様子である。

誠之助は――。

じつはアメリカでカーブの打ち方を教わっている。もっとも、もう何年も前の話なので、はたしてうまくいくか、どうか。

平四郎が大きく振りかぶり、腕を振りおろす。

高めに投じられたボールが途中で大きく曲がり、誠之助の肩口から膝元に落ちてくる。

誠之助はアメリカで教わったとおり、球を股《また》のあいだに呼び込み、すくい上げる要領でバットを振った。

ぱかん。

茜色《あかねいろ》に染まりはじめた秋空に、白いゴムボールが高々と舞いあがる。

十六　熊本行

霜月も十日をすぎ、朝夕にはそろそろ綿入れがほしくなった頃。

船町の〝ドクトル大石〟医院の表に「暫《しばら》く休業」と書かれた紙が貼りだされた。

表の道を通る新宮の人たちは貼り紙を指さして、

――またドクトルさんの虫が出よった。

と言って笑っている。

昔から誠之助には、この時期になると「ぶらりと旅に出たくなる」という困ったくせがあった。

夏のあいだ、医院はなにかと忙しい。家庭用冷蔵庫などない時代だ。本州最南端にほど近い新宮の夏は食中毒や伝染病が発生しやすく、傷口は容易に化膿する。だが、秋風が吹きはじめると医者の出番も一段落――となると、誠之助の虫が起こる。どこかに行きたくなる。

誠之助が若き日にアメリカに行ったのも、その後シンガポールやインドに赴いたのも、それぞれ相応の理由はあるものの、一面では「虫が出た」ともいえる。誠之助は熊野川河口近くの川原町の賑わいを愛した。何より、三十分あれば家をたたんで移動できるかれらの〝自由〟に憧れていたようである。

日露戦争中は交通移動が制限され、終戦後も何かとごたごたが続いていたので（講和条約に反対する暴動が全国で起きた）我慢していたが、昨秋は久しぶりに東京に出て、幸徳秋水や堺利彦らと親交を結んだ。

この年、明治四十年の秋。

新宮をあとにした誠之助が意気揚々とむかったのは、九州・肥後熊本であった。

熊本は、誠之助が初めて訪れる土地である。

今回の誠之助の旅には、二つの目的があった。

ひとつは、義兄・井手義久《いでよしひさ》の病気見舞いだ。

井手は、誠之助の二歳上の実姉・睦世《むつよ》の結婚相手で、熊本阿蘇出身。同志社に学び、卒業後、牧師となった人物である。姉・睦世の六歳年上、誠之助とは八歳ちがいということになる。井手と大石家は家族ぐるみのつきあいで、そもそも睦世の結婚は長兄・余平が勧めたものであった。また、井手が広島で牧師をしていたころ、伊作が井手の家に下宿して、そこから広島の中学に通ったこともある。

その後、出身地・熊本の教会にうつった井手は数年前から肺結核を患っていたが「いよいよいけないらしい」というので、新宮の親族を代表して誠之助が見舞いに行くことになった。

もうひとつの熊本行の目的は、熊本女学校に入学することになった義妹（誠之助の妻エイの妹）の〝付き添い〟だ。義妹は「中川のわ（乃和）」という。新宮の士族であったエイの実父・伊熊橘造はエイが六歳のときに死去した。エイの母はその後、大阪で大店《おおだな》の呉服商を営み、かつキリスト教徒でもある中川某の後妻に入って、女の子を生んだ。今年十二歳。エイとは干支《えと》ひとまわりちがう勘定だ。〝姉妹〟は仲がよく、一人っ子ののわはエイを「ねえさん、ねえさん」と呼んで慕い、新宮の家に遊びに来たこともある。

大阪生まれ大阪育ちののわが、故郷を遠く離れた熊本女学校に入学した経緯は定かではない。が、日刊『平民新聞』に「女子大学の真相」なるゴシップ記事が掲載されていたことからもわかるように、当時、都市部における女性の高等教育機関、さらには高等教育を受けた若い女性に対して、世間ではあたかもいかがわしいものでも見るような雰囲気があった。のわの両親は、聡明なわが子に高い教育を受けさせたいと思う一方、都市部の女学校に通わせたのでは周囲の者たちから妙な影響を受ける恐れがある、中央から遠い肥後熊本――言い換えればいなかの全寮制の女学校であれば都市部の女学校に通わせるような悪影響はあるまい。そう考えた末の決定だったのではないか。無論、熊本女学校が掲げる教育方針に賛同したためでもあったのだろう。

誠之助は大阪の中川の家に一泊。翌朝、のわの両親や店の者から盛大な見送りを受けて汽車に乗り、一路西に向かった。

明治五年、新橋横浜間をはじめて往復した日本の鉄道は、その後またたくうちに全国に延びていった。東海道から山陽道、さらに九州へと鉄路が延び、明治二十四年には博多熊本間が開通している（誠之助が熊本を訪れた翌年に新聞で連載がはじまる夏目漱石の長編小説『三四郎』は、主人公が熊本から上京する汽車の中の場面で幕をあける）。

早朝、大阪駅を出る汽車に乗った誠之助とのわは、翌日の午後に熊本駅に到着した。距離にして、およそ七百五十キロ。鉄道開通以前は考えられない時間の流れだ。だからこそ、大阪の中川家の者たちは大事な一人娘を熊本の女学校に入学させることにしたともいえる。

誠之助が義妹を連れて到着した十一月十五日の熊本は、黒い雲が低く垂れ込め、小雨まじりの生憎《あいにく》の天候であった。

駅で人力車を雇い、ひとまず女学校にむかう。

義妹を連れて女学校にむかう道すがら、幌《ほろ》をおろした人力車の中から外を眺める誠之助の目に、初めて見る熊本の風景はひどく暗いものに感じられた。

天候のせいもあるのだろう。雨に濡《ぬ》れた地面が墨のように黒々として、まるで光を吸い込んでいるかのようだ。熊本は、いちめん黒い火山灰土の土壌であるらしい。

さらに言えば、辺りを睥睨《へいげい》するかのごとく町の中心部にそびえ立つ熊本城の威容のせいでもあった。

上体をかがめ、幌の下からそぼ降る小雨ごしに熊本城を見あげた誠之助は、一瞬、己が生まれる前の旧時代に入り込んだような気がした。日本国中を見わたしても、これほど実戦向きの城はこんにちほかに見当たるまい。誠之助の地元の新宮城などは、とっくの昔に城楼がすべて取りはらわれ、わずかに城壁を残すのみだ。諸国でも、事情はおよそ同じようなものだろう。

熊本城も建造物の多くは失われ、城壁を残すのみ——。

なのだが、熊本城がこのような姿になった事情はほかとはまるで違っている。

これより三十年前、明治新政府の方針に異を唱える薩摩士族軍一万三千人余が熊本に押し寄せた。西郷隆盛を首領とする彼らは、熊本通過を要求。熊本鎮台総司令官谷干城《たにたてき》がこれを拒否したことで、両軍の間に火ぶたが切られた。

世にいう西南戦争だ。熊本城に立て籠もった明治政府軍に対して、当時最強を謳《うた》われた薩摩軍は総攻撃を何度もくりかえすが、熊本城は難攻不落、五十二日間の籠城に耐え、援軍到着まで反政府軍の攻撃をしのぎ切った。

結果として、これが勝敗の分かれ目となる。

田原坂《たばるざか》十七日間の激闘の末に薩摩軍は退却。西郷隆盛の自決をもって反乱軍は鎮圧された。

西南戦争の結果如何によっては、薩摩士族を中心とした第二の維新となっていた可能性もなくはない。

肥後熊本一帯は、西南戦争の主戦場となった。激戦の地・田原坂は熊本市の北、木葉《このは》から植木に通じる街道上の坂道のことである。

戦乱のなかで、熊本城の主要な建物は焼け落ちた。

明治新政府の威光を恐れた地元住民が、自らの手で取り壊した諸国の城とはわけがちがう。そのせいであろう、〝建造物の多くは失われ、城壁を残すのみ〟となったいまでも、熊本城にはあたかも町を睥睨しているかのごとき威圧感がただよっている。

あるいはまた、筑紫海（現在の島原湾。内海）に面した熊本は、目の前に太平洋を望む新宮から来た誠之助にはどこか内陸地のような息苦しさが感じられたのかもしれない。

熊本女学校に到着した誠之助は、早速学校関係者に会って入学手続きをすませた。寮に入る義妹とはそこで別れ、学校前に待たせておいた人力車に乗り込んだ。誠之助は、ほっと息をついた。親子ほども年の離れた義妹を預かっての道中は、誠之助にとっても責任重大な、気の張る役目であった。ようやく肩の荷をおろした感じだ。

誠之助は座席に深くもたれ、頭をシートにつけて、ふう、と大きく息を吐いた。

まだもうひとつ、気の張る役目がのこっている。座席から身をおこし、

「熊本市内、新屋敷《しんやしき》の井手の家、いうたらわかるかいな？」

と、いったん車夫に行き先を告げたあと、思い直して、

「その前に、一か所、寄ってもらいたいとこがあるんやけど……」

上着のポケットからメモを取り出し、住所を読みあげた。

「新町一丁目九十五番の『評論社』に、先に頼むわ」

走りだした人力車の幌の下から覗くと、さっきまで降っていた小雨はいつのまにかやんで、雲のあいだから薄日がさしはじめていた。


——いよいよいけないらしい。

と姉が様子を知らせてきた義兄は、しかし、見舞いに訪れた誠之助の予想に反して存外元気であった。

なるほど、以前会ったときと比べてやせたのは否めない。が、寝たきりというわけではなく、きちんと服装をととのえ、起きて誠之助の到着を待っていた。

「誠之助《あんた》が来るいうんで、昨日から張り切っとるんやわ」

と、姉の睦世が困ったような顔で苦笑した。

聞けば、義兄は前日から障子をはりかえたり、手水鉢《ちょうずばち》の水をかえたり、新しい手ぬぐいをかけたりと、大騒動であったという。

その夜、誠之助は久しぶりに義兄と姉の三人で食卓を囲んだ。阿蘇の井手の実家から送ってきた今年の新米の炊きたて飯は、びっくりするほど美味しかった。

「アネが太るわけや」

誠之助が真面目な顔でそう指摘すると、義兄は声をあげて屈託なく笑った。睦世も「また、アホなことばっか言うて」と文句を言いながらも、目が笑っていた。夫の具合がよいのが、よほど嬉しいのだろう。

勧められるまま、誠之助は三杯もお代わりをした。義兄も姉も、誠之助が新宮から持参したタカナの漬物やサンマの干物の焼いたのを、うまい、うまい、と言って食べた。

食事のあいだ、誠之助はそれとなく窺ったが、義兄の病状は以前とあまり変わらない感じだ。

「アネの、心配しすぎやわ」

食事のあと、二人きりになった機会を見はからって、誠之助は姉の睦世に小声で言った。

「慌てて飛んできて、損した」

「ひところは、ホンマに悪かったんやよ。あんたが来るいうんで、張り切っとるのやわ」

姉は眉を寄せ、誠之助の冗談にやはり小声でこたえた。

「そんな張り切っとったら、あとでエラい目にあうで、言うとるんやけどなぁ」

小首をかしげた睦世は、まだ半信半疑の様子である。

翌日の午後。

新屋敷の井手の家を二人の人物が訪ねてきた。

誠之助に会いたいという。

客間のテーブルを借りて新聞を読んでいた誠之助は、姉が持ってきた名刺を見て、おっ、と小さく声をあげた。

受け取った二人の名刺と、読んでいた手元の新聞を交互に見くらべる。

松尾卯一太《まつおういった》と新美卯一郎《にいみういちろう》。

来客の二人は『熊本評論』の代表者だ。

誠之助はまさに熊本評論の最新号を読んでいる最中であった。

この年六月。発刊の辞に「自由」を掲げて創刊された熊本評論は、毎月五日と二十日の月二回刊行。縦三十九センチ、横二十六・五センチ。新聞四つ折りの大きさだ。八ページ立て。題字を鮮やかな赤で刷り出し、論説、論談、時事評論のほか、地元記事がふんだんに掲載された、特徴ある紙面づくりとなっている。

熊本への出立直前、誠之助は堺利彦から「熊本で面白い新聞が出ている」という手紙を受け取っていた。

前日、熊本女学校で義妹の入学手続きをすませたあと、

——熊本に行くのなら、チョット寄ってきては如何か。

という堺の手紙の文言を思いだし、気が重い義兄の見舞いのまえに、熊本評論社に立ち寄ることにした。

そのときはあいにく、社の主《おも》だった者たちはみな出はらっていて留守であった。

予告なしでの訪問なので、これはまあ、やむを得ない。

誠之助は一応、名刺を置いてきた。

その後、覚悟を決めて見舞いに来てみると、義兄は思いのほか元気そうであった。姉をどう慰めたものか、内心困っていたので、誠之助はひとまず胸をなでおろした。

（これなら暫くは大丈夫だろう。せっかくなので、熊本滞在中に機会を見て、もう一度評論社を訪ねてみよう）

と思っていたところだ。

名刺の裏に熊本での滞在先を書いてきたが、まさか向こうから訪ねて来るとは思ってもいなかった。

誠之助は奥の部屋に目をむけた。

義兄の顔を、今日はまだ見ていない。姉は「ちょっと疲れたみたいやわ。ほら見てみぃ。張りきり過ぎやいうてたのに」と苦笑していたが、どんなものだろう？

誠之助はあごひげを指でちょいとひねり、新聞を畳んでテーブルの上に置いて、客人らに会いに玄関にむかった。

誠之助はそのまま井手の家を出て、二人の客人とともに表の道を歩き出した。

玄関に出た誠之助が「病人があるので」と告げると、二人はすぐに心得た様子でうなずき、「では、評論社にご案内しましょう」

自然な流れでそうなった。

ふりあおぐと、いつのまにか雲が去り、前日の陰鬱な天候がうそのような、気持ちのよい秋晴れの空がひろがっていた。となれば不思議なもので、町の印象も〝暗い〟というよりは、むしろ落ち着いている感じだ。

右手に熊本城を望みながら、新屋敷の井手の家から武家屋敷がつづく城下町・新町の評論社までおよそ三キロほど。歩くのにはよい季節である。

行きがかり上、歩きながらの自己紹介になった。

驚いたことに、二人の熊本人は誠之助のことをよく知っているという。

といっても、会うのはむろん初めてだ。かれらは誠之助が『平民新聞』や、堺が主宰する『家庭雑誌』に寄稿した文章をいくつも読んでいた。

「平明な文章とユニークな論点に、いつも感心しながら読ませてもらっています」

「ユーモアが、よいですね。読者に読んでもらうには、やっぱりああじゃないと」

誠之助は片手を頭のうしろにやり、ごしごしとこすった。遠い熊本で自分の文章についての感想を聞くのは、嬉しい反面、なんだか尻こそばゆい気分だ。

熊本評論を代表する二人、松尾と新美は「卯一太」「卯一郎」の名前が示すとおり、二人とも明治十二年の卯（兎）年生まれだ。誠之助も干支ひとまわり上の卯年生まれ。妙な話だが、それだけで何となく親近感をおぼえた。

色白、すっきりとした顔立ちの松尾は、熊本市の北に位置する玉名郡生まれ。実家はそうめん製造業を営む裕福な地主で、卯一太自身、二十八歳の若さにして〝九州屈指の規模の洋式養鶏場〟を経営する実業家であった。松尾は熊本評論創刊に先立ち、『九州家禽雑誌』なる雑誌を自ら編集・発行している。

一方、襟足《えりあし》を長く伸ばした独特の長髪が印象的な新美は、『鎮西日報』『九州日日新聞』『熊本毎日新聞』などで記者経験がある。日露戦争では徴兵され、要塞守備兵として従軍していた。

復員後、熊本毎日新聞にもどって記者をしていた新美に松尾が声をかけ、二人が中心となって熊本評論を立ちあげた。

二人は子供のころからの付き合いだ。

松尾の、質朴《しつぼく》ながら理知的な話しぶりには、どんな相手にも自ら胸襟を開いてみせる度量の大きさが感じられる。

一方の新美は、世の中にこんな人物があるのかとちょっと信じられぬほど、涼やかな人柄の好青年であった。一言ひとことが相手の心に染みとおるような話し方をする。

誠之助は少し話しただけで、干支ひとまわり年下の二人の青年に好感を抱いた。

誠之助はこれまでにいろいろな場所で、さまざまな人たちと会ってきた。だが、この二人は、熊野でも東京でも、また誠之助が若いころ滞在したアメリカやシンガポール、インドでも出会ったことのないタイプだ。最近知ったなかでは森近運平に雰囲気が似ている。森近より、さらに間口《まぐち》が広い感じだ。

二人に案内されて、誠之助はあらためて評論社を訪れた。

評論社は「社屋兼編集室」ということになってはいるが、実際は「四畳半の玄関に十畳の応接間、六畳の編集室と同じく六畳の茶の間と台所があるばかり」(『熊本評論』第一号)で、要するに一般の民家を借り受け「評論社」の看板をかかげただけの建物だ。社屋には、松尾や新美はじめ、編集部員数名が常時泊まり込んでいたから合宿場も兼ねていたことになる。

ひととおり編集部員を紹介され、挨拶を交わしたあとは早速社で歓迎会となった。

〝鶏《とり》を割《さ》いて夕食を共《とも》にし、(評論社同人) 隈永君の宅より馳走来《きた》る〟

という豪快な歓迎ぶりだ。酒はむろん焼酎である。

「ドクトル大石の来熊《らいゆう》を記念して!」

松尾の乾杯の音頭に、誠之助は思わず片頬に笑みをうかべた。

じつは、熊野地方でも同じ言い方をする。

熊野から熊本に来て来熊。卯一太に卯一郎、おまけに自分も兎年だ。

（動物ばっかりやな）

そんなふうに考えて、にやにやしていると、

「何か、面白いことでもありましたか？」

と松尾に訊《き》かれた。

面白い、かどうかは微妙なところだ。

「熊」はいずれも「隈《くま》」が転じたものだろう。「隈取《くまど》り」の語が示すとおり、中央から遠い僻地の意味だ。中央から遠い場所で「兎」たちが跳ねている。

平和でのどかな光景だが、革命とはほど遠い。

もっとも「熊」の文字を当てられたことで、僻地は一転、中央に反逆する猛々《たけだけ》しい力を得た。ふだんはおとなしい兎も、追い詰められれば猟犬を蹴殺すこともある。

誠之助はちょっと首をかしげ、松尾に別のことをたずねた。

「ドーアルキャー」

と題した欄《コラム》が熊本評論にはある。

面白い言葉だが、いったいどういう意味なのか？

「ドーアルキャーは、肥後方言です」

松尾は軽くうなずき、誠之助の質問に丁寧に答えてくれた。

「直訳すれば『どうなっているのか』なのですが、勢いや強さという点ではむしろ『やっつ

けろ！』に近いと思います。『ドーアルキャー』＝『どうなっているのか』＋『やっつけろ！』といった具合ですね」

といわれてもイメージができず、眉を寄せていると、かたわらから新美が顔をだし、肥後に伝わる俗謡を節《ふし》をつけて歌ってくれた。

ドーアルキャー、ドーアルキャーにや、清正公《せいしょうこう》さんも勝たつさん

歌の意味は、

〃虎退治で有名な加藤清正《きよまさ》公も、肥後のドーアルキャーには勝てやしない〃

だという。

なるほど、それなら良くわかる。大阪人が使う「どないなってんねん」に近い感じか。「勝たつさん」は強さのある方言である。

ドーアルキャー欄は新美の発案だという。

「せっかく熊本で出すのですから、何かひとつくらい、ワッといわせて、ドッとくるような、地元ネタを掲げたいと思ったのです」

にこにこと笑みを浮かべてそう言う新美は、純情無垢、いっそ可憐と表したくなるほどの話しぶりである。

肥後（熊本）は、江戸時代をつうじて幕府の仮想敵国・薩摩の抑えを期待された土地柄だった。

他国では築城がきびしく制限され、取り壊しが基本とされるなか、江戸幕府は熊本城に対してはわざわざ改築の資金を提供している。この一事からも、肥後の特殊性が窺えよう。

幕末においても、肥後は当然のごとく反薩摩（佐幕）の立場であった。

慶応四年（一八六八）、薩長を中心とする〝官軍〟が徳川幕府連合軍を下し、明治新政府が成立する。

熊本出身で、まさに明治維新の年に生まれた徳冨蘆花《とくとみろか》（誠之助の一つ年下）がのちに、

――熊本の維新は明治三年からはじまった。

と書いているように、熊本は維新に乗り遅れた。

明治三年、熊本では旧主派が一掃され、「実学党」と呼ばれる者たちが実権を握った。殖産興業、富国強兵を是とするかれらの利害は、明治新政府の方針と合致する。

明治十年の西南戦争は、熊本にとっては失地回復の格好の機会であった。

主戦場となった熊本では実学党の者たちが中心となり、明治政府（官軍）方について戦った。

薩摩士族軍が敗れ、官軍が勝ったことで、肥後人の中央での栄達の道がひらけた。今日《こんにち》ふ

うの言葉でいえば「勝ち組」の一員になったわけだ。

明治二十年、東京、仙台、京都、金沢に続いて熊本に第五高等学校が設置される。俗に「ナンバースクール」と呼ばれるもので、これによって地方の優秀な者たちが東京帝大に進み、官僚となるレールが敷かれた。東京（中央）による地方収奪制度のはじまりだが、当時はそこまでは意識されていない（ロンドン留学前の夏目漱石も熊本五高に教員として招かれ、英語を教えている）。

明治二十二年、熊本「国権党」設立。「国権の拡張（帝国主義）」をスローガンとする国権党は日露戦争を機に勢力をひろげ、熊本議会で他を圧する議員数を得た。

誠之助が訪れた当時、熊本政界では「国権党にあらずんば人にあらず」の雰囲気が支配的であった。

そんな中、あえて「自由」を掲げて創刊されたのが熊本評論だ。

松尾や新美は、誠之助の文章の「ユニークな論点（目の付け所）」や「（皮肉な）ユーモア」を褒めた。逆に二人の若者は、誠之助が驚いたほど、素直で、まっすぐな文章を書く。かれらがそのまっすぐな筆で熊本評論紙上にとりあげるのは、熊本県下の政・官・財・学・言論各界の名士たちの赤裸々な姿だ。熊本評論は、熊本の名士たちの不正、謀略、変節、悪行を、恐れを知らぬ文章で次々に暴露した。「よくぞ言ってくれた」「いまさらながら紳士連中の正体がよくわかった」「これからも、どしどしすっぱ抜いてもらいたい」といった快哉を叫ぶ読者からの投書が送られてくる一方、俎上に乗せられた県下の有力者たちは烈火のごとく激怒。かれらはただちに裁判所に訴え出た。

裁判の結果、熊本評論に対して「誹毀《ひき》罪及び官吏侮辱罪」が適用される（明治八年に発布された「讒謗律《ざんぼうりつ》」は、権力者を公衆に対して公然と誹《そし》ることを禁じ、しかもその誹ることたるや、事実の根拠があろうがなかろうが犯罪であると規定されていた）。

創刊号で「発行兼編集人」「編集人」を引き受けた新美が、早速「重禁錮一ヵ月、罰金五円」に処された。以後熊本評論の「編集人」「発行人」は編集部員の持ちまわりとなっている――。

といった話を聞いて、誠之助は、松尾・新美両名ならびに歓迎会に顔を連ねた熊本評論の若き編集部員らに対する印象を改めた。

ここにいるのは、単に〝人格涼やかな好青年たち〟ではない。かれらはすでに地元の権力者や有力者らの反感をかい、訴えられ、禁錮刑にまで処されているのだ。同じ「熊」の文字を用いながら、熊本は熊野より、現状はるかに言論の取り締まりが厳しい土地柄のようだ。

この熊本で、

「ドーアルキャー」＝「どうなっているのか」＋「やっつけろ！」

を標榜する新聞を刊行しつづけるのは、なまなかな反骨精神で務まることではない。

その一方で、熊本評論には熊本市内の醤油醸造業者、書店、運送、薬品、酒類、呉服、洋服、各種卸業、弁護士などの広告が、毎号必ず一頁以上確保されている。

新聞が地元の人たちから乖離《かいり》することなく、支持されているということだ。

地方の新聞雑誌の編集・経営方針は、往々《おうおう》にして中央指向になりがちだ。が、熊本評論はちゃんと地元に根をおろした活動をつづけている。

(肥後人とは、あるいはこういう者たちのことをいうのか)

歓迎会の席で、陽気かつ豪快に強い酒(焼酎)を飲む若者たちを眺めながら、誠之助は内心舌を巻く思いであった。


誠之助はさらにもう一日義兄の家に滞在し、十八日午前十時発の列車で熊本をあとにする。

熊本駅には、熊本評論の編集部員が総出で見送りに来てくれた。

二日後に刊行された熊本評論第十一号に、このときの様子が掲載されている。

誠之助の人柄について、

「(ドクトル大石は)実に温厚篤実《おんこうとくじつ》の君子にして、また英気凜たり。その語るや切切懇懇、情理至り尽して、一見離れ難きの思いあり」

と記した文章は、署名はないが、おそらく松尾の筆であろう。

熊本行の帰途、誠之助は大阪と神戸に立ち寄り、森近運平や、ちょうど居合わせた荒畑寒村らとともに演説会に参加している。

新宮帰着は十一月末。

それから二週間ほど経った十二月十一日、誠之助は一通の電報を受け取った。

差出人は、熊本在住の姉の睦世。

電報には、義兄・井手義久が死去した旨が記されていた。

誠之助は受け取った電報を片手に持ったまま、空いた手で短く刈り込んだ己の頭をぐるりと撫《な》でた。

結核の終末期には、あたかも回復したかのように見えることがある。しかし、それにしてもである。

医者《ドクトル》を名乗りながら、とんだ見立てちがいだ。

――人の命はつくづくわからない。

誠之助は大いに反省した。

十七　牟婁新報新宮支局

明治四十一年元旦刊行の『熊本評論』新年特別号に、

「国体論《こくたい》」

と題する寄稿文が掲載された。

寄稿者は「祿亭生《ろくてい》」。誠之助の筆名のひとつである。

――この問題について世俗の迷妄を解かんがため、少しく国体に関する意見を述べてみようと思う。

と、当時世間で取り沙汰されていた「国体問題」について平明な文章で論点を解説。問題の本質を鋭く指摘し、ときに諧謔、ときに反語的レトリックを駆使して、誰にでもわかる、すっきりとした論旨で書かれた文章は、その後わが国で数多《あまた》著された「国体論」と比べても出色のできといえよう。

誠之助の「国体論」は同月二十日と翌二月の合計三回にわたって熊本評論に掲載され、読者諸氏のあいだで大いに評判となった。

前年末に熊本を訪れたさい、熊本評論同人から予期せぬもてなしを受けたことへの返礼の意味もあったのだろう。あるいは誠之助の側でも、松尾や新美らに対して「一見離れ難き思い」があったのかもしれない。発表媒体をもっぱら新聞雑誌とする誠之助の文章としては、分量的にも内容的にも、これほどまとまったものは珍しい。誠之助自身、いつにもまして背筋を伸ばして書いている印象だ。

せっかくなので、少し詳しく見てみたい。

そもそも、当時世間で取り沙汰されていた「国体問題」とは何か？

議論の発端は、前年夏に元帝国大学総長・加藤弘之博士が学士院に提出した『吾国体と基督教《キリスト》』なる論文だった。加藤はこの論文で「仏教やキリスト教は日本の国体と相入れない」と主張。「天皇を中心とする家父長制こそが日本の国体」であり、これは「全く世界万国に絶えてない所の無比のものである」と断じた。

これに対して、当然ながら、仏教やキリスト教などの宗教界から反論がわきおこった。が、かれらの論点は「日本の国体と（我が）宗教は矛盾するや否や」に終始し、加藤がいうところの「国体」そのものを問う議論には発展しなかった。

この後日本が辿る言論封殺の歴史をふりかえれば、まさに分岐点ともいえる一大事件――のはずだが、当時発表された関連論文にいくら目を通しても、反論する側の奥歯にものが挟まったような物言いが妙にもどかしく感じられるばかりだ。

誠之助は、さすがと言うべきか、この問題の重要性と深刻さを理解している。と同時に、加藤の論調に付き合う者たちの反論方法では、およそらちが明かないことも見抜いている。

日本の国体論は、宗教と政治体制の両面を併せ持った鵺《ぬえ》のごとき代物である。往々〝曖昧《あいまい》なるものを、さらに曖昧な言葉で〟語ることになりがちだ。よほど腰を据えてかからないと、議論はすぐに論理の道筋を外れ、情念の泥沼にひきずりこまれてしまう。

誠之助はまず、

「学者として既に骨董《こっとう》の部類に入るべき加藤氏の所説に、かほど世の注意を引く力があるは何故かといえば、我国には一方に於《お》いては国体の陰に隠れて自分の敵を狙撃せんとする卑《ひ》怯《きょう》な論者があり、また一方において国体を一種の偶像として是《これ》に触れることを恐れる臆病《おくびょう》な学者があるためだ」

と指摘する。

『吾国体と基督教』の筆者、加藤弘之は天保七年（一八三六）生まれ。元大目付勘定頭。幕府方の要職にあった人物だ。維新直後は天賦人権論と共和制を唱え、幕府内の開明派として新政府の重職に収まった。が、十年を経ずして自ら唱えた天賦人権論を否定、民撰議院設立にも反対した。その後、帝国大学総長、貴族院議員、枢密顧問官、帝国学士院院長などを歴任している。

経歴を見るかぎり、典型的な日和見《ひよりみ》主義者、御用《ごよう》学者の感が否めない。この年七十二歳。

誠之助は、老加藤の論調にはまともに付き合わない。

「我が国体は世界中ほかに類がないから貴いとか、一番長く続いているから有り難いというような説を立てる者があるが、もし今後地理や歴史の探求が進んだ結果、あるいは我が国と同じ体制をもつものがほかにあり、あるいはより長く続いたものがほかにあることを発見されたならば、その時は日本の国体がいたく価値を落とし、失望することになりはしないだろうか？」

と、もったいぶった顔つきで首をかしげ、心配してみせる。相手にしないことで、逆に加藤論文の学問的〝底の浅さ〟を暗に指摘する作戦だ。

誠之助はあくまで歴史的、科学的事実をもとに議論をくみたてる。

「かれらが古い古いといって鼻にかける二千五百有余年も、人類発生後の何十万年という月日からみれば誠に短い間である。そもそも我が国には今から千二、三百年以前には確かな暦《こよみ》がなかったわけだから、二千五百有余年の日本の歴史はおおよそ半分を云《い》わばエィ加減に拵《こしら》えたものということになる」

と、一足飛びに問題の核心に切り込み、予想される感情的な反対意見に対しては、

「近ごろは政治経済宗教社会等について多少変わった説を立てる者があれば、すぐにこれを国賊とし、非国民として排斥する風潮がある。しかしながらよく考えてみると、人が自分の家を愛し、自分の国を愛するということは、ことさらに云わずとも知れきった話であ

って、ことごとしく鼻にかけずともの話である」

と軽く手をふって、これを退ける。誠之助はすぐに続けて、

「そもそも過去や経歴を鼻にかける、広告するなどというのは、自分に自信がない者がすることだ」

と言い、そんなことより、

「今日《こんにち》のように借金をしてまで軍艦を造るような国家がなくなり、国体を笠《かさ》にきて貧者と弱者を虐《しいた》げる貴族富豪が全滅してしまえば、それでこそ我が国体の進化というべく、是《これ》やがて全ての人類が望むところの理想的新社会となるのである」

と、未来を展望してみせる。

誠之助の国体論は、そっくりそのまま現在《いま》の日本でも通用する。

見事というほかあるまい。

誠之助の寄稿に『熊本評論』同人は舌を巻き、手を打ってよろこんだ。

——これが、あのひげのドクトルさんの文章か。

松尾と新美は顔を見合わせた。

二人がこの論文を境に、誠之助に対して「温厚篤実の君子」「一見離れ難き思いあり」とはまた別の感想を抱いたのは間違いない。

この年、誠之助はじつに精力的に活動している。

誠之助が、新宮浄泉寺和尚・高木顕明とともに「虚心会」と名づけた新平民との談話会をはじめた経緯は先に触れた。

談話会の参加者は、最初は浄泉寺の檀家の者たちが中心であった。が、そのあと回を重ねるごとに新宮における差別や偏見の問題だけにとどまらず、世の中一般の貧困問題について話し合われることが多くなった。

誠之助は浄泉寺での談話会に毎回欠かさず顔を出し、求められるまま話をした。

誠之助の話しぶりは独特だ。例えば、

――我らは断固として増長すべきである。

と開口一番断じて、集まった者たちのどぎもをぬく。そして、

「世の中には我々を、不平ばかり言っている、と非難する者がある。だが、我々は不平論者をもって自らを任じて、いっこうに差し支《つか》えないのである。そもそも少数の資本家、金持ち連中が王侯貴族をも凌《しの》ぐ贅《ぜい》の極みを尽くしながら、我々労働者をして貧窮の状態に満足しろというのは、およそ沙汰《さた》の限りと言わねばならぬ」

「我々は金持ち連中が試みる慈善や優遇や救済を信頼する者ではない。さりとて、呉《く》れるのは断るには及ばぬ。我々は取れるだけの利益は、いかなる形でもこれを取るべきである。我々には、こんにちの資本家、金持ち連中と対等の地位にのぼるまで増長してよい権利があ

る。否、我々にはむしろ断固増長せねばならぬ義務がある」

と言って悪びれない。

我慢は美徳ではない。

断固増長すべきである。

封建主義的価値観が強くのこる明治の世で、常識をくつがえす誠之助の話ぶりは談話会に集まった者たちを驚愕させた。と同時に、かれらは目からうろこが落ちる思いであった。ほどなく、

――浄泉寺談話会でのドクトルさんの話は、面白い。

という噂がひろまる。談話会には、浄泉寺の檀家のみならず、社会問題に関心をもつ多くの者たちが顔を出すようになった。

誠之助はまた、新宮基督《キリスト》教教会で新任の沖野牧師が毎週開催する「土曜講話会」にも欠かさず顔をだした。

ここでも誠之助は、沖野牧師に請われるまま壇上にあがって話をした（新任の沖野牧師は良心的な人物であったが、残念ながらかれの話は生真面目《きまじめ》すぎて、面白いというわけにはいかなかった）。

新宮教会の土曜講話会はおもにキリスト教信者の集まりだ。誠之助は聴衆にあわせて話を工夫し、たとえば聖書から、

——汝《なんじ》、もし供物《くもつ》を携えて祭壇に行きたるとき、そこにて兄弟に恨《うら》まるることを思い出さば、その供物を壇の前に置いて、まずは行きて汝の兄弟と和解せよ。しかる後に来たりて、汝の供物を捧げよ。

と「山上の垂訓《すいくん》」の一節をひき、そこから、

「キリスト教信者は、ただ祈るばかりではなく、神に供物を捧げる前に現実社会の問題の解決につとめなあかん。聖書がそう言っとる」

といった具合に論をすすめた。

誠之助独自の解釈をくわえた説教は、ときにユーモアを交え、聴衆の笑い声に驚いたカラスが、教会の屋根からいっせいに飛びたつほどであった。こちらもずいぶん話題になり、別の町の牧師が遠路はるばる聞きにきたくらいだ。

講話会、談話会、座談会、勉強会、演説会。

誠之助は、声がかかれば気軽に出かけていって話をした。

この年、誠之助はまた、多くの文章を書いて新聞や雑誌に寄稿している。

元旦の『熊本評論』に掲載された「国体論」を皮切りに、紀州田辺で刊行されている『牟婁新報』にはひきつづき、森近運平主宰の『日本平民新聞』（前年十一月に『大阪平民新聞』から名前が変わった）や、かつての〝新宮社会主義三人衆〟の一人・徳美松太郎が移籍した彦根の『日出新聞』、女性社会主義者の草分けである福田英子が主宰する『世界婦人』

にもしばしば文章を寄せている。『東北評論』といった、これまでは付き合いのなかった新聞や雑誌からも寄稿の依頼が舞い込むこともあった。

そのほかにも太平洋食堂に近所の子供らを集めて「うまいもの食いの会」を開かなければならない。貧しい者たちに声をかけて無料の「うまいもの食いの会」も、これはあまり大っぴらにではないが、続けていた。

以上は、いわば社会主義者《ソシアリスト》としての活動であって、誠之助の本業はあくまで医者である。

この年の春から夏にかけて、新宮では病人や怪我人が例年になく多く出た。

新平民部落への訪問診療もおこなっている。

目が回るような忙しさだ。

もっとも、誠之助自身は少しも忙しそうにしていない。相変わらず飄々《ひょうひょう》としたもので、子供らの熊野地ベースボールにまでつきあっている。

周囲の者たちは、

(いったい、どないなふうにして時間のやりくりをしとるんやろ?)

と首をかしげるばかりだ。

例年より長くつづいた梅雨の季節(はらいいたの患者が多く、医者は何かと忙しい)もようやく終わり、七月に入っていよいよ夏本番となった頃。

誠之助に、さらにもう一つ、別の依頼が舞い込んできた。

牟婁新報新宮支局を引き受けてくれないかという。

依頼してきたのは、牟婁新報の主筆兼社主・毛利柴庵だ。

毛利とは、昨年夏、新宮ではじめて顔を合わせた。

文章を通じてお互いを知る二人は、初対面ながら旧知のごとく打ちとけ、毛利がそのまま誠之助の自宅に顔を出したくらいだ。

このとき二人のあいだを取りもったのが、成石平四郎であった。

熊野川上流の請川村出身、二十六歳になる成石平四郎は、新宮の子供たちばかりでなく、同輩や年長者からも不思議な人望がある。

平四郎は、もとは牟婁新報の読者・寄稿者の一人で、筆名は「蛙聖《あせい》」。

毛利柴庵は、田辺でかれに会ったときの印象をこう記している。

「蛙聖（成石平四郎）はこのあいだまで東京にいて中央大学とか何とかいう法律学校を卒業し、権利がドウのこうのというイヤらしい書を覚えてきたのだが、人間は至極《しごく》正直で何となく愛らしい男なり。到底裁判官や弁護士になって貧乏人や正直者を困らせる悪人にはなれそうもない人物である。多くは語らぬが、赤門（帝大）出身の法学士どもを鼻の先で吹き飛ばすほどの価値はあろうと思う」

小なりとはいえ自ら新聞社を主宰する毛利は、一部の者たちから政治家、寝業師《ねわざ》などと陰口を叩かれる、一筋縄ではいかない人物だ。その毛利にしては珍しい、手放しの褒《ほ》めようである。

森近運平も、新宮に誠之助を訪ねたさいに成石平四郎と顔を合わせている。森近は平四郎が法学校を卒業しながら法律の職に就かなかった理由について、

「法律学校を卒業して得たものは、法律とは強者が勝手に定めて、弱者に向かって強行するものだという認識であった。それ故《ゆえ》僕は社会主義者になった」

と答えたのにいたく感心し、のちに『日本平民新聞』で、

「法律学を研究する青年は数万人もあるが、これだけ明瞭に之を理解し得る者が果たして幾人あるか。思うに成石君は労働した人であって、一般学生はその手が役に立たぬ者であるからだ」

と、こちらもずいぶんな惚《ほ》れ込みようだ。

当時の写真を見ると、成石平四郎は目鼻のはっきりとした、なかなかの美男子である。当然のように、若い女性にもも
てた。

中央大学卒業後、熊野に戻った平四郎はしばらくのあいだ新宮に仮の住まいを定め、教会の礼拝に参加したり、子供らにせがまれて野球を教えたり、「自助《じじょ》」と名づけた猫を飼ったり、あるいは誠之助の講演会にも顔を出して社会主義関係の書物を借りたりしていたが、秋

頃からふっつりと顔を見せなくなった。どうしたのかと心配していると、熊野川を往来する「船師」になったという話をよそから聞いた。

当時、熊野川沿岸地域では団平船《だんぺいぶね》と呼ばれる川舟が物資ならびに人を運ぶ主な手段として用いられていた。

新宮への「下り舟」では高級木炭（所謂〝備長炭〟）はじめ、名産の音無紙、杉皮や檜皮《ひわだ》、木地物曲げ物、葛《かずら》類、樟脳薬草その他、熊野川上流で産出されるさまざまな品が運ばれ、逆に新宮からの「上り舟」は米、塩、酒、日用雑貨に人を加えたものが積み荷となる。

（大丈夫かいな？）

話を聞いて、誠之助は首をかしげた。

熊野川を行き来する団平船には、通常一隻に二人の船師がつく。「下り」では、前と後ろでそれぞれ棹《さお》と艪《ろ》を使って舟をあやつる。一方「上り」では、二隻の舟をもやいにして、一人が舟をあやつり、残る三人が体に綱をたすきにかけて舟を曳《ひ》いて川を溯《さかのぼ》る。

荷物や人を乗せた丈《たけ》六間（十メートル強）、幅一間（二メートル弱）ほどの団平船を、水量の多い熊野川の流れに逆らって遡上させるためには、曳き手は体を地面と平行になるほど倒し、ほとんど四つ這《ば》いになって、掛け声とも悲鳴ともつかぬ声をかけながら全身で綱を引っぱらねばならぬ。恐るべき重労働だ。夏のあいだはまだしも、舟に三枚の帆をあげ、海から吹く南風《まで》を受けて帆走することも可能である。が、風が使えない冬場の船曳きは言語に絶する激しい肉体労働となる。『ヴォルガの舟曳き』という有名な絵があるが、イメージとしてはあんな感じだ。

成石平四郎はたしかに恵まれた体格をしている。相撲は強いし、野球もうまい。森近が書いているように多少の労働経験もある。

だが、それとこれとは別の話だ。少し前まで東京の大学で学び、新宮に戻って子供らと相撲や野球をして遊んでいた者につとまる仕事とは、とても思えなかった。

案の定、というべきか、ふた月経たぬうちに「平四郎が船師を辞めた」という話が、これもよそから伝わってきた。熊野川を数度往復したところでねをあげたらしい。

平四郎が次に手がけたのが、牟婁新報新宮支局だった。

支局開設は年が明けた今年三月。

支局長は成石平四郎。支局は浄泉寺に置かれることになった。平四郎の愛嬌は、あの高木和尚をさえ取り込んだものらしい。

毛利との契約は、新たに得た読者分が平四郎の取り分となる歩合《ぶあい》制だ。支局開設の少し前から平四郎は新宮の町を走りまわり、熱心に牟婁新報を売り込んだ。

そのかいあって、牟婁新報は新宮で百名余りの新たな読者を獲得する。回し読みされることが前提のこの時代、新宮の町で百部余りの新規契約はけっして少ない数ではない。

社主の毛利はむろん、同紙の支持者である誠之助もこの快挙を喜び、「さすがはヘーシロ

―」とすっかり感心していた。

　ところが、わずか一か月ほどで、成石平四郎は仕事を放棄して請川に帰ってしまう。事情がわからぬ毛利は何度か平四郎に手紙を送り、仕事をつづけるよう促した。が、そのたびに平四郎はのらりくらりと言い逃れをするばかりでらちが明かない。「家の都合で」と言葉を濁し、どうやら面倒な女性問題もからんでいたようだが、結局は「思っていたほど面白い仕事ではなかった」といったあたりが真相らしい。

　さすがの毛利も匙を投げたが、かといって、せっかくの新規獲得読者を放っておくわけにもいかない。そこで白羽の矢が立ったのが、誠之助というわけだ。

　誠之助は机の上に毛利の依頼状をひろげ、さっきからしきりにあごひげをつまんでいた。

（これ以上忙しなるのはかなわん）

　というのが正直なところだが、

（新宮の新規読者を、さて、どないしたもんか）

　という気持ちもある。思い迷っていると、外から戻ってきた妻のエイが書斎に顔をだした。

「なあ。あのコ、ホンマに大丈夫なん？」

　一歳半になる長男を腕に抱いたエイは、形のよい細い眉をひそめて誠之助にたずねた。

「大丈夫って、何が？」

　誠之助はエイに顔をふりむけ、のんびりした口調できさかえした。

「何が、やあらへんわ」

と、エイは呆れた顔になり、

「あんた、ヘーシローにお金やったやろ」という。

（おや、ばれとるわ）

誠之助は片目をつむり、首筋に手をやった。

机の上の依頼状は、当の平四郎がさっき自分で持ってきたものだ。

玄関先に現れた平四郎は、毛利からの依頼状をさしだし、そのうえで誠之助に「金をくれ」といった。

「何の金ぞ？」

誠之助は、さすがに啞然としてたずねた。手紙を届けた駄賃をくれ、といっているわけではなさそうだ。

平四郎は妙な理屈をこねた。

――新宮で百名余りの『牟婁新報』新規読者を開拓したのは自分である。契約は歩合制なので、今後は支局を引き継ぐ者に金が入ることになる。支局を引き継ぐドクトルが、自分に金を払うのは当然である。

という。

誠之助が、自分はまだ支局を引き継ぐかどうかわからない。第一、話はいま初めて聞いた

ばかりだ。返事はしばらく待ってもらいたい、と答えると、平四郎は今度は、

——誰が支局を引き継ぐかは問題ではない。別の者が支局を引き継ぐのなら、ドクトルはその人から金をもろたらエエ。

と理屈をいった。

誠之助は、ふむ、と鼻を鳴らした。たしかに理屈は合っている。さすが法学校を出ただけのことはある、といえなくもない。ただし、通用するのはあくまで理屈の上だけだ。そもそも、当の平四郎が投げ出したために発生した問題ではないか。世のなかは理屈だけではまわらない。理屈以前に、人としての責任がある。それが大人というものだ。

というようなことを、誠之助は平四郎に言って聞かせるべきだったのかもしれない。

が、目の前に立った平四郎の、唇をへの字に結んだ、子供が拗《す》ねたような顔を見ているうちに、こらえきれなくなってつい吹き出してしまった。

こうなれば、誠之助の負けである。

「ちょっと待っとれ」

誠之助はいったん書斎に引っ込み、何がしかの金を持ってきて平四郎に与えた。

平四郎はさすがに照れ臭かったらしく、口のなかで何かもぞもぞと呟いていたが、ふいにペコリと頭をさげた。頭をあげ、にこりと笑い、うって変わった軽やかな足取りで立ち去る平四郎を、いったい誰が叱れようか——。

誠之助は、妙なことに気がついた。

いままで外出していたエイが、なぜ平四郎とのやりとりを知っているのか？

不思議に思ってたずねると、エイは「いまごろは、新宮の者はみな知っとるわ」といって眉間にしわを寄せた。

平四郎は通りに面した料理屋の二階の窓際の席に陣取って、朋輩らと酒を飲み、道まで聞こえる大きな声で話をしているという。

さっきエイが料理屋の前を通りかかったとき、

「今日は俺の奢《おご》りや。ドクトルさんから金もろたさかい、みな存分に飲んだってくれ」

と、平四郎のよくとおる声と、それにつづく朋輩らの歓声が頭のうえから降ってきた。

「金持ちの金は、いくらでも使《つこ》たったらエエんじゃ。ドクトルが自分でそう言うとる」

平四郎はそんなことも喋っていたらしい。

エイは、むずかり出した長男を腕の中であやしながら、

「うちは、いつからそないお金持ちになったんやろなぁ」

と、聞こえよがしに独りごちた。

誠之助としては、苦笑するしかない。

平四郎の言い分は、先日誠之助が行った演説の言葉尻をとらえ、曲解したものだ。演説は、資本家・金持ち連中だけに利益が集まるこんにちの社会の仕組みの変革を訴えたもので、何

も身近な金持ちにたかれという意味ではない。

一方で、エイの言い分は、こちらはまったくもってそのとおりであった。

大石家の内証《ないしょう》は、じつのところさほど豊かなわけではない。

なるほど、誠之助の一家はいつも楽しそうに暮らしている。大きな家にも住んでいる。誠之助は年に一度ぶらりと旅に出る。東京から来たお客を預かることも多い。

ちょっと見には、金持ちに思えるかもしれない。

実際は、いま住んでいる家も、土地も、西村の家から「(甥っ子の) 真子が大きくなるまで」という条件で借りているだけだ。

誠之助は医者として、金持ち連中から診療費や薬代を数倍値でふんだくっている。その代わり、医院を訪れる貧しい患者にはあくまで「無請求主義」だ。払えない者たちのなかには、自作の米や畑で取れた野菜や果物、あるいは海や川でとった魚やエビ、薪や炭を、現金代わりに持参する者も珍しくない。

腕のよい医者としての信用があるので、医院に必要な器具や薬品の払いは「有るとき払いの催促無し」だ。新宮で暮らしているぶんには現金はほとんど必要ではない。外の者には、暮らしぶりが苦しいようには見えないだろう。

だが、いますぐ動かすことのできる現金が誠之助の手元にどれほどあるかといえば、正直心もとないかぎりであった。その意味では世の「金持ち」とは言いがたい。逆に、気前よくお客をもてなし、社会主義運動その他に寄付しているぶん、日々の生活に必要な現金が足りなくなることもあるくらいだ。

少し考えれば、誠之助がさほど「金持ち」でないことは分かるはずだ。

それにもかかわらず、平四郎ばかりでなく、新宮の者たちから何とはなしに「ドクトルさんとこは金持ち」と思われている雰囲気があった。

先年、誠之助が日刊『平民新聞』創刊に際して百円の出資をしたことが新聞に掲載されたことも原因の一つになっているのだろう。百円といえば、当時の新宮では裁判所の判検事の月給に相当する大金だ。その百円をポンと出した。やっぱりドクトルは金持ちや、というわけだ。が、これはもともと日刊『平民新聞』が一株百円以上の出資者による一種の持株組織として創立されたためであり、誠之助はいわば『平民新聞』株に投資しただけだ（結果としてこの投資は失敗であった）。創立人（株主）には、幸徳秋水、堺利彦、石川三四郎、西川光二郎ら旧来の社会主義者のほか、青森の富豪・竹内兼七が名前を連ねており、実際にはこの竹内が主な出資者だった。

誠之助を、伊作と混同している者もあったのかもしれない。

たしかに西村伊作は、奈良、三重、和歌山三県におよぶ広大な山林を所有する資産家の跡継ぎだ。だが、その伊作にしたところで、多額の現金をつねに手元に持っているわけではない。森林は苗木を植えてから五十年先百年先を見据え、毎年少しずつ手間ひまかけて、ようやく現金化されるという、気のとおくなるような長期の見通しを要求される資産である。

誠之助の側にも、責任がないわけではなかった。

周囲から実際以上に金持ちと見られていることを知りながら、妻のエイがそのことをいくら注意しても、誠之助は、

「かまん、かまん。放っとけ。よその人らが何いうても関係ないわ」

そう言って手をふるばかりだ。

もっとも、エイが心配しているのは自分たちへの誤解だけではなかった。

「あんたら、みんなして平四郎を甘やかして……。あとで、どうなっても知らんよ」

しっかり者のエイには、周りの者たちが平四郎を必要以上に甘やかしているように見えて仕方がない。

平四郎の方が、エイより一つ年上。すでに結婚し、二人の子をもうけた環境のちがい、男女の差はあるとはいえ、エイには周囲の者たちが平四郎をいまだに甘やかしているのが、どうにも理解できなかった。

頭の回転がはやく、人柄に一種独特の愛嬌がある成石平四郎は、子供のころから周りの者たちに愛されてきた。

七人兄弟の六番目。下は妹なので、いわゆるオトゴ（一番下の男の子の意）だ。親兄弟も

不思議とかれを特別あつかいするところがあって、兄弟のなかで平四郎だけが唯一東京の大学にまで進み、平四郎の学費を稼ぐために親兄弟、さらには三つ下の妹までが働いて、東京に送金していたほどである。

前年七月、中央大学法学部を卒業した平四郎は、周囲の期待に反して法律関係の職にはつかず、無職のまま故郷熊野に戻ってきた。それでもかれの家族は「平四郎のこっちゃ、何ぞ考えがあるのやろう」と、好きにさせている。

平四郎は何でも器用にこなす。運動もできるし、本も読む。難しい言葉も知っている。優しいし、面白い。平四郎は子供たちにも人気だ。愛想がよく、誰にでも気にいられる。一方で、ちょっとでも気に食わないことがあると、ぷいっとそっぽをむく癖がある。以前に鍛冶屋や木材屋で働いていたこともあるが、いつも上の者と喧嘩となって、一年ともたずにやめてしまっていた。

エイの目には、平四郎は足が地についていないように見える。それもこれも、周囲の者たちが寄ってたかってかれを甘やかすからだ。本人のためにならないのはむろん、それ以上に何かよくないことが起こりそうな嫌な予感がする……。

「何ガヤ、アラヘンワ！」

唐突に幼い声が聞こえ、誠之助が首を伸ばして覗き込むと、三歳半になる娘のフカが母親の着物をしっかりとつかんで立っていた。母親と一緒に戻ってきたのだが、誠之助の位置からはちょうど柱の陰になって見えなかったらしい。

「おかえり、フカ」

誠之助が声をかけると、フカはニッと笑い、すぐに真面目な顔に戻って、

「ドウナッテモ知ランヨ」

と、母親の口まねをしてませた口をきく。

誠之助は、幼い娘に目をほそめた。

色白の肌に、黒眼がちの利発そうな大きな目。最近は弟の面倒もよくみてくれる。母親似の、しっかり者になりそうだ。が、いまのところはまだ、ぺしゃんこの小さな鼻の頭に玉の汗を浮かべたおしゃまさんである。

「フカが汗かいとる。外が暑かったんやろ。行水させたりなあれ」

誠之助は妻にそう声をかけた。

エイはなお何ごとか言いたげな顔つきであったが、

「わかった、わかった。そのうち、何とかするよって」

と誠之助は手をふり、フカの汗を早くふいてやるよう促した。

エイが子供たちを連れて立ち去る足音を背中にききながら、誠之助は机の上にひろげた毛利からの依頼状にあらためて目をむけた。

――料理屋での平四郎の言動はしかたがない。

誠之助はそう思っている。朋輩に道でばったり会った。ふところには金がある。となれば、「おごったる。飲みに行こらい」となるのは自然な流れだ。金の出所を聞かれて、平四郎が大きなことを言った気持ちも分からなくはない。目の前の者らにエエかっこうする、自分を大きく見せたがるのは、かれにかぎった話ではない。

エイに言わせれば「やっぱり甘やかし過ぎやわ」ということになるのだろうが、誠之助には「神ならぬ人の身では、すべての者と分かり合えるものではない」という一種の諦観がある。

——自分は人から非常に誤解されているように思う。多くの場合は、悪く誤解されるより、良く誤解されているようだ。しかし、誤解というものは一面から見て、必要なことではあるまいか。もしも人間が他人から在《あ》りのままに見透かされたらどんなものだろう。親子や夫婦の間柄でも、多少は買いかぶったり、かぶられたりする必要があるのではないか。誤解のない人生などない。

という誠之助の文章は、おそらく若いころに東京で謂《いわ》れなき罪を得た苦い経験によって形づくられた人生観だったのだろう。

温厚。篤実。気さく。飄々《ひょうひょう》。といった周囲の評判からは窺い知ることのできない、誠之助の別の貌《かお》だ。

迷ったものの、誠之助は結局、牟婁新報新宮支局を引き受けた。

徳美松太郎が新宮を去ったあと熊野実業新聞の編集方針が変わり（というか、本来の姿に戻り）、誠之助の寄稿を「社会主義的傾向がある」として掲載しなくなっていた。誠之助の側としても寄稿に気乗りしない紙面づくりであり、地元新宮の問題に意見を表明する媒体として牟婁新報はいまや貴重な存在であった。

支局は浄泉寺から、誠之助の自宅道向かいの太平洋食堂に移された。

七月十八日、牟婁新報に誠之助の「支局拝命の辞」が掲載される。

誠之助はいう。

「新聞の支局というものがドンなことをするものか、そこのところはまだ一向了解できておらぬ。通信を怠って本社から剣突《けんつく》をくらうこともあろう、集金を忘れて、読者に笑われることもあろう。が、兎《と》に角《かく》、出来るだけはまァやって見るつもりである」

――兎に角、出来るだけはやって見る。

誠之助の、これがいわば万事《ばんじ》における方針であった。

十八　竜宮の城

幸徳秋水が、はじめて新宮を訪れた。

明治四十一年七月二十五日。

本州最南端にほど近い、紀州の夏の一番暑いさなかである。

来客を告げられ、玄関先まで迎えに出た誠之助は、幸徳の姿をひとめ見て、内心驚きを禁じえなかった。

もともと小柄な男だが、さらにひとまわり小さくなった印象だ。頬がこけ、頬骨がひどく目立つ。ただ、鼻の下に髭をたくわえた血色の悪い顔のなかで、理知的な黒眼がちの細い目だけがきらきらと輝いている。

「やあ。やっと来られました」

幸徳秋水は誠之助の姿を見ると、ほっとしたように声をあげた。

「堺や森近から、噂はかねがね聞いていたのですが……なるほど」

幸徳はあたりを見まわし、独りで納得したようにうなずいている。あらためて誠之助に向

き直り、

「二、三日、世話になります」

といって、丁寧に頭をさげた。

誠之助が幸徳と最初に会ったのは、かれこれ二年前。明治三十九年秋に誠之助が上京し、大久保百人町に幸徳を訪ねて以来の再会だ。当時幸徳はアメリカ帰り。日本の社会主義運動に一石を投じる「直接行動論」をとなえ、性急に社会改革を求める若者たちから、あたかも〝教祖〟のごとく祭りあげられていた。

幸徳はその後、仲間たちと日刊『平民新聞』を立ちあげ、足尾銅山事件を取りあげるなど、問題の本質に鋭く切り込む文章を発表していたが、平民新聞は七十五号をもって廃刊に追い込まれた。

ほどなく幸徳秋水は体調を崩す。積年の無理が祟《たた》ったのだろう、一時は「顔に色なく「あたかも幽鬼のごとき」姿となり、見かねた周囲の者たちの強い勧めで東京を離れ、療養のために郷里・土佐中村に帰ることになった。

が、よほどじっとしていられない性分なのだろう。帰郷途中も各地の社会主義者たちの求めに応じて演説をしたり、地元紙に寄稿するなど、忙しく活動している。帰郷後も幸徳は、土佐中村から数多くの評論を各地の新聞雑誌に書き送っていて、先日『熊本評論』に寄せた文章では、

――暫《しばら》くは郷里に籠《こ》もって療養に努《つと》め、万全の体調を帰《き》して他日に備えたい。

ということであったはずだ。

郷里での療養を早々にきりあげ、東京への途上、新宮に立ち寄った理由をたずねると、誠之助

「こんな電報が来ましてね」

上《あが》り框《かまち》に腰をおろした幸徳は上着のポケットから二つ折の電報用紙を取り出して、誠之助に差し出した。

受け取った用紙を開くと、

――さかいヤラレタ　スグカエレ

とあった。

(なるほど)

誠之助は電報を幸徳にかえして、無言でうなずいた。

幸徳秋水と堺利彦は、日露戦争反対を唱えて『萬朝報』を連袂《れんべい》辞職して以来、つねに行動をともにしてきた仲だ。幸徳にとっては唯一無二の盟友といっていい。その堺が「ヤラレタ」「スグカエレ」という電報を受け取って、幸徳がじっとしていられるわけがなかった。とるものもとりあえず飛び出してきた、といったところだろう。

堺が「ヤラレタ(逮捕された)」のは、筆禍事件で罪に問われた山口孤剣(義三)が仙台監獄での一年二か月の刑期を終えて東京に戻ってきた出獄記念歓迎会でのことだという。

「〝無政府共産〟と書いた赤旗をみなで振りまわしているところを逮捕された、という話なのですが……」

幸徳は靴紐をとく手をとめ、首をかしげた。顔をあげ、

「どう思います？」

と誠之助にたずねた。

どう、といわれても、誠之助にも答えようがない。

明治三十三年、山県内閣が制定した治安警察法では「安寧秩序ヲ保持スル為必要ナル場合」、警察官が「屋外集会の制限禁止解散」を命じるよう定められている。治安警察法は、労働者の権利を著しく制限するなど極端に強権的な悪名高い法律だが、今も昔も現場の警官たちは（個人的な意見は別にして）現行法に従わなければならない。

この御時世、〝無政府共産〟と書いた赤旗をふりまわして往来を行進すれば、「安寧秩序ヲ保持」しようとする警官たちの介入を招くのは火を見るよりあきらかだ。若い荒畑寒村（二十一歳）や大杉栄（二十三歳）はともかく、分別のある堺（三十七歳）までが一緒になってそんな無茶をするとは、堺本人を知る誠之助にも、ちょっと考えられない話だ。堺は日本の社会主義者として最初に入獄した硬骨漢だが、自分から官憲を挑発するような軽率な人物ではない——。

「まあ、詳細は行ってみなければわかりません」

固結びにこんがらかっていた靴紐をようやくほどき終え、靴を脱いで立ちあがった幸徳の体が、ふいにぐらりと揺れた。

誠之助はとっさに手を差し伸べ、幸徳を受けとめて、驚いた。

軽い。

幸徳が提げている革鞄の方が重いくらいだ。

誠之助は家の奥に声をかけ、客間に布団を敷くよう言いつけた。

自分一人では歩けない幸徳に肩を貸し、半ば担ぐようにして二階の客間に案内する。

「すみません、ちょっと目眩《めまい》が……来る途中、海が荒れたので……たぶん船酔いでしょう」

幸徳は目を閉じた状態のまま誠之助に詫びた。

「文明開化などといくら騒いでいても、海は『土佐日記』のころのまま何も変わっていません……弱いものですよ、人間なんて。なに、いつもの貧血です。どうぞご心配なく……」

幸徳の詫びを耳もとに聞きながら、誠之助は失笑した。幸徳が貧血を起こしているのは確かだ。が、医者を相手に言い訳をしても仕方があるまい。

幸徳も誠之助の正業を思い出したらしく、苦笑しながら首をふり、

「ああ、そうだ。そうでしたね」

そう言ったあと、表に顔をふりむけ、視線をやって、

「……もろもろ、ご迷惑をおかけします」

と、これまでとはやや調子のちがう低い声でいって、誠之助に頭をさげた。

階段の途中の小窓から外に目をやると、鳥打ち帽をかぶり、白いシャツを着た二人連れの男が、表通りに立って、じっとこちらを見ていた。

目付きや立ち居ふるまいから、一目で偵吏だと察せられた。しかも、地元新宮警察の者ではない、よそ者の雰囲気だ。

見わたすと、目視できるだけで家の前に四名。裏にもまわっているはずなので、十名近い偵吏が、幸徳秋水の監視として土佐中村から尾《つ》けてきたということだ。

「郷里《いなか》に戻る以前から、ずっとこの調子です」

幸徳は力なく笑っていった。

「連中はいったい何を心配しているのですかね？　この身体で何ができるのか、こっちが聞きたいくらいですよ」

それから丸二日間、幸徳は誠之助の家の客間に敷いた布団から起きあがることができなかった。食事と便所に行くとき以外は、昼も夜もなく昏々《こんこん》と眠りつづけた。疲労がよほど蓄積していたのだろう。それ以上に「ドクトル大石」（誠之助）に診断してもらったことで、安心し、気が抜けた様子でもあった。

同じ頃――。

屋敷内の診察室では、机の上においた幸徳秋水の検査結果を前に、誠之助が医師として思案していた。

幸徳本人は「慢性の腸カタル」だと言っている。「自分は子供のころから腸が弱かった。今回の衰弱もそのせいだ」という。

誠之助の見立ては、もう少し深刻だった。

(やっかいだな)

誠之助は検査結果から顔をあげ、ふうと息をついた。

腸結核の可能性が高い。

結核は、エジプトのミイラからその跡が発見されているように、有史以来、人類にとって難病の一つとされてきた。肺結核が有名だが、結核菌は人のあらゆる臓器を侵し〝結核〟を生じる。微熱、寝汗、腸なら下痢などの症状を伴いつつ徐々に衰弱。死に至る。原因となる結核菌は、一八八二年、ドイツの細菌学者コッホにより確認されたが、結核菌に対する特効薬は当時はまだ見つかっておらず、治療としては、栄養のあるものを食べ、免疫力をつけて結核菌に自力で対抗するしかない。

新宮に来て三日目。ようやく布団を上げて起きだした幸徳に、誠之助はこのまま新宮に長期滞在して、療養するよう提案した。

「せめてひと月、暑さがやわらぐまで新宮《ここ》でゆっくり療養すれば、病状は改善すると思う」

誠之助はそこで言葉を切り、但し、とつづけた。

「但し、いま無理をすれば、取り返しのつかないことになりかねない」

医師としての誠之助の言葉の意味を、幸徳秋水は正確に理解したはずだ。そのうえで幸徳は、微かに笑って首をふった。

「皆が、私を待っているのです。私には東京でやることがある。此処《ここ》でゆっくりしているわけにはいかないのです」

決然とした幸徳の態度に、誠之助はそれ以上は言うべき言葉をもたなかった。

——皆が待っている。

出獄記念歓迎会で〝赤旗をふりまわして〟逮捕された者たちのことだ。

詳細は不明だが、噂では十数名が逮捕され、なかには女性も交じっているという。

「かれらの身に何があったのか、この目で確かめなければなりません」

幸徳は誠之助をまっすぐに見つめ、静かな声でつづけた。

「公判日程が八月十五日に決まったそうです。それまでには、何としても東京に戻ろうと思います」

誠之助は眉を寄せ、頭の中で日数《ひかず》を計算した。

東京までは船と鉄道を使って最短で二日半。海が荒れると船が欠航になることもあるので、余裕をみて四日。東京に戻るには、まだ少し時間がある――。

ところが幸徳は、上京途中に寄りたいところがいくつかあるという。

「箱根の林泉寺《りんせん》に内山愚童《うちやまぐどう》という社会主義者の僧侶がいて、以前から一度顔を出して欲しいと言われているのです」

幸徳はくすりと笑い、

「ちょっと得体《えたい》の知れない、面白い坊主《ぼうず》ですよ」という。

さらにもう一か所、上京途中に立ち寄りたいという場所を聞いて、誠之助は唖然とした。

幸徳秋水は伊勢神宮に参詣したいという。

「伊勢神宮というのは、あの伊勢神宮のことですか?」

誠之助は思わず反問した。天照大神《あまてらすおおみかみ》を祀《まつ》る伊勢神宮は、明治政府が掲げる天皇を中心とした国家神道の総元締、本家本元だ。社会主義者にとっては敵、とはいわないまでも、正面きって認めがたい存在のはずではないか。

「いけませんか?」

幸徳はちょっと顔を赤くしていった。

「いや。いけなくはない、ですが……」

誠之助は首をひねった。

そういえば堺利彦も、新宮来訪の帰途、伊勢神宮に立ち寄るといっていた。もっとも堺の場合はその後「二見が浦と伊勢の外宮の前とで立ち小便などして……」と日刊『平民新聞』に書いていたように、最初から冷やかし半分、敵情視察半分の雰囲気があった。

幸徳の場合は、どうやら本気で参詣を希望しているらしい。

「お伊勢さんは、もともとは伊勢の地方神を祀る神社だったのです。明治政府が標榜する国家神道政策とは、本来、なんの関係もありません」

と幸徳は視線を逸らし、言い訳するようにいった。

以前、田中正造翁の直訴文を代筆した件《くだり》でも触れたが、幸徳秋水には、急進的社会主義者の顔とは別に「天皇好き」の横顔がある。かれの故郷（土佐）は、幕末に勤王の志士、いわゆる「天皇好き」を多く輩出している。あるいはそうした土地柄とも関係があったのかもしれない。

誠之助は少し考え、あらためて幸徳に提案した。

箱根の寺と伊勢神宮に立ち寄るにせよ、八月十五日の公判日までに東京に戻ればよいのであれば、新宮出発は八月八日、ぎりぎり八月九日まで滞在できる。

二週間ある。

「それまでうちに居てもろて、ゆっくりしてもろたらよろし」

誠之助はわざとのんびりした口調でいった。

二週間あれば、本病の腸結核はともかく、併発の余病を治し、結核の闘病に必要な基礎体力をつけることができる——医者として、兎に角、できるだけのことをやる。
「しかし、そんなわけには……」といいかけた幸徳は、目の前の誠之助の好意あふれる笑顔に気づいて口を閉じ、無言で頭をさげた。

二、三日療養をつづけるうちに、幸徳は見ちがえるほど顔色がよくなり、食欲も出てきた。驚くべき回復、といってよい。
新宮到着時の憔悴《しょうすい》は、幸徳自身が言うように、荒れた海の船酔いのせいもあったのだろう。それ以上に、偵吏に監視されながらの一人旅が幸徳の精神を逆なでしたのはまちがいない。誠之助の家で静養しているあいだ、幸徳はほとんど何年かぶりに熟睡した。アメリカから日本に戻って以来ずっと気をはりつめどおしだったのが、新宮にきて不思議と解き放たれた感じだ。

少しでも体調が回復すると、すぐに活動を再開しようとするのがこの種の人物の悪い癖である。

「原稿に、目を通していただけましたか?」

幸徳は、己の身体を診察している誠之助にたずねた。

聴診器を耳に当てた誠之助は顔をしかめ、診察中はしゃべらないよう身ぶりで伝えた。

診察を終え、誠之助がカルテに病状経緯を記すのを待ちかねたように、

「それで？」

と、幸徳はもう一度誠之助にたずねた。

療養のために東京をひきはらい、郷里・土佐中村に帰るにさいして幸徳秋水は一冊の英語の書物を携えていた。

ペーター・クロポトキン著『麵麭《パン》の略取』。

――この書一冊の翻訳が、数年の伝道にまさると思う。

幸徳自身がある友人に書き送っているように、郷里に籠もっているあいだ、かれがもっとも精力を傾けたのが本書の日本語翻訳であった。あまりに力を注ぎ、根をつめすぎたために、静養どころか、病状が悪化したくらいである。

クロポトキンは一八四二年、ロシアの公爵の家に生まれた。かれは軍隊での経験の後、三十歳頃を境に革命運動に身を投じる。当局による弾圧、投獄を受けながら思索をふかめ、アナキズムに関する著作を書き上げた。クロポトキンの代表作の一つといわれるのが『麵麭の略取』（The Conquest of Bread）だ。

――私には東京でやることがある。

と幸徳は言ったが、その一つが『麵麭の略取』の出版であった。今回の上京でも、幸徳は原書と翻訳原稿を肌身離さず携えている。鞄が重いわけだ。

幸徳が起きあがれないあいだ、誠之助は頼まれて翻訳原稿に目をとおした。

誠之助は英語ができる。若いころアメリカに長くいたためでもあるが、もともと耳がよい誠之助は語学や音楽の才能があり、シンガポールやインドでも言葉に苦労したことがなかった(シンガポールやインドで使われている英語は、いわゆる英語や米語とはほど遠い代物だ)。

——翻訳にまちがいがないか、念のため確認してほしい。

というのが幸徳の依頼であった。

幸徳は息をつめ、誠之助をじっと見つめている。

誠之助は返事に困った。

幸徳秋水訳クロポトキン著『麵麭の略取』は、筆者の手元にある版(昭和四十四年 明治文献刊行)では解説を除いて四百ページに余る大部な書物だ。

クロポトキンは本書で、労働階級が虐げられた現在の地位を脱するための条件とその後の理想社会を、政治や経済、労働価値の側面から総合的に解明しようと試みている。幸徳が「この書一冊の翻訳が、数年の伝道にまさると思う」というように、アナキズムについての理解をふかめるには重要かつ格好な著作である。事実、本書は(発刊と同時に発禁となるのだが)大正時代の無政府主義者のあいだで一種の経典と見なされ、筆写されたものがひそかに回し読みされていた。

誠之助自身、本書を読んでアナキズムに対して漠然と抱いていたイメージがはじめて明確になった感じだ。

アナキズムは日本語では「無政府主義」と訳され、これが誤解のもととなっているが、本来は「権力、支配者」を表すギリシア語に否定の接頭辞がついた「否（非）権力主義」と訳すべき言葉で、国家という中央集権的な権力の枠組みを排除し、労働運動や婦人運動などの自律的な活動を通じた世界市民相互の連帯を目指す政治思想だ。アナキズムにおいて、暴力革命は必然ではない。アナキストが暴力革命を支持するのは、あくまで暴力装置（軍や警察）を独占する強大な国家に対抗する手段としてだ。より有効な手段が他にある場合は、それを用いるべきである――。

『麵麭の略取』には、その上で実現すべき社会のありようが記されている。

だが、一言一句ゆるがせにしない幸徳秋水の生真面目な文体では、翻訳はどうしても長くなる。これだけの大部な著作となると、多くの読者は最初から腰が引ける。読みとおす気になれない。

――まちがってはいないが、ひろく読んでもらうにはもう少し工夫が必要なのではないか。翻訳は往々《おうおう》原典より長くなりがちなので、要点を整理した抄訳でもよいかもしれない。

誠之助の指摘に、幸徳は軽く身をひき、くすり、と笑った。どうやら予想どおりの返答であったらしい。

聞けば幸徳は、翻訳にさいしてクロポトキンに手紙を出し、翻訳の許可をとったのだという。現在ほど著作権のうるさくない明治時代に翻訳許可をとる者は珍しかったらしく、クロポトキン当人から翻訳を許可する旨、丁寧な手紙が返ってきた。

「だから、私が翻訳するとどうしてもこうなります。抄訳というわけにはいきません」

幸徳は目もとに笑みを浮かべてそう言うと、誠之助に、

「あ、な、た、がやってくれませんか？」

と提案した。

「ははあ。私が、クロポトキンの翻訳を、ねぇ」

誠之助はあごひげをつまんで呟いた。

成石平四郎が放り出した『牟婁新報』新宮支局を引き受けたことで一気に仕事が増えた。いまは正直、手いっぱいの忙しさだ。これ以上何か引き受けるのはさすがに無理だ――。

苦笑しつつ首をかしげていると、幸徳は身をのりだすようにして、

「当局に目をつけられている私が東京でこれを出版しても、すぐに発禁になる可能性が高い。あなたが語学に堪能なのは存じあげております。優れた著作はいろいろな形で紹介された方がよい。あなたが翻訳したものを別の形で世に出してもらえれば、それはまた違うものとして種が播《ま》かれる。その種が、私たちが思いもしないような形で実を結ぶかもしれません。どんなところでこの思想が根をはり、芽をだすのか、私は見てみたい」

と言葉をきった幸徳は視線を宙に泳がせた。「そう、あるいは……」と呟き、あらためて誠之助の顔を見て、

「実を結ぶのは、もしかすると私たちがいなくなったあと、ずっと未来のことかもしれませんが」といった。

誠之助は不意をつかれた気がした。幸徳は自分が死んだあとの、己がこの世にいなくなったあとのことまで見通しているのだ。それに比べて——。

誠之助は診察室の窓から外を眺めた。

幸徳が寝込んでいるあいだも偵吏による監視がずっとつづいていた。かれらは「何のために」とは考えない。ましてや、己の死んだあとの世界を想像したことなど、ただの一度もないのだろう。

ご苦労なことだ。

誠之助は窓の外から幸徳に視線をもどし、

——まア、やってみましょう。

そういって、小さくうなずいてみせた。

翌日は、浄泉寺で定例の談話会が開かれる予定であった。

それを聞いた幸徳は、自分も講演者の一人として参加したいといいだした。

「もちろん、ご迷惑でなければですが……」

遠慮がちな幸徳の様子に、誠之助は危うくふきだしそうになった。

「十人からの偵吏を引き連れて歩いとる天下の幸徳秋水が、いまさら迷惑やなんて。いやや、ええ宣伝になります。ぜひ参加してください」

案の定、談話会当日は浄泉寺の本堂に三十人余りがつめかける盛況となった。

ふだんの倍以上の人数だ。中には幸徳秋水の名前を聞いて、珍しい動物でも見るつもりで来た者もある。臨検の警察官の姿も少なくない。

誠之助は親指のはらであごひげを擦《こす》りながら、集まった者たちの顔ぶれを見わたし、

(何にしても、寂しいより賑やかな方がええわ)

と胸のうちで呟いた。

講演者は誠之助と幸徳秋水、それに浄泉寺住職・高木顕明の三名だ。順番は決めていない。時間になったので、誠之助は高木和尚に声をかけた。

「和尚《おっ》さん、今日は先にやれ」

「そうか。ほな、そないさせてもらおか」

高木和尚はそういってのそりと立ちあがり、聴衆にむきなおった。

傍《かたわ》らで幸徳秋水が、敬語の存在しない二人のやりとりに驚いたように目をしばたたいている。

高木和尚は貧困と差別の問題をとりあげ、

「釈尊《しゃくそん》、親鸞《しんらん》はともに、こういってなさる」

と、いつものように仏典を根拠に、こんにちの社会のありようがいかに仏の教えに背《そむ》いたものであるか、また世の金持ち連中（資本家）がどれほど罰当たりなふるまいをしているのかを指摘し、世直しの必然性を説いた。

当時の宗教者の社会主義理解の典型であるが、東京での演説会なら早々に理論の矛盾を指摘するやじが飛んできそうな感じだ。

幸徳が隣を窺うと、誠之助はにこにこと笑いながら和尚の話を聞いている。穏やかなその横顔を見ていると、不思議と、

（これもありか……）

と思えてくる。

次の講演者はドクトル大石。誠之助だ。

誠之助は、先日引き受けた牟婁新報新宮支局の一件をマクラに聴衆の笑いをとったあと、私有財産の起源について話した。

「最新の科学研究によれば、人類の起源は数十万年の昔にさかのぼることができるそうな。それに対して、私有財産の歴史はたかだか二千四、五百年。十分の一にもならん。要するに、私有財産などというものは、歴史的にはあンまり古いものではなく、その根拠も曖昧《あいまい》いうことやな。世の金持ち連中は、俺《ワガ》のもんや、俺《ワガ》のもんや、いうてみながめとるが、あれらのいうことは、ホンマは歴史的にも証明されず、論理的にも容認する必要のないもんなんやと」

幸徳は舌をまいた。ドクトルにかかると、難解な社会主義理論がまるで鶴や亀がでてくる昔話のように聞こえる。堺や森近から聞いた誠之助の演説は、これとはまた全然ちがうものだった。ドクトル大石は、集まった聴衆にあわせて語り口を変えているらしい。その柔軟さは、余人にはとうていまねのできるものではない——。

そういえば、森近運平が「新宮を訪れてドクトル大石と講演会を行ったさい、講演会後に地元の博徒の親分から声がかかって一緒に酒を飲むはめになった。驚いたことにかれの子分のなかには、平民新聞を欠かさず読んでいる者が二人あるらしい」という話をしていて、聞いたときは半信半疑であったが、ドクトル大石の新宮での地道で柔軟な活動の成果と考えれば納得がいく。

誠之助の話がおわり、幸徳秋水の番となった。

警官を含む三十余名の新宮の聴衆を前に、幸徳秋水は「経済状態と革命の相関性」について話しはじめた。いわく、

「民衆は決して権力を欲して革命を起こすのではない。そうではなく、抜き差しならぬ貧困状態に追いこまれたとき、はじめて民衆による革命が起きるのだ。もし暴力革命が起きるとするならば、民衆をそこまで追い込んだ政府や資本家たちの責任である。民衆、つまりこんにちの労働者諸君は、むしろ最終的かつ破滅的な暴力を用いないためにも、政府や資本家に対して自分たちの権利を、日々、断固として要求しつづける必要がある。そのための手段と

して、労働者の直接行動《ダイレクトアクション》、総同盟罷業《ゼネラルストライキ》といったものは、本来もっと広く認められ、また行使されてしかるべきである」

（……エライもんや）

誠之助は、幸徳がかれの演説に舌をまいたのとは別の意味において、すっかり感心して聞いていた。

幸徳秋水は小柄で華奢《きゃしゃ》な人物だ。ややかん高いかれの声は、聞く者を魅了する美声とはいいがたい。だが、幸徳がひとたび演説をはじめると、その声は凄みのある熱を帯び、聴衆はたちまち引き込まれる。幸徳秋水の演説は聴く者の心を鷲摑《わしづか》みにして、空の高みへとさらってゆく――。

（まるで烏天狗《からすてんぐ》みたいや）

そう考えて、誠之助はふとえたいの知れぬ不安をおぼえた。

誠之助は幼いころから父親に「お前は烏天狗にさらわれたことがある」といわれつづけた。「あの烏天狗らはまた来る。きっとまた来る」と。そのせいで誠之助は、子供のころよく悪夢を見た。烏天狗にさらわれ、空高く連れ去られる夢だ。月のない真っ暗な夜、空のきわめて高いところから、誠之助は紀州の山々を一望する。星明かりも見えない闇の中、山々がぼうっと青白く光っている。耳もとでびゅうびゅうと風がなる。気がつくと、誠之助は無数の烏天狗に取りかこまれている。烏天狗らは、嗄《しゃが》れたカラスの声で「これはおれの獲物だ」と口々に叫ぶ。無数の手が闇の中からのびてきて、頭といわず足といわず腹といわず、無茶苦茶にひっぱられる。八つ裂きにされる、と思い、悲鳴をあげて跳び起きる。

誠之助はずっと、その悪夢がおそろしくてならなかった。正直な話をすれば、大人になってからもおそろしかった。犬のバクを飼うようになったころをさかいに不思議と悪夢を見なくなっていたが、最近また夢にうなされることがある……。

誠之助は、あらためて浄泉寺に集まった聴衆を見わたした。

三十有余名。臨検の警官を含め、全員が食い入るように幸徳秋水の話に聞き入っている。赤く顔を上気させ、興奮に目をぎらぎらと輝かせている者もある。

幸徳秋水の演説は、あたかも揮発性の高い蒸留酒のごとく人を酔わせる。かれの演説は聴く者を陶酔させる。それをいえば、幸徳自身、自分の言葉に酔っている感じがしないでもない——。

誠之助は、聴衆を前に演説をつづける幸徳秋水に目を細めた。

権力者が彼を恐れるわけが、ようやく分かった気がした。

談話会終了後、誠之助の家に戻ってひらかれた「打ち上げの会」は、地元熊野で社会主義に興味をもつ者たちが集まり、なかなか賑やかなものとなった。

参加者の顔触れは、成石平四郎（平四郎は牟婁新報新宮支局を放り出した件などなかったかのようなけろりとした顔で、その後も誠之助宅に出入りしていた）や『紀南新報』記者・崎久保誓一《さきくぼせいいち》、臨済宗派の若き僧侶・峰尾節堂《みねおせつどう》といった、多くは二十代前半の若者たちだ（高木和尚は檀家の人たちと寺に残り、「打ち上げの会」には参加しなかった）。

集まった者たちは皆、もっぱら幸徳秋水に話を聞きたがり、「打ち上げの会」というよりは「幸徳秋水を囲む会」といった雰囲気だ。ことに平四郎は幸徳秋水という天下の有名人に会えたことで、はた目にもいたく感激した様子であった。

最初は神妙に幸徳の話を聞く一方だった若者たちも、酒が入ると次第に大胆になり、そのうち、どんな流れであったか、平四郎が、

――新宮に来てもろた記念に、幸徳先生に革命をお題に一首お願いしたい。

といいだした。

新宮はもともと句会や歌会のさかんな土地柄である。「打ち上げの会」に参加した者たちも、ほとんどが何らかの流派の句会歌会に顔を出している。かれらは平四郎の尻馬に乗って、ぜひ、ぜひ、と幸徳に詰め寄った。

幸徳は困惑した顔で誠之助をふりかえった。誠之助としては、よそを向いて苦笑するしかない。日本《このくに》には古来、地方を訪れた文化人に記念の句や歌、書などを求める習わしがある。

幸徳は、仕方ない、といった様子で苦笑し、少し思案したあと、

三熊野《みくまの》の牛王《ごおう》の鴉《からす》　汝《な》が血もて　革命の旗染めて誓はむ

と詠《よ》んだ。

集まった者たちは大喜びで「さすがは幸徳先生。熊野を舞台の革命歌、たしかに頂きました」といって騒いでいる。そのうち、自分たちも同じお題で句や歌を作ろうということになり、頭をひねり出した。

作句作歌に興じる若者たちの姿を眺めながら、幸徳は誠之助に片方の眉をひきあげた。誠之助も、同じように片方の眉をあげ、唇の端に笑みを浮かべて応えてみせた。

漢学の素養に長《た》けた幸徳は漢詩は巧みだが、和歌となるともうひとつだ。のちに「熊野革命歌」として有名になるこの一首も、よい出来とはいいがたい。だが、そもそも幸徳はこの歌をどんなつもりで詠んだのか？

伝説では、遊女が誓いを破ると、熊野三山の鴉が三羽、血を吐いて死ぬという。

幸徳は「その鴉の血で（旗を染めて）誓う」と詠んだ。

旗を染めるためにはまず、遊女たちにさんざん誓いを破ってもらわなければならない。

「誓う」前提が、「誓いを破る」というアイロニー。

要するに、酒の上の駄洒落、言葉遊びだ。

そのことに気づいたのが誠之助ただ一人というのは、句会歌会が盛んな新宮の者たちにしては、残念なかぎりであった。

幸徳秋水がいよいよ新宮を発《た》つという日の前日夕刻。

誠之助は幸徳と連れ立って家を出た。

熊野川につづくなだらかな坂をくだると、そこはもう川原町である。

川原町は、かつて熊野川下流域に存在した不思議な場所だ。

盛時は百軒をこえる飲食店や宿屋、土産物店などが軒をつらね、さらには川舟や筏《いかだ》に用いる金具を製作・修理する鍛冶屋、見世物小屋まであった。川原町は、しかしひとたび水が出ると、たちまち川原から姿を消してしまう。川べりに近い場所から順次店を畳んで高台に移動し、三十分もあればすべての店や人が川原から姿を消した。

あたかも伝説のさまよえる湖ロプノールのごとく現れては消え、消えては現れる川原町は新宮の者たちにとっても特別な存在であり、かれらが「川原町に（遊びに）行く」というとき、その言葉には必ず祝祭的な、不思議な解放感がともなっていた。

その川原町が一年のうちでもっとも賑わうのが盛夏の夕暮れ時である。

本州最南端近く、目の前を黒潮が流れる新宮では、町の者たちは真夏の昼間はきびしい日ざしを避けて外出を控える。陽が落ちる時分になると、かれらは家を出て川原に夕涼みに出る。たそがれ時の川原町は、新宮の旦那衆にとっては社交の場でもあった。

幸徳秋水を誘って川原町に出た誠之助は、川べりに店を出した茶屋にはいり、軒端《のきば》の椅子に腰をおろした。

ビールを注文して栓を抜き、グラスにそそいで幸徳に勧める。

二人は無言でグラスをあげ、一口飲んで、ふうっと同時に息を吐いた。

満々と水をたたえて目の前を流れる熊野川は、この辺りでは幅二百メートルをこえる。

広々とした川面をわたる風は頬に心地よく、昼間の蒸し暑さがうそのようだ。

幸徳秋水はしばらく無言で、左右に広がる賑やかな川原町の様子を珍しそうに眺めていた。

やがて、そっとひとつ息をつき、グラスをテーブルに置いて、

「なるほど……聞いていたとおりだ」

と呟いた。

目顔でたずねた誠之助に、幸徳はかつてこの地を訪れた堺利彦や森近運平、あるいは平民社の者たちからある噂を聞いていたのだと打ち明けた。

——紀州・新宮は、あたかも竜宮の城。

かれらは東京で口を揃えてそう言っているという。

竜宮城は、海の底にあるとされる伝説の理想郷だ。浦島太郎の御伽噺《おとぎばなし》で有名である。

「聞かされたときは、半信半疑だったのですがね」

幸徳はそういって微《かす》かに笑った。顔をあげ、ぐるりと周囲を見まわして、

「そういえば、ここは私の故郷・土佐中村に似ている。そのせいかもしれません」

と、取り繕うようにいった。よい歳をして竜宮城などとらちもないことを口走ったのが、急に照れ臭くなったらしい。

川原の背後の鬱蒼《うっそう》とした速玉の森では、巨大な熊蟬《くまぜみ》の声がやかましい。幸徳は、蟬の声が土佐と同じだといった。東京にいる蟬は種類が異なり、鳴き声もちがっている。夏芙蓉の甘い香りや夾竹桃《きょうちくとう》の葉の濃い緑と紅い花、鮎、鰹、イソヒヨドリ、オガタマの樹、蝶。黒潮が近くに流れることも、捕鯨の文化も、幸徳の故郷・土佐中村に似ているという。

「もっとも、新宮《こちら》の方がずっと賑やかですがね」

幸徳は苦笑してつけくわえた。

土佐中村には、新宮の川原町に相当する不思議な場所はない。

「それを言えば、速玉神社も、神倉も、蓬萊山もありません。平安時代に歴代の天皇・上皇らが数を競うように訪れた歴史もない」

歴史に詳しい幸徳が小首をかしげ、「たしか最多は後白河法皇の三十四回で、次が後鳥羽上皇の二十八回……」と、いくぶん羨ましげに指を折って数えあげるのを、誠之助は、

「遊郭も」

と言って遮った。

顔をあげ、訝《いぶか》しげな表情を浮かべた幸徳に、誠之助は、

「遊郭のある故郷なぞ、自慢になりますかいな」

それより、かつて中江兆民を輩出し、いままた幸徳秋水を擁《よう》する土佐の方がよっぽどうらやましい。第一、遅くまで明かりが灯っている遊郭近くでは熊蟬の声が深夜まで途絶えることがない。

「やかまして、かなわん」

そう言って大袈裟に顔をしかめてみせた。

幸徳は一瞬呆気にとられたあと、「それもそうか」と言って手を打ち、二人は顔を見合わせて破顔した。

声をあげて笑う幸徳秋水は、日本の社会主義運動を牽引する大スター、この国の権力者が恐れる革命家にはとても見えない。

そこへ、

「見つけた!」

と声をあげながら、ふわふわとした小さな紅《あか》い塊が駆けこんできた。

誠之助の足にしがみついたのは、娘のフカだ。フカはもうすぐ四歳になる。今夕は薄紅地にカタバミ草と菊をあしらった柄(伊作の図案)の、お気に入りの浴衣を着せてもらってご機嫌の様子だ。

「ようやっと、来たみたいですわ」

誠之助は幸徳に合図をして、椅子から立ちあがった。

フカの手をひいて人で混みあう川原町をぬけ、川べりの船着き場にむかう。

幸徳秋水への監視は想像以上にきびしく、どこに行くにもつねに十名前後がまとわりついてくる。これまでのんびりしていた地元の新宮警察までが急に大騒ぎで、何しろ邪魔くさい。

ただでさえ蒸し暑い新宮の夏が、いっそうべたつく感じである。

誠之助は一計を案じ、幸徳秋水に「夕方、舟出して、夕涼みと洒落《しゃれ》こみましょか」と密《ひそ》かにもちかけた。

「あれらも、川の上までは来んやろしね」

と片目をつむってみせた誠之助の提案に、幸徳の側で異論のあろうはずもない。

幸徳と二人で先に家を出たのも、川舟に乗るのを官憲に悟られないようにするためだ。

船着き場でふりかえると、案の定、人込みのなかから偵吏らしき者が数名、慌てた様子で飛び出してくるのが見えた。船着き場を指さして、何ごとか相談している。

（せいぜい相談してくれや）

誠之助は、ふん、と鼻先で笑い、船着き場で落ち合った者たちが手配してくれた川舟に乗りこんだ。

一同が乗り終えると、船頭が棹《さお》を使って舟を流れに押し出した。

舟客は誠之助とフカ、幸徳秋水の他は、新宮教会牧師の沖野岩三郎、その日ちょうど妻エイの姉夫婦が遊びに来ていたので、かれらも一緒に夕涼み舟に乗ることになった。あとは、誠之助の長男・舒太郎。一歳半の舒太郎の面倒を見るために家の女中が一人、といった顔ぶれである。

妻のエイは、家で晩ごはんの準備をして待っている。

「今日は、エビとれるかいね？」

舟が川の中ほどまで出たころを見はからって、誠之助は船頭にたずねた。

家を出るときに、エイから、

「エビとってきてよ。おかずないで」

といわれている。むろん本当ではあるまいが、誠之助としても、この機会に熊野川名物の川エビを、幸徳秋水にぜひ味わってほしいと思っている。

ところが船頭は川面を見わたし、

「どやろナ。今日は舟が混んどるさかい、あかんかもしれんね」

と物騒なことをいう。舟の上から玉網で川中のエビを掬《すく》う「エビかき」は、子供でもできるシンプルな漁法だが、そのぶん他の舟が近くにあるとむずかしい。暑い夏の日の夕暮れどきは、夕涼み舟が多く川に出るため「エビかき」ができないこともある。

「……エビとるんやったら、もうちょっと上《かみ》行ってみよか」

船頭はそう呟いて、細長い三本の帆をあげた。

熊野川独特の三反帆《さんだんほ》舟が海からの南風を帆に受けて熊野川を遡《さかのぼ》る。

長かった夏の日もようやく山の端《は》に落ちかかり、西の空が茜色《あかねいろ》にそまりはじめている。
五、六丁も遡ると、周囲に船影が少なくなった。
熊野川は新宮の手前で霊峰・千穂が峰を迂回するように大きく蛇行する。

その川の曲がり端、御船島《みふねじま》と呼ばれる奇岩が川中にあるあたりで船頭は帆をおろし、舟を浅瀬に寄せた。

「この辺《へん》でとらんし」

ぶっきらぼうにそういって、椿の葉で巻いた煙草をふかしている。

誠之助ら舟客は「ノゾキ」と呼ばれる箱ごしに、青々と流れる川の中を覗き込んだ。

恐ろしいほど澄んだ水だ。

船頭が鋤簾《じょれん》に似た形の道具で川底をひっかくと、岩陰から川エビが飛び出してくる。それを網で掬いとる。

面白いほど、簡単にとれる。

誠之助はフカを胸の前に抱え、網の柄に手を添えて一緒に「エビかき」を楽しんだ。

川エビを網で掬いとる。

ただそれだけのことに、大のおとなが夢中になるのは不思議なほどだ。

義姉夫婦、沖野牧師、幸徳秋水までもが、それぞれ網を手に「とれた、とれた」と声をあげて喜んでいる。一歳半の長男・舒太郎は、籠《かご》のなかで動いているエビに興味はあるが、手を出すのは少々怖い様子である。

しばらくして、

「そろそろ戻ってエエかいね。暗《くろ》なってきたんで、エビももう見えんやろ」

と船頭に声をかけられ、気がつくと、とっぷりと日が暮れ落ちていた。さっきまでぎらりとした夏の光が中天に残り、青く空が輝いていたのが、いつの間にか真っ暗だ。

月のない夜で、見上げれば満天の星。

空を横切る天の川が、白く、くっきりと浮かんで見える。

見事な星空に、舟客がみな思わず見とれていると、

「あっ」

と、フカが声をあげた。

フカが指さす方向に目をやると、星が流れた。

続けて、ひとつ。

さらに、もうひとつ。

誠之助の腕のなかで、フカはぽかんと口を開け、次々に空に星が流れるさまを声もなく眺めている。

十九　赤旗事件

〝敵〟について書かねばならない。

筆者はこの物語を、誠之助や幸徳、堺、森近、あるいは松尾卯一太や新美卯一郎といった者たちの側に立って書いている。自然、〝敵〟はかれらを弾圧する明治政府ということになる。

もっとも、明治政府といって実体があるわけではない。政府政権国家などといえばいかにもそれらしいが、要するに政治家や官僚個々人の集まりをさしているに過ぎず、はりぼて、こけおどし、の別名だと思っておけばまず間違いない。

その明治政府について。

慶応三年（一八六七）、誠之助が生まれた年に行われた大政奉還によって徳川長期独裁政権が倒れ、日本の政治体制は西欧を模した中央集権型近代国家へと転換した。

明治維新とよばれる政変だ（武士階級間での権力の移行であり、古代中国の易姓革命といえるかもしれないが、近代政治学における市民革命とはみなしがたい）。

政権交代後、薩摩・長州出身者を中心とした新政府が発足する。が、なにしろ討幕のスローガンが荒唐無稽な「尊王攘夷《そんのうじょうい》」である。維新後は一転「開国欧化」とけろりとした顔で看板をかけかえたものの、この時点ではまだ西欧流の中央集権型近代国家がいったいどんなものなのか、新政府関係者のだれひとりとして理解していなかった。

明治四年、政府閣僚の八割が国務をはなれて船に乗り、欧州へと旅立つ。かれらの目的は〝欧米文明社会の見学〟である。「ともかく、見て、学ぶところからはじめるしかない」というわけだ。「外遊組」は大久保利通、木戸孝允《たかよし》（桂小五郎）、岩倉具視《ともみ》、伊藤博文といった面々で、もしかれらが乗ったアメリカ船が沈んでいたなら、その後の日本の歴史は大きく変わっていたはずだ。外遊組の不在は一年半から二年におよび、その間は「新規案件は凍結」の取り決めであった。

現在から考えればずいぶんとのんびりした話である。

外遊組帰国後、日本はようやく近代国家としての体裁を整えはじめる。

欧州で著しく不評であった「キリスト教禁教令」が廃止され、学制が公布。憲法以下基本的な法律が施行されたのは明治二十年以降の話だ。逆にいえば、明治二十年頃までの日本は近代国家としての体《たい》をなしていなかったことになる。

新政権発足当初、明治政府にとって最大の敵は「不平士族」であった。新政府のあり方に不満をいだく旧士族の者たちが各地で兵を挙げ、なかでも最大の反乱が明治十年に起きた西南の役だ。維新の立役者にして旧陸軍大将・西郷隆盛を首領とするこの反乱を鎮圧したことで、明治政府にとって不平士族はもはや恐るべき存在ではなくなった。

政府の次なる敵は「自由民権運動」。近代国家の基幹となる国民皆兵と納税義務は、同時に民権運動（「義務を課すなら、発言の権利を要求する」）につながる制度でもある。既得権益の独占をもくろむ藩閥政権にとって、民権運動の高まりは頭の痛い問題だった。かれらは先手を打ち、「議会開設」と「憲法発布」を約束することで、民権運動の反体制的エネルギーを体制内に取り込むことに成功する。

明治二十三年の議会開設後、政府にとって敵は、社会主義、共産主義、無政府主義などの、いわゆる「主義者」のみとなった。現体制を覆す可能性のあるかれらに対して、明治政府は厳しい取り締まり方針をもって臨むことを決定した。取り込むのではなく、殲滅《せんめつ》の方針だ。

明治三十七年五月二十七日、まさに日露戦争が行われている最中に、警視庁は新聞記者を集めて社会主義者への見解を発表した。いわく、

一、社会主義者は非戦論によって国民の愛国心を毀傷《きしょう》する。

二、階級制の破壊の言、往々《おうおう》皇室に及ぶ。

三、主義者中、かつて刑法上の制裁を受けたる者あり。

ゆえに厳しく取り締まる。

というもので、これよりのち社会主義者に対する弾圧は公然となる。

だが、この基準がおかしなものであることは、当時の人々の目にも明らかだった。先に「ベルツの日記」を引用した箇所でも触れたが、明治政府はむしろロシアとの戦争を何とか回避しようと、土壇場までやっきになっていたのだ。開戦を煽り立てたのはむしろ世論や民間新聞の側であり、政府は世論に押し切られるかたちでやむなく開戦に踏み切ったのが実状だ。たとえば政府のお抱え新聞である『国民新聞』や『東京日日新聞』は開戦直前まで非戦論を唱えており、開戦後は論調を一転させたものの、主張一貫を理由に社会主義者を取り締まるのはいくらなんでも道理が通らない。

また、幸徳ら社会主義急進派の主張も、この時点では「政府の偶像崇拝的忠君愛国心の強制は、却って叡慮《えいりょ》（天皇の考え）に背《そむ》くものである」という論調であり、攻撃の対象はあくまで明治藩閥政権だった。社会主義者らが天皇制を含む階級論に鋭く踏み込むのはこのあと、厳しい弾圧を受けるようになってからである。
三、の刑法上の制裁云々については笑止と言わざるをえない。そもそも明治政府の高官の多くは、幕末の混乱期に火付け盗賊殺人の罪を率先して犯した者たちである。いわば、より多くの犯罪行為を重ねた者から順に立身出世し、爵位官位を与えられ、褒賞を受けているのだ。その連中に、刑法上の制裁云々といわれたくはない。

日露戦争終結後も、政府の社会主義に対する取り締まり方針は不変であった。が、程度において、やや濃淡が発生する。

明治三十九年二月、日本最初の合法的無産政党「日本社会党」設立。

それまでの「厳しい取り締まり方針」を考えれば画期的な成果、というか、にわかには信じ難い出来事だ。内実は、同年一月の西園寺公望内閣が成立したのを受けて、「試しに結党届けを出したところ、意外にもすんなり通ってしまった」ということらしい。

西園寺公望は京都の公家出身。一八七一年からパリに留学し、かの地で中江兆民とも交流があった人物だ。西園寺のフランス留学はまさにパリ・コミューン動乱のさなかであり、かれがパリに到着した翌日、市庁舎でコミューン宣言の祝典が執り行われている。戊辰《ぼしん》戦争従軍経験のある西園寺は、砲火飛び交うパリ市街を駆け巡って騒ぎを見物している。

西園寺は、硬直的な国家主義者の多い明治政府の中では「比較的リベラル」と目されていた。西園寺自身はパリ・コミューンに批判的な感想を記しているが、少なくとも労働者による政権奪取の現実を目の当たりにし、弾圧だけでこの流れをおしとどめるのは不可能と考えたようだ。かれが内閣総理大臣として組閣しているあいだは、社会主義者への取り締まりは「やや緩やか」であった。

逆に、取り締まりが「著しく厳しく」なるのが長州出身の桂太郎《かつらたろう》内閣の期間だ。

このころ桂は、藩閥官僚と陸軍の力をバックに西園寺と政権を二分。交互に内閣総理大臣の座についたため、一般に「桂園時代《けいえん》」と呼ばれる。が、桂太郎はいわば〝表の顔〟だ。かれの背後で糸をひき、実際の権力をにぎって、西園寺と争っていた人物がいた。

山県有朋《やまがたありとも》。

天保九年（一八三八）長州生まれ。松下村塾《しょうかそんじゅく》の末席に名をつらね（実際には数日顔を出しただけだった）、高杉晋作がつくりあげた奇兵隊軍監をつとめたことを足がかりに明治新政府の陸軍創設にかかわった。同時代の者たちからは「小心者」（幕末、長州の志士たちは河豚《ふぐ》を肴に酒杯をかたむけるのを好んだが、山県は危険を避け、一人別に小鍋で鯛《たい》を煮ていた）、「さほどの人物ではない」（右の逸話を、後年自ら得意げに人に話していた）と評されながら、大村益次郎が暗殺されたあとの明治陸軍中枢に腰をすえ、西南戦争で薩摩閥が退いたのを機に陸軍内に大きく勢力をひろげた。

山県は派閥を作ることを異様に好み、人事を餌に強大な権力を築きあげた。明治の陸軍省はかれを頂点とする長州閥の巣窟といって過言ではない。その影響力は政・官・財におよび、山県に逆らう者は容赦なく葬り去られた。

山県有朋は、自分が参謀総長を務めた日露戦争にまっこうから反対した社会主義者、ことに幸徳や堺らを蛇蝎《だかつ》のごとく忌みきらった。そのためかれは社会主義者への執拗な弾圧を指示した、といわれる。

山県は社会主義が如何《いか》なるものかまったく理解していなかったし、また理解する必要も認めなかった。社会主義者は第一に〝敵〟であり、同時に西園寺派を追い落とすための政争の道具である。

山県にとってはそれで充分だった。

こうした政治状況のなかで起きたのが「赤旗事件」だ。

事件そのものは「事件」と呼ぶのをはばかられるほど、取るに足らない、偶発的な出来事だ。

明治四十一年六月二十二日。神田錦町の錦輝館二階広間で山口孤剣（義三）の「出獄記念歓迎会」が開かれた。

出獄記念歓迎会

などと書くと、まるでやくざか暴力団員の出迎え式のようだが、山口の罪状は日刊『平民新聞』に書いた「父母を蹴れ」の記事が「秩序壊乱」にあたるとして新聞紙条例違反で軽禁錮三か月、また大杉栄が『光』に書いた「新兵諸君に与ふ」の編集発行人として同八か月（執筆者より編集発行人の方が罪が重かった）、その他諸々の筆禍事件が重なり、合計一年二か月の服役である。

もっとも当時は、社会主義新聞にかぎらず、およそ言論・出版にかかわる者たちは政権批判の記事を書き、また記事を掲載したとして裁判所に呼び出されること、罪に問われることは（政府お抱え新聞やお先棒担ぎの出版社でないかぎり）、ある意味当然と考えていた。

入獄直前にかれらが書いた記事を読むと、あたかも、

――やべぇ、またひっかかっちまったよ。ちょっと行ってくるわ。

といった感じで軽く首をすくめ、頭をかいている姿が眼に浮かぶようだ。

新聞や雑誌の側でも「本紙記者、本日入獄」と堂々と書き、入獄者への激励記事を掲載するなど、少しも悪びれたところがない。そういえば少し前までは、日本のジャーナリズム系週刊誌の編集部員は「訴訟の一つ二つは抱えていて当然」「どこからも訴えられないような記事ばかり書いて（掲載して）いても仕方がない」と嘯《うそぶ》いていたものだが、ちょうどあんな感じである。

山口孤剣の出獄記念歓迎会は、婦人や子供たちを含め総勢五十名余りが参加する賑やかな会となった。

残された式次第によれば、開会の辞、歓迎の辞のあとは「有志による余興」となっている。講談、薩摩琵琶、剣舞といったもので、全体としては女子供も楽しめる、くだけた雰囲気の、娯楽色の強いイベントであった。

歓迎会の最後に、大杉栄、荒畑寒村ら数名の若者たちが、用意してきた三本の手製の赤旗（大きな赤い布に「無政府」「無政府共産」の文字を白く縫いつけてあった）を取り出し、

「無政府万歳!」「アナ、アナ、アナーキイ!」「ああ革命は近づけり」などと高歌放吟しながら会場を練り歩いた。

そこまでなら、身内受けの余興だ。

ところが、自らの行為に興奮した大杉、荒畑らは、赤旗をうちふりながら宴会場を飛び出し、階段を駆け降りていってしまった。

あっ、という間の出来事で、堺ら歓迎会主催者たちが止めるひまもない。

会館出口では神田警察署の巡査一行が待ち受けていて、当然、騒ぎになった。

——旗を持って通りを歩いてはいかん。

と、巡査らが旗をとりあげようとするが、大杉や荒畑たちが素直に従うはずもなく、

「この旗は自分たちのものである。理由なく他人の所有物を奪う奴は、警察ではなく、強盗である」

と屁理屈で反論。旗をとりあげようとする手を払いのけ、巡査を突き飛ばした。

あとは乱闘である。

この時点で、荒畑寒村は巡査らにとりおさえられ、一本の赤旗とともに拘引された。

そこへようやく堺ら歓迎会主催者が駆けつけ、あいだに入って巡査らと話をして、かれらをなだめた。

少し意外な気もするが、説得の効あってその場は、

——それでは、旗を巻いていけばよろしい。

ということで収まった。巡査の側にも〝大人の対応〟ができる人物がいたということだ。

堺はいきり立つ若い連中をなだめて二本の旗をまとめて巻かせ、それでも心配だったので「女性ならまちがいないだろう」と、近くにいた同志の女性たちに巻いた旗を預けた。

大杉、荒畑は警察署に引っ張っていかれたものの、これで終わっていれば「事件」と呼べるほどの出来事ではない。

続きがある。


堺から旗を預かったのは神川《かみかわ》マツ子、堀保子《ほりやすこ》、管野須賀子の三人の女性であった。

管野須賀子は、かつて誠之助を新宮に訪ね（当時は「菅野すが」と名乗っていた）、その後『牟婁新報』紙上で健筆をふるった、勝ち気で才能豊かな女性である。牟婁新報退社後は上京して『毎日電報』に入社。東京でも数少ない女性記者の一人としてはたらいていた。

上京にさいして、管野須賀子は牟婁新報時代の同僚・荒畑寒村と結婚した。結婚といっても、役所に届けを出さないのはともかく、同居すらしておらず、周囲の者たちからは「荒畑寒村七不思議の一つ」とからかわれていたようだ。当時、荒畑二十一歳、管野が六つ年上の二十七歳。二人は「姉ちゃん」「勝坊」と呼び合う仲だった。

管野が「警察につれていかれた勝坊が心配なので、これから面会に行く」というと、面倒見のよい神川が「一緒についていってあげる」と申し出た。

二人は旗を堀保子に預け、神田警察署へとむかった。

二本の旗は、小柄な堀保子一人の手に余った。別の女性（大須賀さと子）が手を貸し、ひとまず家に帰ろうと、連れ立って神保町方面に歩き出した。

途中、巻いていた旗がほどけてしまい、慌てて巻きなおしていると、巡査が飛び出してきて旗を引き渡すよう命じられた。

仲間から預かった大事な品だ。巡査とのあいだで「話はついているはずです」「旗を巻けといったのに、命令に背くとはけしからん」と言い合いになり、男性の社会主義者の同志も加わって騒ぎとなった。

結局、旗は二本とも巡査に奪われる。

一方、神田署に乗り込んだ管野と神川は、荒畑との面会を申し込んだものの「とんでもない」と鼻であしらわれた。仕方なく帰ろうとしていたところへ、件《くだん》の赤旗が運び込まれてきた。

面倒見のよい姐御肌《あねごはだ》の神川マツ子は、管野須賀子以上に勝ち気な女性である。すぐさま、「その旗は、先ほどあなた方も承知でわたしたちが預かった品だから、返してほしい」と猛然と抗議した。

これに対し、応対に出た巡査は「貴様、見たことがある顔だ。こっちへ来い」と神川の腕をとってひっぱっていく。慌てて仲裁に入ろうとした管野須賀子は、勢いよく突き飛ばされた。

二人の女性はそのまま警察の建物内にひきずりこまれる。

大杉の様子を見にいこうとしていた堺らも、途中、一ッ橋通りの交番前で呼びとめられ、警察にひっぱっていかれた。

この日、神田警察署の留置場にほうり込まれたのは、荒畑寒村、大杉栄、堺利彦ら男性九名に加えて、神川マツ子、管野須賀子ら女性四名の、合計十三名。

かれらは結局、裁判が行われる八月十五日まで勾留されることになった。

手づくりの、粗末な〝赤旗〟三本の取り合いの揚げ句、大のおとなが十三人も二か月近く勾留された、という時点で馬鹿げた話である。だが――。

この〝事件〟について、当時の内務大臣、のちに総理大臣となる原敬《はらたかし》がいささか気になることを書き残している。

死後刊行された『原敬日記』（この時代の為政者たちは公開されることを前提に日記を書いている）には、赤旗事件発生直後、山県有朋が「社会主義者取り締まりの不完全な旨」を天皇に上奏したことが記されている。同月二十五日、二十九日、三十日さらに翌七月二日にも関連の記載があり、注目すべきは、本件に関して原が、

「山県の陰険は実に甚《はなは》だしと云うべし」

と、日記中、他に類を見ない激しい表現で山県有朋を非難している点だ。原は日記の中で、

「兎に角、山県が右様譏構《ざんこう》に類する上奏をなしたり」

といい、さらに、

「徳大寺（侍従長）も山県の処置を非難するの語気あり」

と、山県の動きを不快かつ不自然に感じているのは自分だけではない、とわざわざ証言している。

譏構

とは「人を陥れるために事実を曲げ、ないことを作りあげること」を意味する言葉だ。この一語をもって、原が、

――この事件は何かいやな感じがする。

と後世に伝えようとしたのは明らかである。

事件の背後で何が起きていたのか？

先に述べたとおり、事件そのものは偶発的な、ささいな出来事だ。いかに〝陰険、実に甚だしい〟山県有朋といえども、事件を事前に仕組んだり、予期できたはずはない。

問題があったとすれば、事件発生後だ。

事件数日後、赤旗事件で捕まった者たちが勾留されている神田警察署留置場の板壁に、

一刀両断天王首《いっとうりょうだんにするてんのうのくび》
落日光寒巴黎城《らくじつのひかりさむしパリのしろ》

と書かれているのが発見され、大騒ぎとなった。

一刀両断天王首

この文言が不敬罪に当たるとして犯人捜しが行われ、同房に収監されていた社会主義者の若者・佐藤悟の仕業とされた。が、当時からこれは〝かなり怪しい〟とみなされていた。主義者と巡査のあいだの子供じみた旗の取り合いだった赤旗事件は、書き手不明の落書《らくしょ》によって一気に政治問題化する。

時の内閣総理大臣・西園寺公望は赤旗事件の責任をとって辞任。閣僚は総辞職して、政権は第二次桂内閣へと引き継がれた。

誰が言い出したのでもなく、当時巷《ちまた》にこんな噂が流れた。

――西園寺（内閣）は、藩閥官僚たちに毒殺された。

山県有朋とかれの支持基盤である藩閥官僚が偶発的に起きたささいな事件を利用し、讒構をもって西園寺を引きずりおろし、内閣を打倒した。わざわざ「巴黎城《パリのしろ》」と書かれていたのは、パリ留学経験のある西園寺を想起させるためだという。

真偽は知らず、少なくとも世間の者たちが、おそらくは原敬もまた、その可能性を疑ったことはまちがいない。

東京の事情がわからぬまま、幸徳秋水は八月八日に誠之助の見送りを受けて三輪崎から船に乗り、新宮をあとにした（もともとは四日の出発を予定していたのだが、その日は荒天のために船が出なかった）。

新宮には半月ほど滞在したことになる。

当初の予定をはるかに超える長期逗留だ。

新宮滞在中、幸徳秋水は誠之助に万事すっかり任せきりであった。誠之助の診断にもとづいて、いわれたとおり処方された薬をおとなしく飲み、体をやすめ、なにより精神的にリラックスしたのがよかったのだろう、新宮到着時、憔悴《しょうすい》しきっていた幸徳は、顔の色艶も見ちがえるほどよくなり、元気な姿で東京にむかった。

九日朝。幸徳は鳥羽に上陸。名所・二見が浦に一泊して、翌日、念願の伊勢神宮への参拝を果たす。

鳥羽から名古屋までは、また船。名古屋駅から汽車に乗り、途中、国府津で降りて箱根・林泉寺和尚の内山愚童を訪ねた。

八月十四日、新橋駅到着。

翌十五日に「赤旗事件」の公判が、東京地方裁判所でひらかれることになっていた。

裁判はいろいろな意味で世間の注目を集めており、傍聴席は満員であった。

人いきれでむせ返るような雰囲気のなか、幸徳秋水が法廷の扉から顔をのぞかせると、傍聴席と被告席がいっせいにどよめきわたった。

被告席の十四人（佐藤も同じ赤旗事件の被告とされた）は、幸徳秋水の思いもかけぬ元気そうな姿に満面の笑みを浮かべて、かれを迎えた。

——僕は覚えず、胸迫って涙が落ちた。

幸徳はそのときの感動をのちにそう記している。

開廷後、検察・弁護側双方の陳述がおこなわれた。検察側証人として出廷した巡査の発言は「……たぶん」「……と思う」をくりかえすきわめて曖昧なものであり、他方、自ら弁護側証人に立った堺利彦は、

「もし旗をひるがえしただけで治安に害ありというのであれば、かの広告隊（チンドン屋）のライオン歯磨きの旗も、クラブ洗粉の旗も治安に害があるはずで、警官巡査はかれら広告隊とも衝突しなければならないわけである。云々」

と発言して、満員の傍聴席の笑いを誘う。

全体としては「全員無罪」、もしくは「一部の者に軽微な罰金刑が相当」といった印象であった。

判決言い渡しは、二週間後の八月二十九日午前九時と決まる。

当日二十九日は、予定時刻になってもなぜかなかなか開廷されず、十一時になってようやく裁判官が現れた。二時間遅れだ。

その日も傍聴席は満員であった。

裁判長が青ざめた顔で判決文を読みあげるにつれ、傍聴席にざわめきが広がった。

大杉栄　重禁錮二年半　罰金二十五円

荒畑勝三　重禁錮一年半　罰金十五円

………

誰ひとり予想しなかった厳罰だ。

ことに禁錮刑は、これまでの判例と照らし合わせても「せいぜい二、三か月」が妥当と思われていた（山口孤剣の「一年二か月」はいくつかの判決がたまたま重なったことによる異例の長期服役であり、だからこそ盛大な出獄記念歓迎会が開かれたわけだ）。

被告当人たちはむろん、新聞の予想と比べても、十倍に匹敵する懲役期間であった。

堺利彦　重禁錮二年　罰金二十円

界の当日の行動が仲裁以外の何ものでもなかったことは、裁判の過程で警察側の証言からも明らかになっている。本来、いかなる罪にも問われるはずがなかった。

異常、といわざるをえない。

最後に、女性被告たちへの判決文が読みあげられた。

神川マツ子　無罪
管野須賀子　無罪

………


女性二人は「無罪」、残る二人も「執行猶予」付きである。

法廷内に、ようやくほっとした空気が流れた。

判決の言い渡しをおえると、裁判長は書類をかかえ、逃げるように席を立った。

突然、大杉栄が「裁判長！」と大きな声をあげた。

裁判長はぎょっとしたように足をとめ、大杉をふりかえった。

「今日は言い渡しだけだ。不服があれば控訴するがよい」

そういって立ち去ろうとする裁判長の背中にむかって、大杉が声をあげた。

――無政府主義、万歳！

被告席から、大杉に和する声が期せずして次々にわきあがった。

——無政府主義、万歳！

——万歳！

裁判官、検事らが黒い法服をひるがえして席を立ち、代わりに看守らが飛び出してきて被告らに手縄《てじょう》をうった。

その間、傍聴席の幸徳秋水は呆気にとられ、なすすべもなく見守るばかりである。

看守に引かれていく堺が最後に幸徳をふりかえり、意外にさばさばとした顔で、

「マア、これで一段落だ」

そういって微笑し、小さく頷いて、法廷を出ていった。

裁判後、間もなく、

——たしかに、我々の（社会主義）運動はこれで一段落だ。

と、幸徳秋水は書いている。

最も身近な同志九名をこの先二年、あるいは（控訴中の別裁判の結果次第では）三年以上にわたって失うのだ。

一段落。

赤旗事件の結末は、日本の社会主義を牽引する幸徳秋水をもってしてもそういわざるを得ないほどの打撃であった。追い打ちをかけるように、九州で孤塁を守ってきた『熊本評論』

が官憲の訴訟攻勢によって終刊に追い込まれた。

しかし、それでもなお、と幸徳は先の文章につづいて、奥歯をかみしめるようにこう書く。

——一個の段落の終わりは、全部の文章の終わりではない。一段落の終わるのは、いっそう強い、いっそう深い、いっそう大きな、いっそう波瀾《はらん》ある他の段落を出さんがためではないか。

いま諦めたら、そこで終わりである。

監獄につながれた仲間たちのためにも、ここで諦めるわけには、終わらせるわけにはいかなかった。

*

幸徳秋水は新宿駅にほど近い淀橋町柏木《かしわぎ》（現在の北新宿）に家を借り、「平民社」の看板を掲げる。

すでに『平民新聞』はなく、幸徳秋水の在《あ》るところが即ち「平民社」であった。

二十　東京再訪

明治四十一年十一月。

誠之助は東京に幸徳秋水を訪ねた。

誠之助には、医院がひまになる秋になると毎年ぶ、ら、り、と旅に出るくせがある。

東京に出るのは二年ぶりであった。

大塚《おおつか》駅で電車をおり、幸徳から届いた絵地図つきの葉書を片手に、指示どおりに橋の下をぬけ、線路の土堤にそって左にまがると、目的の家はすぐに見つかった。生け垣にかこまれた瓦ぶきの平屋の家で、玄関脇にかかげた「平民社」の看板が目印だ。

住所は「巣鴨《すがも》村二〇四〇」。

赤旗事件直後に借りた柏木の家は、大家から苦情がでて一か月あまりで転居を余儀なくされた。警察が執拗にたずねてくるのを、気味わるがったらしい。

誠之助が玄関先にたつと、内からにぎやかな笑い声が聞こえてきた。

知った声が聞こえた気がして耳をそばだてていると、当の声の主《ぬし》がちょうど家の奥から出てきた。

「やっ、ドクトルはんやおまへんか！」

誠之助に気づいて声をあげ、表に飛びだしてきたのは森近運平であった。岡山出身の森近とは二年前に堺の紹介で知り合い、浅草蔵前で一緒に演説会をして以来の仲だ。その後、新宮にも何度か来たことがある。

森近は、東京で日刊『平民新聞』立ち上げにかかわったのち大阪に活動拠点を移し、宮武外骨らの支援をうけて『大阪平民新聞』『活殺』『日本平民新聞』などを次々に刊行。東京で平民新聞が廃刊に追い込まれたあとは、熊本の『熊本評論』とともに、日本の社会主義運動の牙城として獅子奮迅のはたらきをしてきた。

が、最近は大阪でも社会主義者に対する弾圧が強まり、森近は日本平民新聞に掲載したささいな記事が原因で二か月の禁錮を言い渡された。あおりをくうかたちで大阪で出していた新聞も、この年廃刊となっている。

誠之助は夏から秋にかけては本業の医院が忙しく、詳しい事情は知らなかったが、森近は九月末に出獄後、東京に出て平民社に転がり込んでいたらしい。

森近は玄関先に立った誠之助の手をとらんばかりの勢いで家のなかに引っ張りあげ、奥にむかって声をあげた。

「紀州からドクトルはんが来はりましたで！　人の体の毒を取るドクトル、社会の害毒を取るドクトル……大石内蔵助《くらのすけ》ならぬ、大石誠之助《せいのすけ》はんでっせ！」

森近は相変わらず、にぎやかな明るい調子、駄洒落まじりの口ぶりだ。二か月の入獄も、陽気なかれの性格を変えるには至らなかったらしい。

一番奥の部屋をのぞくと、そこに集まっていた三人の者がいっせいに顔をむけた。

「お待ちしておりました」

床の間を背に座った幸徳秋水が誠之助に笑顔をむけ、軽く頭をさげた。

幸徳の顔を見て、誠之助は内心ほっと息をついた。

顔色は思ったほど悪くない。

赤旗事件裁判の新聞記事を読んで、精神的に追い詰められているのではないか、と心配していたのだが、笑顔を見せられるようなら大丈夫だ。誠之助が新宮から送った薬も効いているのだろう。

森近が、部屋にいる他の若者二人を手前から順番に紹介してくれた。

「新村忠雄《にいむらただお》くん――信州・長野の人です」

森近に紹介されてぺこりと頭をさげたのは、涼やかな顔立ちの若者だ。色白の顔をあげ、にこりと笑うと、頬に深いえくぼが浮かぶ。この場では最年少の二十一歳。一見育ちのよい、お坊ちゃん然とした感じだが、誠之助をまっすぐに見つめる目には知的な光が浮かび、表情は思いのほか勇ましい。

聞けば、新村忠雄は現在『東北評論』の編集人として新聞紙条例違反で告訴されていて、判決が出るまでの時間をつかって幸徳秋水に会いに来たという。

そういえば、東北評論は誠之助の自宅にも送られてきていた。原稿執筆の依頼を多忙を理由に断ったことを思い出し、その旨を詫びると、新村は首をふり、

「編集人といっても、僕は名前を貸しただけですから……」

といって頬を染めた。

「こっちは、坂本清馬《さかもとせいま》くん」

と森近がもう一人を紹介した。きらきらとした黒眼がちの目を伏せ、軽くあごを引くように誠之助に挨拶したのは、小柄ながら、いかにも利《き》かん気の、はしっこそうな若者だ。幸徳秋水と同郷・土佐中村の人で、今年二十三歳。

かれらは三人とも「平民社」に居候《いそうろう》中だという。

誠之助は内心、おやおや、と思った。今回の上京は幸徳の家にやっかいになろうと思っていたのだが、よそに宿を探したほうがよさそうだ――。

誠之助の心を読んだかのように、幸徳が口を開いた。

「東京にいらっしゃるあいだは、どうぞわが『平民社』にお泊まり下さい」

幸徳秋水は目のふちに笑みを浮かべて客人たちを見まわし、

「先日までもう三、四人いたのです。広くはないですが、部屋はありますので……」という。

平民社（幸徳秋水宅）は三畳、四畳半、六畳、八畳の四間。

賄《まかな》いは、通いの女中がやってくれている。

何とかならなくはない。

もっとも、いま皆が集まっている八畳の間は書斎をかねているようすで、本棚から本があふれ、各人がすわっている場所以外はほとんど足の踏み場もないありさまだ。

「新宮のドクトルの家でもそうでしたが」

と幸徳は周囲を見まわし、

「本に囲まれていると、やはり心が落ち着きます」

そういって目を細めている。

幸徳秋水にはやや書痴《しょち》のけがある——。

誠之助はそう思ったあと、すぐに苦笑した。その点では自分も幸徳と大差はない。自然に本棚に目がすい寄せられた。

平民社書斎の本棚には各種小説や辞書・百科事典がならび、日本で出版されている社会主義関連書籍ばかりでなく、英語やドイツ語、フランス語の新聞、雑誌、本なども数多く所蔵されていた。

壁には大きな世界地図とならんでマルクスの肖像が掲げられ、エンゲルスやクロポトキン、オーエンの額も見える。

床の間には「文章経国大業不朽盛事」と書かれた掛け軸。これは幸徳の師・中江兆民の筆だという。

誠之助にとっては心落ち着く雰囲気だ。

新宮の誠之助の家にも客人は多く、誠之助自身、若い人たちと話すのはきらいではない。そのうえ、その日熊本から幸徳に手紙が届いたところで、数日内に松尾卯一太が平民社を訪問する予定だという。

懐かしい名前を聞いて、誠之助の頰が思わずゆるんだ。

昨年秋に九州・熊本を訪れたさい、誠之助は『熊本評論』同人一同から手厚いもてなしを受けた。ことに印象的だったのが、松尾卯一太と新美卯一郎の二人だ。誠之助は、同じ卯年生まれ（一回りちがい）の二人に不思議な共感を覚えた。松尾が平民社を訪れるのであれば、是非とも会って話をしたい――。

「些《いささ》かにぎやかではありますが、わが平民社にご滞在いただけますか？」

わざと剽《ひょう》げた口調でたずねた幸徳が、急に何か思い出したように眉をよせ、

「むろん、あの有り様です。あなたのほうでご迷惑でなければですが……」

「あの有り様？」

誠之助が問い返すと、部屋に居合わせた四人が逆に顔を見合わせた。

「ここに来る途中、何もありませんでしたか？」

森近の問いに、誠之助は要領を得ぬまま無言でうなずいてみせた。

幸徳が立ちあがり、「こちらへ」といって、誠之助を玄関口に連れていった。

玄関口から幸徳が指さす方向に目をやると、道をへだてた畑のなかに天幕《テント》が立っている。天幕の隙間に、人影が動くのが見えた。

「表に二人、裏に二人」

幸徳は、家の表と裏を順に指さして、小声でいった。

幸徳の話によれば、四人の偵吏が昼夜の別なく交替でこの家の張り番をしているそうだ。ここに引っ越して来た当初は、畑のなかに野天で立ち番をしていたが、夜中や雨の時に難儀したようで、最近、天幕が出来たという。

「しかし……。かれらはいったい、何のために？」誠之助は首をひねった。

さあ、と幸徳はわざと米国人のように肩をすくめ、

「何のためなのか、私にもよくわからないのですが、いずれにしても、連中はわれわれの一挙手一投足を、逐一監視するつもりのようです。平民社への来訪者も一人のこらず誰何《すいか》される、はずなのですが……」

誠之助がやはり無言で首を横にふると、

「そうですか。おかしいな？　たぶん、昼飯にでも行っていたのでしょう」

幸徳はそう言って不思議そうに首をかしげている。

この夏、新宮に来た時点で、幸徳にはすでに複数の尾行がついていた。新宮ではさすがに天幕は立たなかったが、赤旗事件後、官憲による監視が一段と厳しくなったらしい。いまでは幸徳自身のみならず、かれと接触した人物はすべて監視され、店で物を買っても、町で人力車に乗っても、幸徳とひとことでも口をきいた者には、その後しばらく偵吏の尾行がついてまわるという。

「おかげで、うっかり買い物もできません。もっとも、先日、尾行の偵吏に時間をたずねたら、その偵吏があとで別の偵吏に尾行されていたのには、笑えましたがね」

幸徳は唇の端に自嘲的な笑みを浮かべた。誠之助は小首をかしげ、

「政府の連中は何を心配しているのですかね？　あなたが——幸徳秋水が、この東京でいったい何をしでかすと思って……」

途中でその答えに思い当たって、あっ、と声をあげた。

「まさか、政府の連中はあの馬鹿げたビラを本気にしているのだと？　しかし、いくらなんでも……まさか？」

「それがどうも、そのまさかのようでしてね」

幸徳秋水はそう言って、心底うんざりした表情になった。

一年前の明治四十年十一月三日の天長節に、その事件は起きた。

睦仁（明治天皇）足下　足下の命や旦夕《たんせき》に迫れり
爆裂弾は足下の周囲にてありて将《まさ》に破裂せんとしつつあり

と書かれた何枚かのビラが、サンフランシスコの日本領事館の正面玄関はじめ在米日本人集会所掲示板など、何か所かに貼り出されたのだ。

「明治天皇への公開状」

と題するそのビラを作成したのは「在米社会革命党」を名乗る者たちであった。

先に幸徳秋水渡米の箇所でも触れたが、当時、本国で弾圧を受けた社会主義者らがアメリカ（あるいはスイス）に逃れて革命基地をつくる、というのが一種の流行となっていた。自国の権力の及ばない安全な外国にいる者たちは、日本人にかぎらず、概して大きなことを口にしがちだ。

アメリカに逃れた各国の社会主義者同士交流があり、かれらはそれぞれ本国の情報を交換するさい、自分を大きく見せるため、もしくは悪気はなくとも「こうだと良いな」と思うことを「我が国ではこうだ」と言い切る傾向がある。

在米社会革命党に属する日本人も、そうした傾向と無縁ではなかった。かれらは他国の社会主義者たちと不自由な英語で交流するなかで、二十世紀のこんにち、自国《にほん》が如何に不条理な王政に甘んじているかを（おそらくは実情以上に）悟り、他国の社会主義者への体面上、早急に何らかの手を打たねばならないという思いに駆られた。

そのような状況下で書かれたのが「明治天皇への公開状」だ。文言が過激になったのは、当人たちにすればまずやむを得ない。

過激な文言のビラを作成し、日本領事館や集会所の掲示板に貼り出した。かれらはそれで満足だった。「やってやったぜ」。そういって祝杯をあげた者たちもいたにちがいない。

問題は、明治政府がかれらの想像をはるかに超える警察力を保持していたことだ。組織の動きは「在米社会革命党」には、すでに領事館に雇われた密告者《スパイ》が入り込んでいた。明治政府に全部筒抜けだった（これは、川路利良《かわじとしよし》が明治初年にフランスの秘密警察をモデルに作りあげた警視庁の近代性や優秀性を示すものではなく、むしろ江戸時代に刷り込まれた日本人の密告癖の延長と見るべきだろう）。

密告者から情報を得た明治政府は、ビラが現れた直後に東京帝国大学教授・高橋作衛《さくえ》をサンフランシスコに送り込む。そこで得た情報を、やはり東大教授の穂積陳重《ほづみのぶしげ》経由で元老・山県有朋に報告した。

山県はこの情報を誇大に明治天皇に上奏する。恐怖を覚えた明治天皇が社会主義者への厳重な取り締まりを指示し、これが翌年の赤旗事件につながった――。というのが昨今の研究結果である。

海を隔てたアメリカ・サンフランシスコで作られた馬鹿げたビラを、山県一派がまんまと国内の政争（西園寺の追い落とし）に利用したというわけだ。

だが、事件はこれで終わらなかった。

ひとたびばら撒かれた言葉は、あたかも生き物のごとく、山県らの意図を超えて社会のなかで自律的に蠢《うごめ》き始める。

明治天皇暗殺
という、本来まともに取り合われるはずのない文言が政府関係者の側で実体化し、意味を持ちはじめたのだ。かれらは、

「日本国内で天皇暗殺を企てるとすれば、急進派社会主義の指導者・幸徳秋水以外ありえない。幸徳一派は爆裂弾の入手を企てている」

と考えるようになり、以後、幸徳秋水ならびにかれの一派に対する監視と取り締まりを一種異様なまでに強化してゆく――。

まるで、自作の幽霊話におびえてみせていた者の周囲でいつの間にか本物の幽霊が跋扈《ばっこ》しはじめたような感じだ。

政治の世界において〝言葉〟がもつ魔術的な力である。

いずれにしても、政争の側杖《そばづえ》をくった幸徳にしてみればいい迷惑だ。

「政府の連中は、私が赤旗事件の腹いせに皇室に危害を加えると、どうやら本気で疑っているようなのです」

幸徳秋水は道むかいの天幕に陣取る偵吏たちをあごで示し、呆れたように首をふった。

「私がそんなことを企てるものかどうか、ドクトル、あなたにならおわかりでしょう？」

誠之助は幸徳の心底困惑した顔を見て、思わず、うふっ、とふきだした。伊勢神宮に真面目に参拝するくらいだ。幸徳にはむしろ「天皇好き」というべき傾向がある。

事実、皇室に対する幸徳秋水の意見は、

——民に害を及ぼさないかぎり、皇室は勝手に富み栄えてくれれば良いと思う。

というもので、かれは常々周囲のひとびとにそう語っている。

誠之助の反応を見て、幸徳は愁眉《しゅうび》を開いた。少なくとも、ここに一人、自分を理解してくれている人物がいる。そう思ったらしい。

「サンフランシスコで貼り出されたビラには『暗殺主義《テロリズム》』という言葉が使われていたそうです。『我らは無政府党暗殺主義者である』とも。そのせいで、政府の連中はあらぬことを心配しているのでしょうが……」

と幸徳は首をかしげ、

「古今東西の歴史的事実を調べれば、社会主義者や無政府主義者には暗殺者が少ないことは、すぐにわかるはずなのですがね。暗殺主義というなら、尊王主義や愛国思想のほうがよほど激越な暗殺主義ですよ。日本でも幕末、尊王攘夷を掲げた連中が反対する者たちを片っ端から殺してまわりましたが、暗殺主義《テロリズム》はむしろ彼らのやり方です。いわば〝前世紀の遺物〟だ。二十世紀の新しい思想――社会主義や無政府主義実現のためには、何かもっと別のやり方があるはずです」

厳しい口調でそう語った幸徳は、道向かいの天幕に目をとめ、

「新宮であなたに読んでいただいた例の翻訳――『麵麭《パン》の略取』は結局、どこからも刊行を断られました。社会主義・無政府主義関連の出版をうっかり引き受けると、罪に問われるのだそうです。クロポトキンをロシアの暗殺者と勘違いして、そんな物騒な奴の本を出せるわけがない、と言ってきた出版社もあります。政府の迫害を恐れて、有益な知識を世に広めることができない。そんな社会が、はたして文明国といえるでしょうか？　私は、この国がだんだん野蛮に帰っていくようで、怖い気がします」

暗い表情でそういった。

「私のことは、まあ、良い。自分でなんとかします。心配なのは……」

幸徳は言葉を切り、きつく眉を寄せた。顔をあげ、誠之助の顔をまっすぐに見て、

――お願いしたいことがあります。

と、ひどく思い詰めたような低い声でいった。

家の奥に一声かけて、二人はそのまま平民社を出た。

むかったのは、幸徳秋水が九月末まで住んでいた淀橋町柏木。目的は、近所に住む管野須賀子の往診であった。

赤旗事件のさい、他の同志の者たちとともに神田警察署に勾留された管野須賀子は、裁判で無罪を言い渡された。

その場で釈放された彼女は、柏木に借りていた自宅に戻る。柏木は当時、堺利彦一家や荒畑寒村らの社会主義者、あるいは中国の革命家たちが多く住む土地柄であった。

自宅に戻ったあと、管野須賀子は体調を崩して寝込んでしまう。

赤旗事件裁判後ほどなく、彼女は勤務先の『毎日電報』を馘首《くび》になり、いまはひとりで家で臥《ふ》せっている。結婚相手の荒畑寒村は赤旗事件で「一年半の重禁錮」を命じられたので、最近は毎日、同志の女性が見舞いに訪れている。

幸徳の依頼とは、管野須賀子を診察して医者としての意見を聞かせてほしい、というものであった。

誠之助は首をかしげた。

用件はわかった。が、幸徳はまだ何か隠している感じだ。それが何なのか考えながら歩いていると、背後から突然「おい、待て！」と荒い声をかけられた。

ふりかえると、鳥打ち帽をかぶった若い男が一人、天幕から慌てた様子で走り出てきた。

誠之助と幸徳が足をとめて待っていると、追いついた男は、

「どこへ行く……」

といいさして、誠之助の顔を眺め、驚いたように目を丸くした。

「あなた、誰です？　お名前は？　いつからあの家にいたのです？」

と立てつづけに質問した。

誠之助は幸徳と顔を見合わせ、目配せをかわした。

「なるほど。ふだんは、こんな感じなんですね？」

「まあ、だいたいこんな具合です」

誠之助は鳥打ち帽の男にむきなおって、「あんたこそ、誰や？」とたずねた。

男は己の懐をもぞもぞと探って、手帳をとりだした。

「新宿警察署巡査海老澤何某」とある。

誠之助がわざ、、と疑わしげに手帳をためつすがめつしていると、幸徳が横から「確かな人ですよ」と言葉を添えた。

どちらが調べられているのかわからない。

誠之助が質問に答えたあとも、鳥打ち帽の男はあとをついてくる。

やがて尾行が二人になり、三人になった。そのことを指摘しても、幸徳は、

「かれらも仕事ですからね。まあ、仕方がない」

というばかりで、どこか上の空だ。尾行慣れなのか、とも思ったが、いまは別にもっと気にかかることがあるといった感じだった。

幸徳の案内で、誠之助は柏木に管野須賀子を訪ねた。

誠之助が須賀子と会うのは二度目だ。前回は新宮の「太平洋食堂」で子供たち相手に夏目漱石の「吾輩は猫である」を読んで聞かせていたところに突然彼女が現れ、差し出された「菅野すが」の名刺を誠之助がうっかり「すがのすが」と、滑稽小説から抜け出してきた登場人物のような読み方をしたために子供らが大笑いとなった。その後、すがは誠之助や子供たちと神倉の目も眩《くら》むような急な石段を顔色ひとつ変えずにのぼり切り、誠之助や子供たちを驚かせた。

あれから三年半が経つ。

久しぶりに顔を合わせた管野須賀子の変わりように、誠之助は内心驚きを禁じえなかった。否。見た目だけならば、彼女はむしろ〝少しも変わっていない〟といえた。目鼻の整った色白の顔。まつげが思いのほか長い。集中すると心もち顔を伏せ、上目づかいに相手の顔をじっと窺い見るくせがある。最初に会ったとき、彼女は二十二、三に見えたが、臥せっている布団から半身を起こして誠之助を迎えた管野須賀子は、あのときからほとんど年をとっていないように見える——少なくとも、一瞬、そう錯覚しそうになる。

双方型どおりに久闊《きゅうかつ》を叙《じょ》したあと、誠之助は管野須賀子を診察した。

ほどなく、誠之助は先ほどの己の錯覚の理由に気がついた。

もともと色白だった肌が抜けるように白く見えるのは、彼女がしばらく外に出ていないせいだ。そこに、微熱のせいで頬が薄く紅潮して、一見若々しく見える。その上、以前より痩せたために、もともと黒眼がちの目が、大きく、潤《うる》んで見える――。

肺結核患者に典型的な症状だ。

念のため持参した聴診器を胸に当てると、予想どおり肺に雑音が聴こえた。

聴診器を鞄にしまいながら、誠之助は当人にどう伝えたものか思案した。

管野須賀子は昨年、妹のひでをやはり肺結核で失っている。

巣鴨から柏木に移動するあいだに、誠之助は幸徳からその間のおよその事情を聞いていた。

ひでは幼いころから体が弱く、病気がちであったが、非常に聡明で思いやりが深く、須賀子にとっては大事な、かけがえのない家族であった。須賀子が『牟婁新報』記者として温暖な気候の田辺に移住したのも、ひとつには妹の体を慮《おもんぱか》ってのことである。

牟婁新報退社後、管野須賀子・ひで姉妹はいったん京都に戻った。一昨年末、須賀子は妹の体調が回復したのを見はからい、妹をともなって東京に出て毎日電報の記者職を得た。牟婁新報時代の同僚、荒畑寒村との結婚を周囲に報告したのもこのときだ。

二か月後、足尾銅山で坑夫暴動事件が起き、荒畑寒村が足尾に取材に行っているあいだにひでの病状がにわかに改まり、危篤に陥った。

医師の診察を仰ぐと、結核菌が脳を侵しているという。東京に来てまもない須賀子は誰に頼ることもできず、さりとて入院させるお金もない。結婚相手である若い荒畑寒村は、足尾から帰って来たものの、おろおろするばかりで少しも頼りにならなかった。

二人が手をこまねいているうちにひでは息を引きとった。まだ二十一歳の若さである。葬儀後、須賀子は妹を東京に無理に連れてきたせいでこんなことになったのだと自らを責め、寝込んでしまった。

一方荒畑寒村は、須賀子を一人残して大阪に旅立った。森近運平の『日本平民新聞』を手伝うという理由だったが、須賀子にしてみれば「一番側《そば》にいてほしいときに、逃げた」という気がしたはずだ。この春東京に戻った荒畑は、なぜか須賀子とは同居せず、柏木に別に家を借りて住んでいた。

そんななかで起きたのが「赤旗事件」だ。赤旗を振りまわして捕まった荒畑を心配して警察に行った須賀子は、その場で逮捕、勾留された。裁判で無罪になり、釈放されたが、勾留期間中にどうやら屈辱的取り調べを受けたらしい。

「赤旗事件を担当した武富《たけとみ》検事というのが、評判のよくない男でしてね」

幸徳は顔をしかめていった。

武富済《わたる》は愛知県刈谷村出身、東京帝国大学法科卒業後、検事に任官。明治初期に起きたいくつかの疑獄事件を手掛けている。この手の検事は（今も昔も）自分が描いた筋書きどおりの供述書を得るために乱暴な取り調べを行う傾向がある。いきなり頭ごなしに怒鳴りつけ、自尊心を打ち砕くのが、かれらの常套手段だ。武富検事はふだんから、ことさらそうした態度に出るきらいがあった。

世の中でふんぞりかえっている政治家や財界人が相手の疑獄事件では、現場の巡査が知らず知らず卑屈になることが多いので、このやり方は有効だ。検事が取り調べでわざと乱暴に振るまい、相手の鼻柱を折りにいくこともある。

武富検事は、同じ手を社会主義者や無政府主義者にも使った。かれは社会主義者や無政府主義者など世の中を騒がせる危険な存在だと頭から決めつけ、現場に「赤旗事件で勾留された者たちを容赦なく扱うよう」わざわざ指示を出した。また自分自身で留置場に出むいて、勾留中の容疑者の取り調べにあたった。

だが、社会主義者が相手の場合は、もともと巡査や下吏たちはかれらを社会の異物として〝下〟に見ている。検事直々の指示は、火に油を注ぐようなものだった。

留置場での社会主義者の扱いは、凄惨をきわめた。

逮捕当初、取り調べに素直に応じなかった大杉栄や荒畑寒村は裸にされ、両足を持って廊下をひきずりまわされた。殴る、蹴る、ふんづける。やりたい放題だ。取り調べ前の拷問は言語に絶し、脇腹を蹴られた荒畑が気絶したために、ようやく中断されたという。その荒畑が「大杉が口惜し泣きに泣いたのを見たのはこの時が初めてだ」とのちに書き残しているほどだ。

留置場では便所に行くことも許されず、男たちは腹いせに通路に小便を放って大騒ぎになったそうだが、同時に勾留された四人の女性たちはどうしたであろう。

熊本評論の同人が、勾留中の四人の女性の面会に訪れている。そのさい彼女たちは面会人に対して、異口同音に「着物や金子《きんす》の差し入れなど、どうでもいい。わたしたちが受けた圧虐に対して、どうか復讐して頂きたい」と訴えたという。

四人の女性に面会した者たちはみな、彼女たちが体のあちこちに青アザをつくり、唇の端に血を滲《にじ》ませていたと証言している。

釈放されたあと、四人の女性は自分たちがどんな取り調べを受けたのか、具体的な内容は一切話そうとしなかった。彼女たちは誰かにたずねられるたびに唇をかみ、怒りに燃えた目で虚空を睨《にら》みつけた。

誠之助が診察結果を管野須賀子当人にどう伝えたものか思案したのも、いわばそのせいであった。

誠之助が驚きを禁じ得なかった須賀子の〝変わりよう〟は、姿形の話ではない。

管野須賀子は狂気じみた雰囲気を漂わせていた。

もともと、神倉の急な石段に顔色ひとつ変えなかった、勝ち気で聡明な女性だ。牟婁新報社主の毛利柴庵《さいあん》が臨時編集長を任せたほどの文章の書き手で、日本語でも英語でもきれいな美しい文字を書く。須賀子にしてみれば、巻き添えをくう形で留置場にひきずり込まれ、無学な巡査や下吏などはともかく、話が通じるはずの帝大出の検事から罵倒され、人げもない乱暴な取り調べを受けたことが、よほどショックだったのだろう。

管野須賀子は、誠之助の診察を受けるあいだも時折ふっと意識が飛ぶ感じで、思い詰めたように独り言を呟いていた。看病している女性の話では、時々ヒステリーの発作を起こして叫び出したり、突然気を失って倒れることもあるらしい。

誠之助は結局、診察結果を当人には告げずに柏木の家をあとにした。須賀子も誠之助に何もたずねなかった。

幸徳とともに巣鴨の平民社に戻るあいだ、二人はお互い無言であった。何もいわなくとも、幸徳秋水は事情をほぼ察した様子だ。

無言で歩く二人の背後には、三人、もしくは四人の尾行がついている……。

誠之助は何とも馬鹿馬鹿しく、かつ、暗澹《あんたん》たる気持ちになった。

誠之助は二十三日まで平民社に滞在、上京してきた松尾と嬉しい再会を果たし（松尾は熊本評論が廃刊を余儀なくされたことにいたく憤慨していた。蓋《けだ》し当然であろう）、そのあと都々逸《どどいつ》仲間の家に宿を移して、さらに数日を過ごした。

東京滞在中、誠之助は本屋をぶらぶら覗いてまわって何冊か書籍を購入したり、屋台で立ち食いをしたり（新宮を出る前からこれを楽しみにしていた）、百貨店でフカの羽織にする珍しい布地を買い求め、「気に入るかどうか」と葉書を書いたりしている。

誠之助は何も社会主義ばかりやっているわけではない。

二十四日、誠之助は新橋から汽車に乗って東京を離れた。

途中、京都に立ち寄って徳美松太郎と久しぶりに顔を合わせて歓談し、大阪では義妹ののわに会って「オルガンを買う」と約束させられた。その合間に各地の社会主義者たちと座談会を設けている。

さらに田辺で毛利柴庵と牟婁新報新宮支局について相談して、新宮に戻ったのは月が替わった師走の四日のことであった。

年が明け、松も取れたころ。

誠之助宛てに『麵麭の略取』が送られてきた。

訳者兼発行人は「平民社」。巻末に「平民社代表者」として坂本清馬の名前が記載されていた。坂本清馬は、誠之助が幸徳の自宅で会った、利かん気そうな土佐人の若者だ。

『麵麭の略取』のどこをひらいても、幸徳秋水の名前は出てこない。

幸徳の本書に対する入れ込みようを知る誠之助は、本を閉じ、苦く笑うしかなかった。結局、幸徳の名前ではどの印刷所も引き受けてくれなかったのだろう。

奥付の発行日は「一月三十日」。実際には、届け出前に印刷も刊行も配布もすませていて、誠之助の手元に届いたのも発行日の前だ。

『麺麭の略取』は、案の定、届け出とともに発禁処分となり、坂本清馬は起訴されて三十円の罰金を科せられた。

二十一　邪宗門

「おや、ここにも送られてきていましたか」

物珍しげにきょろきょろと左右を見まわしていた新村忠雄が、一冊の小冊子《パンフレット》に目をとめてつぶやいた。

新宮船町、熊野川下流の川原にほど近い「ドクトル大石」医院。新村は書斎の隅に雑然と積まれた雑誌の山から小冊子を取りあげて興味深げに眺めている——。

昨年秋に上京したさい、幸徳秋水宅で会った信州人・新村忠雄が、

——暫《しばら》くそちらで使ってやって下さい。

という幸徳の紹介状をもって誠之助方を訪れたのは、冷たい神倉下ろしに悩まされた新宮の冬も過ぎ去り、すっかり春めいた〝山笑う〟四月朔日《ついたち》のことであった。

書斎のひじ掛け椅子に座った誠之助は、幸徳の紹介状に目をとおしながら、いくらか当惑しつつ若い客人を観察した。

新村は、すっきりした目鼻立ち、色白で、笑うと頬に深いえくぼができる。聡明そうな、

一方でお坊ちゃん然とした感じの青年だ。性質は温順、他人に対して遠慮深い。我を張る感じでなく、二十二歳という実際の年齢より幼く見える。

去年東京で会ったときの印象と変わらない。が、聞けば新村は、あのあと『東北評論』編集人として前橋監獄に収監され、二か月の禁錮刑をつとめていたという。この二月に出獄したかれは郷里には帰らず、そのまま平民社に身を寄せていたらしい。

「うちの親が〝懲役人など育てた覚えはない。勘当だ〟と、かんかんでしてね」

新村は手元の小冊子に目を落としたまま、そう言って軽く首をすくめた。

「しかしまあ、いま兄貴がとりなしてくれているので、そのうちなんとかなるでしょう」

新村は、案外平気な様子だ。このあたりが〝末っ子〟の特権だろう。同じ末っ子の誠之助も、身に覚えがないではない。それはそれとして、

「そのパンフレットがどこから来たんか、あんた知っとるんかい？」

誠之助は不思議に思って新村にたずねた。

新村が手にしているのは、

『無政府共産　入獄記念』

と題された小冊子だ。表紙には「革命」と白く抜かれた三角の赤旗のデザインが見える。

ページをひらくと「赤旗事件の迫害に対する抗議」と発刊の主旨が記され、つづいて、

「なぜにお前は、貧乏する。ワケを知らずば、聞かしょうか。天子、金持ち、大地主。人の

「血を吸うダニがおる」

と、ラッパ節《ぶし》の替え歌が載っていた。

ラッパ節（別名、トコトット節）は、作詞・作曲者不詳。日露戦争終結後、数年にわたって都市部を中心にひろく流行した風刺歌だ。当時はラッパ節の読み売りを専門とする辻芸人が複数存在したほどの人気ぶりだった。ラッパ節には替え歌が多い。有名なものとしては、

「紳士の妾《めかけ》の指先に、ピカピカ光るは何じゃいな、ダイヤモンドか違います、労働者の玉の汗、トコトットット」

「藍《あい》や砂糖に税をかけ、それで飢饉《ききん》は救われず、八十万の失業者、文明開化が笑わせる、トコトットット」

ユーモラスな「トコトットット」という合いの手が受けた理由だろう。誠之助に送られてきた小冊子には、しかしなぜかこの合いの手がみあたらない。その代わりに、

「三つの迷信」

なるものが書き加えられていた。

一、地主が土地を所有しているという迷信。
二、政府軍隊が庶民を「守っている」という迷信。
三、外国人には話が通じず、ただ武力で攻めてくるという迷信。

これらはいずれも国家（権力者）が広める迷信に過ぎず、この「三つの迷信」を打破しなければ百姓や庶民は永久に貧乏から逃れられない。小作料を払わず、税を払わず、徴兵に応じなければ、世の中は変わる——。

江戸から明治に呼び名が変わっても、農民の税負担（小作料）は減らず、かえって増えていた。

近代国家には金がかかる。江戸幕府（封建国家）は農民から米を取り立てることで成り立っていたが、明治政府（近代国家）では、すべての国民に税金が課せられ、そのうえ士族の役目だった兵役（戦争）にまで駆り出されることになった。

こんなはずではなかった。冗談じゃない。

という当時の庶民のあいだに広がる不満を代弁したもので、現代にもそのまま通じる指摘ではあるものの、議論としての目新しさはない。ラッパ節の替え歌も、かつて『光』（明治三十九年五月二十日第十三号）に掲載された、

「なぜにお前は、貧乏する。ワケを知らずば、聞かしょうか。華族、金持ち、大地主。人の血を吸うダニがおる」

の「華族」の一語を「天子」に差し替えただけで、新機軸とはいいがたい。

何よりの問題は、この小冊子には発行人や印刷所の記載が一切ないことだった。

出版法によって、この国の出版物はすべて届け出制となっている。届け出なし。正規の印刷所ではない、個人所有の印刷機で刷られた「匿名者」による「秘密出版物」ということだ。

小冊子は、昨年末、新宮の大石医院宛てに送られてきた。

誠之助は頁を一瞥して、あまりの読みづらさに顔をしかめた。活字不足のせいで片仮名と平仮名が入り交じり、誤字に脱字、紙も悪く、印刷物としての出来はよくない。というか、かなり悪い。そのまま書斎の隅にほうり出して忘れていたのだが、新村が興味をもつとは意外だった。ふと、あることに思い当たり、

「まさか、幸徳秋水が……?」

誠之助が思わず発した問いに、新村は顔をあげ、呆れたように目をしばたたいた。すぐに、吹きだすようにして、

「とんでもありません。幸徳先生がこんなものに関係しているわけがない」

と首をふった。

誠之助はほっと息をついた。それはそうだ。幸徳秋水のわけがない。しかしそれなら――。

「内山愚童という人物をご存じですか? 箱根林泉寺の曹洞宗の坊さんだそうですが」

ふむ、と誠之助は小さくうなずいた。

幸徳は、赤旗事件の裁判傍聴のために東京にむかう途中、箱根に立ち寄るつもりだといっていた。林泉寺の和尚《おしょう》が社会主義の同志で、以前から訪ねて来て欲しいといわれている、た

しかそんな話だった。

そう言うと、新村はすばやく点頭し、

「その和尚ですよ。かれが巣鴨の平民社を訪ねてきて、幸徳先生に秘密出版の相談をもちかけたのです。幸徳先生は『日本語は諸外国にくらべて活字の種類が多いので、そこから足がつきやすい。秘密出版はやめた方がよい』とおっしゃったのですが、聞く耳を持たなかったようですね。その後、平民社にこれが送られてきましたから」

と言って小冊子を指ではじいた。新村は小首をかしげ、

「ここにも送られて来ているということは、森近先生が平民新聞の名簿を渡されたのかしらん？」と、つぶやいている。

おやおや、と誠之助は心中呆れる思いであった。

社会主義者としては新参者の新村忠雄が事情をすべて知っている、しかもこんなところでぺらぺらと喋っているようでは、秘密出版も何もあったものではない。

昨今東京では、街角でラッパ節を読み売りする辻芸人たちでさえ、社会主義的、革命的であるとして、取り締まり対象となっているという話だ。ましてやこの内容である、官憲が黙認するわけがない。かれらは本気で探すだろう。

（こんなことで、幸徳に害が及ぶのでなければよいが……）

誠之助はうんざりした思いで、書斎机にひろげた原稿に指先をはしらせた。

机には、ページを開いた英語の本と書きかけの原稿、それに平民社から出た『麵麭《パン》の略取』が並べておいてある。

大石誠之助抄訳『麵麭の略取』がこの年一月から牟婁新報に順次掲載され、のちに京都・日出新聞にも転載された。

平民社から出た『麵麭の略取』は届け出と同時に発禁処分となり、発行人・坂本清馬は起訴され、罰金を科せられた。

誠之助もそれなりの覚悟をしていたのだが、今のところ、どこからも何ともいってこない。結局のところ、本の内容が問題なのではなく、「幸徳秋水」という名前自体が取り締まり対象となっているという証拠だ。平民社版が罰金で済んだのも、幸徳秋水の名前を表に出さなかったからだろう。

――この思想が、どんなところで根を張り、芽を出すのか、私は見てみたい。

新宮に来たとき、幸徳は『麵麭の略取』の己の訳文に目を細めて、そんなふうに呟いた。

その上でかれは、誠之助に、

「当局に目をつけられている私が東京でこれを出版しても、すぐに発禁になる可能性が高い。……あなたが翻訳したものを別の形で世に出してもらえれば、それはまた違うものとして種が播《ま》かれる。その種が実を結ぶのを……私は見てみたい」

と頼んでいった。

幸徳の言葉が耳から離れず、誠之助は多忙を極めるなか何とか閑を見つけて、これまであまり馴染みのなかった翻訳作業にとりかかった。

誠之助は『麵麭の略取』を翻訳しながら、あらためて幸徳秋水という人物の内面に触れる思いであった。クロポトキンの文章を介して、自分の訳（解釈）と幸徳の訳をつきくらべ、

（なるほど、幸徳はここをこういう文章にするのか）

と舌を巻くことが多かった。

学識豊富。語彙無尽蔵。

さすが〝当代きっての名文家〟と呼ばれるだけのことはある。幸徳は新宮に持参した訳文にいまいちど磨きをかけることで、見ちがえるような仕上がりにしていた。音読したさいの〝音のならび〟にまで気を使っていて、そのぶん堅苦しく感じるところもあるが、じっくり読んでいけば、それもまた魅力に思えてくる。

前年七月、「赤旗事件」で西園寺内閣が倒れた後〝社会主義的傾向がある〟と見なされた新聞や雑誌は軒並み厳重な取り締まりを受け、そのほとんどが廃刊に追い込まれた。

桂内閣成立後、わずか五か月のあいだの出来事である。

このころから、以前は幸徳秋水の文章を争うように求めた新聞社、雑誌社、出版社は、か

れの文章の引き受けに難色をしめし、あるいははっきりと拒絶するようになる。所轄の警察が、新聞社や雑誌社に対して「幸徳秋水の文章を掲載した印刷物は内容如何にかかわらずすべて差し押さえる」、印刷所に対しては「幸徳の文章を印刷した印刷機はすべて没収する」と脅してまわった結果だ。

幸徳秋水――かつてのベストセラー作家だ――は文章の発表場所を失った。文筆家として身を立てていた幸徳は経済的に困窮する。

新村忠雄が新宮に来たのも、ひとつはそのせいだった。前橋監獄出獄後、新村は平民社で書生をしていたが、幸徳にはすでに書生をやしなう経済的余裕がなくなっていた。やむを得ず、新村忠雄を新宮に送りだし、誠之助に「そちらで使ってやって下さい」と頼むことになったというわけだ。

幸徳の紹介状によれば、新村は「案外気が利《き》く、働き者」だという。

新村が新宮に来る直前の三月十五日、「平民社」(要するに幸徳秋水のすまい)は巣鴨から玉川上水近くの千駄ヶ谷に移転した。

引っ越しの理由は前回同様。大家のところに警察がたびたび聞き込みに訪れ、要はいやがらせなのだが、気味悪がった大家から「出ていってくれ」と告げられたからだ。幸い、千駄ヶ谷に安い貸し家が見つかった。前の住人が自殺したいわゆる事故物件で、唯物論者で幽霊など気にしない幸徳は、もっぱら家賃の安さにひかれたらしい。

引っ越しにさいして新村は、当時の書生らしく、ねじりはち巻きに尻っぱしょりという恰好で、せっせと働いた。書籍の多い引っ越しは、相当大変だったようだ。

「いくら幸徳先生でも、あんなに本を持っておられては全部読むひまはないと思うのですがね。少し、処分すればいいのに……」

と新村忠雄は引っ越しの模様を恨みがましく報告した。

もう一人の書生だった土佐人の若者・坂本清馬は、引っ越しの少し前に幸徳と大喧嘩をして（「貴様が革命をやるか、おれが革命をやるかだ。もうこんなところにはいてやらん！」）平民社を飛び出したきり、行方不明だという。あるいは『麵麭の略取』発刊にさいして警察の取り調べを受けたことで、かれも頭に血がのぼっていたのかもしれない。

昨年誠之助が訪ねたとき一緒に居候《いそうろう》していた森近運平は、最近は別に巣鴨に家を借りて妻子とともに住んでいた。かれは近々、郷里岡山に帰ることを決めたそうで、その準備で忙しくしており、体調のすぐれない幸徳は引っ越しにはおよそ使い物にならなかった。結局、自分が一人で走り回ることになった。それで小遣い銭も出ないのだから、残念至極である。

と、新村から話を聞きながら、誠之助はおかしいやら、気の毒やらで、表情を隠すのにひと苦労であった。

「事情はわかった。ほな、うちの薬局を手伝《てつど》てもらおか」

誠之助はあごひげをひと撫でして、新村に言った。ちょうど薬局を手伝わせていた甥の醒がふいと新宮を離れ、人手が足りなかったところだ。醒が何を考えているのか、誠之助にもちょっとわからないところがある。それも大石一族らしいというべきか。

「住むところは二階を使てもろたらエエ。今日はひとまずゆっくりしてもろて、明日から早速、薬局の仕事を覚えてもらおかいね」

誠之助の言葉に、新村忠雄はちょっと困ったような表情を浮かべた。

「明日からというのは……」

と口ごもる。

理由がわからず、誠之助が首をかしげていると、医院玄関の方から声が聞こえた。

「もう、来とるんかいね？」

いい、からりと明るい声は、成石平四郎だ。

新村は途端にぱっと顔を輝かせた。

聞けば、昨月成石平四郎が東京を訪れたさい、二人は平民社で顔を合わせ、たちまち意気投合したのだという。新村が新宮に来ることを決めたのも、ひとつには平四郎の「湯峯《ゆのみね》（温泉）やら、川湯《かわゆ》（温泉）やらで遊ばしたるさかい、ぜひ来てくれ」という誘いに惹《ひ》かれたからでもあった。

「途中で電報を打っておいたので、そろそろ来てくれるころじゃないかと思っていたのですが……」

説明しながら、新村は早くも腰を浮かせ、平四郎の声が聞こえた方に飛んで行きたそうな気配だ。

成石平四郎は一見豪傑ふうの明るい性格で、老若男女を問わず、多くの者たちから愛される。五歳年下の新村にも、ずいぶんと慕われているようだ――。

（まあ、エエか）

誠之助は口のなかで呟いた。

新村忠雄は平民社の引っ越しでずいぶん働かされたという。少しのんびりさせても、バチは当たるまい。

「湯峯はエエとこやよ。平四郎に案内してもろてきやんし」

誠之助はそう言って、新村と一緒に平四郎を出迎えるべく腰をあげた。

新村忠雄は、四月いっぱい、熊野川上流の湯峯や川湯温泉、請川村の平四郎宅に滞在して、月末に新宮に戻ってきた。最初に顔を出したときとは見ちがえるほど顔色がよくなったのは結構だが、戻って来た新村が、

「平四郎さんは、ずいぶん金回りがよさそうですね。どんなお仕事をされているのかしらん」

と不思議そうにいっているのには、さすがに苦笑せざるを得なかった。

金回りがいいはずはない。

先月の東京行きの帰途にも、平四郎は大阪から「金が足りなくなった」と誠之助に電報を打ってきて、仕方なく十五円ばかり送金してやったくらいだ。

新村を送り出すさい、誠之助は平四郎になにがしかの金を与えた。幸徳から預かった客人だ。これでもてなしてやってくれ、というつもりだった。平四郎はその金をあたかも自分の金のように使っていたらしい。それでいて誰からも恨まれないのだから、つくづく得な性分ともいえる。

誠之助は、新村にあえて事情を教えなかった。このあたり、妻のエイには「みなしてヘーシローを甘やかしすぎやわ。どうなっても知らんよ」ということになるのだが。


「大石医院」で薬局仕事の見習いをはじめた新村忠雄は、幸徳の評どおり「気が利く、働き者」であった。細かい手仕事をやらせても、帳簿をつけさせても、いわれたことは何でもきちんとやる。薬局では劇薬を扱うこともあるので、最初はいちいち厳しく目を光らせていたが、ほどなく一任するようになった。

誠之助は、何しろ忙しい。

医院で患者を診《み》るのはむろん、新平民部落への訪問診療も引き続き、牟婁新報新宮支局の業務もあれば、浄泉寺での談話会や新宮教会での土曜講話会も欠かせない。そのうえ、幸徳から頼まれて始めた翻訳作業が思いのほか楽しく、最近はクロポトキンの著作を次々と翻訳している。誠之助はまた並行して文芸翻訳にも手を出し、面白いものができると牟婁新報や日出新聞に送って掲載してもらっていた。その間に地元の若者たちとの社会主義勉強会もひらいている。新聞雑誌への原稿も書かなければならない……。

よく寝る時間があるものだと、ときどき自分でもおかしくなるくらいだ。

誠之助宅でひらかれる社会主義勉強会には新村忠雄も参加し、高木和尚や地元新聞記者の崎久保誓一、臨済宗の若き僧・峰尾節堂らと知り合いになった。

六月二十二日、誠之助は「赤旗事件一周年記念」と称して新宮・明神山下《みょうじんやま》の日之出座で講演会を開催した。この日、講演者として壇上に立ったのは、誠之助と誠之助の兄・玉置酉久、成石平四郎、新村忠雄といった顔触れだ。

当日は雨にもかかわらず千二百名余りの聴衆が集まる大盛況で、講演会費（一人三銭）の余剰金は赤旗事件入獄者の家族におくられた。

新村忠雄は、新宮における社会主義人気の高さにすっかり目を丸くしていたが、「赤旗事件一周年記念」と称しながら、実際にはこの日の講演会の主なテーマは当時新宮町政を二分していた鉄道問題であり、聴衆の多くはもっぱら誠之助（新宮きっての知識人）と酉久（新宮きっての旦那衆の一人）の意見を聞くために集まった者たちであった。

八月に入って、幸徳秋水から誠之助宛に長い手紙が届いた。

手紙の冒頭近く、幸徳は「勝手を言うようだが、新村を東京に戻してほしい」と書いていて、さては書生をやしなう経済的余裕ができたのかと一瞬喜んだが、そうではなかった。

幸徳の手紙を読み進むにつれて、誠之助は眉を寄せ、次第に顔を曇らせた。

東京の幸徳の周囲では、信じられないような事態が進行していた。

直接のきっかけは、平民社が千駄ケ谷に移ったことだ。

引っ越し後、周囲の者たちからにわかに幸徳を糾弾する声がわきおこった。これまで巡査の監視や尾行など気にもかけず、平然と平民社を訪れていた者たちが、いまではすっかり足を向けなくなった。平民社に以前の倶楽部《クラブ》のような賑やかな雰囲気はなく、火が消えたように閑散としている、という。

なぜそんな事態に立ち至ったのか？

平民社移転にさいして、管野須賀子が柏木の家をたたみ、〝秘書〟として同居することになった。これを知った同志の者たちが、

「幸徳は入獄中の同志・荒畑寒村の妻を籠絡《ろうらく》し、同居せしめた。許しがたい裏切り行為だ」

として幸徳秋水をいっせいに非難。この事態に、これまで幸徳の鋭い舌（筆）鋒に何度も完膚なきまでやり込められてきた政府系の新聞や雑誌が飛びついた。かれらは「幸徳の情婦」「内縁の妻」「妖婦」などとさんざんなことを勝手に書き立て、おかげで世間的にはそれ

まで無名の一婦人であった管野須賀子は一躍有名人となり、幸徳と彼女の〝関係〟はいまや東京中が知るところとなった。

――この事態を改善するには、他に同居人を置くに如《し》かず。

と幸徳は、自分でも苦笑するように書いている。

ちなみに、新村不在でも平民社に住んでいるのは幸徳と管野の二人だけではない。幸徳が親戚から紹介された下女が同居して、日々の煮炊きや洗濯をやってくれているのだが、

――世間はそれではダメだという。

と、幸徳はうんざりしたように云《い》う。

――かくなる上は「書生」を同居させる外《ほか》なく、勝手なことばかりいって申し訳ないが、新村を戻してほしい。

というのが手紙の主旨であった。

同じ手紙のなかで、幸徳はこうも書いてきていた。

「僕は管野との関係を問わるれば、別に隠す気もないが公表する義務もないので今日まで過ぎたが、兎に角相愛しているのはちがいない。彼女の奮闘と犠牲とに対して、義理でも先途を見届けなければ男が立たぬような気がする。それが気に食わないといって絶交さるれば仕方がない。已《や》むを得ぬ運命だ」

読み終えた手紙を書斎机にひろげて、誠之助は腕をくみ、うん、と唸《うな》った。

最初に頭に浮かんだのは、「幸徳はやはりエラい男だ」という感想であった。

昨年上京したさい、誠之助は幸徳に請われて管野須賀子を診察している。あの時点で須賀子は、亡くなった妹と同じ肺結核の症状を示していた。あとで誠之助から診断結果を聞かされた幸徳は、軽くうなずき、

「わかった。これからは自分が積極的に彼女の面倒をみようと思う」

と静かな声でいった。

結核菌は伝染する。

幸徳の言葉は「すでに腸結核を発している自分なら、いまさら伝染を恐れることはない」という意味であろう。

管野須賀子を診察したさい、誠之助が気づいたのはそれだけではなかった。

赤旗事件に巻き込まれて野蛮な取り調べを受けた管野は、おそらくそのせいで、いくぶん正気を失っている感じだった。幸徳もその事実に気づいており、かれは誠之助に、

「政府権力者の害悪を糾弾する議論に加わっているときだけは、彼女の正気は失われない」

と指摘した。その点について、幸徳は、

「復讐の念が、彼女の正気を支えている。人げもない取り調べをした武富検事に復讐したいという思いが、彼女の精神を奮い立たせるのだ」

と分析していた。

赤旗事件後、管野は勤め先の毎日電報から解雇され、日々のたずきを失った。幸徳が彼女を秘書として雇い、平民社に同居させること自体は、誉められこそすれ、糾弾されるような行為ではなかったはずだ。

若い新村を新宮に来させたのも、経済的問題もさることながら、管野の病状が落ち着くまで結核の伝染を避けさせる意図もあったにちがいない。幸徳を非難する者たちからすれば、その配慮さえ「邪魔者を追い払った」ということになるらしい。

誠之助が「幸徳はエラい男だ」と思ったのは、しかし、そういったもろもろの理由が原因ではなかった。誠之助が感心したのはむしろ、

——僕と管野が相愛しているのは間違いない。それが気に食わないといって絶交されれば仕方がない。已むを得ぬ運命だ。

と言い切る幸徳の精神の有り様だった。

誠之助には、東京の社会主義の者たちがこぞって幸徳を非難し、罵詈雑言を浴びせかける理由がわからなかった。

ふだん「政府転覆」や「革命」「無政府」などと周囲を驚かす過激な言葉を平気で口にしている連中が、男女のこととなるとなぜこうも保守的な態度をとるのか不思議なかぎりだ。

幸徳は三十七歳。十代の若者のように内なる情念に引きずりまわされる歳ではない。逆に、五十を過ぎた年寄りが金に飽かせて妾《めかけ》を囲うのともわけがちがう。

当代きっての文章家、幸徳秋水が「相愛（お互い愛し合っている）」という言葉をわざわざ使っているのだ。なぜその点をみなは見てやらないのか？

江戸時代を通じて、日本の女性は（それ以前の社会では考えられなかったほど）いびつな形で不当に貶《おとし》められ、虐《しいた》げられてきた。幸徳は「愛情」を媒介にした、対等の立場での男女の新たな関係性を模索している。思うにかれは『麵麭の略取』を翻訳し、クロポトキンの無政府主義を研究する過程で、「革命はここ（両性の平等）から始めなければならない」と気づいたのではないか――。

タイミングもあったのだろう。

幸徳は千駄ケ谷に引っ越す直前、それまで連れ添ってきた千代子夫人と協議離婚している。夫人の姉の夫が名古屋で検察官をつとめており、義姉はかねて「社会主義をやめるよう」幸徳に煩《うるさ》く申し入れていた。だが、主義はやめるものではない。生き方を変えることはできない。幸徳は政府による迫害が日増しに厳しくなるなか、夫人との離婚手続きは避けられぬと考えたものらしい。

管野須賀子と荒畑寒村との関係は、それまた別の話であって、たしかに二人はかつて「結婚」の事実を周囲の者に告げてまわった。だが、誠之助の見るところ、二人の関係は須賀子の妹ひでの死を契機にすでに終了していた。二人が婚姻届を出していなかったこと、そこに赤旗事件が起きて荒畑が入獄したことで、事態が混乱しただけだ（入獄者への差し入れは親族に限られたため、近隣に親族のない荒畑には須賀子が「妻」名義で差し入れをしていた）。

幸徳の手紙によれば、政府官憲による迫害はこのところますます酷《ひど》くなっている感じだ。「幸徳秋水」の名前で発表した文章は内容にかかわらずすべて発表禁止の処分の対象となる。やむを得ず、最近平民社に出入りする古河力作なる花作りを営む青年と管野を編集発行・印刷人として『自由思想』なる小冊子（小川芋銭《うせん》のユーモラスな風刺画が表紙を飾っている）を出したところ、これも即日「発行禁止」を命じられた。

幸徳は諦めず、翌月『自由思想』第二号を発刊したが、やはり即日「発禁」となった。

裁判所は、『自由思想』が「安寧秩序を害する」として罰金百円を命じ、さらに同書を「発禁後頒布」した嫌疑で家宅捜索が行われた。このとき官憲は編集簿、会計簿、読者名簿、社友名簿等を押収したばかりではなく、病床にある管野須賀子を拘引していった。

――管野女史は『自由思想』の編集校正、会計発送、その他全国同志との連絡通信などをほとんど一人で行い、過度の労働のために数日来、絶食し、臥《ふ》していたのを引き起こされ、莞然《かんぜん》一笑して連れて行かれたのは悲壮でした。

と、幸徳は手紙に書いてきている。

裁判所が管野に命じた多額の罰金を支払うために、幸徳は多年買い集めた蔵書をすべて売り払った。引っ越しを手伝った新村がねをあげ、「あんなに本がたくさんあるんだから、少しは売り払ってもバチはあたらないと思う」とぼやいていた大事な蔵書だ。

──僕は子を持ったことはないが、可愛い子供に死に別れたときはこんな気持ちがするのだろうかと思われた。

幸徳は、いかにも無念そうに書いている。

同じ書痴の傾向がある誠之助には、幸徳の無念が胸に痛いほどだった。

誠之助は、東京で孤軍奮闘する幸徳秋水の姿を思い浮かべた。

目鼻の整った色白の顔。神主とも、あるいは（ひげを剃《そ》れば）女性とも見まがうばかりの優しげな風貌だ。

陽が落ち、次第に暗さをましてゆく書斎のなかで一人もの思いにふけっていた誠之助の脳裏に、ふと、

──本物の革命家とは、ああいう男を指して使う言葉なのかもしれない。

という思いが閃《ひらめ》いた。

夏の青空を音もなく横切る稲妻のようなまばゆいきらめきが、誠之助のまぶたの裏にいつまでも消え残っていた。


革命家といえば、この男もそうだ。

東京に戻った新村忠雄と入れ違うように、与謝野鉄幹が新宮に到着する。

およそ三年ぶりの新宮再訪であった。

最初に新宮を訪れたとき、与謝野鉄幹三十三歳（正確には、かれはこの時点ですでに「鉄幹」の号を廃し「寛《ひろし》」と名乗っているのだが、印象としてはやはり「鉄幹」の方がしっくりくる）。

当時鉄幹は、雑誌『明星』と妻・与謝野晶子の短歌集『みだれ髪』を両手に携え、日本の詩歌界に革命をおこした明星派の首領的人物であった。明星派が掲げる浪漫《ロマン》主義的創作は日本全国で多くの若者たちに熱狂的に受け入れられ、鉄幹が主宰する「新詩社」同人は日を追うごとに数を増していた。鉄幹自身、

――明星派による文壇席巻の夢がもう少しで現実のものとなる、手が届くところまで来ている。

そう思っていたはずだ。

だが、彼が新宮を訪れたわずか一年二か月後の明治四十一年一月、「新詩社」若手有力メンバーの集団脱会事件が起きる。

このときの脱会者には、北原白秋、吉井勇、木下杢太郎（太田正雄）他、前年鉄幹と一緒に全国各地を旅してまわり、ともに〝明星派布教〟につとめた者たちも名を連ねている（北原白秋、吉井勇は新宮にも来た）。

脱会事件は、『明星』主宰者・与謝野鉄幹に対する実質上のクゥ・デ・タァであった。

若手有力メンバーを失った『明星』は次第に輝きを失い、読者が離れていく。

時勢というものが、この世にはやはりあるのだろう。のちに森鷗外をして、

「一体、新派の歌と称しているものは、誰が興《おこ》して、誰が育てたものであるか。この問いに己《おれ》だと答えることのできる人は与謝野君を除《の》けて外《ほか》にはない」

と言わしめた鉄幹懸命の巻き返しにもかかわらず、一度失った読者の流れはいかんともしがたく、同年十一月、『明星』は百号をもってついに終刊を迎える。

『明星』なき後、鉄幹は鷗外が主宰する『スバル』に作品を発表していたが、〝大勢の著者の中の一人〟であることに飽き足らず、自ら『トキハギ』を創刊。が、これはわずか七号で廃刊に追い込まれた。妻・与謝野晶子の名声がいよいよ高まるなか、鉄幹は世間から半ば忘れ去られようとしていた。

新宮再訪時、鉄幹は三十六歳。老いたという年齢ではない。

だが、他の新宮の者たちに交じって東京からの客人一行を出迎えた誠之助は、鉄幹をひとめ見て軽く息を吞《の》む思いであった。

三年前。

誠之助は、前日新宮に到着した鉄幹ら一行を迎えに、かれらが泊まる宿を訪れた。

驚くほどの強行日程にもかかわらず、鉄幹は待ち兼ねていたようにすぐに表に出てきて、よく晴れた朝の空をふり仰いだ——。

誠之助はそのときのことを思い出すたびに、不思議な思いにとらわれた。

朝日さす表通りに出てくる寸前、暗闇の中で鉄幹の双の目が一瞬ぎらりと光ったように見えた。

むろん、錯覚だ。本当に光ったはずはない。が、鉄幹という男にはそう思わせる何かがあった。その直後、熊野川川原で鉄幹と行きあわせた新宮の子供らにも彼がただ者でないことがわかったようで、あとで「あの人、何者《なにもん》ない？」と、ずいぶん質問されたものだ。

三年ぶりに目にした鉄幹は、しかしまるで別人のように見えた。表情から覇気が失せ、途方にくれたような雰囲気が漂っている。暗闇に目が光る、どころか、茫乎《ぼうこ》として、とりとめのない顔つきだ。

開けることを禁じられていた玉手箱を開けてしまった浦島太郎――。

そんな連想さえ頭に浮かんでくる。

もっとも、前回の訪問は新詩社若手同人（大学生）を引き連れた〝明星派布教の旅〟であり、今回は遊覧目的の旅の途中に立ち寄っただけだ。

今回鉄幹とともに新宮を訪れたのは石井柏亭《いしいはくてい》と生田長江《いくたちょうこう》の二人。石井柏亭は『明星』に挿絵を描いていた画家で、生田長江は与謝野夫妻の隣家に住む帝大出の評論家だ。鉄幹にとってはいずれも気心の知れた仲、気の置けない相手である。気合いの入り方がちがうのは、当然といえば当然ともいえる。

東京からの客人一行を迎えて新宮「養老館」で盛大な歓迎会と、その後三本杉遊郭近くの「新玉座」に席をうつして三人の講演会が行われる予定であった。

ところが、養老館での歓迎会が長引き、石井画伯が少々酒を過ぎたこともあって、講演会は予定の時刻になっても始めることができなかった。

新宮の者らはすでに新玉座の席を埋めて待っている。講演会の主催者は困惑し、窮余の策として、新宮中学在籍中の生徒に急遽前座講演をつとめさせることになった。

誠之助は新宮の有力者らが大勢集まる歓迎会には出席せず、講演会場で待っていたのだが、このあたりも前回訪問時の一分《いちぶ》の隙もない応対を知る身としてはやはり間延びした、別人のごとき思いがしてならなかった。

飛び入りの中学生の生硬な演説を聞きながら、誠之助はあれこれと思いを巡らせ、あごひげをつまんだ。

人には色々な顔がある。これもまた与謝野鉄幹(寛)の一面ということか——。

この日、飛び入り演説をした中学生は佐藤春夫《さとうはるお》。かれは新宮中学卒業後、上京して、このとき知り合った生田長江や与謝野夫妻に〝弟子入り〟を果たす。のちにかれが「文壇の重鎮」と呼ばれることを考えれば苦笑するしかないのだが、新玉座での佐藤少年の演説は学校当局から「虚無主義的である」とみなされ、停学処分を受けるという妙なおまけがついた。

二十二　爆裂弾

この年七月、和歌山県知事が交替する。当時、知事は選挙ではなく、政府による任命制であった。

和歌山県新知事・川上親晴《ちかはる》は薩摩の人。明治〝藩閥〟政権における勢力図を一変した明治十年の西南戦争時、二十二歳の川上は、西郷・薩摩私学校側ではなく、薩摩閥では少数派の大久保利通内務省参議・川路利良大警視（後の警視総監）の側について東京警視庁に入庁。その後は一貫して内務官僚、警察畑をわたりあるいてきた人物だ。和歌山県知事就任当時、五十四歳。

知事就任当日、県警から県下における監視ならびに取り締まりの現状について報告が行われた。そのひとつに、川上は顔色を変えた。

――県南・新宮の町を中心に、主義者どもがしきりに爆裂弾製作を試みている。

川上新知事はこれを「頗《すこぶ》る危険」かつ「重大な事案」とみなし、ひきつづき厳重な監視と逐次の詳細な報告を命じる。

新知事を戦慄せしめた主義者による爆裂弾製作の事案とは、しかし、現実には以下のようなものであった。

知事交替直前の七月十八日昼前。

誠之助が自宅の書斎で新宮基督《キリスト》教教会牧師・沖野岩三郎と次回の土曜講話会の打ち合わせをしていると、下女が顔を出して、表にお客が来ていると告げた。

「客？　誰な？」

誠之助の問いに下女が答える前に、「こっちや、こっち」という声とともに廊下を歩いてくる足音が聞こえた。

書斎入り口からひょいと顔をのぞかせたのは成石平四郎であった。熊野川上流・請川《うけがわ》に家がある平四郎は、新宮に来るとかならず誠之助宅を訪れ、二階のひと間を我が物のように使っている。居候《いそうろう》同然の平四郎を、下女がわざわざ「客」というのは変だな、と思っていると、平四郎の背後からもう一人顔を出した。

「ドクトル、これはおれのアニや」

と平四郎の紹介につづいて、

「お初《はつ》にお目にかかります。平四郎の兄、勘三郎でございます」

そういって丁寧に頭をさげたのは、丸い銀縁眼鏡をかけた、見るからに人のよさそうな腰の低い人物であった。

勘三郎は請川土産の鮎を誠之助に差し出し、勧められた椅子にあさく腰をおろした。

「いつも弟がこちらでお世話になって、ほんとうにすまんことです。弟はワガママ者やさかい、こちらさんにもご迷惑をかけているんやないかと、それぱっかり気がかりで……」

勘三郎は最初から、しきりに恐縮している。

隣にすわった平四郎は下女がもってきたコーヒーを素知らぬ顔で、うまそうに飲んでいる。

兄の言葉なぞ、どこ吹く風だ。

これほどタイプのちがう兄弟も珍しい。

勘三郎は平四郎の三つ年上。若いときから家を継いで一家の中心となり、かたわら地元・請川の村会議員をつとめていたこともある。

成石家の者は全員、末っ子のはしこい弟・平四郎にとことん甘い、と聞いてはいたが、なるほどはたで見ていてもそんな感じだ。もっとも二人並ぶと、そこはやはり兄弟だけあって、容貌が似ていなくもない。

「アニ、そんなことはどうでもエエから」

コーヒーを飲み終えた平四郎が、勘三郎の脇をひじでつつきながら小声でいった。

「ドクトルに、ほら、例の……」

「例の？」と一瞬首をかしげた勘三郎は、すぐに「ああ、そやったな」とうなずき、誠之助

に向きなおって、

「今日は、私からドクトルにお願いごとがあってお伺いしました」

と切り出した。私からも何も、平四郎に厄介ごとを頼まれたのがバレバレだ。誠之助が笑いをかみ殺しつつ、

「はて、何でしょう？」

とたずねると、勘三郎は意外なことを口にした。

塩酸カリと鶏冠石《けいかんせき》をわけてもらえないか、という。

「わけてあげんことも、ないけど」

誠之助はあごに手をやり、ひげを撫でながら、何に使うんです、とたずねた。

勘三郎はたちまち視線を泳がせた。

「何、いうて……その……は、は、花火に……」

たずねた方が呆れるほどのうろたえぶりだ。嘘をつくことに、よほど慣れていないらしい。

「アニ、もうエエわ」

平四郎が、兄の対応にしびれを切らせたらしく横から口を挟んだ。

「ホンマのこと教えたれ。爆裂弾つくるんじゃ」

「アホ、それいうたらアカンのに……」

勘三郎が隣で情けなさそうな声をあげた。

「爆裂弾、ねえ」

誠之助はあごひげを撫でる手をとめ、平四郎に目を細めた。

兄の成石勘三郎は観念したように首をすくめ、誠之助に事情をうちあけた。

昨夜夕食後、請川の家で兄弟で酒を飲みながら「アニはこう見えて、爆薬の作り方を知っとるんやぞ」と自慢したところ、平四郎が急に身をのりだし「自分は前から爆裂弾をつくりたいと思とった。つくってくれ」といいだした。勘三郎は困惑して「爆裂弾つくるには材料がいる。ふつうでは手に入らん」といったところ、平四郎は「新宮のドクトルに頼んで、材料をもろてくれ」といってきかないのだという。

「すみません、ドクトルさん。平四郎は昔から、いっかい言い出したらきかんもんやさかい……」

勘三郎は気の毒なくらいのしおれようだ。

それまで隣で黙って聞いていた沖野牧師が、疑わしげに眉をよせて勘三郎にたずねた。

「あなたは、本当に爆裂弾を作れるのですか?」

「爆裂弾、いうか……ワシが知っとるのは爆薬の作り方……正確には、花火の爆薬なんやけど……」

勘三郎の声は、だんだん小さくなる。

聞けば、数年前、勘三郎は請川村で行われた日露戦争戦勝祝賀用の花火作りを手伝った。

実際につくったのは本職の花火職人だが、そのとき爆薬の材料と配分を見覚えたという。

「ははあ。花火、ですか」

沖野牧師は首を捻った。

「花火も爆裂弾も、爆発する仕組みは一緒じゃ。爆薬の配分はわかっとる。爆裂弾を、つくれんはずがない」

平四郎はそう言ってあごをあげ、唇を尖らせている。

誠之助は少し考えたあと、立ちあがって医院に行き、じきに戻ってきた。

「塩酸カリは、いまはこんだけやわ。一オンス（約三十グラム）ないくらいかいね」

そう言いながら、茶色の小瓶を書斎のテーブルに置いた。

鶏冠石は薬棚になかったので、医院の片付けをしていた新村忠雄に処方箋を持たせて、最寄りの畑林《はたばやし》薬店に買いに行かせた。

と誠之助が説明しているあいだに、新村が早速注文の品を買って帰ってきた。急いで行ってきたらしく、色白の顔が紅潮し、鼻の頭に汗をかいている。

「ご苦労さん。えらい早かったね」

誠之助はやや驚いた顔で新村に礼をいい、受け取った品と先ほどの小瓶をふたつ揃えて勘三郎にさしだした。

「鶏冠石一オンスと、塩酸カリはそれより少ないけど、これで合《お》うとるかいね？」

「えっ？　ホンマにもろてええんですか」

受け取った勘三郎の方が、信じられないといった顔で目を白黒させている。

平四郎は、望みの品が思いのほか容易に手にはいったことで、すっかりご機嫌な様子であった。

「アニ。早よ帰って、これで爆裂弾つくろらい」

弟に腕を取られ、引き立てられるように椅子から立ちあがった勘三郎は何度も誠之助に頭をさげた。

いそいそと書斎から出ていく成石兄弟の背中に、誠之助が思いついたように声をかけた。

「そや、忘れとった。これも持っていきなあれ」

ふりかえった二人に、誠之助は書斎の隅に転がっていたゴムボールを取りあげ、軽く放った。受け取った平四郎は、ゴムボールを眺めて妙な顔をしている。

「最新の外国の爆裂弾は、ゴムのボールに詰めてあるんやと。こないだ英語の雑誌に出とったわ。それに詰めてみやんし」

誠之助は真面目な顔で解説した。

「あと、爆薬つくるときはワセリンで混《こ》ぜるのが最新式らしいで。ワセリンは薬屋でふつうに売っとるさかい、帰りに買うてったらええわ」

誠之助の助言に、勘三郎は顔をかがやかせた。

「そうですか。なるほど、ワセリンね。知らんかった。外国の最新式は、やっぱりちがいますな。助かりました。やってみます」

急に言葉数が増えたところをみると、酒の勢いで弟に「アニは爆薬の作り方を知っとるんやぞ」と自慢したものの、実際にはうろ覚えだったのだろう。弟の手前、引っ込みがつかなくなって否応《いやおう》なくここまで引っ張ってこられたが、誠之助の助言のおかげでなんとか面目がたもてそうだ、といった顔つきだ。

成石兄弟が嵐のように立ち去ったあと、書斎に残った沖野牧師が誠之助をふりかえってたずねた。

「塩酸カリと鶏冠石で、本当に爆発するのですか?」

「爆発は、するよ」

誠之助はけろりとした顔で答えた。沖野は唖然とした様子で、

「するよ、って……。いや、しかし、何だってそんな危険なものが医院や薬屋に置いてあるのです?」

「塩酸カリは血圧が高い人に処方する薬や。利尿剤としても使う。量まちがうと、腹こわすがね」

「利尿剤が、爆発するんですか?」

「どんなものも、量次第、使い方次第でな」

誠之助はにやにや笑いながら、例を挙げて沖野牧師に説明した。

たとえば、塩酸カリと燐《りん》を混ぜたものがマッチとして売られている。また、日露戦争時、世界に名を轟《とどろ》かせた〝下瀬《しもせ》火薬〟の主成分は、染料や漂白剤として普通に使われてきたピクリン酸だ。世界の軍隊でひろく使用されている黒色火薬は、硝酸カリウムと硫黄、炭素の混合物。これは配合次第で燃焼速度がさまざまに変化する。拳銃には燃焼速度の速いものがもちいられ、大砲には逆に燃焼速度を下げたものが適している。

日本の花火に塩酸カリが使われるようになったのは明治二十年以降、塩酸カリが外国から輸入されるようになってからだ。ことに鶏冠石との混合物は〝赤爆《せきばく》〟と呼ばれて重宝され、花火作りの現場で一気にひろまった。

「爆発いうのは一般的な言い方で、正確には化学反応で固体が急激に気化するときに生まれる熱と膨張気体のことや」

誠之助はテーブルのうえに白い紙をひろげ、すらすらと化学反応式を書いた。

「右辺と左辺の記号の前の数字の大きさのちがいが、即ち爆発の大きさというわけやな。たとえば、この式の場合やったら……」

といいかけて、顔をあげた。沖野はポカンとした表情だ。

誠之助は苦笑した。つい夢中になった。いつものことだ。これ以上は、化学の基礎知識に

乏しい沖野相手に説明しても意味がない。誠之助はペンを置き、

「まあ、そういうわけやよ」

といって、頭のうしろで手を組んだ。沖野はしばらく目をしばたたいていたが、

「つまり、大丈夫なんですね？　危険ではないと？」

大ざっぱな問いに、誠之助はくすりと笑い、

「大丈夫かどうかはわからんけど、あの調子やったら、まあ、怪我人は出んやろ」

与えた薬品は、いずれも三十グラムに満たぬ量だ。誠之助が若いころ、留学先のアメリカで地面にぶつけると「パンッ」と大きな音が出る子供のおもちゃが流行《はや》っていた。地元の医師にたずねたところ、成分はまさに塩酸カリと鶏冠石という話だった。成石兄弟が与えた薬品をどう使おうと、あの量なら子供のおもちゃに毛が生えたものができるだけだ。

それに、そもそも導火線を使う花火と着弾破裂式の爆裂弾（手榴弾《しゅりゅうだん》）とでは、火薬の配合が根本的にちがっている。

それでも、事故があると困る、と最後に思い直し、誠之助は念のためゴムボールを使うことを提案した。さらに「ワセリンで爆薬を混ぜればよい」ととぼけた。

いうまでもなく、そんなものが爆発するはずがない。

「平四郎はなんでもすぐ夢中になるけど、根気がない。一回やらしてみて、失敗したらあきらめるやろ」

誠之助は頭のうしろで手を組んだままそう嘯《うそぶ》いた。

事実、この後、成石兄弟は誠之助が与えた薬品をワセリンで混ぜ、ゴムボールに詰めた「爆裂弾」を試作。熊野川上流の川原で投げて、見事に失敗している。

新知事を戦慄せしめた爆裂弾試作とは、実際には以上のような他愛のないものであった。

だが、なぜこの程度の出来事が新知事にわざわざ報告されたのか？

注目すべきは、これが誠之助ではなく、平四郎に関する監視報告であったことだ。

この年の春先、新宮である事件が起きた。日之出座で行われた政談演説会で壇上に立った平四郎が百田《ももた》という巡査の言動を名指しでこきおろしたところ、当の巡査が花道にあらわれ「そんなことをした覚えはないぞ！」と怒鳴った。平四郎はとっさに「ああいう慌て者の巡査がおるから困る」と切り返して聴衆の喝采を浴びた——というもので、事件というほどのことではない。頭の回転がはやい平四郎にはこの手の逸話が多く、地元の巡査をたびたびやり込めては、朋輩の注目と尊敬をあつめていた。一方、百田巡査はじめ、衆目のただなかで恥をかかされた者たちは決して屈辱を忘れず、「おのれ憎き奴め、いまに見ていろ」と勤務時間外でも平四郎を監視していた。

そんなとき、知事交替で県下の案件を報告する必要が生じた。

平四郎をよく思わない者たちが「爆裂弾試作（失敗）」の事例を報告書に盛り込んだのは、ある意味自然ななりゆきであった。

川上親晴和歌山県新知事は、四年前の「日比谷焼き打ち事件」で警視庁第一課長として騒動鎮圧を担当し、苛烈な取り締まり方針がかえって暴動を激化させたという人物だ（川上はこのときの取り締まり手腕を認められ、直後に富山県知事に任命されている）。国家権力を至上とする辣腕家《らつわんか》、良くも悪くも強権主義者である。残された写真を見ると、なるほど額が狭く、眉間険しい、目の小さな、いかにも癇《かん》の強そうな顔つきだ。

一方、役人・官僚には上の者の顔色をうかがい、手柄を大袈裟に吹聴《ふいちょう》する属性がある。現場から上がってきた報告書のなかで、新知事に「頗る危険」で「重大な案件」と思わせる案件を選んで報告をしたのは、新知事の趣味嗜好を知ったうえで、かれの気を引く意図もあったのだろう。

これ以後、成石平四郎には昼夜を問わぬ監視がつく。知事直々の命令だ。これまでのようなぬるい監視ではない。巡査らは平四郎に四六時中つきまとい、彼が接触した相手はのこらず訊問した。事実上〝いやがらせ〟といっていい。

同じ時期、誠之助にも昼夜を問わぬ官憲の監視がつくようになる。

これはまた別の理由であった。

この年、朝日新聞連載中の夏目漱石の小説「それから」九月十二日の回に、こんな場面が出てくる。

平岡はそれから、幸徳秋水という社会主義の人を、政府がどんなに恐れているかと云《い》うことを話した。幸徳秋水の家の前と後に巡査が二三人ずつ昼夜張り番をしている。一時は天幕《テント》を張って、その中から覗《ねら》っていた。秋水が外出すると、巡査が後をつける。万一見失いでもしようものなら非常な事件になる。今本郷《ほんごう》に現われた、今神田《かんだ》へ来たと、それからそれへと電話が掛かって東京市中大騒ぎである。新宿警察署では秋水一人のために月々百円使っている。同じ仲間の飴屋《あめや》が、大道で飴細工を拵《こしら》えていると、白服の巡査が飴の前へ鼻を出して、邪魔になって仕方がない。

新聞を手にした誠之助は「それから」が載った頁に目を落としたまま、フフン、と鼻を鳴らした。

——相変わらず、難儀《なんぎ》しとるようやな。

誠之助は読み終えた新聞をたたんで、書斎の窓から外を眺めた。

二人組の目付きの悪い男が道向かいに立って、大石医院を窺っている。角袖《かくそで》と呼ばれる私服の偵吏だ。さらに、さっき下女が「裏口から変な男が覗き込んでいる」と気味わるがって、誠之助に言いにきた。

家の表と裏で三人。

誠之助は、やれやれとため息をついた。幸徳秋水に比べればまだましともいえるが、四六時中監視されているのは、やはり気分のいいものではない——。

この年の夏の終わりごろから、誠之助に厳重な監視がつくようになった。

きっかけは、『自由思想』に掲載された「家庭破壊論」なる一文だ。

幸徳秋水が「平民社」から出した『自由思想』一号が届け出直後に発禁となり、続く二号も当然のように発禁処分となった経緯は先に述べた。

このとき問題となったのが、誠之助が書いた「家庭破壊論」だ。

――この文章（「家庭破壊論」）は徒《いたずら》に世を騒がせ、治安安寧を害するものである。秩序壊乱の罪に当たる。

として取り締まりの対象とされたのだが、これはしかし、どう考えても辻褄の合わぬ話であった。

「家庭破壊論」とは、なるほど挑発的な題名である。が、実際に読んでみればさほどのことは書かれておらず、誠之助の文章としてはむしろ、論理の切れ味に乏しく、お得意の皮肉やユーモアも、もう一つぱっとしない印象だ。研究書のなかには「明治の天皇制を支える家父長制度と衝突する危険な主張」と評しているものもあるが、このていどの文章なら、当時ほかにいくらでも流布《るふ》している。

もともと誠之助の文章や演説会のお題目には、たとえば「熊野怪物論」や「謀反人の血」、「煽動論」「新宮は亡びた」「赤十字狂」など、一見、読者や聴衆をギョッとさせるものが少なくない。実際に文章を読めば、あるいは講演を聴けば、思いのほか地に足のついた議論が多く、羊頭狗肉の感がしないでもない。

誠之助は、題名や演題など読者聴衆の気を引くはったりであり、まずは読んで（聴いて）もらわなければどうしようもない、読んで（聴いて）もらえれば勝ち、と思っていたふしがある。その前提での「家庭破壊論」だ。

そもそもこの一文は、最初、徳美松太郎が籍をおく京都『日出新聞』に掲載され、その後『自由思想』に転載されたものだ。『日出新聞』掲載時はどこからも、何の文句も出なかった。ところが『自由思想』に転載された途端に問題とされた。

やはり、内容の問題ではなく、幸徳秋水絡みでいちゃもんをつけられたとしか思えない。

以来、誠之助が書く文章にはうるさく注文がつくようになった。警察が、誠之助が寄稿した新聞社をおとずれ、「今後はこのような文章を掲載しないよう」いちいち指導してまわった結果、地元の新聞はほとんど誠之助の寄稿を受けつけなくなる。と同時に、角袖と呼ばれる私服の偵吏が、どこに行くにも誠之助につきまとうようになった。

――東京の警視庁は幸徳秋水を危険人物とみなしている。その幸徳と関連して取り締まり対象となった大石誠之助もまた危険人物である。一度危険人物とみなされた人物は、その後もずっと危険人物である。

自分の頭でものを考えない官僚たちお得意の三段論法、悪しき前例主義だ。

追っても追っても離れようとしない五月の蝿とおなじで、誠之助には鬱陶しくて仕方がない事態であった。

廃刊を余儀なくされた『自由思想』は、その後追い打ちをかけるように「発禁後頒布の罪」で起訴され、「発行人」管野須賀子に対してたてつづけに罰金刑がいいわたされる。

累積罰金総額は七百円超。

当時、貴族院議員の歳費が八百円だ。容易な金額ではない。

ばかばかしい話だが、幸徳秋水はここにおいてはじめて追い込まれた。官憲のいやがらせを恐れる新聞や雑誌はどこも幸徳の原稿を買ってくれない。本も出版できず、大事な蔵書さえ売り払った幸徳には、もはや金を稼ぐための手段が何ひとつ残っていなかった。

幸徳は管野に科せられた罰金を工面すべく、懸命に金策に走りまわった。

この時期幸徳は、数多くの手紙を同志に書き送っている。手紙の内容はもっぱら社会主義運動の現状と今後の展望についてだ。文章を発表する手段をことごとく奪われた幸徳秋水にとって、残された手段は書簡（手紙）だけだった。個人の書簡（私信）ならば、さすがの官憲と雖《いえど》も差し押さえの法的根拠がない。

ファックスやコピーのない時代である。幸徳は同志宛てに一通一通、手書きで近況をしたため、官憲の非道な迫害に屈することなく、いつの日か社会主義がひのめを見るときが来ることを信じて活動をつづけてゆく旨をせっせと書き送っている。

もはや執念としか言いようがない。

鬼気せまる執念だ。

――ここで運動を途切れさせては、赤旗事件で入獄した者たちに顔むけができない。

幸徳の手紙の文面からは、そんな思いがひしひしと伝わってくる。


霜月《しもつき》（十一月）初め。

成石平四郎が久しぶりに誠之助宅に顔を出した。平四郎が新宮に出てきたのは、七月に兄・勘三郎と一緒に来て以来だ。

平四郎にとって、この年の夏はあまりよい季節ではなかった。

請川に帰ってすぐ兄とともに誠之助から譲り受けた薬品をワセリンで混ぜて爆薬を作り、ゴムボールに詰めて実験したが、なぜかプスリともいわず、兄は首をかしげて「まちごて覚えとったんかもしれん」と言いだした。そんなはずはない、もう一回やってみよらい、と言っているうちに、猛烈に腹が痛くなり、地元の医者に診せると腸チフスとの診断を受けた。否応無しに家で長期の療養生活を強いられ、やっとの思いで外に出ると、巡査があとをついてまわった。これまでとは異なるあからさまな監視だ。平四郎が接触した相手は必ずあとで訊問されるので、地元の者たちは自然とかれを避けるようになった。

平四郎はむしゃくしゃしてならず、家でも不機嫌で、家の者たちに当たりちらした。新宮に出てきたのも、家の者たちがこれまでのように自分を甘やかしてくれず、疎《うと》んじる気配を感じたからだ。

新宮にきた平四郎は、当たり前のように誠之助宅に投宿し、そこから近くの料理屋や三本杉遊郭に出かけた。料理屋や遊郭に行けば、これまでのように自分を甘やかしてくれる者たちがいた。

平四郎は連日のように店に通いつめ、しばしば夜を徹して飲みあかした。

この行動に、誠之助の妻・エイは当然ながらよい顔をしなかった。

家には幼い子供たちがいる。長女フカは五歳、長男舒太郎はもうすぐ三歳になる。舒太郎はともかく、フカは平四郎が毎晩何をしているのかおよそ見当がついている。そんなことをしながら、父の誠之助が平四郎に何もいわないのを不審に思っている。そもそも平四郎はいったい誰の金で飲んでいるのか。みんなして平四郎をいつまでも甘やかすものではない。一度、きちんと話をしてくれ——。

とエイにねじ込まれたわけではないが、誠之助は平四郎が早朝まだ外が暗いうちにこっそり裏口から帰ってきたところをつかまえ、書斎に呼んで椅子にすわらせた。

「なんない、ドクトル。こんな早《はよ》から」

平四郎は酒臭い息でそういいながら、赤い顔で周囲を見まわした。

書斎には洋燈《ランプ》がともり、火鉢に火が熾《おこ》っている。部屋のなかは暖かく、どうやらドクトルは夜通し平四郎の帰りを待っていたらしい。

「用あるんやったら、明るなってからにしてくらんし。眠とてたまらんわ」

わざとらしい欠伸《あくび》をして立ちあがった平四郎の腕を、誠之助は無言でつかんで椅子にすわらせた。

「なんや、説教か……。しょうもな」

平四郎はそっぽをむいて、聞こえよがしに言いはなった。

誠之助がなおも無言で見つめていると、平四郎は唐突にかっとなったように声を荒らげた。

「しょうがないやろ！　このままやったらアカンことくらい、言われんでもわかっとるわ！　見とれよ。いまに爆裂弾つくって、革命したる。こんな世の中、みな変えたるわ！」

一呼吸置いたあと、誠之助は口を開いた。

「爆裂弾ってなんな？　それで、どないするつもりなんやて」

「なんない、ドクトル。爆裂弾、知らんのか？」

平四郎は嘲《あざけ》るようにたずねた。

「知らん。見たこともない。あんた、あるんか」

「見たことはないけど……」

一瞬口ごもった平四郎は、だが、すぐに勢いをとりもどし、

「爆裂弾の使い道なら知っとるわ」

「へえ、何に使うんや」

平四郎は胸をぐいとそらし、鼻筋ごしに誠之助を見おろして、

「天皇《オヤジ》に投げつけるんや。そしたら、革命起きるわ」

と小ばかにしたような口調で嘯《うそぶ》いた。

誠之助はテーブルに両肘をつき、顔の前で指を組み合わせた。

「ほんなら、あんたの言う革命いうのは、天皇を殺すことか」

「そや。ドクトルも、やっとわかったみたいやな」

「なんで殺すんや？」

「なんでって……」

誠之助の問いに、平四郎は眉を寄せた。

「いま言うたやろ。革命起こすためや」

「天皇殺したら、なんで革命が起きるんや」

「なんでもクソもあるかい。あー、面倒くさい人やな。ええか、言うたるわ。よお聞けや。つまりこういうことや」

平四郎は酒臭い息を吐きながら、誠之助に説明した。

いまの明治の世の中は、天皇が神だという迷信の上に成り立っている。政府は天皇が神だと詐《いつわ》って無知蒙昧《もうまい》な民衆から高い税金を絞りとり、徴兵した若者を戦場に送って殺している。

それでも、天皇が神だと信じているから、みな文句をいわない。民衆の目の前で天皇に爆裂弾を投げつければ、天皇も血を流して死ぬ自分たちと同じ人間だという真実が暴露される。そうすれば民衆は高い税金を納めることもなくなり、徴兵に応じることもなくなる。政府は転覆し、財閥は破産する——。

誠之助は小首をかしげ、

「要は、天皇が血を流して死ねばええのか？」

「まあ、そうや」

「そしたら、天皇も同じ人間だということが暴露されるんか」

「そうや」

「同じ人間やったら、殺したらあかんのとちがうんか」

「えっ？」

平四郎は虚を突かれたように目をしばたたいた。誠之助はつづけて、

「同じ人間やったら、どっちがどっちを殺すのもあかん。そやないんか」

「それは、そやけど……。えいクソッ。ドクトルと話しとると、頭おかしなってくるわ」

ふらふらと立ち上がった平四郎の腕をつかんで、もう一度椅子にすわらせた。平四郎はどすんと腰をおろし、両手で頭を抱えこんだ。

「まだや、平四郎。教えてくれ、何で人殺すのに爆裂弾いるんや」

「爆裂弾は……いるやろ」

平四郎は頭を抱えこんだまま、両手のあいだから呻《うめ》くようにいった。

「人殺すんやったら、刃物一本あったら済むんとちがうんか。任侠の連中はみなそうしとるで」

「天皇殺すのは……ヤクザの喧嘩とはわけちがう」

「ほんなら、拳銃はどうや？　先月ハルビンで朝鮮人が伊藤公を殺したみたいに、拳銃使たらええんとちがうんか。店に行ったら、なんぼでも拳銃売ってくれるのに」

誠之助は不思議そうに尋ねた（この時代、民間人の拳銃所持は違法ではなかった。新聞にも堂々と拳銃販売の広告が掲載されていた）。

平四郎は顔を両手のあいだに突っ込んだままだ。

「どうしても爆発するのがエエんやったら、あんたダイナマイト持っとるやろ？」

誠之助はあごひげを指でつまんで、平四郎に尋ねた。

明治になって熊野川上流に石炭炭鉱が発見され、採掘作業にダイナマイトが使われている。ダイナマイトは、足尾銅山暴動事件のさいも活躍したが、現場での管理が甘く、わずかな金銭や、ときには飲食物と引き換えに簡単に入手することが可能だった。深い山が入り組む熊野川上流の人里離れた場所では、魚が潜んでいそうな岩に入手したダイナマイトを仕掛け、爆発の衝撃で浮いてきた魚を採る通称〝ダイナマイト漁〟が普通に行われている。平四郎自身、「こないだはようけ浮いてきたわ」と、先日、自慢げに話していたばかりだ。

「爆発するのは、ダイナマイトも爆裂弾も一緒やろ」

誠之助はあごに手をやったまま、首をかしげていった。

「ダイナマイトやのうても、瓶にガソリン入れてぼろ布で封して火つけて投げたら、落ちた場所は火の海になる。人ひとり殺すのには、それで充分や」

「……革命には、爆裂弾使わなあかんのじゃ」

平四郎は顔をあげ、唇を尖らせてそういったあと、「なんでかは、知らんけど……」と当惑したように小声でつけたした。

誠之助は椅子にすわりなおし、平四郎に目をほそめた。

なぜ爆裂弾にこだわるのか？

平四郎自身にもわからぬ理由を、誠之助は知っていた。

爆裂弾は、日本で革命を口にする者たちにとっての流行語——要ははやり言葉なのだ。

根底にあるのは、ロシア革命への憧れと後ろめたさだった。

明治三十八年（一九〇五）、日露戦争真っ最中のロシアの首都ペテルスブルグで大規模な騒擾《そうじょう》が起きた。「血の日曜日」をきっかけとする民衆暴動だ。暴動はロシア全土に拡大。五月には世界初の労働者代表評議会（ソビエト）が組織され、六月には戦艦ポチョムキンの反乱が起きる。このためロシアは戦争遂行が不可能になり、急ぎ日本との講和をすすめる一方、国内の不満をなだめるために国会設置を約束、さらに皇帝が大幅な政治的譲歩を公約した「十月勅令」が発表された。

　のちに「ロシア第一革命」と呼ばれるこの事件は、日本の社会主義者たちに衝撃をあたえた。日露戦争中、ともに非戦論を唱える日露の社会主義者は、国家とは別の次元で会談を開催。握手を交わして、この戦争を一刻も早く終結させることを誓いあった。直後、ロシアで労働者の暴動がおき、戦争は終結する。一方日本国内では非戦論はひろがらず、ほとんどの労働者はロシアとの戦争勝利に酔い痴《し》れている有り様だ。

　日本の社会主義者にとって、このことは大きな負い目となった。

　憧れは、また別の話だ。

　ロシアでは実際に皇帝暗殺事件が起きている。一八八一年。ちょうど管野須賀子が生まれた年だが、ときのロシア皇帝アレクサンドル二世が急進的自由主義「人民の中へ《ヴ・ナロード》」を唱える貴族グループの手によって暗殺された。

　このとき使われたのが、手製の爆裂弾だ。

　以来、手製爆裂弾は世界中の革命家たちにとって憧れとなった。

　この二つの出来事がないまぜとなって、昨今日本で革命を口にする者たちのあいだに「爆裂弾信仰」ともいうべき風潮がひろまっていた。「爆裂弾さえあれば革命は成る」というわけだ。ロシア革命のその後、スターリン時代の幻滅はまだずっと先の話である。

かれらの主張はしかし、誠之助の見るところ、所詮はお遊びだった。

たとえば、当時の最新式の爆裂弾（手榴弾）は、日本の兵隊が日露戦争の戦場で手元にある品を使って作りあげた極めて実戦むきの代物だ。ロシア皇帝暗殺に用いられた茶筒ほどもある巨大な爆裂弾は、すでに過去のものであった。兵隊が戦場で作ったものを、仮にも大学を出た平四郎が作れない――兄に爆薬の作り方を聞く――などというのは、結局のところ本気でないという証拠だろう。

それをいえば、革命についての平四郎の言葉はすべて他人の受け売りだった。直接は内山愚童の秘密出版『入獄記念』パンフレットの受け売りであり、その内山愚童のパンフレット自体が『平民新聞』その他社会主義・無政府主義者の言葉の二番煎《せん》じだ。文明とは知識の伝承と蓄積のことだから、受け売りはいい。だが、本気でないことを触れてまわることほど、当人にとっても周囲にとっても、危険なことはない。

古来、暴は暴をしか呼ばない。

この世はつまらん、いっそみんな変えたれ。

では、まっさきに弱い者が犠牲になる。

「明治七年の岩倉卿襲撃の結果はどうなった？　官憲が大増員されただけではないか」

誠之助は仏頂面で黙り込む平四郎にむかって静かな口調でつづけた。

暗殺（テロリズム）のあとに来るものは必ず弾圧であり、暗殺はむしろ権力者側に弾圧の口実を与えるだけとなる場合の方がはるかに多い。

日本の革命家たちが偶像視するロシア皇帝暗殺の場合も同じだ。アレクサンドル二世の暗殺の結果、ロシアの自由主義は大きく後退し、反動の嵐が吹き荒れた。

暗殺は政治の道具としては不確実すぎる。それで所期の成果を引き出せると考えるのは素人だけだ。無計画で中途半端な暴挙は一場の快を取る以上の意味をもちえない。歴史をみれば、暗殺は、失敗したときは無論、たとえ成功した場合でも、ほとんどが政府の統制装置を強化するだけの結果に終わっている。

「伊藤公暗殺を見よ」

と誠之助はかさねて最近の例を挙げた。

初代韓国統監・伊藤博文は、先月二十六日、ハルビン駅頭で日本の祖国併合に反対する朝鮮人の一青年によって暗殺された。だが、今回の伊藤暗殺によって、日本国内外に存在していた慎重論はあとかたもなく吹きとび、韓国併合の流れはむしろ一気に加速する気配をみせている――。

暗殺者の望みとは正反対の方向に事態が進む、皮肉な事態を生じたわけだ。

なぜか？

暗殺は暗い。

ために、ひろく支持を得ることができず、人の心が離れてゆく。暗殺は人の心をばらばらにして、その結果、弱い者たちから順に追い詰められてゆくことになる。

「弱い者や子供たち、虐《しいた》げられている者、貧しい者たちが笑顔になるのなら、それが何であれやるべきやと思う。そうでないなら、やめえ。自分の頭で、よう考えよ」

誠之助は最後に突き放すようにそう言った。

平四郎はしばらく面《おもて》を伏せ、つぶてを呑んだように黙りこんだ。やがて顔をあげ、

「……金を、貸してくれ。店に、借金があるんや」

と、絞り出すような、かすれた声でいった。

誠之助は目顔で金額をたずねた。

「三百……いや、二百円でええ」

平四郎の答えに、誠之助は失笑した。二百円もの大金を、平四郎は料理屋や遊郭で散財したのか。むろん、自分ひとりの分ではあるまい。朋輩を集めて良い顔をした。積もり積もっての金額だろう。気前がいいにもほどがある。二百円は、手元にはないが、平四郎がそれで本当に立ち直るのなら工面できないことはない――。

「ええやろ。金、貸したろ」

「ほんまか！」

平四郎がぱっと顔を輝かせた。これまでも平四郎は、新宮に来るたびに少なからぬ金を誠

之助から借りている。返したことは、一度もない。〃いっぺん借りたものは、もろたもの〃。顔にそう書いてある。

誠之助は、身をのりだした平四郎を片手で制し、

「こないだ来とった兄さん、勘三郎さん。金は、あの人にわたす」

途端に、まだらに酔いがのこる平四郎の顔が醜くゆがんで鬼の形相になった。

まじめな兄のことだ。兄に金を渡されたのでは、とうてい自分の手には入らない。そう考えたのは明らかだった。

平四郎は飛びあがるようにして椅子から立ちあがり、書斎を飛びだしていった。廊下を、どすどす、とわざと大きな足音をたてて歩いていく。玄関の扉を開け、家のなかを振り返って、

「二度と来るもんか！」

と一声大きくはりあげ、叩きつけるように扉を閉めて出ていった。

誠之助は椅子から立ちあがり、書斎の窓にかかっている分厚いカーテンを開けた。

いつの間にか外は明るくなっている。

表の道を、肩を怒らせた平四郎が大股で歩み去るのが見えた。監視の巡査は、どこかにいるはずだが、姿が見えない。

少し行った先で、平四郎は道端の電柱を思いきり蹴飛ばした。

（あれは、あとで足痛いわ……）

呆れて見ていると、二階の窓がからりと開いた。

二階はフカの部屋だ。平四郎の怒鳴り声と、扉を叩きつけた音に驚いて目を覚ましたのだろう。

二階の窓から身を乗りだす気配につづいて、

「ヘーシロー、あたんすな！」

と、表の道にむかって叫ぶフカの声が聞こえた。

あたん
とは、熊野方言で「感情に任せて仕返しをすること」をいう。おもに子供が叱られた腹いせに、物や人、動物に八つ当たりするのをたしなめる言葉として用いられる。

フカは自分がいつもそう言って叱られている言葉を、平四郎にぶつけたわけだ。

誠之助は思わず苦笑し、ふと、真顔にかえった。

「あたん」は古くは「仇《あたん》」の字を当て、神々が人間に祟《たた》りをなすことをいう。

書斎の窓から次第に明るさをましてゆく晩秋の朝の景色を眺めながら、

（熊野の神々が、いまフカの口を借りて言葉を発したのではないか？）

そんな考えが、なぜか誠之助の頭にうかんで離れなかった。

二十三 「サンセット」

明治四十三年二月。

誠之助は地元・紀州新宮で新雑誌《マガジン》を立ち上げた。

雑誌名は『サンセット』。

タブロイド判八ページ（但し最終ページは広告欄）、一部五銭五厘で毎月十五日発行の月刊誌である。

巻末の記載によれば、「編集人」は新宮基督《キリスト》教教会牧師・沖野岩三郎、「発行人兼印刷人」は沖野ハル（沖野岩三郎の妻）、発行所は新宮町百五十八番地「落陽社」となっている。

資金を出し、編集を一手に引き受けているはずの誠之助の名前は、新雑誌をいくらひっくりかえしても、どこにも見当たらない。

『自由思想』に掲載した「家庭破壊論」が東京でひっかかって以来、地元・新宮警察は誠之助の名前が表に出ることに神経質になり、何かとうるさくなっている。

（わざわざ揉《も》めることはないわ）

現実主義者《リアリスト》の誠之助はひょいと肩をすくめるようにそう思い、沖野に頼んで編集人になってもらった。

天皇中心の国家神道を国民宗教として一元化する方針をうちだした明治政府は、それ以外の宗教を弾圧する気色《けしき》をつよめていた。仏教に対しては「神仏分離令」をきっかけに、寺院や仏像、仏具、経典など、歴史的にも貴重で重要な文化財を、あたかも近年のイスラム過激派によるバーミヤン石仏爆破を彷彿させる乱暴なやりかたで破壊し、また旧来の神道（伊勢神宮を本社とする国家神道とは別物。かつてこの国には自然村とほぼ同数の神社が存在した）に対しても官僚的・無機的な統廃合がおこなわれた。

ことに伊勢神宮に近い三重・和歌山両県でこの傾向がはなはだしく、わずか数年のあいだに両県の神社の数が五分の一以下にまで激減したほどだ。村の中心だった鎮守《ちんじゅ》の森は容赦なく切られ、長年継承されてきた固有の伝統芸能が〝迷信〟としてかたっぱしから抹消された。このころ、田辺在住の博物学者・南方熊楠《みなかたくまぐす》が神社合祀令に反対する意見を地元紙『牟婁新報』にせっせと寄稿しているが、中央からは黙殺状態であった。

一方で、明治政府は西欧列強の反発を恐れ、新旧のキリスト教に対してだけはやや腰が引けたところがある。

——キリスト教の牧師が編集人の雑誌やったら、取り締まりも少しは甘《あま》なるやろ。

そう見越した誠之助の工夫だ。

それにしても「落陽社」といい、『サンセット』（入り日）といい、不思議な命名センスだ。創刊号巻頭に掲げられた「夕陽之賦《ふ》」なる奇妙な詩（？）が解題となるはずだが、その詩はいきなりこうはじまる。

何を恨《うらみ》に流せる人の血ぞ、凝《こ》りて深紅《しんく》の光となり、朝《あした》は東天、赤《あけ》の血汐に送られて出で、夕《ゆうべ》は西海《さいかい》、金色《こんじき》の翅《つばさ》収めて血腥《ちなまぐさ》き雲に迎えらる。……


新雑誌創刊号巻頭にはいささかどうかと思う、不吉で、不気味な文言だ。

以下、主たる箇所を直訳すれば、

〃我（太陽）が出ようとすると、鶏が鳴いて人の子に「深紅の血塊《けっかい》が東の空に昇ろうとしているよ」と警告した。

東の空からこの世を見わたせば、かつて楽園で知恵の木の実に伸ばされた人間たちの手は、いまでは銃と剣を放そうとしない。朝、夜具を蹴って起きあがるとき、ひとびとの喉《のど》はすでに血に渇《かわ》き、その足は闘争の場にむかい、その眼は死屍《しし》に憧れている。

見よ。食べ物もわずかな陋屋《ろうおく》で、老いたる母は戦場で骨となった息子を思って悲嘆にくれ、山深い田舎では戦場の露と消えた新郎を慕って気が狂った新婦がいる。

世の中、どこを見まわしても国威《こくい》は国威と相争《あいあらそ》い、権力は権力と死闘をくりひろげている。

ひとびとは争いの犠牲となって戦場で惨憺《さんたん》たる血を流し、弾に骨を砕《くだ》かれて死んでいく。残暴なる者（政府）は、妻に与えるべき食べ物をうばって戦場におくり、愛児の玩具《がんぐ》をとりあげて武器を作る。

学を曲げ権力に阿《おもね》る預言者（学者、文化人たち）の言葉に、世のひとびとは欺《あざむ》かれ、互いに思いやる心をうしない、人の情《なさけ》は冷たい路傍の石と化した。血みどろの戦禍が去ってまだいくばくも経《た》たないのに、政府はもう次の戦争の準備をしている。

我はこの忌まわしき永遠の一日を捨てて、夜の幕垂《とばり》れ込める暗黒の彼方《かなた》に暫《しば》し休もう。哀れなるかな、覚醒の子よ。汝《なんじ》の道は遠く、険《けわ》しい。されど聞け、『天地は廃《う》すとも、わが言葉は廃《う》せじ』。われの大いなる栄光をもって天の雲に乗って来《きた》るとき、人の世はやがて神の世となり、永遠《とこしえ》に新天地の歓楽を讃えつつ、甘《うま》き美酒に酔う日が来《きた》るべし。〃

とつづき、最後は、

――かくて夕陽はわれらを捨てて西海に没しぬ。世は唯《ただ》暗雲。鬼気《きき》人に迫り、暁《あかつき》を告ぐる鶏鳴《けいめい》の革令《かくれい》を待つ。

と結ばれている。「革令」は「甲子《かっし》の年（争乱が多いとされる）」の意で、このままでは文意が通らない。「革命」の一語を韜晦《とうかい》したものだろう。

わざと難解な用語を駆使した漢語調の読みづらい文章で書かれているが、ストレートな「反戦詩」であり「革命詩」だ。政府の富国強兵、国威発揚政策を正面から批判し、権力に阿る学者や文化人を痛罵する内容で、読みようによっては与謝野晶子の「君死にたまふことなかれ」どころのはなしではない。

筆者は「五点《ごてん》」。

沖野岩三郎の筆名の一つで、文章もなるほどキリスト教的な薄物《ベール》をかぶせてはいるが、本誌の主宰者・大石誠之助の文章でまちがいあるまい。

なぜ誠之助は沖野の名を騙《かた》って書いたのか?

祿亭《ろくてい》、無門庵《むもんあん》など、これまで誠之助が用いてきた筆名で書いた文章は、この時期すでに「幸徳秋水」同様の検閲を受け、自動的に「掲載不許可」とされた。ましてや新雑誌巻頭の言である。雑誌自体がただちに発売禁止、廃刊の憂き目をみないともかぎらない。

リアリストの誠之助は、幸徳ほどの文章家としての自恃《じじ》も、またあえて官憲を挑発する趣味もない。むしろ、幸徳の影響で翻訳をはじめてからは、他人の文章や文体をまねて書くことに面白さを感じているくらいだ。沖野の同意を得て、かれの筆名で掲載したところ、はたして、どこからも、何の文句もつけられなかった。

誠之助は、新雑誌でさまざまな試みをおこなっている。

たとえば、『サンセット』の目次にたびたび見られる「かのこ生」。

「かのこ」は漢字で書けば「鹿子」。「鹿」は「ろく」とも読む。

「祿亭」のもじりだ。

同じ文章を発表しても「祿亭」なら掲載不許可となるが、「かのこ生」なら何もいわれない（幸徳は早速気づいて、誠之助宛ての手紙で「鹿翁」とからかってきている）。

それでは、と誠之助はためしに「祿亭」の名を用いて海外文芸作品の翻訳を掲載したところ、これもなんなく通った。

（批評に教養を必要とする翻訳物には、官憲も文句をつけづらいということか？）

誠之助は相手の出方をひとつひとつ確認している。手間ひまのかかる面倒なはなしだが、誠之助はこんなことさえ飄々《ひょうひょう》と面白がっている。

――なにごとも、まずは自分が面白がること。そうでなければ人はついてこない。

それが、誠之助の基本方針だ。

『サンセット』には地元新宮の者たちの投稿文はじめ、与謝野寛、茅野蕭々、小川未明、木下尚江《なおえ》、守田有秋《もりたゆうしゅう》ら東京からの寄稿もすくなくない。

賑やかといえば賑やか。ただし、内容はいわゆる文芸に片寄っている。言い方はわるいが、毒にも薬にもならない感じだ。

創刊号はともかく、二号、三号とすすむと、食い足りない気がしないではない――。

（いやいや。いまはこんなもんや。そのうち、そのうち）

自分にそういい聞かせている誠之助の声が誌面から聞こえてくるようだ。

当面は雑誌をつぶさず、長つづきさせること。

そのためにはまず、官憲側のやり口を知っておく必要がある。

誠之助が『サンセット』を立ちあげたのは、ひとつには「家庭破壊論」騒動以降、地元新聞が誠之助の寄稿を受けつけなくなり、文章を発表できる媒体が極度にかぎられるようになったからだ。

が、じつはもう一つ、別に理由があった。

そろそろ赤旗事件で囚われた者たちが刑期を終え、社会に出てくる。

東京では『自由思想』（幸徳秋水）はじめ『世界婦人』（福田英子、石川三四郎）、『東京社会新聞』（西川光二郎）が官憲の圧力でつぶされ、地方でも熊本の『熊本評論』（松尾卯一太、新美卯一郎）、大阪の『日本平民新聞』（森近運平）、群馬の『東北評論』（高畠素之）といった雑誌がたてつづけに廃刊においこまれている。

荒畑寒村がすでに千葉監獄を満期出獄、堺利彦もこの夏には出てくるはずだ。かれらが社会に出て来たとき、ちりぢりバラバラで行くところがない状況では困る。かれらが身を寄せ、言葉を発表する媒体が必要だった。

幸徳秋水は独り東京にのこって執念の頑張りをつづけているが、官憲の弾圧は日増しにきびしく、伝え聞くところ、自分と、あとは管野須賀子の身を守るだけで精いっぱいの様子だ。

――紀州・新宮の『サンセット』が、かれらの受け皿となる。

誠之助はひそかにそう決意している。

それまでは、継続こそが力であった。

誠之助は、沖野牧師とともに印刷所から届いたばかりの校正刷りを机の上にひろげた。六月十五日発行予定の『サンセット』第五号。

西村伊作が描いた「パリ　オペラ街」の挿絵が表紙を飾っている。

今号は原稿の集まりがわるく、ぎりぎりまで苦労した。

二人が校正作業をしているのは、大石医院の道むかいにある「太平洋食堂」だ。もっとも、太平洋食堂の看板（これも西村伊作が描いた）はそのままだが、食堂としての役割は最近はほとんど果たしていなかった。

誠之助が忙しすぎるのが主な原因で、近ごろはたまに近所の子供らを集めて「うまいもの食いの会」を開くのが関の山だ。そのときはむろん、誠之助が自ら腕をふるうことになっている。

誠之助と沖野はそれぞれ自分の前に校正刷りをひろげ、修正用の赤鉛筆を片手に誤植や誤字脱字がないか、黙々と確認作業を進めた。誠之助は若いころからさまざまな新聞や雑誌に寄稿してきたが、自ら媒体を主宰するのは初めてだ。寄稿者だったときは気づかなかったが、校正は集中力を要する、気の張る作業である。

ことに今回の第五号はまるまる一頁をつかって、先頃刊行された与謝野寛『相聞』（明治書院）を取り上げている。せっかくの作品も引用に間違いがあっては元も子もない。世に轟《とどろ》く盛名からすれば意外な気がするが、『相聞』は与謝野寛（鉄幹）単独歌集としては初の著作であった。

全一千首。

『明星』創刊以来、歌壇を牽引してきた与謝野鉄幹十年間にわたる作歌活動集大成、堂々たる単独歌集だ。集中前半に、

——茅野蕭々、北原白秋、吉井勇諸氏と、伊勢より紀伊の熊野に遊びて詠める歌。

と詞書《ことばがき》を添えて、六十一首の伊勢熊野旅行歌が並んでいる。

東京を発《た》ち、伊勢志摩を経巡《へめぐ》り、夜船に乗って紀伊木本《きのもと》浦に上陸。「鬼《おに》ヶ城《じょう》」「花の窟《いわや》」といった名所を観てまわったあと、山中に分け入って「瀞峡《とろきょう》」にむかう。ふたたび険しい山を越え、熊野川をくだって新宮に。神倉山、丹鶴城、那智の浜。最後は那智勝浦から船に乗り、潮岬《しおのみさき》をまわって大阪から東京に戻る。

六十一首の歌を順に読んでいけば、一行の旅の様子が目に浮かぶようだ。観光名所案内風のいわゆる挨拶歌もあるが、熊野滞在中の歌には伸びやかな響きがあり、秀逸なものが多い。

少女《おとめ》ども　綱ひくときに磯たかく　船こそ上《のぼ》れ　砂も許袁呂《こおろ》に

（「許袁呂」は水や砂がかき回されて固まる際の音を示す古語。記紀に見られる）

神達の 咲《え》らぎか青き雲の奥 熊野の嶽《たけ》の風ほうと吹く（「咲らぎ」は笑い声の意）
丹塗舟《にぬりぶね》 錨帆《いかりほ》の綱鱶《ふか》の鰭《ひれ》 にほふ日向にはまゆふの咲く（浜木綿《はまゆう》は砂地に咲く白い花）
歌ひつつ しら浜踏みぬわたつみの宮につづける薄月の路《みち》

そのうえで鉄幹は、那智勝浦から船で熊野を離れるにさいして素知らぬ顔でこう記す。

面白き ゑそらごとをも書きまぜつ 其処《そこ》とさだめぬ旅ごころより

面白き絵空事《えそらごと》。

これが、伊勢熊野旅行歌のみならず、本歌集を通じて一貫した鉄幹の方針だ。

鉄幹は歌集タイトルを一般的な「そうもん」ではなく、あえて「あひぎこえ」と読ませる。相聞は元々は親子兄弟友人知人間でお互いの様子を尋ねる「存問」の意。贈答歌、応答歌を指す場合もある。これが日本に伝わり、もっぱら男女間の恋歌を意味するようになった。

鉄幹自身、あとがきに、

「この集の中心たるところ、おのずから女性の愛にあるを尋ねて、『あひぎこえ』と名づけたり」

などともっともらしく書いているが、実際には集中に恋歌は少なく、むしろ旅や社会に材をとった歌の方がはるかに多い。

むろんわざとだ。世の中には題名と「あとがき」だけ読んで、知ったかぶりで作品を評論する者たちが多すぎる。

――これは面白き絵空事。それをわからぬ者に、わが作を云々する資格なし。

世の評論家・批評家たちへの、痛烈な皮肉と嘲笑である。唇の端をひきあげ、鼻先で笑う与謝野鉄幹の表情が浮かぶようだ。

初の単独歌集。十年間の集大成である。

とても普通の者の感覚ではない。

このあたりが、「偏狭」「狷介《けんかい》」と嫌われるゆえんだろう。

与謝野鉄幹は一見人付き合いが良さそうでありながら、その実、友人と呼べる相手を生涯ほとんど得ることのなかった、稜《かど》の多い狷介な性格の持ち主だ。〝昨日の友は今日の敵〟の諺《ことわざ》どおり、かれは行く先々で多くの敵をつくった。敵の多い、敵ばかりとさえいえる男だ。

その鉄幹が終生「わたしの友達の誠之助」といって変わることがなかったのは不思議なかぎりである。

昨夏、二度目に新宮を訪れた鉄幹と誠之助は短く言葉をかわす機会があった。

三輪崎港に見送りにいくと、誠之助の姿に気づいた鉄幹は自分から近づいてきて、声をかけた。船を待つあいだ誠之助とならんで海を眺めながら、かれは、

「前回新宮に来たとき、蓬莱山《ほうらいさん》についてとおりいっぺんの感想しか述べられませんでしたが、あのあと船で紀伊半島をまわり、大阪に行く途中の荒涼たる海岸線が延々とつづくのを目にして、なるほどと膝を打つ思いでした。紀伊半島西岸は別名枯木灘《かれきなだ》と呼ばれているそうですね？　船を寄せつけぬ枯木灘におびえつつ、西から航海してきた者たちにとって、熊野川川口に浮かぶ、あのお椀《わん》を伏せたような優しげな蓬莱山の姿はどれほど心慰められるものだったことでしょう。だからあの場所は『蓬莱山』と呼ばれているのですね……」

そんな話をした。

かつて『明星』で一世を風靡《ふうび》した与謝野鉄幹は、このころ、東京で同業者や評論家たちから集中砲火を浴びている。

北原白秋、吉井勇、木下杢太郎ら、次代の『明星』をになうべき若き同人たちが次々にかれのもとを去り、世の評論家たちはここぞとばかりに「鉄幹の作風はもはや古い」「時代遅れだ」と口をそろえて罵倒した。なかには「与謝野寛の才能は、妻・晶子の足下にも及ばない」と平然と書く者たちさえあった。

理不尽な文壇の嵐に翻弄される鉄幹にとって、誠之助はあたかも蓬莱山のごとく見えたのかもしれない。

こんにち改めてふりかえれば、鉄幹にむけられた敵意や憎悪はいささか常軌を逸している感じだ。人の尻馬にのって付和雷同する連中はともかく、才能ある若者たちが鉄幹にいっせいに反旗をひるがえすさまはどこか不自然である。当時はもっぱら鉄幹の〝横暴・独裁的な人格問題が原因〟と喧伝《けんでん》され、かれら自身もそう思っていたようだが、百年余の時を経れば別の事情も見えてくる。

春の鳥　な鳴《な》きそ鳴きそ　あかあかと　外《と》の面《も》の草に　日の入る夕《ゆうべ》（北原白秋）
向日葵《ひまわり》は　金の油を　身にあびて　ゆらりと高し　日のちひささよ（前田夕暮）
白鳥《しらとり》は　かなしからずや　空の青　海のあをにも　染まずただよふ（若山牧水）

鉄幹から離れ、鉄幹を敵視罵倒した若者たちの歌から伝わってくるのは、目に見えぬ頸木《くびき》から解き放たれた自由の感覚だ。

解き放ったのは、鉄幹。

才能ある若者たちが鉄幹をことさらに敵視し、離れようとしたのは、おそらく狷介で唯我独尊的な鉄幹の人柄のためばかりではなかった。漢籍と和学の素養の上に立つ鉄幹の作風には、良くも悪くも一つの型がある。鉄幹もそのことを自覚していて、明治に日本に入って来た西欧詩歌の精髄を貪欲に取り込もうとつとめている。「夜を破る　機関の呻《うめ》き　黒坊《くろんぼ》の　白き目に似る　帆の上の月」といった歌が伊勢・熊野歌旅行記中にも見られるが、新しい言葉の感覚は一緒に旅した北原白秋や茅野蕭々から貪欲に吸収したものだろう。

鉄幹は才能ある若者たちを通じて西欧詩歌の感覚をわがものにしようとした。逆に、才能ある若者たちにとってみれば「言葉を盗まれた」と感じたはずだ。

――鉄幹の眼が光る『明星』では、自分たちの歌を充分に解き放つことができない。

かれらがそう思ったとしても不思議ではない。

表現者はもともと一人一家をなす。鉄幹の引力が強ければ強いほど、才能を自覚する若者たちが遠ざかろうとするのは、ある意味当然だった。

この三月に出た『相聞』もいまをときめく者たちからの反発をくらい、悪評は天に高く、一般の売れ行きはさっぱりだ。

「もっと評価されてしかるべき歌集やと思うんやがなぁ」

誠之助は『サンセット』の校正刷りを机の上においてつぶやき、頭のうしろで手を組んだ。椅子の背によりかかり、二本の足で器用にバランスを取る。道向かいの自宅では、妻から「子どもらが真似するのでやめてくれ」と小言をいわれるが、太平洋食堂では文句をいう者はない。

食堂用の大きな机の反対側にすわった沖野牧師が、校正作業の手をとめ、顔をあげて、

「木、喬《たか》ければ、と『文選《もんぜん》』にあるくらいです。日本《このくに》に限ったことではないのでしょうが、どうにも仕方がない感じですね」

と、気の毒そうな表情でいった。

木、林より秀《ひい》ずれば風必ず摧《くだ》く。行《こう》、人より高ければ衆必ず非《そし》る。

――いやな言葉だ。

誠之助は椅子の背にもたれたまま、墨をのんだような気分になった。

ふと、別の男の顔が頭に浮かんだ。

幸徳秋水。

近ごろ巷《ちまた》には、かれが「政府に買収された」という噂が流れている。

噂自体はどうせ政府官憲筋が流したものだろうが、世間の者たちがそれを真《ま》に受けるのは、やはり「木、喬けれぱ」ということなのかと疑いたくもなる。

すでに旧聞に属するが、前年十月、管野須賀子が外出中に路上で突然倒れ、尾行中の偵吏が担《かつ》いで帰るという〝事件〟が起きた。

皮肉な話だが、偵吏がはじめて役に立ったというわけだ。

「平民社」に運び込まれた須賀子は意識がはっきりせず、しきりにうわごとをいうばかりであった。

医師の見立ては脳充血。極度の精神的興奮と過労が原因だという。

管野須賀子はそのまま入院となった。

明治四十二年年末から四十三年年始にかけて、幸徳秋水の活動はもっぱら金策に当てられている。

師・中江兆民がそうであったように、幸徳自身は貧乏など苦にする男ではない。だが、それにしても、裁判所から命じられた七百円余りの罰金にくわえ、須賀子の入院費、さらには係争中の裁判費用も嵩《かさ》んでいる。どこから手をつけてよいのかわからないほどの金額だ。

何より問題は、どこの新聞社、出版社も政府官憲の圧力をおそれて、幸徳秋水の文章に金を出そうとしないことだった。文筆家にとっては手足をもがれたのも同然である。

収入の途を断たれ、万策尽き果てたところに、新聞記者時代から付き合いのある小泉三申《さんしん》が仕事の話をもってきた。

『通俗日本戦国史』なる企画本を執筆しないか、という。

幸徳秋水の名前で書いた社会主義関係の書物の発表は絶望的な状況だ。『通俗日本戦国史』なら、勉強家の幸徳の博覧強記《はくらんきょうき》と調子の高い漢文調の名文はうってつけである。この企画でも、幸徳秋水の名前では出せない。が、そのぶん稿料は高く交渉する。

というもので、幸徳秋水はこの仕事を引き受けた。

今年三月、幸徳は「平民社」を解散し、退院した須賀子を連れて湯河原温泉天野屋旅館に赴く。『通俗日本戦国史』の執筆と、須賀子の療養が目的だった。

ところが、これが「幸徳秋水は政府に買収された」という噂に変じた。

——幸徳秋水は貧乏に負けた。金と女に目がくらんで、同志を裏切った。

という。

東京方面から流れてきた噂を耳にして、誠之助は苦笑するしかなかった。

誠之助には、幸徳が『通俗日本戦国史』の執筆を引き受けたときの気持ちが痛いほどわかった。

背に腹は替えられない。

幸徳がそう思ったのはまちがいない。金が仇《かたき》の世の中だ。が、一方で、たとえどんな形でも己が書いた文章を発表することができる、その事実が幸徳秋水の心を動かしたのも確かであろう。発表を禁じられた文筆家の渇きは、他の職業の者には想像しがたいものがある。誠之助はむしろ、

（このさい、幸徳の名文で『通俗日本戦国史』を読んでみたい）

と思ったくらいだ。

ところが、この話には誠之助が知らない妙な後日譚がついていた。

幸徳が東京の「平民社」をひきはらい、湯河原に腰をすえたあとになって、出版社が「（約束の）稿料先払いではなく、執筆後の出来高払いにしたい」と言い出したのだ。あいだに入った小泉三申はあわてて出版社にかけあったがらちがあかない。いや、いやならほかの人に書いてもらうという。どうも足下をみられたらしい。

湯河原の滞在費はひとまず小泉がもつことになったものの、幸徳の側では拍子抜けの感が

否めず、また自身の体調がすぐれないこともあって、思うように仕事がはかどらなかった。

五月に入り、療養の甲斐あってやや病状が改善した管野須賀子は、自ら換金刑に服することを決めて上京する（明治の刑法では、服役をもって罰金の支払いに替えることが可能であった）。

管野須賀子は単身湯河原を離れ、五月十八日から東京監獄に入獄していた。


誠之助が渋い顔で椅子の背にもたれ、器用にバランスをとりながら黙りこんでいると、沖野は何を勘違いしたのか、身を乗り出し、誠之助の顔を覗き見るようにして、

「あのことを気にされているのですか？」

と小声でたずねてきた。

誠之助が目顔で聞きかえすと、沖野が持ち出したのは昨年から新宮を騒がせている「新宮中学同盟休校事件」の話であった。

昨年十一月、新宮中学で生徒たちがストライキを起こした。

生徒たちは「学校が預かっている共同学資金の使途に不明な点がある」として校長に詰めより、校長が約束した期限までに会計報告を行わなかったとして同盟休校に踏み切ったのだ。

ところが、新宮中学寺内校長はこれを「新宮在住の社会主義者による煽動である」と言い換え、学校の会計問題を社会主義者対国家の問題にすり替えた。報告を受けた川上和歌山県

知事も「生徒に悪影響を与える社会主義者は頗《すこぶ》る危険な存在である」と談話を発表。さらに、地元新聞が知事や寺内校長の論調に合わせた社説を掲載したことで、新宮における社会主義者は俄《にわか》に悪者あつかいされることになった。年末に中学で小火《ぼや》が起き、たいした被害は出なかったものの、これも一時期、社会主義者のせいにされた。その後、消防の調査で原因は学校側の火の不始末だと判明したが、町のなかにはいまだに主義者のせいだと思っている者もある。

最近は新宮でも事故や事件が起きるたびに「主義者のせいだ」という話が出る。ついには、昨夏、新宮中学の一生徒（佐藤春夫）が〝虚無主義的演説〟をして停学処分を受けたのも社会主義者のせいだ、といいだす者もある始末だ。

沖野牧師は首をふり、大きなため息をついた。

「なぜ、社会主義者が、いまの世でこれほどの迫害をうけるのでしょう？　私は最近、ときどき怖くなることがあります。私たちはこの後どうなってしまうのか。私たちがやっていることは、本当に正しいことなのでしょうか？」

見れば、沖野牧師の瞳がこまかく震えていた。かれの頭に、幸徳秋水や管野須賀子の現在の窮状があり、そこに将来の自分の姿を重ね見ているのは明らかだった。

誠之助は相変わらず椅子の二本の足で器用にバランスを取りながら、うふっ、と小さく笑った。

「あんたとこのキリストさんも、えらい迫害を受けたんやなかったかいな?」

そう指摘すると、沖野牧師は顔を赤らめ、

「そういえば、まあ、そうなのですが……」

と口ごもった。

「迫害やいやがらせは、誰だってイヤなもんや。オソロシてならんわ」

誠之助は首をすくめ、さもオソロシそうに冗談めかしていった。頭のうしろで手を組み、天井を見あげたまま、

「正しいかどうか? はて、どやろ? それは死ぬまでわからんのとちがうやろか」

「正しいかどうかわからない、ですって」

沖野牧師は驚いたように声をあげた。

「しかし、だったら、なぜ……」

誠之助は椅子のうえで体を前後に揺らしながら、

「正しいかどうかは知らんけど、いまの世の中にえらい貧富の差があるのはたしかや。金持ちは金持ち、貧乏人は貧乏人という、いわれのない差別がある。医者をやっとったら、それはいやでも目に入ってくる。その現実があるのを知りもて——貧しい者、虐げられている者、苦しんでいる者がおるのを知っとって——それがアカンことやと思いながら、その現実から目を背《そむ》け、手をこまねいてワガのことだけやって、はたしてそれで生きていけるもんやろ

か？　ワガのためだけやったら、無抵抗主義でもアキラメ主義でも別にエエよ。そやけど、貧しい者、虐げられている者、苦しんでいる者らに対してアキラメ主義を説くことは、自分にはどうしてもできん。そんなことは、どないしても、ようせん」

誠之助はそう言って沖野にちらりと目をやり、すぐにまた天井に視線を戻して言葉をつづけた。

「結局は、自分のためにやっとるんやよ。自分が自分自身でありつづけるために、こうせなアカンと思うことをやっとる。こうでなければ自分が生きていかれん、そう思うからやっとるだけや。それが社会主義かどうかは関係ない。何と呼ぶかは他人《ひと》の勝手やでな。たとえば、そやな、由井正雪《ゆいしょうせつ》や大塩平八郎《おおしおへいはちろう》、あるいはキリストさんがいまの世に生きとったら、やっぱり主義者と呼ばれとったんやないやろか」

誠之助は、沖野が暗い表情で机を見つめていることに気づいて、

「こんな世の中は、いつまでもつづくもんやないよ」

と、わざと明るい声で言った。

この世には時勢というものがある。いまの桂内閣の無茶苦茶なやり方が、いつまでも続くはずがない。政治には作用と反作用の力学が働く。こんな弾圧をつづけていたら、必ず早晩ゆりもどしがくる。いま偉そうにしている者たちが高転びに転ぶ日が来る——。

誠之助は沖野にそんなふうに説明した。

理想と現実に引き裂かれた状態に耐えること、時勢を待つことも、大人の役割だ。

幸徳秋水は湯河原で『通俗日本戦国史』を執筆している。

森近運平は地元・岡山県高屋に戻った。「暫《しばら》くは蔬菜《そさい》果樹園づくりに専念する」と先日葉書が届いた。森近は東京に出る前はもともと『農民のめざまし』なる新聞を地元岡山で出していた。折りを見てまた活動を再開するつもりだという。

熊本の松尾や新美たちとも「いまは雌伏の時期だ」と手紙を交わしたばかりである。

堺利彦も、もうすぐ二年余りの刑期を終えて出獄してくる。先日の葉書には「獄中でチョット面白い計画を思いついた」と書いてきていた。

「そのうち、みなでまた一緒にやることができる。アカンものはアカン。そう言える世の中が来る。そういう世の中にするのが、自分たち大人の務めや」

誠之助は軽く目を細めるようにしてそう言った。

沖野はしばらく無言で目をしばたたいていた。この絶望的な状況でなお少しも明るさを失わない誠之助の精神に呆れた様子でもある。かれは、ふと思いついたように、

「あなたがこわいもの……恐れていることはないのですか?」と尋ねた。

「こわいものは」

と答えかけて、誠之助はおやと思った。

以前、同じことを誰かに訊《き》かれたことがある?

目鼻の整った、色白の若い女の顔が目の前に浮かんだ。

まつげが思いのほか長く、その長いまつげの下から相手の顔を覗き見るくせがある。

菅野すがはじめて新宮を訪れたとき、子供たちと一緒に神倉にのぼった。

新宮の町を一望する神倉の境内で、彼女は誠之助の顔をまっすぐに覗き見てこうたずねた。

——あなたがこわいと思うのは、どんなことなのです?

誠之助はすがに、子供のころから繰り返し見る悪夢の話をした。烏天狗《からすてんぐ》に空高くさらわれ、ばらばらに引きちぎられる。それが自分のこわいものだと答えた。

だが、実をいえば、あのとき誠之助の頭にとっさに浮かんだのは別の答えだった。

——弱い者、虐げられた者を愛することが僕の使命であると思うて、僕は如何なる場合にも彼らに同情《シンパシー》を寄せる。だから、もしも、弱い者、虐げられた者から自分が見捨てられたと知ったら、僕にとってはこれほど、寂しい、恐ろしいことはない。

初対面の相手にそう答えるのはさすがに気恥ずかしく、子供のころの話をした。

いま沖野牧師に質問されて頭に浮かんだのも、やはり同じ答えだ。

(人は、たいして変わらんものやな)

誠之助はそう思ってくすりと笑い、質問に答えるべく口をひらいた。言葉を発する前に、突然、背後で勢いよく扉が開けられた。

二人が同時にふりかえると、食堂の入り口に誠之助の妻エイが立っていた。三歳半になる長男の手をひき、傍《かたわ》らに長女のフカが母親の着物をしっかりとつかんで立っている。

エイが太平洋食堂に来るのは珍しい。

逆光のせいか、無言のエイの顔がひどくこわばって見えた。

「なんや？　どないした……」

と訊ねかけて、誠之助は眉をよせた。

エイの背後から、警察官の制服を着た小柄な男が現れ、食堂に歩み入ってきた。

県知事交替後、新しく新宮警察署長に就任した金川警部だ。川上県知事のお気に入りという噂で、就任時には誠之助のところにも挨拶に来ていた（ドクトル大石は新宮きってのインテリであり、町の名士だ）。

「医院に行ったら、ドクトルはこちらだとお伺いしたもので」

金川警部は穏やかな声でいった。

誠之助は頭のうしろで手を組んだまま、のんびりとした口調で来訪者にたずねた。

「見たところ顔色はエエみたいやけど？　どこぞ悪いんかい」

金川警部は一瞬虚を突かれた様子であった。が、すぐに合点し、

「いえ、そうではありません。今日お伺いしたのは診察していただくためではなく……」

そう言って、開けたままの扉をふりかえった。

視線を追うと、表通りに何人か制服警官が待機している様子だ。

「ドクトルに少しお伺いしたいことがあるので、一緒に来ていただけないでしょうか」

フン、と誠之助は小さく鼻を鳴らした。

重心を前に戻して、椅子から立ちあがる。

両腕をあげて大きく伸びをしたあと、金川警部に促されるまま歩きはじめた。

食堂の入り口近く、かたい表情で立ち尽くしている妻と子供たちのそばで、誠之助は一度足をとめ、

「呼んどるみたいやさか、ちょっと行ってくるわ」

何でもない口調でそう言いながら、扉脇の柱につないであったバクの紐を解いてやった。

小腰をかがめてバクの頭を撫で、手を伸ばして娘のフカの頬をちょいとつまむ。

誠之助は腰を伸ばし、思いついたように沖野をふりかえって、

「あと、頼むわ」

そう声をかけて、「太平洋食堂」を出ていった。

二十四　刑法七十三条事件

新宮警察で取り調べを受けた誠之助は、翌日東京監獄へと送られた。

容疑は「刑法第七十三条違反」。

明治四十年四月、わずか三年前に公布された明治新刑法には奇妙な文言が含まれている。

（第七十三条）天皇、太皇太后、皇太后、皇后、皇太子、又は皇太孫に対し危害を加え又は加えんとしたる者は死刑に処す。

奇妙なというのは、この条文が曖昧《あいまい》な未来形で書かれているからだ。

刑法とは、

――何が罪に当たり、その罪がどういった罰に相当するのか。

を定める法律だ。たとえば同刑法中、「殺人ノ罪」は、

（第百九十九条）人を殺したる者は死刑または無期、もしくは三年以上の懲役に処す。

あるいは「皇室ニ対スル罪」でも、他の条文では、

（第七十四条） 天皇、太皇太后、皇太后、皇后、皇太子、又は皇太孫に対し不敬の行為ありたる者は三月以上五年以下の懲役に処す。

と明確である。

「殺したる」「不敬の行為ありたる」はいずれも過去形で、処罰対象はあくまで過去の行為に限られる。ところが、明治新刑法全二百六十四条中、第七十三条（および第七十五条後半一部）にのみ、規定の曖昧な未来形の文章が紛れ込んでいる。

――危害を加えんといしたる者は死刑。

これでは、犯罪要件は有効かつ具体的な計画準備に限定されず、将来行おうと思ったか否かを問う、内心の自由にまで踏み込むことになる。

何を、どう考えようと人の勝手だ。片言隻句をとらえて「あの時お前はこう思っただろう。そうにちがいない」と決めつけるのは、小説家の仕事であって、法律家のなすところではない。

明治刑法第七十三条は近代法の概念から著しく逸脱している。

おそらく、もともとは理念記載だったのだろう。あとに「既に立てられた具体的な計画準備（過去）への罰則」が定められるはずが、法律条文起草過程で抜け落ちた――。そうとしか思えない不完全な条文だ。そして、歴史を振り返ればわかるように、不完全で曖昧な法律

（言葉）はしばしば恐るべき厄災を人類にもたらしてきた。

その厄災が、誠之助の身にふりかかる。


事件の発端は、あとから振り返れば信じられないような些細な出来事だ。

事件発生の何日か前、誠之助は湯河原の幸徳秋水から次のような手紙を受け取った。

――新村（忠雄）が謄写版《とうしゃばん》をもって帰途についたら、ドゥ間違えたのか、新村が爆裂弾を持っていなくなったと大騒ぎになっているそうだ。言葉の分からぬせいでもあるまいが、東京の警察はよほどトチッている。

幸徳は苦笑するように書いているが、実際何でもない笑い話である。

謄写版は別名「ガリ版」ともいい、蠟引《ろうび》きした原紙に鉄筆で文字を書き、にじみ出たインクを紙に写し取る印刷方法だ。その後、小中学校の学級通信などに用いられて広く普及したが、明治のこの時代、印刷といえばもっぱら活版印刷をさし、謄写版はさほど知られていなかった。

幸徳はこれに目をつけた。官憲のいやがらせのせいで、印刷所は幸徳の原稿を一切受けてくれない。同志への通信に手書きの手紙を用いざるをえない状況だった幸徳にとって、謄写版印刷のアイデアは神の助けとも思えたにちがいない。

とはいえそれも、「赤旗事件」で入獄している堺利彦ら同志たちが出てきてからの話だ。

まずは『通俗日本戦国史』を書きあげ、稿料で裁判所が命じる罰金と裁判費用、管野須賀子の入院費その他をはらわなければならない。

執筆に専念するため、幸徳は東京千駄ヶ谷の「平民社」をひきはらい、湯河原におもむいた。この引っ越しを手伝ったのが新村忠雄だ。引っ越し時に新村は、幸徳から謄写版印刷の話をきいて非常によろこんだ。幸徳が「すでに謄写版一式を手にいれ、田岡某に預けている」と漏らすと、飛びあがるようにして「これで社会に爆裂弾を投げ込むことができますね！」と声をあげた。先にも述べたが〝爆裂弾〟は当時一種の流行語であった。

新村忠雄はその後しばらく幸徳、管野須賀子とともに湯河原にとどまり、換金刑に服する須賀子につきそって上京した。そのさい新村は田岡某から謄写版を受け取り、郷里・信州にもちかえってしまう。おそらく新村自身が何か出版を考えていたのであろう。

この一連の動きと発言を、幸徳に終日張りついている偵吏が盗み聞きして、勘ちがいした。かれらには〝トウシャバン〟が何なのかわからなかったのかもしれない。情報が錯綜し、伝言ゲームの結果、「新村が爆裂弾をもって信州に帰った」という誤報になった。

東京からもたらされた情報にもとづいて信州松本警察署が捜査したところ、果たして新村と親しい宮下太吉《たきち》が最近ブリキ缶を発注した事実が判明した。しかも、宮下は爆裂弾の原料となる鶏冠石と塩酸カリまで所持していた。

松本警察署は大騒ぎになった。

五月二十五日、新村忠雄と宮下太吉が拘引される。容疑は爆発物取締罰則違反。宮下の所持品からは、爆裂弾製作を目的とした薬品のほかブリキ缶数個が押収された。

同日、新村忠雄の兄・新村善兵衛が新宮の大石誠之助宛に「弟が逮捕された」と葉書で知らせようとして、投函直前に取り押さえられた。

五月二十八日、宮下の依頼でブリキ缶を作ったかどで新田融《ゆずる》拘引。

五月二十九日、古河力作拘引。古河は『自由思想』創刊のさい、幸徳の頼みで発行人となってくれた若者だ。園芸業に従事し、その関係で森近運平とも親しい間柄であった。

五月三十一日、長野地裁は本件が刑法第七十三条違反に該当する惧《おそ》れがあるとして、事件を大審院に送致する。

六月一日、幸徳秋水が湯河原で拘引される。

六月二日、東京監獄に換金刑で入獄中の管野須賀子への「第一回取り調べ」が行われた。取り調べにあたったのは武富済検事。「赤旗事件」のさい、人を人とも思わぬ強引な取り調べで管野須賀子の恨みをかった人物だ。武富検事の取り調べにたいして、須賀子は敢然と以下のように答えている。

一、私は宮下太吉等と爆裂弾を以《もっ》て、天皇を弑逆《しぎゃく》せんと謀議したることはありませぬ。如何《いか》にお尋ねになりましても今日は何も申しませぬ。貴官には断じて申しませぬ。

二、未決監在監中、憎むべき吾讐敵《しゅうてき》武富検事を殺さずんば止まずと決意し、もし革命運動を起こす際には貴官の頭へ爆裂弾を自ら擲《なげう》たんと覚悟しました。

三、今この場に於《お》いて貴官を殺すことができるならば、殺します。爆弾か刃物を持っておりますならば、必ず決行します。

取り調べのさい、管野は机の上の鉄製の灰皿を武富検事に投げつけようとして取り押さえられた。

武富の側でも管野に恨まれ、憎まれていたことはわかっていたはずだ。そのうえでなお、管野須賀子の取り調べを自分から買って出た――とすれば、多分に嗜虐的な嗜好の持ち主であったとしか思えない。

取り調べ後、管野須賀子は極度の興奮状態に陥り、以後の取り調べは別の検事と交替させられている。

一方、東京に送られた幸徳秋水は検事たちから執拗な聴取を受けた。

このときの幸徳の陳述を要約すれば、

「私はこれまで暴力革命を主張したことはありません。私は無政府主義を主張しますが、同時に現行の制度をただちに打破しうるとは思っていません。人々の思想は自然に改良されるべきであり、暗殺といった非常手段を用いて主権者を斃《たお》すという考えはないのです。無政府主義者とは本来、圧政をにくみ、束縛をきらい、暴力を排斥する者たちのことであります。世に彼らほど自由平和をのぞむ者はありません。歴史を鑑みれば、無政府主義者から出た暗殺者は少なく、むしろ勤王論や愛国思想ほど過激な暗殺主義はないことがわかるはずです。非常手段を用いて主権者を斃すといったことは、社会主義や無政府主義の思想からくるのではなく、むしろ迫害のはなはだしきとき、あるいは国法の権力者に及ばざるとき、これに対抗して勃発するもので、このような現象はやむを得ないと思います」

と、さすが理路整然としたものである。

当事者たちの否認にもかかわらず、事件は電光石火の勢いで拡大する。

六月五日、新宮で拘引された大石誠之助が東京に送られる。

六月十一日、森近運平が岡山で拘引。

六月二十八日、請川で成石平四郎が拘引される。家宅捜索が行われ、自宅からダイナマイト四個と導火線が押収された。平四郎は「自分はこの一月に社会主義の放棄を正式に宣言した」「これらのダイナマイトは漁に使うものだ」と抗弁したが一切聞き入れられなかった。

同月同日、東京で奥宮健之《おくのみやけんし》拘引。旧自由党員、五十二歳。すでに活動の一線から退いていた奥宮が拘引された理由は「同郷の幸徳秋水に爆裂弾の作り方を教えた」というものであった。

七月七日、新宮で、浄泉寺和尚・高木顕明ほか、峰尾節堂、崎久保誓一らが拘引される。

七月十日、平四郎の兄・勘三郎が爆発物取締罰則違反のかどで拘引。

七月二十日、新聞紙条例違反で熊本監獄に入獄中だった松尾卯一太が「幸徳秋水と謀議」の容疑で東京監獄に送られる。

八月四日、熊本で新美卯一郎拘引。〝松尾と親しい新美が謀議の内容を知らぬはずがない〟というのがその理由であった。

八月九日、坂本清馬を「密謀」の容疑で獄中起訴。坂本は幸徳秋水と喧嘩別れして「平民社」を飛び出したあと、浮浪罪で捕まり、服役中だった。

十月十日、出版法違反で服役中の内山愚童が獄中で起訴される。

取り調べを受けた者は数百名を超えた。

最終的に起訴された者は総勢二十六名、逮捕地は全国に及ぶ。

――刑法第七十三条を発動するからには、何としても全国規模の大それた計画にしなければならない。

という当局側の意図が透けて見える展開だ。

この事件における主人公は人ではなく、条文そのものであった。

どんな危険な言葉（条文）も発動されるまでは何でもない。白い紙に印刷された単なる黒い染みだ。だが、恣意的な運用が可能な法律条文――刑法第七十三条という〝怪物〟――がひとたび目を覚ますと、事件関係者の理性を食らい、暴れまわり、世界をなぎ払い、打ち壊して別のものに変えてしまうまで決して静めることができない。そして、すべてが終わった後、事件に関係した者たちは、なぜこんなことになったのかと呆然とすることになる。

曖昧な法律条文（言葉）がもつ恐ろしさを、私たちは正確に知るべきだ。

当初の全面否認にもかかわらず、勾留が長引き、何度も訊問を受けるうちに、容疑者のなかには言葉を濁し、あるいは「諾《はい》」と答える者たちがあらわれる。

――ある特定の人物を殺したいと思ったことはないか？　本当にただの一度も想像したことはないか？

この問いに「否《いいえ》」と答えつづけることは想像以上に困難だ。ましてや、問われているのは自分や仲間たちを弾圧し、新聞雑誌を廃刊に追い込んで言葉を奪い、不当な罰金と懲役刑を科している明治政府が〝権威の根拠〟としている存在なのだ。己に誠実であろうとすればするほど「否」と答えつづけることは難しい。

何度も訊ねられ、そのたびに己の心のなかを覗き込むうちに、

——思ったことはある。

と答える者が出てきたのは、ある意味当然の成り行きだった。

取り調べの側では、被疑者たちにそういわせるまで何度も同じ問いをくりかえした。

逆にいえば、被疑者二十六人の取り調べはあらかじめ検察が期待した言葉をかれらが口にするまで終わらなかったということだ。

十二月十日、刑法第七十三条違反に関する裁判がはじまる。

裁判は、初日、開廷直後に「傍聴禁止」が宣言され、一人の証人を呼ぶことも許されない非公開公判として、ほぼ連日、連続しておこなわれた。

年が明けた一月十八日。

判決言い渡し当日。はじめて傍聴が許された。

人いきれがするほどの満員の傍聴人を前に、裁判官は全員に刑を言い渡した。

二十四名が死刑、二名が有期刑である。

刑法第七十三条違反に関する裁判は再審請求のできない一審制だ。

全員の刑が確定した。

翌一月十九日、天皇の名で特赦が発表される。

死刑判決を受けた二十四名中、半数の十二名を無期懲役に減刑するという。

減刑理由はいっさい示されなかった。

生かすも殺すも天皇の意向次第、法とは別の規準があるというわけだ。

国民の自由や生命は、本来の権利を回復したのではなく、権力者から一時的に与えられたものであることが暴露され、かつ権力側によって誇示された瞬間であった。まさに中江兆民が、発布当時、鼻先で笑った明治憲法の構図そのものである。


減刑者のなかに、誠之助の名前は含まれていなかった。


同じ日、誠之助は妻に宛てて手紙を書いている。

「ある人の言葉に『どんなつらい事があろうとも、其日《そのひ》か、遅くとも次の日は、物を食べなさい。それがなぐさめを得る第一歩です』というものがある。

お前も此際《このさい》くよくよと思ってうちに引きこんでばかり居《い》ず、髪も結い、きものも着かえて、親類や知る人のうちへ遊びに行って、世間の物事を見聞きするがよい。そうすればおのずと気も落ちついてあらかに（明るく）なるだろう。そうして、うちを片づける事など、どうせ遅なりついでだから、当分は親類にまかせて置いて、今はまあ自分のからだを休め、こころを養う事を第一にしてくれ。

私はからだも相変わらず、気も丈夫で、待遇はこれまでの通り少しも変わった事はない。こうして何ヵ月過ごすのやら、そのへんの所も、すべて行末の事は何ともわからないから、決して決して気を落とさぬようにしてくれ。
ほかに差しあたって急ぐ用事もないから、今日はこれだけ。

一月十九日　誠之助

栄子《エイ》どの」

エイが新宮でこの手紙を受け取ったわずか二日後の一月二十四日。
東京監獄内で死刑が執行された。

幸徳秋水　午前八時六分絶命　三十九歳
新美卯一郎　午前八時五十五分絶命　三十二歳
奥宮健之　午前九時四十二分絶命　五十三歳
成石平四郎　午前十時三十四分絶命　二十八歳
内山愚童　午前十一時二十三分絶命　三十六歳
宮下太吉　午後零時十六分絶命　三十五歳
森近運平　午後一時四十五分絶命　三十歳

一人ずつ順に絞首台にあげられ、首を吊られた。

大石誠之助　午後二時二十三分絶命　四十三歳
新村忠雄　午後二時五十分絶命　二十三歳
松尾卯一太　午後三時二十八分絶命　三十一歳
古河力作　午後三時五十八分絶命　二十六歳

現在《いま》も変わらぬ絞首刑だ。

この日は十一人が処刑され、管野須賀子のみ翌日の処刑となる。空前の大量処刑に設備が足りず、冬の短い日があるうちに終えることが出来ない、というのがその理由であった。


一月二十五日、午前八時二十八分　管野須賀子絶命　二十九歳

死刑執行直前、彼女は最後に遺体の埋葬地の希望をたずねられてこう答えている。

——墓地は監獄の埋葬地でたくさんです。

管野須賀子の名は「国家権力に反逆し、国家の手で殺された最初の女性」としてこの国の

歴史に刻まれることになった。


国家による十二名もの大量処刑のニュースは、西欧諸国に衝撃を与えた。

各国の知識人らは「日本はいまだ野蛮な未開国家である」と非難と抗議声明を発表。

皮肉屋で知られる英国の劇作家バーナード・ショーは、

「これで日本は文明国の仲間入りをはたした」

という表現で、日本政府を痛烈に批判した。


死刑執行前夜。

裁判を主導した山県有朋以下桂内閣閣僚および平沼騏一郎検事ら数名が東京某所に集まり、シャンパンを開けて乾杯していたという話が伝わっている。

少なくとも、かれらのあいだにそうした雰囲気があったことだけは確かである。

二十五　夜明け

「なあ、いっちゃん。あの看板、何て書いてあるん？」

竹本好文《たけもとよしふみ》は川原にむかう道を歩きながらそうたずねて、ふと妙な既視感を覚えた。

——ずっと昔、同じ場所で、同じ質問を口にしたことがある。

そんな気がした。

昭和二十年（一九四五）十月、新宮船町。

看板には大きく「ＤＤＴ」、あとの横文字《アルファベット》は何と書いてあるかわからない。おそらく進駐軍が立てていったものだろう。

隣を歩く〝いっちゃん〟——遠藤功《えんどういさお》は、訝《いぶか》しげな顔をしている好文をちらりとふりかえり、小ばかにした様子で、ふん、と鼻を鳴らした。反対側に顔をむけ、ならんで歩くもう一人に、

「かずやん、わかるか？」

と声をかけた。

〝かずやん〟——成瀬和彦《なるせかずひこ》は、三人の中では最年長、背高く、体もほかの二人に比べてひと

まわりたくましい。

あっ、と好文は声をあげた。

思い出した。

あのときだ。

ドクトルが「太平洋食堂」を始めたあのとき、自分たちはちょうど今と同じこの場所にいた。向かいの道端にみなでしゃがんで、大人たちが看板を掲げるのを眺めていた。看板には、まるで西洋の王様がかぶる王冠のような絵が描いてあった。その下に漢字で大きく「太平洋食堂」の五文字。絵の上には外国の文字が並んでいた……。

口早に語る好文に功は眉を寄せ、

「いつの話しとるんや？」と呟いたものの、言われて思い出した様子であった。

「太平洋食堂って……。よう、そんな昔のこと覚えとるな。すっかり忘れとったわ。あれは、明治三十六？　ちがうか、三十七年のことやったさかい、ひい、ふう、みい、と……」

と指をおり、

「四十年から前の話やないか」

功は呆れたように首をふり、ふたたび反対側に顔をむけた。

「よしは変わらんな。相変わらずや。この歳になっても、しょうもないことをよう覚えとる。なあ、かずやんも、そう思うやろ？」

話しかけられても、和彦の日に灼《や》けたなめし革のような顔には何の変化も浮かばない。半《なか》ば口を開け、白濁した目は虚《うつ》ろ、手を引かれたままどこへ引っぱっていかれてもわからない、といった感じだ。

かつて熊野地ベースボール一番の強打者だった成瀬和彦は、徴兵検査で甲種合格の判定を受けて陸軍に入隊。演習中、大砲が顔のすぐわきで破裂して、瀕死の重傷を負った。頭を包帯でぐるぐる巻きにされ、意識がない状態で新宮に戻ってきた和彦は、一命はとりとめたものの、動けるようになったあとも「おー、おー」とおめきながら町をさまよい歩いている。レントゲンで見ると頭のなかに鉄の破片がはっきり見えるが、手術は無理だという。一人では服を着るのはおろか、食事もおぼつかない。

その和彦の世話をしているのが、隣家に住む功だ。

幼いころから近衛《このえ》志望だった功は、徴兵を待たず、自ら志願して軍に入った。が、上官のなかに、功が新宮出身だと知ると「新宮の者が陛下の軍人でございますなどとは烏滸《おこ》がましい」とことあるごとに嘲笑する者があり、功はこの上官を殴って営倉入りをくらった。営倉内の劣悪な環境に功は体をこわし、結局、軍を除隊になって新宮に戻ってきた。

三人のなかで最年少の好文は、兵隊には行っていない。もともと体が弱かった好文は十歳《とお》になる前に肺結核と診断され、幸い死に至ることはなかったものの、片肺の機能を失った。少しでも無理をすればすぐに発熱し、息切れがして、思うように体が動かない。薄っぺらな体はいまでも子供ほどの厚みしかない。おかげで好文は徴兵を免れた。

新宮の者でも、徴兵されて大陸や南方で戦死した者が少なくない。あるいはアメリカに出稼ぎに行って収容所に入れられたり、シンガポールや台湾に行ったきり、いまだに戻ってこられない者たちが大勢いる。病気のおかげで命拾いをした、といえなくもない。その代わり、この数年はどこへ行っても「無駄飯食い」「非国民《ひこくみん》」などと罵られ、冷たい視線にさらされつづけた。

三人の運命を翻弄した長い戦争と天皇を戴《いただ》く軍閥支配が二月《ふたつき》前にやっと終わったばかりだ。

「かずやん、聞いたら笑うで」

功は、反応がないことなどまるで気にかけない様子で、和彦に普段どおり話しかけている。

「よしはな、写真屋になったんやと。ほら、かずやんも知っとるやろ、新宮におった中嶋写真館のおっさん。あの人のツテで東京で写真の修業して、いまでは立派なカメラマンらしいで」

功はそう言って、好文を横目で眺め、意味ありげに目を細めた。

「カメラマン、いうほどのものやないんやけど……」

好文はもともと色白の頬を朱に染め、首をすくめた。

お互い四十をとうに過ぎたというのに、幼なじみが集まるとどうしてもこうなってしまう。

結核で片肺を失った好文は、その後中嶋写真館で見習いとして働くことになった。

好文にとって「太平洋食堂」の前でドクトルや近所の遊び仲間と一緒に撮ってもらったのが、生まれて初めての写真だった。写真はその後、「太平洋食堂」の壁に飾ってあった。ドクトルがいなくなったあとも、好文にはあの写真が忘れられなかった。

写真は、みなが笑っていた幸福な瞬間をずっと留《とど》めてくれる。

好文はあの写真を頭に思い浮かべるたびに、ドクトルの腕のあいだにもぐりこんで朗読を聞いたことを思い出した。

――吾輩は猫である。名前はまだない。

春の波のゆるやかにうねるような、ドクトルの穏やかな声を思い出す。寄りかかったドクトルの胸の温かさが甦《よみがえ》る……。

一枚の写真が幸せな記憶につながっている。色々なことを思い出すよすがとなる。

自分もあんな写真を撮りたい、と強く思った。

生涯地元に留まるつもりでいた好文は、皮肉なことに、その後、風景写真を撮って絵葉書をつくることを思い立った中嶋写真館の主人・中嶋昭次郎について日本全国を旅してまわることになった。

中嶋写真館の主人は元々よそから来た人だけに、事件後ひたすら恐懼《きょうく》するばかりの町の者たち（新宮では町長以下、助役、校長、教員、町内会長、はては学級委員に至るまで、こぞって辞表を提出した）にいやけがさした様子で、数年後に新宮の店をたたんで風景撮影の旅に出た。もしかすると、ドクトルや川原町の者たちの自由に移動する生活スタイルに知らず知らず影響を受けていたのかもしれない。

師匠について日本各地を旅してまわる途上、好文はときおりドクトルの噂を耳にした。好文が肌身離さず持っているドクトルの写真（右手は懐、左手を帯にはさんだ変な格好で、柔らかな笑みを浮かべている）を見せ、子供のころ、自分はこの人に可愛がられていたのだと告げると、急にやさしい顔になり、囁くような声で「自分も、ドクトルには世話になった。本当に、いい人だった」と教えてくれる者たちがいた。かれらはドクトルのことを心から懐かしみ、記憶を慈《いつく》しむ様子であった。

数年後、中嶋昭次郎は今度は世界の風景を写真に撮って絵葉書にすると言いだし、体の弱い好文は外国まではさすがに付き合いきれないので、東京の写真館を紹介してもらって、そこで働くことになった。

ドクトルの弁護をした弁護士先生の事務所に出入りするようになったのは、ほんの偶然だ。が、ここでも好文が新宮出身で、ドクトルに可愛がられていたのだというと、弁護士先生は急にうちとけた様子になり、好文に何かと親切にしてくれた。

勤務先の写真館の近所だったこともあって、好文は弁護士事務所にちょくちょく顔を出した。事務所が忙しいときは書類の写し書きを手伝い、暇なときは弁護士先生とドクトルについての思い出を語り合った。

　弁護士先生は、事件後の新宮の様子を知りたがった。

　事件当時、好文は十歳。直前に結核と診断されて床に就いていたこともあって、自分で見聞きしたことはさほど多くはない。が、たとえば判決言い渡しの日、ドクトルの兄・玉置酉久さんが、終日、塀の外まで聞こえる大きな声で謡《うたい》をうなりつづけ、見かねた近所の者が「今日くらいは慎《つつし》んではどうか」とたしなめに行ったところ、酉久さんは「国家が尋常でないことをやる以上、こっちも尋常でないことをやるしかない」といいかえしたこと。また、これは判決が出る前だが、ドクトルの甥の西村伊作・大石真子さん兄弟が、東京で囚われているドクトルに会うために二人でモーターサイクルで新宮を出発したものの、途中の山道で伊作さんのモーターサイクルが壊れて大変だったことや、東京に着いたあと二人が拳銃を持っていることを黙って宿に泊まっているのがばれて官憲に勾留され、結局二人ともドクトルには面会できずに帰ってきたことなどを話すと、そのたびに弁護士先生はおかしそうに、あはは、と声をあげて笑った。

「ドクトルさんの身内のやりそうなことだ」と言い、「なぜ黙っていたのかな？　拳銃所持自体は別に罪ではなかったはずなのに」と首をかしげて呟いていた。

「新宮では、ほかにどんなことがあったの？　知っていることがあれば教えてほしい」

　弁護士先生にたずねられて、好文は自分でも忘れていたこと――大人たちがヒソヒソ声で話しているのを聞いていながら、新宮に居るあいだは口にするのを憚《はばか》られていたことを、いろいろと思い出した。

たとえば、お葬式のこと。

ドクトルの遺骨が新宮に帰ってきたのは、寒い寒い、冬の日だった。

火葬は東京ですませたということで、兄の玉置酉久さんが遺骨を新宮に持ち帰って、船町のドクトルの家に届けた。その夜が通夜で、翌朝、沖野牧師が洋式の葬儀を執り行って、南谷墓地の高いところに葬った。

そう話すと、弁護士先生は驚いた顔になった。

聞けば、事件で処刑された者の葬儀を行うことは固く禁じられていたのだという。

好文は、へえ、と思った。

いわれてみれば、たしかに葬儀はドクトルの親族だけで行われた。それ以外の新宮の者たちも大勢ドクトルの世話になっていたはずだが、誰も顔を出さなかった。その代わり、と言ってはなんだが、ドクトルが拘引された日から行方不明になっていたバクがふらりと戻ってきた。バクはドクトルの葬儀が行われるあいだ、少し離れたところで見ていて誰が呼んでも来なかった。葬儀後、バクはまた姿を消した。その後バクがどこへ行ったのかは誰も知らない。熊野の山奥で狼と一緒にいるのを見たという者もある。それから、葬儀にはもう一人、新宮の者たちの誰一人知らない人物が来て、無言のまま拝礼して立ち去ったそうだ。

好文は、ドクトルの奥さん、エイさんについて聞いた話も思い出した。

事件直後、沖野牧師はエイさんにキリスト教への入信を打診した。キリスト教に入れば、仲間が守ってくれる。教会の庇護を受けた方がいい。沖野牧師は善意からそう勧めたが、エイさんは首をふり、きっぱりと断った。エイさんは沖野牧師に、

「わたしにはすでに信じる言葉があります。夫が、それを残してくれました」

と、応《こた》えたそうだ。

ドクトルのお墓は、事件から数年後に建てられた。

高さ一・三メートル。子供の背丈ほどの墓石に刻まれた「大石誠之助之墓」の文字は、堺利彦さんの揮毫《きごう》だ。

と言うと、これも弁護士先生には驚きだったらしい。

弁護士先生は、堺さんが事件後に関係者の遺族を訪ねて全国を慰問行脚してまわったことを知らなかった。「赤旗事件」で入獄中だった堺さんは、皮肉なことにそのおかげで事件に巻き込まれずにすんだ。事件が進行中の九月に出所した堺さんは、何とか皆の命を救おうと走りまわったが、果たせなかった。

堺さんの慰問の様子を、好文はのちに、岡山でも熊本でも高知でも大阪でも耳にした。

堺さんが新宮を訪れたのは、ドクトルが処刑された三か月後。沖野牧師ら数名を除けば、新宮の人たちは係わりを恐れてドクトルの家族に近づこうとしなかった頃だ。

弁護士先生はすっかり感心したふうであった。

逆に、好文が弁護士先生から教えてもらったこともある。

大審院での公判がはじまる前、東京監獄ではじめて面会したとき、ドクトルは弁護士先生から検察側が主張する事件のあらましを聞いて、一瞬呆気にとられた顔になったという。ドクトルはしばらくあごひげを撫でながらなにごとか思案する様子だったが、やがて得心したようにうなずいて、

「なるほどな。うそから出たまことというわけか」

と呟いたそうだ。

「あの言葉が、ずっと耳について離れなくてね。あれは、どういう意味だったのかなぁ」

弁護士先生はそう言って首をかしげていたが、好文にはドクトルの言葉の意味がなんとなくわかる気がした。

新宮にいたころ、ドクトルは「うそから出たまこと」とよく言っていた。「うそから出たまこと」は浄瑠璃（歌舞伎）「仮名手本忠臣蔵」の主人公・大石内蔵助の決めぜりふの一つだ。ドクトルは赤穂浪士について、「彼らは既存の掟《おきて》によらずして自由に団結した事（自由連合）と、今一つは自ら欲する所を実行するのに他の許しを得たり、お上《かみ》の力を借りたりするような迂遠な道をとらなかった事（直接行動）がエライ」と、もっともらしい理屈をこね、文章にも書いているようだが、当時幼かった好文ら子供たちの目にドクトルはたんなる〝浄

瑠璃好き〟に見えた。

　大石せいのすけ。大石くらのすけ。

　語呂《ごろ》が似ているので人からまちがえられることがあり、ドクトル自身、まちがわれるのをまんざらでもなく思っていたようだ。

　うそはいうまでもない。

　検察が主張する事件そのものがうそである。

　ところが、そのうそをもとに絵を描くと、不思議な線がつながっていく。

　最初は、湯河原への引っ越しを手伝った新村忠雄が幸徳秋水の謄写版を信州に持ち帰ったこと。偵吏から盗み聞きの報告を受けた地元の警察は〝トウシャバン〟が何のことかわからず、東京経由、信州松本警察に連絡する途中で「爆裂弾」の言葉が紛れ込んだ。松本警察が爆裂弾を探したところ、新村の友人であり「平民社」にも出入りしていた宮下太吉がブリキ缶を複数個所有しているのが判明した。宮下自身「これは爆裂弾だ」と周囲の者に嘯《うそぶ》いているらしい。むろん、ブリキ缶だけで爆発するわけはないが、調べをすすめると、宮下は「爆裂弾の原料」となる薬品も入手していた。新村忠雄が新宮の大石医院で手伝いをしていたころ、ドクトルの知らぬまに塩酸カリを一ポンド追加注文して、宮下宛に送っていたのだ。宮下は新村から受け取った塩酸カリと鶏冠石をブリキ缶に詰めて爆裂弾を製作し、「すでに実験に成功した。天皇に爆裂弾を投げつける準備もある」と自供しているという。

いくつもの偶然の糸がからまりあい、うそをもとにした線が次々につながって、離れて見ると、茫漠たるものではあるが、一枚の絵に見えないこともない。

検察が描く物語《ストーリー》を聞いて、ドクトルはこう思ったのではないか？

どこまで本気かはさておき、宮下が「爆裂弾」を試作し、それを天皇に投げつけようと何人かの者たちと話しあったのは事実らしい。その爆裂弾の原料として、新宮の大石医院から塩酸カリが送られていた。

たぶん、成石兄弟が大石医院を訪ね、爆裂弾の材料を求めたあのときだ。平四郎は当時、好文ら新宮の子供たちの憧れのまとだった。かれが新宮に出てくるたびに目ざとく誰かが見つけ、その行動がいちいち話題になった。新村は誠之助のサインがある注文書をもって畑林薬店に行き、塩酸カリの注文の数字を書き換えて、余剰分を宮下に送った……。

――新村忠雄を信用して、注文を任せきりだった自分の責任だ。

顔をしかめるドクトルの様子が目に浮かぶようだ。

いや、それよりなにより、

――若い人らがあたんするまで追い込むこんな社会にしてしまったことに、自分には責任がある。

それが、ドクトルのいう「うそから出たまこと」の意味だったのではないか？

あれこれ考え合わせると、どうもそんなふうに思われた。

迷ったものの、好文は結局、弁護士先生にはそのことはいわなかった。新宮でのドクトルを知らない相手に、うまく伝えられる自信がなかったからだ。

弁護士先生によれば、検察側は幸徳秋水が明治四十一年夏に新宮の大石誠之助宅に立ち寄ったのは「天皇暗殺謀議」のためであり、さらにその秋、誠之助が東京に幸徳秋水を訪ねたさいに熊本から上京していた松尾卯一太と会ったのは、天皇暗殺と同時に熊本での一斉蜂起を計画するためだと、裁判で大まじめに主張したのだという。

好文は話の途中、信じられない思いで何度も弁護士先生にたしかめた。

ここまでくると、もはや荒唐無稽、誇大妄想狂の感が否めない。非公開で行われていた裁判では、そんな馬鹿げたことが堂々と主張され、まかりとおっていたのだ。

事件に興味をもつ好文に、弁護士先生は「本当はだめなのだけれど……」といいながら、裁判後に自分で作ったという覚書をこっそり見せてくれた。

覚書を読んでいて、好文は、あれっ、と思った。

「ここは、何かのまちがいではないですか？」

好文が弁護士先生に示したのは、宮下太吉が試作した爆裂弾のサイズの記述だ。

〝直径一寸、高さ二寸〟

とある。

唐辛子を入れる缶より小さい。そのうえ宮下は、

〝缶の中に小石を入れた……〟

と証言している。差引すれば、一つの缶に入る爆薬の量は二十グラムに満たない計算だ。

ちょうどそのころ、アメリカに渡った好文の写真の師匠・中嶋昭次郎から「クラッカー・ボール」なるものが送られてきたばかりであった。同封の絵葉書（昭次郎撮影）には「本品、当地で流行中」と書いてあった。成分表によればクラッカー・ボールの中身は、宮下太吉の爆裂弾とまさに同じだ。クラッカー・ボールは地面に投げつけて破裂音を楽しむ子供のおもちゃだ。日本でも昨今、これと似た「かんしゃく玉」が発売されて人気を博している。〝直径一寸、高さ二寸〟というサイズが本当なら、宮下太吉の「爆裂弾」は「クラッカー・ボール」や「かんしゃく玉」に毛の生えたようなものだ。破裂音で人を驚かすことはできても、人を殺すことなどとてもできそうにない。

「これじゃ、刃物で切りつけるのではなく、せいぜい竹刀で殴り掛かるようなものですよね？」

そういうと、弁護士先生は唖然としたように目をしばたたいた。

「いや。しかしだね、きみ。裁判で検察は〝陸軍が実験したところ、馬車が大破した〟と主張したのだよ？――いや、しかし……まさか……」

弁護士先生はそう言って、しきりに首をひねっている。

好文は、肩をすくめるしかなかった。

覚書を読んで、もう一つ、好文が気になったことがあった。

検察は「幸徳秋水が新宮を訪れたのは大石誠之助と天皇暗殺謀議を行うためである」と主張し、「謀議は熊野川に浮かべた船上で行われた」と決めつけて、これに「月夜の謀議」という言葉を使っている。

「これって、幸徳さんが新宮に滞在したあのときのことですか？」

弁護士先生がうなずくのを見て、好文は弁護士事務所の煤《すす》けた天井を見あげた。

新宮に来た幸徳さんは、しばらく具合が悪くて寝込んでいた。ドクトルと一緒に川舟に乗ったのは一度きりだ。

あの日。

好文は御船島《みふねじま》近くの岸辺で友人たちと遊んでいた。エビかきを楽しむドクトル一行の姿を近くで目にしている。

好文たちは先に帰ったし、川舟の上の会話は聞こえないので、ドクトルが幸徳さんと何を話したのかまでは知りようがない。だが、帰りぎわ、最後にふりかえった好文の目に映ったのは、満天の星、夜空に横たわる見事な天の川だった。

月夜なら、あんなふうに星は見えない。

あの夜、月は出ていなかった。「月夜の謀議」なんて、ありえない。

そう指摘すると、弁護士先生は一瞬絶句したあと、首をふり、ふかぶかとため息をついた。

「そうか……。あのときそれを知っていたら、もしかしたら、もう少しなんとかできたかもしれないね。弁護側が一人の証人も呼ぶことを許されなかった、非公開裁判の弊害だよ」

残念そうに呟きながらも、弁護士先生の口ぶりからは〝それでも、やはりどうしようもなかった〟という気配が伝わってきた。検察の主張がまちがっていることは、ドクトルも、幸徳さんも気づいていたはずだ。二人があえて何もいわなかったのは、それがこの裁判のポイントではないと知っていたからだろう——。

「それにしても、よく覚えていたものだね」

弁護士先生が好文の顔を眺め、感慨深げに目を細めていった。

「あれから、かれこれもう二十年になる。子供のときの記憶は、たいしたものだね」

「ああ……そういえば、まあ、そうですね」

好文は口のなかでもぞもぞと唱え、言葉を濁した。

好文があの日のことをはっきり覚えていたのには、じつをいえばわけがある。

あの日、好文が見ていたのは川舟の上、ドクトルの腕のあいだで〝エビかき〟を楽しむフカちゃんの姿だった。

ドクトルの一人娘フカちゃんは、当時の新宮では特別な存在だった。ドクトルが旅先で買ってきた高価な布地に伊作さんがデザインした洒落た柄の着物を身にまとい、髪にはいつも華やかなリボン、ドクトルの家に出入りするお客さんの話を聞いているせいか言うこともませているし、表情も知的な感じで、何しろ好文ら新宮の男の子たちにとっては気になる存在だった。

当時好文は八歳。自分の胸の奥のもやもやとした気持ちが何なのか正確にはわからなかったが、たぶんあれが好文にとっての初恋だったのだろう。

その後〝事件〟が起き、さらに好文が病気で床に就いているあいだに、ドクトルの遺族は新宮から一家で姿を消していた。

かれらがどこに行ったのか、だれも好文に教えてくれなかった。好文もあえて自分からたずねることはなかった。新宮の町の底にひやりとした空気が流れていて、「ドクトル」の名前自体が禁忌になっている感じだった。

好文がずっと気になっていたフカちゃんのその後は、弁護士先生が教えてくれた。

ドクトルの遺族は、新宮を離れて東京に移住していた。沖野牧師と与謝野鉄幹・晶子夫妻、それに西村伊作さんが、手を貸したのだという。

伊作さんはその後東京で、与謝野夫妻や、新宮にも来ていた石井柏亭さんらを講師に招いて学校を設立し、フカちゃんはその学校で知り合ったひとと結婚して、いまは関西の蘆屋《あしや》のおうちで暮らしているそうだ。

それを聞いて、好文はほっと安堵の息をついた。

——どうかフカちゃんが幸せでありますように。

心からそう願った。

その他。

当時の和歌山県知事川上親晴が、事件後、桂内閣のひきたてで警視総監になったこと。

管野須賀子の〝天敵〟武富検事が政治家に転身したこと。

政争の手段として社会主義者弾圧を進めた山県有朋の葬儀は、国葬として行われたにもかかわらず、弔旗を掲げる家のほとんどない寂しいものであったこと。

話ずきの弁護士先生はいろいろ教えてくれたが、好文にとってはもはや興味のない、どうでもいい事柄だった。

やがてアメリカとの戦争が始まり、子供たちまでが「神風万歳、皇軍万歳」「進め一億火の玉だ」などといいだしたころ、好文が働いていた東京の写真館は閉店を余儀なくされた。店の者たちが次々と兵隊や従軍カメラマンとして徴発されて人がいなくなったことにくわえ、物資の不足（爆弾とフィルムは同じ原料）が原因だった。失業した好文はしばらく弁護士事務所の手伝いをしていたが、弁護士事務所も開店休業状態でろくに給料もでず、東京上空に敵機が飛来するようになったのをしおに、知り合いのつてを辿って千葉の田舎に疎開した。

千葉では周囲の者たちと一緒に海岸で松の根を掘る作業をさせられた。飛行機を飛ばす油をとるという話で、そんなことが本当にできるのかどうかそもそも疑問だったが、いずれにせよ、四十を過ぎた好文まで穴掘り作業に駆り出さなければならないようではこの戦争はもうもたないな、と思っていたところ、案の定、終戦になった。

昭和二十年八月十五日のことである。

疎開先から東京に戻ると、東京は一面の焼け野原になっていた。

焼け野原にバラック小屋が建ちならぶ見知らぬ風景のなかを呆然として歩きながら、好文は子供のころに聞いたドクトルの言葉を思い出した。

「このままやったら、どもならん。そのうち大きな戦争になって、この国は焼け野原になってしまうぞ」

ドクトルの予言は的中した。逆に、

――お上《かみ》のすることにまちがいはない。

そう言っていた大勢の大人たちの方がまちがいだったというわけだ。

好文は故郷・新宮に帰ることを決め、最後に、世話になった弁護士先生に挨拶に行くことにした。

弁護士先生の事務所は、奇跡的に焼け残っていた。

すっかり白髪《しらが》頭となった弁護士先生は好文の顔を見ると大いによろこんで、ふかしたサツマイモでもてなしてくれた。送別会の途中、弁護士先生はサツマイモを頬ばったまま「そうだ、忘れていた」とふがふが言いながら立ちあがり、家の奥からカメラケースを持ってきた。

「先日、西村伊作さんに会ってね。ほら、神田駿河台の文化学院。あの前を通りかかったら、偶然、伊作さんが出てきたんだ。戦争中は陸軍に収用されていた文化学院が返ってきたんで、あの人、いまは学校の校舎に住んでいるらしい」

「校舎に住んでいるんですか？」

好文は呆れてたずねた。

「うん。陸軍が学校の建物に残していった家具やら放送機材やらストーブなんかをあれこれ見せてくれて『みな、戦利品や』と自慢していたよ」

弁護士先生はそのときの情景を思い出したらしく、くすくす笑っている。

好文が子供のころ新宮の町でときおり見かけた伊作さんは、びっくりするほど顔の彫りが深く、立派な体格にいつもりゅうとした洋服姿で、何だか本物の外国の人のような雰囲気を漂わせていた。若く、格好よかった伊作さんも、もう六十歳を超えているはずだ。昔から何をしでかすかちょっと見当がつかない人だったが、戦争中も伊作さんの傍若無人なふるまいはかわらず、陸軍から目を付けられて周囲の人たちはずいぶん苦労したらしい。

伊作さんの噂を聞くたびに、好文はいつもドクトルのことを思い出した。行動パターンや雰囲気はまるでちがっているが、何物にもとらわれない自由な感じや、権威をへとも思わない反骨精神が似ている。叔父・甥だから、というだけではないはずだ。

「伊作さんにきみのことを話したら『その人、写真撮るんかい？』と訊《き》かれてね。そうだと答えると『新宮帰る前にどうせあんたとこへ寄るやろ。これで新宮の写真を撮《と》てきてくれ』、そう言って、このカメラとフィルムを渡されたんだ」

弁護士先生はカメラケースを好文に差し出し、

「というわけで、このカメラはきみのものだ。不思議な人だね、伊作さんという人は」

そう言って歯の抜けた口でおかしそうに笑った。

伊作さんから託されたカメラケースを手に、好文は新宮に帰ってきた。

ケースの中身は、スイス製の最新型カメラとフィルム一式だ。伊作さんはこの貴重で高価な品をいったいどこで手に入れたのか、なぜ見ず知らずの好文に預けることにしたのか——まさかくれたわけではあるまい——さっぱり見当がつかない。まったく不思議な人である。

遠藤功《いっちゃん》が、さっき「よしは写真屋になったんやと。……いまでは立派なカメラマンらしいで」と言ったのは、好文が提《さ》げているカメラケースを指しての話だ。

船町をならんで歩く三人は、じきに熊野川の川原に出た。

「おっ。もう準備できとるみたいや」

遠藤功が川原を見渡して声をあげた。

十月十六日。年に一度の御船祭、速玉神社の定例祭が行われる日だ。

幸い天候にも恵まれ、鰯雲が浮かぶ秋の青空が滔々《とうとう》と流れる熊野川の川面にきらきらと映《うつ》っている。

「かずやん、早《は》よ行こらい」

功はそういって、和彦の腕をとって川原を歩きだした。

——早よ行こらい。

というわりには、足もとのあやしい和彦を急《せ》かせるでもなく、いたって慎重な足取りである。

三人は祭の様子を一望できる場所まですすみ、川原の一角に腰をおろした。

幟《のぼり》を立てた九艘の船が、すでに川岸に勢揃いしている。

各々《おのおの》の船端にならんでいるのは、白装束に身をかため、もろ肌脱ぎになった男たちだ。かれらの手には、それぞれ一本のかいが握られている。

諸手船《もろたぶね》と呼ばれる漕ぎ船だ。

好文は手慣れた様子でカメラを取り出した。

ファインダーを覗き、被写体との距離を確認する。ファインダーを通して見る九艘の船と白装束の者たちは、子供のころに見た景色そのままに思えた。戦争で二十歳前後の若者たちはみな徴兵され、多くはまだ町に戻っていない。漕ぎ手の年齢もまちまちのはずだが、それでも、好文の目には少しも変わらなく見えた。

「よしは、御船祭観るの久しぶりやろ。うまいこと撮れよ」

功が皮肉な口調で、好文に注文をつけた。

「大丈夫やよ。昔も、いっつも観とるばっかりやったさかい、慣れとるわ。まかしといて」

好文も軽口で応じた。

諸手船の漕ぎ手は新宮の若者のなかでも選ばれた者たちだ。年少の頃から漕ぎ手に選ばれた壮健な和彦や功とはちがい、子供のころから体が弱かった好文はつねに祭を観る側だった。カメラをかまえた好文は、ふと、ドクトルの隣にすわって御船祭を見ていた子供のころの感覚が甦った。みなでドクトルにぶらさがり、あるいは寄りかかるようにして、この同じ川原、同じ場所で祭を観ていた。

東京の弁護士先生から教えてもらった、与謝野（鉄幹）さんがドクトルのためにつくったという詩が好文の頭に浮かんだ。

大石誠之助は死にました、／／機械に挟《はさ》まれて死にました。／
人の名前に誠之助はたくさんある、／然《しか》し、然し、／
わたしの友達の誠之助は唯一人。／わたしはもうその誠之助には逢はれない、／
なんの、構ふもんか、／機械に挟まれて死ぬやうな、／
馬鹿な、大馬鹿な、わたしの一人の友達の誠之助。……

ドクトルは、色んな場所で、色んな人たちの友だちだった。どこでも、つねに、友人として記憶されていた……。

「なあ、よし。覚えとるか」

声をかけられて、好文は我にかえった。

ふりかえると、功が川岸にならぶ九艘の船に目をむけたまま、

「太平洋食堂でドクトルの作る飯《メシ》……あれ、うまかったよなぁ」

遠くを見るような目でそういった。

好文は無言でうなずき、ふたたびファインダーを覗き込む。

太平洋食堂。

パシフィック・リフレッシュメント・ルーム。

あのとき、子供らに意味をたずねられて、ドクトルは、

「パシフィックは平和。オーシャンは海。太平洋は〝平和の海〟いう意味や」

と、あごひげを撫でながら、目を細め、自慢げにこたえた。

日本では大東亜戦争といっていた今度の戦争を、アメリカでは「太平洋戦争」と呼んでいたそうだ。〝平和の海の戦争〟とは、また皮肉な話だ。ドクトルが聞いたら笑うだろうか、

それとも呆れただろうか。

記憶のなかのドクトルより、いつのまにか自分たちの方が年上になっている——。

川原に、わっ、と歓声があがった。

〝とも取り〟の九人の男たちが船にむかって川原を走りだしていた。

かれらが飛び乗ると同時に、船端に二列にならんだ者たちがいっせいにかいを漕ぎはじめる。力いっぱい、漕ぎはじめる。

九艘の船はたちまち岸を離れ、熊野川の広い流れのなかへと漕ぎ出した。

ここから上流の御船島を三周、御旅所《おたびどころ》前の川原をゴールとする早船競争だ。

「頑張れ！」

「負けるな！」

川原から応援の声があがる。

好文は懸命に船を漕ぐ若者たちに焦点をあわせて、シャッターを切った。

若者たちがかいを漕ぐ手もとに白い水しぶきがあがる。

そのとき。

隣で〝かずやん〟が立ちあがった。

ふりかえると、功も驚いたような顔で立ちあがった和彦を見あげている。

虚ろだった和彦の顔に生気が浮かんでいた。白濁していた目に、光がある。

「……が」

〝かずやん〟が声を出した。久しぶりに聞く和彦の声だ。

功が和彦の手を握る。

「そや、かずやん。思い出せ、あんたは御船祭一、新宮一の漕ぎ手やったんや。あんたが乗った船は、必ず勝っとった……」

そういいながら、功はぼろぼろと泣きだした。片手で頰に流れる涙を拭《ぬぐ》い、もう片方の手で和彦の手を握って、励ますようにふった。

周囲の者たちも和彦に気づいて、声をかける。

「頑張れ、かずやん！」

「和彦、負けるな！」

仁王立ちになった和彦の口が動き、のどの奥から声があふれ出る。

「が……んー……ばー……れー」

周囲の者たちが、いっせいに拍手する。

「そや、かずやん。あんたが一番の漕ぎ手や！」

人込みのなかから声があがる。かつて御船祭一の漕ぎ手だったかずやん、熊野地ベースボール一の強打者だった和彦の勇姿を覚えている者だろう。

気がつくと、好文も泣いていた。涙でくもる両目を慌てて拭い、もう一度カメラをかまえ直す。

九艘の船が御船島を回るところだ。

御船島を三周回り終えた船から、順にゴールとなる川岸へとむかう。

少しずつ、差がついてくる。

「頑張れ、頑張れ！」

「負けるな！」

川原からあがる応援の声を聞きながら、好文は若者たちが無我夢中で船を漕ぐ姿を写真におさめる。

若者たちの顔が紅潮し、掛け声に合わせてかいを握る腕の筋肉が盛りあがる。そのたびに水しぶきがあがり、船が、ぐんっ、とまた勢いを増す。

みなの頭の上に、よく晴れた秋空がひろがっている。

川が流れ、海へと流れ込む。

そこはもう、太平洋だ。

二〇一八年一月、大石誠之助を名誉市民とすることを決議した新宮市議会に敬意を表します。

（著者）

解説

太平洋食堂に行こらい！

藤沢　周

この筆致、この息遣い。そして、青く澄んだ炎のような情熱――。

同志として握手した時の掌《てのひら》の力と温かさを思い出し、あるいは幼子になって抱かれた時の匂いを懐かしんでいる自分がいるのだ。慶応生まれの、はるか昔日の男の感触を確かに覚えていると言ったらおかしいだろうか。いまだに、男とともに熊野川から太平洋へと煌《きら》めく光の眩《まぶ》しさに目を細めていたことや、男の着物の腰にすがりつき、「ドクトル、早よして。腹へったわ」と髭面《ひげづら》の顔を見上げたことを思い出しては、微笑み、また涙しているのだ。『太平洋食堂』という傑作を書き上げた著者・柳広司の筆力と構想力、自由と正義を愛する想いが、そうさせたのである。明治三十七年（一九〇四）に紀州新宮の地に「太平洋食堂」なる洋食屋を開いた医師・大石誠之助（一八六七～一九一一）の生涯を、こんなにもリアルに血の通った筆致で描いた作品があっただろうか。

地元の人々から「ひげのドクトル（毒取る）さん」と慕われた男は、若い頃から米国ワシントン州、オレゴン州、カナダ、シンガポール、インドと多くの海外留学経験を持つ。当時としてはかなり先進的な学徒であるが、そこで医学はむろん、西洋料理や自由思想、新しい経済システム、あるいは差別や理不尽な権力、戦争などを目の当たりにしたことから、紀州の地に戻っても、たえず貧しき庶民の側に立って、医療を施し、栄養のある料理を作り、人々の真の幸福とは何か、と執筆や講演を精力的に行った男である。

差別のない平和で自由な世を創りたいと、幸徳秋水や管野須賀子、堺利彦、森近運平など社会主義者と交流するうちに、自らも「主義者」とレッテルを貼られ、国家から監視を受けることになる。最後には入獄、罪なきまま死刑となった。国家暴力によって捏造《ねつぞう》され、十二名もの大量処刑が一気に行われた、あの悪名高き大逆事件（一九一〇〜一九一一）である。

国家の恥、歴史の恥とも言える事件を思うたびに、私などその理不尽さと汚辱に国家権力者らへの天誅《てんちゅう》さえ脳裡《のうり》に過《よぎ》らせたくもなるが、この当の大石誠之助はそもそもそんな愚かな暴力行為などつゆほども思っていない。むしろ、初めから、テロや暗殺などを否定している平和主義の男である。

「暗殺は暗い。ために、ひろく支持を得ることができず、人の心が離れてゆく。暗殺は人の心をばらばらにして、その結果、弱い者たちから順に追い詰められてゆくことになる」

その大石誠之助が望んでいたことは、ただの一点。

「いまの世の中にえらい貧富の差があるのはたしかや。金持ちは金持ち、貧乏人は貧乏人という、いわれのない差別がある。医者をやっとったら、それはいやでも目に入ってくる。その現実があるのを知りもて――貧しい者、虐げられている者、苦しんでいる者がおるのを知っとって――それがアカンことやと思いながら、その現実から目を背《そむ》け、手をこまねいてワガのことだけやって、はたしてそれで生きていけるもんやろか？　ワガのためだけやったら、無抵抗主義でもアキラメ主義でも別にエエよ。そやけど、貧しい者、虐げられている者、苦しんでいる者らに対してアキラメ主義を説くことは、自分にはどうしてもできん。そんなことは、どないしても、ようせん」

柳広司の描く「ドクトル大石」は、幸徳秋水同様、「真実を露《あらわ》にする言葉こそが、この理不尽な現実に立ち向かう唯一の武器」であるとの想いのもと、貧しい者の側から「言葉」を発し、手を差し伸べ、親身に世話をする。弱者と共にあることに徹していて、テロや暴力など眼中にないのである。むしろ、その「言葉」による表現のあり方にこそ誠之助の独創があり、またそれが誠之助を発見した作家柳広司の、書くことに対する信念とも言えるであろう。

正岡子規が始めた俳句和歌改革運動への、誠之助の言及シーン。

「僕は世の青年に歌を詠むな句を作るなと禁ずるのではない。ただ彼等が自然の美のみを見る限界をいま少しく押拡《おしひろ》げ、人事の醜悪なる点をも洞察して之に同情の涙を灌《そそ》ぎ、一生を小さき風雅人として終わらず、大なる詩人として世に呼号せんことを望むのである」

これは明治三十九年に実際に誠之助が記した文章であるが、また同時に柳広司の作家魂として抽出されているはずだ。本作品によって、誠之助が都々逸《どどいつ》の「宗匠」の位まで得ているほど文芸に知悉《ちしつ》していたことを初めて知ったが、そんな誠之助が正岡子規の俳句・和歌の革新運動の凄みを理解しないわけがない。知った上で、さらに言及しているのだ。また、「言葉」なるものは「正しければ正しいほど、美しければ美しいほど、そこにはわずかな狂気が含まれる」とも。

明治四十一年元旦刊行の『熊本評論』新年特別号に、誠之助は「禄亭生《ろくていせい》」の筆名で、「国体論《こくたいろん》」と題する文章を寄せる。

「近ごろは政治経済宗教社会等について多少変わった説を立てる者があれば、すぐにこれを国賊とし、非国民として排斥する風潮がある。しかしながらよく考えてみると、人が自分の家を愛し、自分の国を愛するというようなことは、ことさらに云わずとも知れきった話であって、ことごとしく鼻にかけずともの話である」

「今日《こんにち》のように借金をしてまで軍艦を造るような国家がなくなり、国体を笠《かさ》にきて貧者と弱者を虐《しいた》げる貴族富豪が全滅してしまえば、それでこそ我が国体の進化というべく、是《これ》やがて全ての人類が望むところの理想的新社会となるのである」

この未来展望の説はそのまま現在の問題ではないか。至極真っ当な論にもかかわらず、たとえば当時の新聞紙条例によれば、「政体ヲ変壊《へんかい》シ朝憲《ちょうけん》ヲ紊乱《ぶんらん》セントスルノ論説」となるのである。法律にも精通する著者は「この定義はきわめて曖昧であり、その後の治安維持法、また昨今の『共謀罪』もそうだが、現場の運用次第でどうとでもなる法律である」と書くのを忘れない。

つまりは、百年以上も前、世界中に破廉恥《はれんち》極まりない冤罪《えんざい》事件として衝撃を与えた大逆事件、それを起こした国家の体質や心性は、現在もなんら変わっていないという悲劇を告発する小説でもあるのだ。

平和憲法を解釈変更し集団的自衛権を強行採決するなど、「現場の運用次第」の典型的有様であるし、隠蔽改竄《いんぺいかいざん》の風土は大逆事件における非公開の大審院特別法廷と地続きでもある。また、平和と言論の自由を求めた社会主義者や無政府主義者を蛇蝎《だかつ》の如く嫌い、執拗なほど弾圧を繰り返し、国葬においては大半の国民から弔意も示されなかった山県有朋という元老がいたが、その男と酷似した者は、「共謀罪」（テロ等準備罪）なる悪法を成立させたではないか。その法を通すために、二〇一七年の法務委員会で失言大臣に途方もないことを口にさせたのを私たちは忘れてはいない。

「計画された犯罪の遂行上意味のある場所の写真を撮ったりしながら歩くなどの外形的な事情が認められる場合には、実行準備行為と認定できることとなろう」

たとえば、群衆で入り乱れた雑踏の繁華街を歩いていて、「こんな所にクルマが突っ込んできたら、怖いよなあ。テロでも起きたらひとたまりもないな」などと思いながら、スマートフォンで賑やかな風景を撮っただけでも、「現場の運用次第」ではしょっぴかれるということを意味する。

誠之助が東京監獄へ送られた容疑は、「刑法第七十三条違反」。

「(第七十三条) 天皇、太皇太后、皇太后、皇后、皇太子、又は皇太孫に対し危害を加え又は加えんとしたる者は死刑に処す」

この「奇妙な文言」——「加えんとしたる」という未来形。柳はこの「未来」を裁こうとする文言に対し、「これでは、犯罪要件は有効かつ具体的な計画準備に限定されず、将来行おうと思ったか否かを問う、内心の自由にまで踏み込むことになる。何を、どう考えようと人の勝手だ。片言隻句をとらえて『あの時お前はこう思っただろう。そうにちがいない』と決めつけるのは、小説家の仕事であって、法律家のなすところではない。明治刑法第七十三条は近代法の概念から著しく逸脱している」と書く。「曖昧な法律(言葉)はしばしば恐るべき厄災を人類にもたらしてきた」との歴史の真実を抉《えぐ》る言が心に響くのだ。

人々を愛し、子供を愛し、新宮の地を愛した大石誠之助。「もしも、弱い者、虐げられた者から自分が見捨てられたと知ったら、僕にとってはこれほど、寂しい、恐ろしいことはない」と思い続けた「ドクトル大石」——。

溢《あふ》れるような優しさと澄明な情熱の男は、罪なきまま国によって殺されてしまったが、今、作家柳広司によってその言葉と生き様が新たな息を吹き返した。私たちの前で両手を広げ、人なつっこい髭面の笑顔で、「うまいもん、作ろか」と声をかけてくる。だから、私も「太平洋食堂に行こらい！」と、皆に声をかけたくなるのだ。

（ふじさわ・しゅう／作家）

本書のプロフィール

本書は、二〇二〇年一月に小学館から刊行された単行本を加筆・修正して文庫化したものです。本書には、今日の人権意識に照らして不適切と思われる語句・表現がありますが、時代背景と作品価値に鑑み、修正・削除は行っておりません。

小学館文庫

太平洋食堂《たいへいようしょくどう》

著者　柳《やなぎ》 広司《こうじ》

二〇二三年二月十二日　初版第一刷発行

発行人　三井直也
発行所　株式会社 小学館
〒一〇一-八〇〇一
東京都千代田区一ツ橋二-三-一
電話　編集〇三-三二三〇-五九六一
　　　販売〇三-五二八一-三五五五
印刷所　――――凸版印刷株式会社

ISBN978-4-09-407228-0